L'Attrape-cœurs
The Catcher in the Rye

J. D. Salinger

L'Attrape-cœurs

The Catcher in the Rye

Traduit de l'anglais (États-Unis)
par Annie Saumont

PAVILLONS POCHE

Robert Laffont

Titre original : THE CATCHER IN THE RYE

ISBN 978-2-221-21821-1
Dépôt légal : août 2018

À ma mère
To my mother

1

If you really want to hear about it, the first thing you'll probably want to know is where I was born, and what my lousy childhood was like, and how my parents were occupied and all before they had me, and all that David Copperfield kind of crap, but I don't feel like going into it, if you want to know the truth. In the first place, that stuff bores me, and in the second place, my parents would have about two hemorrhages apiece if I told anything pretty personal about them. They're quite touchy about anything like that, especially my father. They're *nice* and all – I'm not saying that – but they're also touchy as hell. Besides, I'm not going to tell you my whole goddam autobiography or anything. I'll just tell you about this madman stuff that happened to me around last Christmas just before I got pretty run-down and had to come out here and take it easy. I mean that's all I told D.B. about, and he's my *brother* and all. He's in Hollywood. That isn't too far from this crumby place, and he comes over and visits me practically every week end. He's going to drive me home when I go home next month maybe. He just got a Jaguar. One of those little English jobs that can do around two hundred miles an hour. It cost him damn near four thousand bucks. He's got a lot of dough, now. He didn't *use* to. He used to be just a regular writer, when he was home. He wrote this terrific book of short stories,

Chapitre 1

Si vous voulez vraiment que je vous dise, alors sûrement la première chose que vous allez demander c'est où je suis né, et à quoi ça a ressemblé, ma saloperie d'enfance, et ce que faisaient mes parents avant de m'avoir, et toutes ces conneries à la David Copperfield, mais j'ai pas envie de raconter ça et tout. Primo, ce genre de trucs ça me rase et secundo mes parents ils auraient chacun une attaque, ou même deux chacun, si je me mettais à baratiner sur leur compte quelque chose d'un peu personnel. Pour ça ils sont susceptibles, spécialement mon père. Autrement ils seraient plutôt sympa et tout – d'accord – mais ils sont aussi fichument susceptibles. Et puis je ne vais pas vous défiler ma complète autobiographie. Je veux juste vous raconter ce truc dingue qui m'est arrivé l'année dernière vers la Noël avant que je sois pas mal esquinté et obligé de venir ici pour me retaper. Même à D.B. j'en ai pas dit plus, pourtant c'est mon frère et tout. Il est à Hollywood. C'est pas trop loin de cette foutue baraque et il vient me voir pratiquement chaque dimanche. C'est lui qui va me ramener chez nous quand je sortirai d'ici, peut-être le mois prochain. Maintenant qu'il a une Jaguar. Une de ces petites merveilles anglaises qui font du trois cents à l'heure. Et qui lui a sûrement coûté pas loin de trois briques. Il est plein aux as à présent. Ça le change. Avant, quand il était à la maison, c'était rien qu'un vrai écrivain. Il a écrit des nouvelles, ce bouquin terrible,

The Secret Goldfish, in case you never heard of him. The best one in it was "The Secret Goldfish." It was about this little kid that wouldn't let anybody look at his goldfish because he'd bought it with his own money. It killed me. Now he's out in Hollywood, D.B., being a prostitute. If there's one thing I hate, it's the movies. Don't even mention them to me.

Where I want to start telling is the day I left Pencey Prep. Pencey Prep is this school that's in Agerstown, Pennsylvania. You probably heard of it. You've probably seen the ads, anyway. They advertise in about a thousand magazines, always showing some hot-shot guy on a horse jumping over a fence. Like as if all you ever did at Pencey was play polo all the time. I never even once saw a horse anywhere *near* the place. And underneath the guy on the horse's picture, it always says: "Since 1888 we have been molding boys into splendid, clear-thinking young men." Strictly for the birds. They don't do any damn more *mold*ing at Pencey than they do at any other school. And I didn't know anybody there that was splendid and clear-thinking and all. Maybe two guys. If that many. And they probably *came* to Pencey that way.

Anyway, it was the Saturday of the football game with Saxon Hall. The game with Saxon Hall was supposed to be a very big deal around Pencey. It was the last game of the year, and you were supposed to commit suicide or something if old Pencey didn't win. I remember around three o'clock that afternoon I was standing way the hell up on top of Thomsen Hill, right next to this crazy cannon that was in the Revolutionary War and all. You could see the whole field from there, and you could see the two teams bashing each other all over the place. You couldn't see the grandstand too hot, but you could hear them all yelling, deep and terrific on the Pencey side, because practically the whole school

La vie cachée d'un poisson rouge, au cas où vous sauriez pas. L'histoire la meilleure, justement, c'était *La vie cachée d'un poisson rouge*, il était question d'un petit gosse qui voulait laisser personne regarder son poisson rouge parce qu'il l'avait acheté tout seul, avec ses sous. Ça m'a tué. Maintenant D.B. il est à Hollywood, il se prostitue. S'il y a une chose dont j'ai horreur c'est bien le cinéma. Surtout qu'on m'en parle jamais.

Là où je veux commencer c'est à mon dernier jour avant de quitter Pencey Prep. Pencey Prep est ce collège, à Agerstown, Pennsylvanie, vous devez connaître. En tout cas vous avez sûrement vu les placards publicitaires. Y en a dans un bon millier de magazines et toujours ça montre un type extra sur un pur-sang qui saute une haie. Comme si tout ce qu'on faisait à Pencey c'était de jouer au polo. Moi dans le secteur j'ai même jamais vu un canasson. Et en dessous de l'image du type à cheval y a toujours écrit : « Depuis 1888, nous travaillons à forger de splendides jeunes hommes à l'esprit ouvert. » Tu parles ! Ils forgent pas plus à Pencey que dans n'importe quelle autre école. Et j'y ai jamais connu personne qui soit splendide, l'esprit ouvert et tout. Peut-être deux gars. Et encore. C'est probable qu'ils étaient déjà comme ça en arrivant.

Bon. On est donc le samedi du match de foot contre Saxon Hall. Le match contre Saxon Hall c'était censé être un truc de première importance, le dernier match de l'année et on était aussi censé se suicider, ou quelque chose comme ça, si notre cher collège était battu. Je me souviens que vers trois heures, ce foutu après-midi, j'étais allé me percher en haut de Thomsen Hill, juste à côté du vieux canon pourri qu'avait fait la guerre d'Indépendance et tout. De là on voyait le terrain en entier et on voyait les deux équipes qui se bagarraient dans tous les sens. On voyait pas fameusement la tribune mais on pouvait entendre les hurlements ; côté Pencey un bruit énorme et terrible puisque, pratiquement, toute l'école y était

except me was there, and scrawny and faggy on the Saxon Hall side, because the visiting team hardly ever brought many people with them.

There were never many girls at all at the football games. Only seniors were allowed to bring girls with them. It was a terrible school, no matter how you looked at it. I like to be somewhere at least where you can see a few girls around once in a while, even if they're only scratching their arms or blowing their noses or even just giggling or something. Old Selma Thurmer – she was the headmaster's daughter – showed up at the games quite often, but she wasn't exactly the type that drove you mad with desire. She was a pretty nice girl, though. I sat next to her once in the bus from Agerstown and we sort of struck up a conversation. I liked her. She had a big nose and her nails were all bitten down and bleedy-looking and she had on those damn falsies that point all over the place, but you felt sort of sorry for her. What I liked about her, she didn't give you a lot of horse manure about what a great guy her father was. She probably knew what a phony slob he was.

The reason I was standing way up on Thomsen Hill, instead of down at the game, was because I'd just got back from New York with the fencing team. I was the goddam manager of the fencing team. Very big deal. We'd gone in to New York that morning for this fencing meet with McBurney School. Only, we didn't have the meet. I left all the foils and equipment and stuff on the goddam subway. It wasn't all my fault. I had to keep getting up to look at this map, so we'd know where to get off. So we got back to Pencey around two-thirty instead of around dinnertime. The whole team ostracized me the whole way back on the train. It was pretty funny, in a way.

sauf moi, et côté Saxon Hall rien qu'une rumeur faiblarde et asthmatique, parce que l'équipe visiteuse c'était pas l'habitude qu'elle trimballe avec elle des masses de supporters.

Au foot, les filles étaient plutôt rares. Seulement les Seniors avaient le droit d'en amener. Y a pas à dire, Pencey est une sale boîte. Moi j'aime bien être quelque part où on peut au moins voir de temps en temps deux ou trois filles, même si elles font que se gratter les bras ou se moucher ou juste ricaner bêtement ou quoi. La môme Selma, Selma Thurmer – c'est la fille du directeur –, elle venait souvent aux matchs, mais elle a pas exactement le genre à vous rendre fou de désir. Une brave fille, remarquez. Une fois, dans le bus d'Agerstown, je me suis assis à côté d'elle et on a comme qui dirait engagé la conversation. Je l'aime bien. Elle a un grand nez et les ongles rongés jusqu'au sang et elle se met un de ces foutus soutiens-gorge tellement rembourrés qu'on voit plus que ça qui pointe ; mais on aurait plutôt envie de la plaindre. Moi ce qui me bottait c'est qu'elle vous faisait pas tout un plat de son grand homme de père. Probable qu'elle savait qu'en vrai c'était un sacré plouc.

Si je me trouvais en haut de Thomsen Hill, au lieu d'être en bas à regarder le match c'est pour la raison que je venais de rentrer de New York avec l'équipe d'escrime. Le foutu manager de l'équipe d'escrime, ben c'était moi. M'en parlez pas. Le matin on était allés à New York pour la rencontre avec le collège McBurney. Mais y en avait pas eu, de rencontre ; j'avais laissé l'équipement, les fleurets et tout dans le métro. C'était pas totalement ma faute. J'étais toujours debout à regarder le plan pour savoir quand faudrait descendre. Donc on était rentrés à Pencey vers deux heures et demie alors qu'on devait rentrer pour le dîner. Et pendant tout le voyage du retour les autres de l'équipe m'avaient fait la gueule. En un sens, c'était plutôt marrant.

The other reason I wasn't down at the game was because I was on my way to say good-by to old Spencer, my history teacher. He had the grippe, and I figured I probably wouldn't see him again till Christmas vacation started. He wrote me this note saying he wanted to see me before I went home. He knew I wasn't coming back to Pencey.

I forgot to tell you about that. They kicked me out. I wasn't supposed to come back after Christmas vacation, on account of I was flunking four subjects and not applying myself and all. They gasve me frequent warning to start applying myself – especially around mid-terms, when my parents came up for a conference with old Thurmer – but I didn't do it. So I got the ax. They give guys the ax quite frequently at Pencey. It has a very good academic rating, Pencey. It really does.

Anyway, it was December and all, and it was cold as a witch's teat, especially on top of that stupid hill. I only had on my reversible and no gloves or anything. The week before that, somebody'd stolen my camel's-hair coat right out of my room, with my fur-lined gloves right in the pocket and all. Pencey was full of crooks. Quite a few guys came from these very wealthy families, but it was full of crooks anyway. The more expensive a school is, the more crooks it has – I'm not kidding. Anyway, I kept standing next to that crazy cannon, looking down at the game and freezing my ass off. Only, I wasn't watching the game too much. What I was really hanging around for, I was trying to feel some kind of a good-by. I mean I've left schools and places I didn't even know I was leaving them. I hate that. I don't care if it's a sad good-by or a bad good-by, but when I leave a place I like to *know* I'm leaving it. If you don't, you feel even worse.

L'autre raison que j'avais de pas être au match c'est que je m'en allais dire au revoir au père Spencer, mon professeur d'histoire. Il avait la grippe et tout, alors je pensais bien qu'on se reverrait pas avant le début des vacances de Noël. Mais il m'avait écrit un petit mot pour me demander de passer chez lui avant de partir. Il savait que je reviendrais pas à Pencey.

J'ai oublié de vous dire que j'étais renvoyé. J'étais pas supposé revenir après les vacances de Noël pour la raison que j'avais foiré en quatre matières, et pour le manque d'application et tout. On m'avait souvent averti – en particulier chaque demi-trimestre, quand mes parents venaient voir le père Thurmer – qu'il était grand temps, qu'il fallait que je m'applique, mais j'en tenais pas compte. Alors on m'a flanqué dehors. À Pencey on met très souvent des types à la porte. Pencey a une fichue réputation question études. Sans rire.

Bref. On était en décembre et tout, un jour drôlement frisquet, à cailler sur place, spécialement en haut de cette foutue colline. J'avais seulement mon imper et pas de gants ni rien. La semaine d'avant quelqu'un m'avait piqué mon manteau en poil de chameau. Dans ma piaule. Avec mes gants fourrés qui étaient dans la poche. Pencey, c'est rempli de gangsters. Il y a un tas de types qui viennent de familles à fric mais quand même, c'est rempli de gangsters. Plus une école coûte cher et plus y en a qui fauchent. Sans blague. Bon, j'étais toujours là-haut près de ce canon de malheur, à regarder le match et à me geler le cul. Sauf que le match m'intéressait pas trop. Ce qui m'intéressait, c'était plutôt de bien me pénétrer de l'idée que je faisais des adieux. Y a eu d'autres collèges, d'autres endroits, quand je les ai quittés je l'ai pas vraiment senti. Je déteste ça. L'adieu, je veux bien qu'il soit triste ou pas réussi mais au moins je veux *savoir* que je m'en vais. Sinon c'est encore pire.

I was lucky. All of a sudden I thought of something that helped make me know I was getting the hell out. I suddenly remembered this time, in around October, that I and Robert Tichener and Paul Campbell were chucking a football around, in front of the academic building. They were nice guys, especially Tichener. It was just before dinner and it was getting pretty dark out, but we kept chucking the ball around anyway. It kept getting darker and darker, and we could hardly *see* the ball any more, but we didn't want to stop doing what we were doing. Finally we had to. This teacher that taught biology, Mr. Zambesi, stuck his head out of this window in the academic building and told us to go back to the dorm and get ready for dinner. If I get a chance to remember that kind of stuff, I can get a good-by when I need one – at least, most of the time I can. As soon as I got it, I turned around and started running down the other side of the hill, toward old Spencer's house. He didn't live on the campus. He lived on Anthony Wayne Avenue.

I ran all the way to the main gate, and then I waited a second till I got my breath. I have no wind, if you want to know the truth. I'm quite a heavy smoker, for one thing – that is, I used to be. They made me cut it out. Another thing, I *grew* six and a half inches last year. That's also how I practically got t.b. and came out here for all these goddam checkups and stuff. I'm pretty healthy, though.

Anyway, as soon as I got my breath back I ran across Route 204. It was icy as hell and I damn near fell down. I don't even know what I was running for – I guess I just felt like it. After I got across the road, I felt like I was sort of disappearing. It was that kind of a crazy afternoon, terrifically cold, and no sun out or anything,

J'ai eu de la chance. Tout d'un coup j'ai pensé à quelque chose qui m'a aidé à vraiment sentir que je m'en allais. D'un coup je me suis rappelé cette fois-là, vers octobre, lorsque Robert Tichener et moi et Paul Campbell on se faisait des passes de foot devant le bâtiment des profs. Sympas, les gars, surtout Tichener. C'était juste avant le dîner et la nuit tombait mais quand même on continuait. Ça devenait de plus en plus noir et on pouvait presque plus voir le ballon mais on voulait pas s'arrêter. Finalement on a été obligés. Ce prof, Mr Zambesi, qui enseigne la biologie, il s'est pointé à la fenêtre et il nous a dit de rentrer au dortoir et de nous préparer pour le dîner. Bon, si je me mets à penser à des trucs de ce genre je peux me fabriquer un adieu quand j'en ai besoin – du moins la plupart du temps je peux ; alors cette fois, dès que je l'ai eu, mon adieu, j'ai tourné le dos au terrain de foot et j'ai descendu la colline en courant, de l'autre côté, vers la maison du père Spencer. Il habitait pas sur le campus. Il habitait dans Anthony Wayne Avenue.

J'ai couru tout le chemin jusqu'à la grille et là je me suis arrêté une seconde pour reprendre ma respiration. J'ai pas de souffle, si vous voulez savoir. Y a déjà que je fume trop – enfin, que je fumais trop, parce que maintenant on m'a interdit. Et puis que l'année dernière j'ai grandi de seize centimètres. C'est comme ça que j'ai attrapé des B.K. et qu'on m'a envoyé ici pour ces foutus contrôles et radios et tout. Mais je suis plutôt costaud, remarquez.

Bon. Lorsque j'ai eu retrouvé mon souffle j'ai traversé la route 204. C'était vachement gelé et j'ai bien failli me ramasser une gamelle. Je sais même pas pourquoi je courais – j'avais envie de courir, j'imagine. Une fois la route traversée ça m'a fait une drôle d'impression, comme si j'étais en train de disparaître. C'était un de ces après-midi vraiment dingues, avec un froid terrible et pas de soleil ni rien, qui

and you felt like you were disappearing every time you crossed a road.

Boy, I rang that doorbell fast when I got to old Spencer's house. I was really frozen. My ears were hurting and I could hardly move my fingers at all. "C'mon, c'mon," I said right out loud, almost, "somebody open the *door*." Finally old Mrs. Spencer opened it. They didn't have a maid or anything, and they always opened the door themselves. They didn't have too much dough.

"Holden!" Mrs. Spencer said. "How lovely to see you! Come in, dear! Are you frozen to death?" I think she was glad to see me. She liked me. At least, I think she did.

Boy, did I get in that house fast. "How are you, Mrs. Spencer?" I said. "How's Mr. Spencer?"

"Let me take your coat, dear," she said. She didn't hear me ask her how Mr. Spencer was. She was sort of deaf.

She hung up my coat in the hall closet, and I sort of brushed my hair back with my hand. I wear a crew cut quite frequently and I never have to comb it much. "How've you been, Mrs. Spencer?" I said again, only louder, so she'd hear me.

"I've been just fine, Holden." She closed the closet door. "How have *you* been?" The way she asked me, I knew right away old Spencer'd told her I'd been kicked out.

"Fine," I said. "How's Mr. Spencer? He over his grippe yet?"

"Over it! Holden, he's behaving like a perfect – I don't know *what*... He's in his room, dear. Go right in."

vous donnent toujours l'impression qu'à chaque fois qu'on traverse une route on est en train de disparaître.

Ouah, quand je suis arrivé chez le père Spencer j'ai appuyé presto sur la sonnette. J'étais vraiment frigorifié. Mes oreilles me faisaient mal et je pouvais à peine remuer les doigts. Et je disais presque tout haut « Vite vite, ouvrez-la c'te porte ». Finalement Mrs Spencer l'a ouverte, sa porte. Les Spencer, ils ont pas de domestique ni rien ; c'est toujours eux qui viennent ouvrir. Ils sont pas des rupins.

Mrs Spencer a dit « Holden ! Quelle bonne surprise ! Entrez, mon petit, vous devez être complètement gelé ». Elle avait l'air contente de me voir. Elle m'aimait bien. Enfin je crois.

Ouah, j'ai pas traîné pour me mettre au chaud. J'ai dit « Comment allez-vous, Mrs Spencer ? Comment va Mr Spencer ? »

Elle a dit « Donnez-moi votre vêtement ». Elle m'avait pas entendu demander comment allait Mr Spencer. Elle est un peu sourdingue.

Elle a accroché mon imper dans la penderie du vestibule et je me suis passé la main sur les cheveux. Le plus souvent mes cheveux je les fais couper en brosse, alors j'ai pas tellement besoin de me peigner. J'ai répété « Comment ça va, Mrs Spencer ? » Mais plus fort, pour que cette fois elle m'entende.

« Moi ça va bien, Holden. » Elle a refermé la porte de la penderie. « Et vous, mon petit, comment ça va ? » À sa façon de poser la question j'ai su tout de suite que le père Spencer lui avait dit que j'étais renvoyé.

J'ai dit « Très bien. Comment va Mr Spencer ? C'est pas fini, sa grippe ? »

« Fini ? Holden, il se comporte comme un parfait… je ne sais quoi. Il est dans sa chambre. Vous pouvez entrer. »

2

They each had their own room and all. They were both around seventy years old, or even more than that. They got a bang out of things, though – in a half-assed way, of course. I know that sounds mean to say, but I don't mean it mean. I just mean that I used to think about old Spencer quite a lot, and if you thought about him *too* much, you wondered what the heck he was still living for. I mean he was all stopped over, and he had very terrible posture, and in class, whenever he dropped a piece of chalk at the blackboard, some guy in the first row always had to get up and pick it up and hand it to him. That's awful, in my opinion. But if you thought about him just enough and not *too* much, you could figure it out that he wasn't doing too bad for himself. For instance, one Sunday when some other guys and I were over there for hot chocolate, he showed us this old beat-up Navajo blanket that he and Mrs. Spencer'd bought off some Indian in Yellowstone Park. You could tell old Spencer'd got a big bang out of buying it. That's what I mean. You take somebody old as hell, like old Spencer, and they can get a big bang out of buying a blanket.

His door was open, but I sort of knocked on it anyway, just to be polite and all. I could see where he was sitting.

Chapitre 2

Ils avaient chacun leur chambre et tout. Des gens dans les soixante-dix ans ou même plus. Ce qui les empêchait pas de s'exciter encore pour une chose ou pour une autre – à leur façon un peu débile, tout de même. Je sais bien que c'est plutôt salaud de dire ça mais faudrait pas le prendre mal, c'est seulement que je pensais souvent au père Spencer et si on pensait trop à lui on en arrivait forcément à se demander à quoi ça lui servait encore d'être en vie. Vu qu'il était tout bossu, terriblement déglingué ; et en classe, chaque fois qu'il écrivait au tableau et qu'il laissait tomber sa craie, un des gars au premier rang devait se lever et la ramasser pour lui. À mon avis c'est vraiment moche. Mais si on pensait à lui juste un petit peu et pas trop on pouvait s'imaginer qu'au fond il se défendait pas si mal. Par exemple, un dimanche, quand j'étais là avec d'autres gars à boire une tasse de chocolat, il nous a montré cette vieille couverture navajo assez esquintée que tous les deux, avec Mrs Spencer, ils avaient achetée à un Indien de Yellowstone Park. On voyait bien que le père Spencer était sacrément fier de son achat. C'est ce que je veux dire. Prenez quelqu'un de vieux comme le monde, le père Spencer par exemple, et rien que d'acheter une couverture, le voilà tout frétillant.

Sa porte était ouverte mais j'ai quand même frappé, juste par politesse et tout. Je pouvais déjà le voir, assis dans

He was sitting in a big leather chair, all wrapped up in that blanket I just told you about. He looked over at me when I knocked. "Who's that?" he yelled. "Caulfield? Come in, boy." He was always yelling, outside class. It got on your nerves sometimes.

The minute I went in, I was sort of sorry I'd come. He was reading the *Atlantic Monthly,* and there were pills and medicine all over the place, and everything smelled like Vicks Nose Drops. It was pretty depressing. I'm not too crazy about sick people, anyway. What made it even more depressing, old Spencer had on this very sad, ratty old bathrobe that he was probably born in or something. I don't much like to see old guys in their pajamas and bathrobes anyway. Their bumpy old chests are always showing. And their legs. Old guys' legs, at beaches and places, always look so white and unhairy. "Hello, sir," I said, "I got your note. Thanks a lot." He'd written me this note asking me to stop by and say good-by before vacation started, on account of I wasn't coming back. "You didn't have to do all that. I'd have come over to say good-by anyway."

"Have a seat there, boy," old Spencer said. He meant the bed.

I sat down on it. "How's your grippe, sir?"

"M'boy, if I felt any better I'd have to send for the doctor," old Spencer said. That knocked him out. He started chuckling like a madman. Then he finally straightened himself out and said, "Why aren't you down at the game? I thought this was the day of the big game."

"It is. I was. Only, I just got back from New York with the fencing team," I said. Boy, his bed was like a rock.

un grand fauteuil de cuir, emmailloté dans cette couverture que je viens de vous dire. Quand j'ai frappé il a gueulé « Qu'est-ce que c'est ? » Et après m'avoir jeté un coup d'œil « Caulfield ? Entrez mon garçon ». En dehors des cours il parlait pas, il gueulait. Ça vous tapait sur les nerfs, quelquefois.

J'étais pas plus tôt entré que je regrettais d'être venu. Il lisait l'*Atlantic Monthly*, et y avait plein de médicaments et ça sentait les gouttes Vicks pour le nez. De quoi vous donner la déprime. Les gens malades j'aime pas tellement. Ce qui arrangeait pas les choses c'est qu'il avait son vieux peignoir minable qu'il devait déjà avoir en naissant. Et je peux pas dire non plus que j'adore quand les types de son âge se traînent en pyjama ou en peignoir. D'autant qu'ils se débrouillent si bien qu'on voit leur poitrine, toute en creux et bosses, et puis aussi leurs jambes. Leurs jambes, à la plage ou ailleurs, elles sont toujours blanches et sans poils. J'ai dit « Bonjour monsieur. J'ai eu votre petit mot. Merci beaucoup ». Il m'avait écrit ce mot pour me demander de passer lui dire au revoir avant de m'en aller en vacances, vu que je reviendrais pas après. « Fallait pas vous donner ce mal. De toute façon je serais pas parti sans vous dire au revoir.

— Asseyez-vous là, mon garçon. » Là, ça voulait dire sur le lit. Je me suis assis. « Comment ça va votre grippe, monsieur ?

— Mon garçon, quand j'irai mieux il sera bien temps d'appeler le médecin » a dit le père Spencer. Ça l'a plié en deux. Il s'est mis à glousser comme un dingue. Finalement il s'est calmé et il a demandé : « Pourquoi n'êtes-vous pas au match ? Je croyais que c'était le jour du grand événement.

— Oui. J'y suis allé », j'ai dit. « Mais je viens de rentrer de New York avec l'équipe d'escrime. » Ouah, son pageot était dur comme le roc.

He started getting serious as hell. I knew he would. "So you're leaving us, eh?" he said.

"Yes, sir. I guess I am."

He started going into this nodding routine. You never saw anybody nod as much in your life as old Spencer did. You never knew if he was nodding a lot because he was thinking and all, or just because he was a nice old guy that didn't know his ass from his elbow.

"What did Dr. Thurmer say to you, boy? I understand you had quite a little chat."

"Yes, we did. We really did. I was in his office for around two hours, I guess."

"What'd he say to you?"

"Oh... well, about Life being a game and all. And how you should play it according to the rules. He was pretty nice about it. I mean he didn't hit the ceiling or anything. He just kept talking about Life being a game and all. You know."

"Life *is* a game, boy. Life *is* a game that one plays according to the rules."

"Yes, sir. I know it is. I know it."

Game, my ass. Some game. If you get on the side where all the hot-shots are, then it's a game, all right – I'll admit that. But if you get on the *other*' side, where there aren't any hot-shots, then what's a game about it? Nothing. No game. "Has Dr. Thurmer written to your parents yet?" old Spencer asked me.

"He said he was going to write them Monday."

"Have you yourself communicated with them?"

"No, sir, I haven't communicated with them, because I'll probably see them Wednesday night when I get home."

"And how do you think they'll take the news?"

Il est devenu plus sérieux qu'un juge. Et j'ai su que ça allait se gâter. Il a dit « Alors, vous nous quittez, hein ?

— Oui, monsieur. Je crois bien. »

Il s'est mis à branler du chef. Je suis sûr que dans toute votre vie vous avez jamais vu personne branler du chef autant que le père Spencer. On savait jamais s'il faisait ça quand il pensait profond et tout, ou bien s'il était seulement un vieux bonhomme qui commençait à perdre les pédales.

« Que vous a dit monsieur le Directeur, mon garçon ? Je crois que vous avez eu avec lui un petit entretien.

— Ah oui. Ah ça oui. J'ai dû rester pas loin de deux heures dans son bureau.

— Qu'est-ce qu'il vous a dit ?

— Ben… il a parlé de la Vie qui serait un jeu et tout. Et qu'il faut jouer selon des règles. Il a été plutôt gentil, je veux dire qu'il a pas sauté au plafond ni rien. Il répétait simplement des choses sur la Vie qui serait un jeu, vous voyez.

— La vie *est* un jeu, mon garçon. La vie *est* un jeu, mais on doit le jouer selon les règles.

— Oui, monsieur. Je le sais bien. Je sais. »

Un jeu, mon cul. Drôle de jeu. Si on est du côté où sont les cracks, alors oui, d'accord, je veux bien, c'est un jeu. Mais si on est dans l'autre camp, celui des pauvres types, alors en quoi c'est un jeu ? C'est plus rien. Y a plus de jeu.

« Monsieur le Directeur a-t-il prévenu vos parents ? » m'a demandé le père Spencer.

« Il a dit qu'il le ferait lundi.

— Et vous, leur avez-vous écrit ?

— Non, monsieur. J'ai pas écrit. Parce que je les verrai probablement mercredi soir, en rentrant à la maison.

— Et comment pensez-vous qu'ils prendront la nouvelle ? »

"Well... they'll be pretty irritated about it," I said. "They really will. This is about the fourth school I've gone to." I shook my head. I shake my head quite a lot. "Boy!" I said. I also say "Boy!" quite a lot. Partly because I have a lousy vocabulary and partly because I act quite young for my age sometimes. I was sixteen then, and I'm seventeen now, and some times I act like I'm about thirteen. It's really ironical, because I'm six foot two and a half and I have gray hair. I really do. The one side of my head – the right side – is full of millions of gray hairs. I've had them ever since I was a kid. And yet I still act sometimes like I was only about twelve. Everybody says that, especially my father. It's partly true, too, but it isn't *all* true. People always think something's *all* true. I don't give a damn, except that I get bored sometimes when people tell me to act my age. Sometimes I act a lot older than I am – I really do – but people never notice it. People never notice anything.

Old Spencer started nodding again. He also started picking his nose. He made out like he was only pinching it, but he was really getting the old thumb right in there. I guess he thought it was all right to do because it was only me that was in the room. I didn't *care,* except that it's pretty disgusting to watch somebody pick their nose.

Then he said, "I had the privilege of meeting your mother and dad when they had their little chat with Dr. Thurmer some weeks ago. They're grand people."

"Yes, they are. They're very nice."

Grand. There's a word I really hate. It's a phony. I could puke every time I hear it.

J'ai dit « Ben... Ils vont être pas mal furieux. C'est sûr. Ça doit faire la quatrième fois que je change d'école. » J'ai hoché la tête. J'ai la manie de hocher la tête. J'ai dit « Ouah ». Parce que, aussi, je dis « Ouah ». En partie parce que j'ai un vocabulaire à la noix et en partie parce que souvent j'agis comme si j'étais plus jeune que mon âge, j'avais seize ans à l'époque et maintenant j'en ai dix-sept et quelquefois j'agis comme si j'en avais dans les treize. Et le plus marrant, c'est que je mesure un mètre quatre-vingt-six et que j'ai des cheveux blancs. Sans blague. Sur un côté de ma tête – le côté droit – y a des millions de cheveux blancs. Je les ai depuis que je suis môme. Et pourtant j'agis quelquefois comme si j'avais dans les douze ans ; tout le monde le dit, spécialement mon père. C'est un peu vrai. Mais pas vrai cent pour cent. Les gens pensent toujours que ce qui est vrai est vrai cent pour cent. Je m'en balance, sauf que ça finit par m'assommer quand les gens me disent que tout de même, à ton âge... Ça m'arrive aussi d'agir comme si j'étais plus vieux que mon âge – oui, oui, ça m'arrive – mais les gens le remarquent jamais. Les gens remarquent jamais rien.

Le père Spencer a recommencé à branler du chef. Et aussi il s'est mis à se décrotter le nez. Il faisait comme s'il le pinçait seulement, son nez, mais en fait il y fourrait le pouce. Je suppose qu'il trouvait que c'était pas gênant puisque c'est seulement moi qui étais là. Et moi je m'en tape, dans l'ensemble, sauf qu'un type qui se décrotte le nez, quand on le regarde ça vous dégoûte.

Après, il a dit : « J'ai eu le privilège de rencontrer vos parents lorsqu'ils sont venus voir Mr Thurmer il y a quelques semaines. Ce sont des gens très bien.

— Oh oui. C'est vrai. »

Des gens « bien ». Une expression que je déteste ; ça fait bidon ; quand je l'entends, ça me retourne l'estomac.

Then all of a sudden old Spencer looked like he had something very good, something sharp as a tack, to say to me. He sat up more in his chair and sort of moved around. It was a false alarm, though. All he did was lift the *Atlantic Monthly* off his lap and try to chuck it on the bed, next to me. He missed. It was only about two inches away, but he missed anyway. I got up and picked it up and put it down on the bed. All of a sudden then, I wanted to get the hell out of the room. I could feel a terrific lecture coming on. I didn't mind the idea so much, but I didn't feel like being lectured to and smell Vicks Nose Drops and look at old Spencer in his pajamas and bathrobe all at the same time. I really didn't.

It started, all right. "What's the matter with you, boy?" old Spencer said. He said it pretty tough, too, for him. "How many subjects did you carry this term?"

"Five, sir."

"Five. And how many are you failing in?"

"Four." I moved my ass a little bit on the bed. It was the hardest bed I ever sat on. "I passed English all right," I said, "because I had all that Beowulf and Lord Randal My Son stuff when I was at the Whooton School. I mean I didn't have to do any work in English at all hardly, except write compositions once in a while."

He wasn't even listening. He hardly ever listened to you when you said something.

"I flunked you in history because you knew absolutely nothing."

"I know that, sir. Boy, I know it. You couldn't help it."

"Absolutely nothing," he said over again. That's something that drives me crazy. When people say something twice

Et alors, d'un coup, le père Spencer a eu l'air d'avoir quelque chose d'extra à me dire, quelque chose de pénétrant comme un clou à m'enfoncer dans le crâne. Il s'est redressé un peu dans son fauteuil et il s'est mis à s'agiter ; mais c'était une fausse alerte. Tout ce qu'il a fait, c'est prendre sur ses genoux l'*Atlantic Monthly* et il a essayé de le lancer sur le lit à côté de moi. Il a loupé son coup. C'était seulement à quelques centimètres ; il a loupé. Je me suis levé, j'ai ramassé le machin et je l'ai posé sur le lit. Et brusquement je pouvais plus me supporter dans cette pièce, je sentais que se préparait un sermon dans les règles, et le sermon tout seul d'accord, mais pas le sermon *et* l'odeur des gouttes Vicks pour le nez *et* le spectacle du père Spencer en pyjama et robe de chambre. Là, c'était trop.

Et ça a démarré. Il a dit, le père Spencer : « Mais qu'est-ce qui vous prend, mon garçon ? » Et il l'a dit d'un ton vache, du moins pour lui. « Combien de matières présentiez-vous, ce trimestre ?

— Cinq, monsieur.

— Cinq. Combien d'échecs ?

— Quatre. » J'ai bougé un peu mes fesses sur le lit. Je m'étais jamais assis sur un lit aussi dur. « J'ai passé l'anglais impec », je lui ai dit, « parce que *Beowulf* et *Lord Randal My Son*, on les a vus déjà, à Whooton. C'est-à-dire que j'avais pratiquement rien à faire en anglais, sauf de temps en temps écrire une dissert'. »

Il écoutait même pas. C'était rare qu'il écoute quand on lui parlait.

« Je vous ai saqué en histoire parce que vous ne saviez absolument rien.

— C'est vrai, monsieur. » Ouah, c'était vrai. « Vous aviez pas le choix. »

Il a répété « Absolument rien ». C'est un truc qui me rend dingue. Quand les gens disent deux fois la même chose

that way, after you *admit* it the first time. Then he said it *three* times. "But absolutely nothing. I doubt very much if you opened your textbook even once the whole term. Did you? Tell the truth, boy."

"Well, I sort of glanced through it a couple of times," I told him. I didn't want to hurt his feelings. He was mad about history.

"You glanced through it, eh?" he said – very sarcastic. "Your, ah, *exam* paper is over there on top of my chiffonier. On top of the pile. Bring it here, please."

It was a very dirty trick, but I went over and brought it over to him – I didn't have any alternative or anything. Then I sat down on his cement bed again. Boy, you can't imagine how sorry I was getting that I'd stopped by to say good-by to him.

He started handling my exam paper like it was a turd or something. "We studied the Egyptians from November 4th to December 2nd," he said. "You *chose* to write about them for the optional essay question. Would you care to hear what you had to say?"

"No, sir, not very much," I said.

He read it anyway, though. You can't stop a teacher when they want to do something. They just *do* it.

The Egyptians were an ancient race of Caucasians residing in one of the northern sections of Africa. The latter as we all know is the largest continent in the Eastern Hemisphere.

I had to sit there and *listen* to that crap. It certainly was a dirty trick.

The Egyptians are extremely interesting to us today for various reasons. Modern science would still like to know what the secret ingredients were that the Egyptians used

alors que la première fois vous étiez déjà d'accord. Et voilà qu'il l'a dit une troisième fois. « Mais absolument rien. Je me demande même si vous avez jamais ouvert votre manuel de tout le trimestre. Alors ? Dites-moi la vérité, mon garçon.

— Ben… Ça m'est arrivé d'y jeter un coup d'œil », j'ai dit. Pour pas le vexer. Il adorait l'histoire.

« Ah vous y avez jeté un coup d'œil ? » il a dit, très sarcastique. « Votre… heu… votre copie d'examen est là-bas, sur la commode. En haut de la pile. Apportez-la-moi s'il vous plaît. »

C'était un rudement sale coup, mais je suis allé chercher la feuille et je la lui ai donnée – qu'est-ce que j'aurais pu faire d'autre ? Et j'ai repris place sur son paddock en béton. Ouah, vous pouvez pas vous figurer ce que j'étais fumasse d'être venu lui dire au revoir.

Il tenait ma copie comme si c'était de la merde. Il a dit : « Nous avons étudié les Égyptiens du 4 novembre au 2 décembre. Les Égyptiens, c'était votre sujet en option. Ça vous intéresserait d'entendre ce que vous avez trouvé à raconter ? »

J'ai dit : « Non monsieur. Pas tellement. »

Il a lu quand même. Les profs on peut pas les arrêter quand ils ont décidé quelque chose. Ils font comme ils ont décidé, c'est tout.

Les Égyptiens étaient une ancienne race de Caucasiens résidant dans une des parties nord de l'Afrique. Cette dernière, comme nous le savons, est le plus large continent de l'hémisphère oriental.

Et il fallait que je reste assis là, à écouter ces conneries. On peut dire que c'était un sale coup.

Les Égyptiens sont pour nous aujourd'hui extrêmement intéressants et à cela il y a diverses raisons. La science moderne cherche toujours quels ingrédients secrets les Égyptiens utili-

when they wrapped up dead people so that their faces would not rot for innumerable centuries. This interesting riddle is still quite a challenge to modern science in the twentieth century.

He stopped reading and put my paper down. I was beginning to sort of hate him. "Your *essay*, shall we say, ends there," he said in this very sarcastic voice. You wouldn't think such an old guy would be so sarcastic and all. "However, you dropped me a little note, at the bottom of the page," he said.

"I know I did," I said it very fast because I wanted to stop him before he started reading *that* out loud. But you couldn't stop him. He was hot as a fire-cracker.

DEAR MR. SPENCER [he read out loud]. That is all I know about the Egyptians. I can't seem to get very interested in them although your lectures are very interesting. It is all right with me if you flunk me though as I am flunking everything else except English anyway. Respectfully yours,

HOLDEN CAULFIELD.

He put my goddam paper down then and looked at me like he'd just beaten hell out of me in ping-pong or something. I don't think I'll ever forgive him for reading me that crap out loud. I wouldn't've read it out loud to *him* if *he'd* written it – I really wouldn't. In the first place, I'd only *writ*ten that damn note so that he wouldn't feel too bad about flunking me.

"Do you blame me for flunking you, boy?" he said.

"No, sir! I certainly don't," I said. I wished to hell he'd stop calling me "boy" all the time.

He tried chucking my exam paper on the bed when he was through with it. Only, he missed again, naturally. I had to get up again and pick it up and put it on top

saient quand ils emmaillotaient les morts afin que leurs visages se conservent sans pourrir pendant des siècles et des siècles. Cette passionnante énigme est encore un défi à la science moderne du vingtième siècle.

Il s'est arrêté, il a posé ma copie. Je commençais à le détester ou tout comme. Il a dit, d'une voix très sarcastique, « Votre composition – si on peut dire – se termine là ». J'aurais jamais cru qu'un vieux type pourrait être si sarcastique et tout. Il a ajouté : « Toutefois, vous m'avez mis un petit mot au bas de la page. »

J'ai dit « C'est vrai ». J'ai dit « c'est vrai » à toute pompe parce que je voulais l'arrêter avant qu'il lise *ça* à haute voix. Mais on pouvait plus l'arrêter. Il pétait des flammes.

Alors il a lu : *Cher Mr Spencer, je n'en sais pas plus sur les Égyptiens. Je n'arrive pas à m'y intéresser vraiment quoique vos cours soient très intéressants. Mais si vous me collez ça ne fait rien puisque je vais être collé en tout sauf en anglais. Avec mes respects. Holden Caulfield.* Il a posé ma saloperie de copie et il m'a regardé comme s'il venait de me flanquer une dérouillée au ping-pong. Je crois que je lui pardonnerai jamais d'avoir lu tout haut ces conneries. Moi, si c'était lui qui les avait écrites, je les lui aurais pas lues. D'ailleurs, cette foutue bafouille, je l'ai ajoutée simplement pour qu'il soit pas trop emmerdé de me saquer.

« M'en voulez-vous, mon garçon, pour la mauvaise note ? »

J'ai dit « Oh non, monsieur. Sûrement pas ». J'en pouvais plus de l'entendre m'appeler tout le temps « mon garçon ».

Quand il a eu fini, il a voulu lancer ma copie sur le lit. Seulement, bien sûr, il a raté son coup. A fallu que je me lève une fois de plus et que je la ramasse et la remette sur

of the *Atlantic Monthly*. It's *boring* to do that every two minutes.

"What would you have done in my place?" he said. "Tell the truth, boy."

Well, you could see he really felt pretty lousy about flunking me. So I shot the bull for a while. I told him I was a real moron, and all that stuff. I told him how I would've done exactly the same thing if I'd been in his place, and how most people didn't appreciate how tough it is being a teacher. That kind of stuff. The old bull.

The funny thing is, though, I was sort of thinking of something else while I shot the bull. I live in New York, and I was thinking about the lagoon in Central Park, down near Central Park South. I was wondering if it would be frozen over when I got home, and if it was, where did the ducks go. I was wondering where the ducks went when the lagoon got all icy and frozen over. I wondered if some guy came in a truck and took them away to a zoo or something. Or if they just flew away.

I'm lucky, though. I mean I could shoot the old bull to old Spencer and think about those ducks at the same time. It's funny. You don't have to think too hard when you talk to a teacher. All of a sudden, though, he interrupted me while I was shooting the bull. He was always interrupting you.

"How do you *feel* about all this, boy? I'd be very interested to know. Very interested."

"You mean about my flunking out of Pencey and all?" I said. I sort of wished he'd cover up his bumpy chest. It wasn't such a beautiful view.

"If I'm not mistaken, I believe you also had some difficulty at the Whooton School and at Elkton Hills." He didn't say it just sarcastic, but sort of nasty, too.

l'*Atlantic Monthly*. C'est chiant de recommencer ça toutes les deux minutes.

« Qu'auriez-vous fait à ma place ? » il a dit. « Dites-moi la vérité, mon garçon. »

C'était visible qu'il se sentait pas à l'aise de m'avoir saqué. Alors je l'ai baratiné. Je lui ai dit que j'étais un vrai cancre et tout. J'ai dit que si j'avais été à sa place j'aurais fait exactement pareil et que la plupart des gens se rendaient pas compte comme c'est dur d'être prof. Ce genre de laïus. La salade habituelle.

Ce qui est bizarre, c'est que je pensais à autre chose en lui servant mes commentaires. J'habite New York, et je pensais au lac de Central Park, en bas vers Central Park South. Je me demandais si l'eau serait gelée quand je rentrerais à la maison, et si elle l'était, où seraient allés les canards. Je me demandais où vont les canards quand l'eau se prend en glace, qu'il y a plus que de la glace. Je me demandais si un type vient pas avec un camion pour les emporter dans un zoo. Ou s'ils s'envolent on ne sait où.

Bon. J'ai de la veine. Je veux dire que je peux faire mon baratin au père Spencer et en même temps penser à ces canards. C'est curieux, on a pas besoin de réfléchir tellement quand on parle à un prof. Mais brusquement il m'a interrompu en plein discours. Lui, fallait toujours qu'il vous interrompe.

« Qu'est-ce que vous pensez de tout cela, vous, mon garçon ? Dites-moi. J'aimerais le savoir. »

J'ai dit « Vous parlez de mon renvoi ? » J'avais envie qu'il couvre sa poitrine toute en creux et bosses. C'était pas tellement beau à voir.

« Si je ne me trompe, vous avez déjà eu des ennuis à Whooton et à Elkton Hills. » C'était dit sur un ton non seulement sarcastique, mais aussi vraiment vache.

"I didn't have too much difficulty at Elkton Hills," I told him. "I didn't exactly flunk out or anything. I just quit, sort of."

"Why, may I ask?"

"Why? Oh, well it's a long story, sir. I mean it's pretty complicated." I didn't feel like going into the whole thing with him. He wouldn't have understood it anyway. It wasn't up his alley at all. One of the biggest reasons I left Elkton Hills was because I was surrounded by phonies. That's all. They were coming in the goddam window. For instance, they had this headmaster, Mr. Haas, that was the phoniest bastard I ever met in my life. Ten times worse than old Thurmer. On Sundays, for instance, old Haas went around shaking hands with everybody's parents when they drove up to school. He'd be charming as hell and all. Except if some boy had little old funny-looking parents. You should've seen the way he did with my room-mate's parents. I mean if a boy's mother was sort of fat or corny-looking or something, and if somebody's father was one of those guys that wear those suits with very big shoulders and corny black-and-white shoes, then old Haas would just shake hands with them and give them a phony smile and then he'd go talk, for maybe a half an *hour,* with somebody else's parents. I can't stand that stuff. It drives me crazy. It makes me so depressed I go crazy. I hated that goddam Elkton Hills.

Old Spencer asked me something then, but I didn't hear him. I was thinking about old Haas. "What, sir?" I said.

"Do you have any particular *qualms* about leaving Pencey?"

"Oh, I have a few qualms, all right. Sure... but not too many. Not yet, anyway. I guess it hasn't really hit me yet. It takes things a while to hit me. All I'm doing right

« J'ai pas eu trop d'ennuis à Elkton Hills. On m'a pas renvoyé. C'est moi qui suis parti.

— Pourrais-je savoir pourquoi ?

— Pourquoi ? Oh monsieur c'est une longue histoire. Je veux dire que c'est plutôt compliqué. » J'avais pas du tout envie de lui raconter. D'ailleurs il aurait pas compris. C'était pas du tout son rayon. Une des principales raisons qui m'ont fait quitter Elkton Hills c'est que j'étais entouré de faux jetons. Là-bas c'est tout pour l'apparence. Par exemple, y avait ce directeur, Mr Haas, qu'était le plus vrai faux jeton que j'aie jamais rencontré. Dix fois pire que le Thurmer. Par exemple, le dimanche, quand les parents venaient au collège, il faisait sa tournée pour leur serrer la main. Super-aimable. Sauf si un gars avait des parents un peu vieux et un peu moches. Vous l'auriez vu avec les parents de mon copain de chambre. Je veux dire, si la mère d'un des gars était plutôt grosse et un peu ringarde ou quoi, et si le père était un de ces types qui portent des costumes très épaulés et des souliers en cuir noir et blanc tout ce qu'il y a de démodé, alors le sale bonhomme leur touchait à peine la main, d'un air compassé, et puis il s'en allait parler pendant peut-être une demi-heure avec les parents de quelqu'un d'autre. Je peux pas supporter. Ça me déprime tellement que j'en deviens dingue. Ce foutu collège, je le détestais.

Le vieux Spencer m'a demandé quelque chose, mais j'ai pas compris. Je pensais à ce Haas de malheur. J'ai dit « Quoi, monsieur ?

— N'êtes-vous pas un peu inquiet à la pensée de quitter Pencey ?

— Oh oui, ça m'inquiète un peu. Certainement. Mais pas trop. Pas encore, en tout cas. J'imagine que j'ai pas encore très bien saisi. Avec moi ça prend du temps. Pour

now is thinking about going home Wednesday. I'm a moron."

"Do you feel absolutely no concern for your future, boy?"

"Oh, I feel some concern for my future, all right. Sure. Sure, I do. " I thought about it for a minute. "But not too much, I guess. Not too much, I guess."

"You *will,*" old Spencer said. "You will, boy. You will when it's too late."

I didn't like hearing him say that. It made me sound dead or something. It was very depressing. "I guess I will," I said.

"I'd like to put some sense in that head of yours, boy. I'm trying to help you. I'm trying to *help* you, if I can."

He really was, too. You could see that. But it was just that we were too much on opposite sides of the pole, that's all. "I know you are, sir," I said. "Thanks a lot. No kidding. I appreciate it. I really do." I got up from the bed then. Boy, I couldn't've sat there another ten minutes to save my life. "The thing is, though, I have to get going now. I have quite a bit of equipment at the gym I have to get to take home with me. I really do." He looked up at me and started nodding again, with this very serious look on his face. I felt sorry as hell for him, all of a sudden. But I just couldn't hang around there any longer, the way we were on opposite sides of the pole, and the way he kept missing the bed whenever he chucked something at it, and his sad old bathrobe with his chest showing, and that grippy smell of Vicks Nose Drops all over the place. "Look, sir. Don't worry about me," I said. "I mean it. I'll be all right. I'm just going through a phase right now. Everybody goes through phases and all, don't they?"

le moment je pense qu'à rentrer à la maison mercredi. C'est plutôt débile, non ?

— Et vous ne vous faites aucun souci pour votre avenir ?

— Oh si bien sûr. Bien sûr que je me fais du souci pour mon avenir. » J'ai réfléchi une minute. « Mais pas trop, quand même. Non, pas trop quand même.

— Ça viendra » a dit le père Spencer. « Ça viendra un jour, mon garçon. Et alors il sera trop tard. »

J'ai pas aimé l'entendre dire ça. On aurait cru que j'étais mort ; ou tout comme. J'ai eu le cafard. J'ai dit « Je suppose que vous avez raison.

— J'aimerais vous mettre un peu de plomb dans la tête, mon garçon. Je cherche à vous aider. Oui, ce que je cherche, c'est à vous *aider*, dans la mesure du possible. »

Et c'était vrai. C'était visible. Mais l'ennui, c'est qu'entre nous y avait des années-lumière. J'ai dit : « Je m'en rends compte, monsieur. Merci beaucoup. Sérieusement. J'apprécie drôlement. Je vous assure. » Et je me suis levé. Ouah, j'aurais pas pu rester assis sur ce pageot dix minutes de plus même si j'avais risqué ma vie en le quittant. « Ce qu'il y a, c'est que maintenant faut que je m'en aille. J'ai tout un équipement à prendre au gymnase. Pour le remmener chez moi. » Il m'a regardé et il s'est remis à branler du chef, avec un air rudement sérieux. Et tout d'un coup ça m'a fait de la peine pour lui. Mais je pouvais pas traîner plus longtemps, avec ces années-lumière entre nous et puis vu qu'il continuait à manquer le but chaque fois qu'il lançait quelque chose sur le lit, et tout le reste, son vieux peignoir minable qui lui couvrait pas bien la poitrine, et cette sale odeur des gouttes Vicks pour le nez – J'ai dit « Écoutez, monsieur, vous faites pas de souci pour moi. Je vous assure que ça ira. C'est seulement que je suis dans une mauvaise passe, en ce moment. Tout le monde a des mauvaises passes, vous savez.

"I don't know, boy. I don't know."

I hate it when somebody answers that way. "Sure. Sure, they do," I said. "I mean it, sir. Please don't worry about me." I sort of put my hand on his shoulder. "Okay?" I said.

"Wouldn't you like a cup of hot chocolate before you go? Mrs. Spencer would be –"

"I would, I really would, but the thing is, I have to get going. I have to go right to the gym. Thanks, though. Thanks a lot, sir."

Then we shook hands. And all that crap. It made me feel sad as hell, though.

"I'll drop you a line, sir. Take care of your grippe, now."

"Good-by, boy."

After I shut the door and started back to the living room, he yelled something at me, but I couldn't exactly hear him. I'm pretty sure he yelled "Good luck!" at me. I hope not. I hope to hell not. I'd never yell "Good luck!" at anybody. It sounds terrible, when you think about it.

— Non je n'en sais rien, mon garçon. Je n'en sais vraiment rien. »

Ce genre de réponse, je déteste. J'ai dit : « Moi je sais. Moi j'en suis sûr. Vous faites pas de souci pour moi. » C'est comme si j'avais mis ma main sur son épaule. J'ai dit « Okay ?

— Voulez-vous une tasse de chocolat avant de partir ? Mrs Spencer serait…

— J'aimerais bien, mais l'ennui c'est que faut que je m'en aille. Faut que je fonce au gymnase. Merci quand même. Merci beaucoup, monsieur. »

Alors on s'est serré la main. Toutes ces conneries. Ça m'a quand même foutu le cafard.

« Je vous enverrai un petit mot, monsieur. Et soignez bien votre grippe.

— Au revoir mon garçon. »

J'ai refermé la porte et j'étais dans la salle de séjour quand il m'a gueulé quelque chose, mais j'ai mal entendu. Je me demande si c'était pas « Bonne chance ! » J'espère que non. Merde, j'espère bien que non. Je crierais jamais « Bonne chance » à quelqu'un. C'est horrible, quand on y pense.

3

I'm the most terrific liar you ever saw in your life. It's awful. If I'm on my way to the store to buy a magazine, even, and somebody asks me where I'm going, I'm liable to say I'm going to the opera. It's terrible. So when I told old Spencer I had to go to the gym to get my equipment and stuff, that was a sheer lie. I don't even keep my goddam equipment in the gym.

Where I lived at Pencey, I lived in the Ossenburger Memorial Wing of the new dorms. It was only for juniors and seniors. I was a junior. My roommate was a senior It was named after this guy Ossenburger that went to Pencey. He made a pot of dough in the undertaking business after he got out of Pencey. What he did, he started these undertaking parlors all over the country that you could get members of your family buried for about five bucks apiece. You should see old Ossenburger. He probably just shoves them in a sack and dumps them in the river. Anyway, he gave Pencey a pile of dough, and they named our wing after him. The first football game of the year, he came up to school in this big goddam Cadillac, and we all had to stand up in the grandstand and give him a locomotive – that's a cheer. Then, the next morning, in chapel, he made a speech that

Chapitre 3

Je suis le plus fieffé menteur que vous ayez jamais rencontré. C'est affreux. Si je sors même simplement pour acheter un magazine et que quelqu'un me demande où je vais je suis capable de dire que je vais à l'Opéra. C'est terrible. Ainsi quand j'ai dit au père Spencer qu'il fallait que j'aille au gymnase chercher mon équipement et tout c'était un foutu mensonge. Parce que mon foutu équipement, je le laisse même pas au gymnase.

Quand j'étais à Pencey je logeais dans un des nouveaux dortoirs de l'aile Ossenburger. C'était réservé aux Juniors et Seniors. Moi j'étais encore Junior. Mon copain de chambre était Senior. Ossenburger, c'est le nom d'un ancien de Pencey. Il a fait ses études à Pencey et après, il a gagné des masses de fric dans les pompes funèbres. Son truc, c'est qu'il a créé partout dans le pays ces services d'inhumation qui vous enterrent les gens de votre famille pour cinq dollars l'unité. Vous auriez dû voir le père Ossenburger. Il faisait sans doute rien d'autre que les fourrer dans un sac et les balancer dans le fleuve. En tout cas il a donné plein de pognon à Pencey et Pencey a donné son nom à notre bâtiment. Il venait toujours au collège dans sa foutue Cadillac pour le premier match de l'année et fallait qu'on se lève tous dans la tribune et il avait droit à un ban et des hourras. Puis le lendemain matin à la chapelle il faisait un speech qui

lasted about ten hours. He started off with about fifty corny jokes, just to show us what a regular guy he was. Very big deal. Then he started telling us how he was never ashamed, when he was in some kind of trouble or something, to get right down on his knees and pray to God. He told us we should always pray to God – talk to Him and all – wherever we were. He told us we ought to think of Jesus as our buddy and all. He said *he* talked to Jesus all the time. Even when he was driving his car. That killed me. I can just see the big phony bastard shifting into first gear and asking Jesus to send him a few more stiffs. The only good part of his speech was right in the middle of it. He was telling us all about what a swell guy he was, what a hot-shot and all, then all of a sudden this guy sitting in the row in front of me, Edgar Marsalla, laid this terrific fart. It was a very crude thing to do, in chapel and all, but it was also quite amusing. Old Marsalla. He damn near blew the roof off. Hardly anybody laughed out loud, and old Ossenburger made out like he didn't even hear it, but old Thurmer, the headmaster, was sitting right next to him on the rostrum and all, and you could tell *he* heard it. *Boy,* was he sore. He didn't say anything then, but the next night he made us have compulsory study hall in the academic building and he came up and made a speech. He said that the boy that had created the disturbance in chapel wasn't fit to go to Pencey. We tried to get old Marsalla to rip off another one, right while old Thurmer was making his speech, but he wasn't in the right mood. Anyway, that's where I lived at Pencey. Old Ossenburger Memorial Wing, in the new dorms.

It was pretty nice to get back to my room, after I left old Spencer, because everybody was down at the game, and the heat was on in our room, for a change. It felt sort of

devait bien durer dix heures. Il commençait par au moins cinquante plaisanteries foireuses juste pour nous montrer quel vrai mec il était. Vrai mec mon cul. Puis il se mettait à nous dire qu'il avait jamais honte, quand il était dans les emmerdes, de s'agenouiller et de prier. Il disait qu'il fallait toujours prier Dieu – Lui parler et tout – n'importe où on se trouvait. Il disait qu'on devait penser à Jésus comme à un copain et tout. Il disait que lui il arrêtait pas de parler à Jésus. Même quand il conduisait sa voiture. Ça me tuait. Je vois bien ce gros salaud retors passant la première en demandant à Jésus de lui envoyer quelques macchabées de plus. La seule bonne partie de son discours ça a été en plein milieu. Il s'évertuait à nous montrer quel type sensas' on avait sous les yeux, un foutu mec et tout ; et alors, brusquement, ce gars assis dans la rangée devant moi, Edgar Marsalla, il a lâché un pet superbe. C'était vraiment grossier, spécialement dans la chapelle, mais c'était aussi très marrant. Super, le Marsalla. Il a presque fait sauter le toit. Y a pas eu grand monde qui a ri tout haut et Ossenburger a fait comme s'il avait pas entendu, mais le père Thurmer, le dirlo, était assis juste à côté, dans les stalles, et c'était clair que lui il avait entendu. Ouah, il était dingue. Sur le moment il a rien dit, mais le lendemain soir il a ordonné un rassemblement dans la salle d'études du bâtiment des profs et il s'est amené avec un discours tout prêt. Il a dit que le garçon qu'avait fait son malin à la chapelle méritait pas d'être à Pencey. On essayait de décider Marsalla à en lâcher un autre, juste pendant le discours de Thurmer, mais il avait plus la forme. Bref c'était là que je logeais à Pencey. L'aile Ossenburger, dans les nouveaux dortoirs.

J'ai été content de me retrouver dans ma chambre, après la visite au père Spencer, parce que tout le monde était au match et on avait du chauffage, pour changer. Ça faisait

cosy. I took off my coat and my tie and unbuttoned my shirt collar, and then I put on this hat that I'd bought in New York that morning. It was this red hunting hat, with one of those very, very long peaks. I saw it in the window of this sports store when we got out of the subway, just after I noticed I'd lost all the goddam foils. It only cost me a buck. The way I wore it, I swung the old peak way around to the back – very corny, I'll admit, but I liked it that way. I looked good in it that way. Then I got this book I was reading and sat down in my chair. There were two chairs in every room. I had one and my roommate, Ward Stradlater, had one. The arms were in sad shape, because everybody was always sitting on them, but they were pretty comfortable chairs.

The book I was reading was this book I took out of the library by mistake. They gave me the wrong book, and I didn't notice it till I got back to my room. They gave me *Out of Africa,* by Isak Dinesen. I thought it was going to stink, but it didn't. It was a very good book. I'm quite illiterate, but I read a lot. My favorite author is my brother D.B., and my next favorite is Ring Lardner. My brother gave me a book by Ring Lardner for my birthday, just before I went to Pencey. It had these very funny, crazy plays in it, and then it had this one story about a traffic cop that falls in love with this very cute girl that's always speeding. Only, he's married, the cop, so he can't marry her or anything. Then this girl gets killed, because she's always speeding. That story just about killed me. What I like best is a book that's at least funny once in a while. I read a lot of classical books, like *The Return of the Native* and all, and I like them, and I read

intime. J'ai ôté mon imper et ma cravate et déboutonné le col de ma chemise et mis sur ma tête la casquette que j'avais achetée à New York le matin même. C'était une casquette de chasseur, rouge avec une très très longue visière. Je l'avais vue à l'étalage de ce magasin de sports, quand on était sortis du métro juste après avoir découvert que j'y avais laissé les foutus fleurets. Elle m'avait coûté seulement un dollar. La façon dont je la portais, c'était la visière à l'arrière – un genre plutôt ringard je dois dire, mais j'aimais bien. Et ça m'allait vraiment pas mal. Ensuite j'ai pris le bouquin que j'avais commencé à lire et je me suis assis dans mon fauteuil. Y avait deux fauteuils dans chaque box. J'en avais un et mon copain de chambre, Ward Stradlater, en avait un. Les bras étaient en triste état, parce que tout le monde s'asseyait dessus mais ça restait quand même des fauteuils pas mal confortables.

Le livre que je lisais, c'était un bouquin que j'avais eu par erreur à la bibliothèque. Ils avaient fait une erreur et je m'en étais aperçu qu'une fois de retour dans ma chambre. Ils m'avaient donné *La Ferme africaine* par Karen Blixen. Je pensais que ça allait être dégueulasse mais pas du tout, c'était un très bon livre. Moi je sais vraiment pas grand-chose mais je lis des masses. Mon auteur préféré, c'est mon frère D.B., et celui qui vient après, c'est Ring Lardner. Quand j'allais entrer à Pencey, mon frère m'a offert un livre de Ring Lardner, pour mon anniversaire. Dedans il y avait ces pièces de théâtre très marrantes, un peu dingues, et puis une nouvelle au sujet d'un agent de la circulation qui tombe amoureux de cette fille très dégourdie qu'est une fonceuse. Seulement le flic il est marié, donc il peut pas l'épouser ni rien. Et alors cette fille, à trop foncer elle finit par se bousiller. Ça m'a presque tué, cette histoire. Ce que je préfère c'est un livre qui soit au moins de temps en temps un brin marrant. J'ai lu un tas de classiques, *Le Retour au pays natal* et tout, et j'aime bien, et j'ai lu aussi

a lot of war books and mysteries and all, but they don't knock me out too much. What really knocks me out is a book that, when you're all done reading it, you wish the author that wrote it was a terrific friend of yours and you could call him up on the phone whenever you felt like it. That doesn't happen much, though. I wouldn't mind calling this Isak Dinesen up. And Ring Lardner, except that D.B. told me he's dead. You take that book *Of Human Bondage,* by Somerset Maugham, though. I read it last summer. It's a pretty good book and all, but I wouldn't want to call Somerset Maugham up. I don't know. He just isn't the kind of a guy I'd want to call up, that's all. I'd rather call old Thomas Hardy up. I like that Eustacia Vye.

Anyway, I put on my new hat and sat down and started reading that book *Out of Africa*. I'd read it already, but I wanted to read certain parts over again. I'd only read about three pages, though, when I heard somebody coming through the shower curtains. Even without looking up, I knew right away who it was. It was Robert Ackley, this guy that roomed right next to me. There was a shower right between every two rooms in our wing, and about eighty-five times a day old Ackley barged in on me. He was probably the only guy in the whole dorm, besides me, that wasn't down at the game. He hardly ever went *any*where. He was a very peculiar guy. He was a senior, and he'd been at Pencey the whole four years and all, but nobody ever called him anything except "Ackley." Not even Herb Gale, his own roommate, ever called him "Bob" or even "Ack." If he ever gets married, his own wife'll probably call him "Ackley." He was one of these very, very tall, round-shouldered guys – he was about six four – with lousy teeth. The whole time he roomed next to me, I never even once saw him brush his teeth. They always looked mossy and awful, and he damn near made you sick if you saw him in the dining room with his mouth full of mashed potatoes

des livres de guerre et des polars. Mon rêve, c'est un livre qu'on arrive pas à lâcher et quand on l'a fini on voudrait que l'auteur soit un copain, un super-copain et on lui téléphonerait chaque fois qu'on en aurait envie. Mais ça n'arrive pas souvent. J'aimerais assez téléphoner à Karen Blixen. Et à Ring Lardner, sauf que D.B. m'a dit qu'il était mort. Tout de même, prenez ce bouquin, *Servitude humaine* de Somerset Maugham. Je l'ai lu l'été dernier. C'est pas mal et tout, mais j'aurais pas envie de téléphoner à Somerset Maugham. Je sais pas, c'est le genre de mec que j'aurais jamais envie d'appeler. J'appellerais plutôt le petit père Thomas Hardy. Son Eustacia Vye, elle me plaît.

Bon. J'ai mis ma casquette neuve et je me suis installé à lire *La Ferme africaine*. Je l'ai lu déjà mais je voulais relire certaines parties. J'avais guère relu plus de trois pages quand j'ai entendu quelqu'un qui entrait à travers la douche, en écartant les rideaux. J'ai pas eu besoin de lever la tête pour savoir tout de suite que c'était Robert Ackley, le type qui occupait le box d'à côté. Dans le bâtiment où je logeais il y avait une douche tous les deux boxes, et quatre-vingt-cinq fois par jour environ le mec Ackley me tombait dessus. À part moi, c'était probablement le seul type de tout le dortoir à pas être au match. Il allait presque jamais nulle part. C'était un type très spécial. Un Senior, et il avait déjà passé quatre ans à Pencey mais jamais personne l'appelait autrement que “Ackley”. Même Herb Gale, son copain de chambre, il lui disait jamais “Bob”, ou seulement “Ack”. Si un jour il se marie, sûrement sa femme dira aussi “Ackley”. C'était un de ces très très grands types au dos rond – il mesurait pas loin de deux mètres – et avec les dents pourries. Tout le temps qu'il a créché dans le box à côté je l'ai jamais vu se les brosser, les dents. Elles étaient toujours jaunâtres, dégueulasses, et quand on le voyait au réfectoire, la bouche pleine de purée

and peas or something. Besides that, he had a lot of pimples. Not just on his forehead or his chin, like most guys, but all over his whole face. And not only that, he had a terrible personality. He was also sort of a nasty guy. I wasn't too crazy about him, to tell you the truth.

I could feel him standing on the shower ledge, right behind my chair, taking a look to see if Stradlater was around. He hated Stradlater's guts and he never came in the room if Stradlater was around. He hated *ev*erybody's guts, damn near.

He came down off the shower ledge and came in the room. "Hi," he said. He always said it like he was terrifically bored or terrifically tired. He didn't want you to think he was *vis*iting you or anything. He wanted you to think he'd come in by mis*take,* for God's sake.

"Hi," I said, but I didn't look up from my book. With a guy like Ackley, if you looked up from your book you were a goner. You were a goner *any*way, but not as quick if you didn't look up right away.

He started walking around the room, very slow and all, the way he always did, picking up your personal stuff off your desk and chiffonier. He always picked up your personal stuff and looked at it. Boy, could he get on your nerves sometimes. "How was the fencing?" he said. He just wanted me to quit reading and enjoying myself. He didn't give a damn about the fencing. "We win, or what?" he said.

"Nobody won," I said. Without looking up, though.

"What?" he said. He always made you say everything twice.

"Nobody won," I said. I sneaked a look to see what he was fiddling around with on my chiffonier. He was looking at this picture of this girl I used to go around with in New York,

ou de petits pois ça vous retournait l'estomac. En plus, il était couvert de boutons. Pas juste sur le front et le menton comme la plupart des types, mais partout sur la figure. Et puis il avait une personnalité rudement pénible. Même c'était plutôt un sale type. Bref, je l'avais pas à la bonne.

Je le sentais juste derrière ma chaise, perché sur le rebord de la douche, qui jetait un coup d'œil circulaire pour voir si Stradlater était là. Il pouvait pas souffrir Stradlater et il se pointait jamais quand Stradlater était là. Il pouvait pour ainsi dire souffrir personne.

Il est descendu de la douche et il est entré dans la piaule. Il a dit « Salut ». Il disait toujours ça comme s'il crevait d'ennui ou de fatigue. Il voulait surtout pas qu'on se figure qu'il venait vous faire une petite visite. Fallait qu'on croie qu'il était là par erreur et tout.

J'ai dit « Salut ». Mais sans lever les yeux de mon livre. Avec un type comme Ackley, si on levait les yeux du livre on était foutu. De toute façon on était foutu, mais peut-être pas aussi vite si on le regardait pas tout de suite.

Il s'est mis à tourner en rond tranquillos', comme à son habitude en tripotant mes affaires sur le bureau et la commode. Il était toujours en train de tripoter les affaires des autres et de les examiner. Y avait des moments où vraiment il me tapait sur les nerfs. Ouah. Il a dit « Ça a marché, l'escrime ? » C'était seulement pour m'empêcher de lire en paix, parce que l'escrime il s'en foutait. Il a dit « On a gagné ou quoi ? »

J'ai dit « Personne a gagné ». Mais j'ai pas levé les yeux.

Il a dit « Hein ? » Il avait la manie de tout le temps vous faire répéter.

J'ai redit « Personne a gagné ». J'ai jeté un coup d'œil pour voir ce qu'il fabriquait avec les trucs sur ma commode. J'ai vu qu'il regardait la photo de ma copine de New York.

Sally Hayes. He must've picked up that goddam picture and looked at it at least five thousand times since I got it. He always put it back in the wrong place, too, when he was finished. He did it on purpose. You could tell.

"*No*body won," he said. "How come?"

"I left the goddam foils and stuff on the subway." I still didn't look up at him.

"On the *sub*way, for Chrissake! Ya *lost* them, ya mean?"

"We got on the wrong subway. I had to keep getting up to look at a goddam map on the wall."

He came over and stood right in my light. "Hey," I said. "I've read this same sentence about twenty times since you came in."

Anybody else except Ackley would've taken the goddam hint. Not him, though. "Think they'll make you pay for 'em?" he said.

"I don't know, and I don't give a damn. How 'bout sitting *down* or something, Ackley kid? You're right in my goddam light." He didn't like it when you called him "Ackley kid." He was always telling me I was a goddam kid, because I was sixteen and he was eighteen. It drove him mad when I called him "Ackley kid."

He kept standing there. He was *exact*ly the kind of a guy that wouldn't get out of your light when you asked him to. He'd *do* it, finally, but it took him a lot longer if you *asked* him to. "What the hellya reading?" he said.

"Goddam book."

He shoved my book back with his hand so that he could see the name of it. "Any good?" he said.

"This *sen*tence I'm reading is terrific." I can be quite sarcastic when I'm in the mood. He didn't get it, though. He started walking around the room again, picking up

Sally Hayes. Il avait bien dû la regarder au moins cinq mille fois depuis que je l'avais, cette photo. Et aussi, quand il avait fini, il la remettait jamais au bon endroit. Il le faisait exprès. C'était visible.

Il a dit « Personne a gagné ? Comment ça ?

— J'ai laissé les foutus-fleurets et tout le barda dans le métro. » J'avais toujours pas levé les yeux.

« Bon Dieu ! Dans le métro ! Tu veux dire que tu les as *perdus* ?

— On s'est trompés de métro. Fallait sans arrêt que je me lève pour vérifier sur le foutu plan. »

Il est venu vers moi et il s'est mis juste dans ma lumière. « Hey » j'ai dit, « depuis que t'es là ça fait vingt fois que je lis la même phrase. »

N'importe qui aurait compris l'allusion. Mais pas lui. Pas Ackley. Il a dit « Tu crois qu'ils vont te les faire payer ?

— Je sais pas, et je m'en fous. Pourquoi tu prendrais pas un siège, môme Ackley ? T'es juste dans ma lumière. » Il aimait pas ça quand on l'appelait « môme Ackley ». Il était toujours à me dire que j'étais un foutu môme, parce que j'avais seize ans et lui dix-huit. Quand je l'appelais « môme Ackley », ça le mettait en boule.

Et il restait là. C'était exactement le genre de gars qui se retirait pas de votre lumière quand on le lui demandait. Il finirait par le faire, mais comme on le lui demandait ça durait plus longtemps. Il a dit « C'est quoi que tu lis ?

— Un foutu bouquin. »

Il a relevé le livre du dos de la main pour voir le titre. Il a dit « C'est bon ?

— Cette phrase où j'en suis, elle est très chouette. » Quand ça me prend, je peux être vraiment sarcastique. Il a même pas pigé. Il s'est remis à traîner dans la chambre,

all my personal stuff, and Stradlater's. Finally, I put my book down on the floor. You couldn't read anything with a guy like Ackley around. It was impossible.

I slid way the hell down in my chair and watched old Ackley making himself at home. I was feeling sort of tired from the trip to New York and all, and I started yawning. Then I started horsing around a little bit. Sometimes I horse around quite a lot, just to keep from getting bored. What I did was, I pulled the old peak of my hunting hat around to the front, then pulled it way down over my eyes. That way, I couldn't see a goddam thing. "I think I'm going blind," I said in this very hoarse voice. "Mother darling, everything's getting so *dark* in here."

"You're nuts. I swear to God," Ackley said.

"Mother darling, give me your *hand*. Why won't you give me your *hand?*"

"For Chrissake, grow up."

I started groping around in front of me, like a blind guy, but without getting up or anything. I kept saying, "Mother darling, why won't you give me your *hand?*" I was only horsing around, naturally. That stuff gives me a bang sometimes. Besides, I know it annoyed hell out of old Ackley. He always brought out the old sadist in me. I was pretty sadistic with him quite often. Finally, I quit, though. I pulled the peak around to the back again, and relaxed.

"Who belongsa this?" Ackley said. He was holding my roommate's knee supporter up to show me. That guy Ackley'd pick up *any*thing. He'd even pick up your jock strap or something. I told him it was Stradlater's. So he chucked it on Stradlater's bed. He got it off Stradlater's *chiffonier,* so he chucked it on the *bed.*

en retripotant mes affaires, et les affaires de Stradlater. Finalement j'ai posé le livre par terre. On pouvait rien lire avec un type comme Ackley sur le dos. Pas la peine d'essayer.

Je me suis laissé glisser au fond du fauteuil et j'ai contemplé le père Ackley qui se croyait chez lui. Je sentais la fatigue de ce voyage à New York et j'ai bâillé deux ou trois fois. Puis j'ai commencé à faire un peu l'idiot. Quelquefois je fais vraiment l'idiot, juste pour pas trop m'emmerder. Ce que j'ai fait, ben j'ai ramené en avant la visière de ma casquette, puis je l'ai tirée sur mes yeux. Comme ça je voyais plus rien. Et j'ai dit d'une voix tout enrouée « Je crois que je suis aveugle ». Et puis « Mère bien-aimée, tout devient tellement tellement sombre.

— T'es cintré, ma parole.

— Mère bien-aimée, donnez-moi la main. Pourquoi vous me donnez pas la main ?

— Putain, t'as quel âge ? »

Je me suis mis à tâtonner devant moi, comme un type qui est aveugle, mais sans me lever ni rien. J'arrêtais pas de répéter, Mère bien-aimée pourquoi vous me donnez pas la main. Bien sûr c'était pour faire l'idiot. Le genre de truc que j'aime. En plus je voyais bien que le gars Ackley enrageait. Ce mec il réveille mes instincts sadiques. Souvent avec lui je suis plutôt sadique. Mais j'abandonne assez vite. J'ai remis la visière en arrière, et je me suis calmé.

Ackley a demandé « C'est à qui, ça ? »

Il tenait la genouillère de mon copain de chambre. Ce mec, Ackley, faut toujours qu'il tripote quelque chose. Il tripoterait même votre suspensoir à l'occasion. Je lui ai dit que c'était la genouillère de Stradlater. Alors il l'a lancée sur le lit de Stradlater. Il l'avait prise sur la commode de Stradlater alors il l'a lancée sur le lit.

He came over and sat down on the arm of Stradlater's chair. He never sat down *in* a chair. Just always on the arm. "Where the hellia get that hat?" he said.

"New York."

"How much?"

"A buck."

"You got robbed." He started cleaning his goddam fingernails with the end of a match. He was always cleaning his fingernails. It was funny, in a way. His teeth were always mossy-looking, and his ears were always dirty as hell, but he was always cleaning his fingernails. I guess he thought that made him a very *neat* guy. He took another look at my hat while he was cleaning them. "Up home we wear a hat like that to shoot *deer* in, for Chrissake," he said. "That's a deer shooting hat."

"Like hell it is." I took it off and looked at it. I sort of closed one eye, like I was taking aim at it. "This is a people shooting hat," I said. "I shoot people in this hat."

"Your folks know you got kicked out yet?"

"Nope."

"Where the hell's Stradlater at, anyway?"

"Down at the game. He's got a date." I yawned. I was yawning all over the place. For one thing, the room was too damn hot. It made you sleepy. At Pencey, you either froze to death or died of the heat.

"The great Stradlater," Ackley said. " – Hey. Lend me your scissors a second, willya? Ya got 'em handy?"

"No. I packed them already. They're way in the top of the closet."

"Get 'em a second, willya?" Ackley said. "I got this hangnail I want to cut off."

Il est venu s'asseoir sur le bras du fauteuil de Stradlater. Il s'asseyait jamais *dans* un fauteuil. Toujours sur le bras. Il a dit « Ousque t'as dégoté cette casquette ?

— À New York.

— Combien ?

— Un dollar.

— Tu t'es fait pigeonner. »

Il s'est mis à se curer les ongles avec le bout d'une allumette. Fallait toujours qu'il se cure les ongles. Ça valait le jus, il avait toujours les dents jaunes et des oreilles pleines de crasse mais il passait son temps à se curer les ongles. J'imagine qu'il se figurait que ça lui donnait le genre du type super-soigné. Tout en se curant les ongles il a encore jeté un coup d'œil à ma casquette. Il a dit : « Chez nous, putain, quand on porte une casquette comme ça c'est pour chasser le daim. C'est une casquette de chasse au daim.

— Tu déconnes. » J'ai ôté la casquette et je l'ai examinée. J'ai fermé un œil comme si je voulais la prendre pour cible. J'ai dit « C'est une casquette de chasse à l'homme. Moi je la mets pour chasser l'homme.

— Tes vieux, ils savent qu'on t'a renvoyé ?

— Ben non.

— Ousqu'il est, Stradlater ?

— Au match. Il a une fille. » J'ai bâillé. Je bâillais tous azimuts. D'abord il faisait trop chaud dans la pièce. La chaleur ça endormait. À Pencey, ou bien on pèle de froid ou bien on crève de chaud.

« Stradlater le magnifique. » A dit Ackley. Et puis « Hey, prête-moi tes ciseaux une seconde, si tu les as sous la main.

— Non, ils sont dans ma valise. Tout en haut de la penderie.

— Tu me les passes une seconde ? J'ai une petite peau qui faut que je coupe. »

He didn't care if you'd packed something or not and had it way in the top of the closet. I got them for him though. I nearly got killed doing it, too. The second I opened the closet door, Stradlater's tennis racket – in its wooden press and all – fell right on my head. It made a big *clunk*, and it hurt like hell. It damn near killed old Ackley, though. He started laughing in this very high falsetto voice. He kept laughing the whole time I was taking down my suitcase and getting the scissors out for him. Something like that – a guy getting hit on the head with a rock or something – tickled the pants off Ackley. "You have a damn good sense of humor, Ackley kid," I told him. "You know that?" I handed him the scissors. "Lemme be your manager. I'll get you on the goddam radio." I sat down in my chair again, and he started cutting his big horny-looking nails. "How 'bout using the table or something?" I said. "Cut 'em over the table, willya? I don't feel like walking on your crumby nails in my bare feet tonight." He kept right on cutting them over the floor, though. What lousy manners. I mean it.

"Who's Stradlater's date?" he said. He was always keeping tabs on who Stradlater was dating, even though he hated Stradlater's guts.

"I don't know. Why?"

"No reason. Boy, I can't stand that sonuvabitch. He's one sonuvabitch I really can't stand."

"He's crazy about *you*. He told me he thinks you're a goddam prince." I said. I call people a "prince" quite often when I'm horsing around. It keeps me from getting bored or something.

"He's got this superior attitude all the time," Ackley said. "I just can't stand the sonuvabitch. You'd think he –"

Ackley, il s'en foutait qu'on ait mis les affaires dans la valise et qu'elle soit en haut de la penderie. Je lui ai quand même ressorti les ciseaux. Et dans l'opération, un peu plus j'y passais. À l'instant où j'ai ouvert la porte du placard, la raquette de tennis de Stradlater – avec sa presse de bois et tout – tout ce foutu bazar m'est tombé en plein sur le crâne. Ça a fait un énorme bang, et j'avais tellement mal que j'en aurais chialé. Ben, le gars Ackley, ça l'a tué ou presque. Il s'est mis à se bidonner. J'ai eu droit à son rire de fausset tout le temps que je descendais ma valise et que je lui sortais mes ciseaux. Un truc de ce genre – un type qui reçoit un rocher sur la tête – et voilà mon Ackley qui se gondole comme une baleine. J'ai dit : « T'as un foutu sens de l'humour, môme Ackley. Tu savais pas ? » Je lui ai tendu les ciseaux. « Laisse-moi être ton manager. Je te ferai engager à la radio. » J'ai réintégré mon fauteuil et il s'est mis à couper ses grands ongles cornés. J'ai dit : « Tu pourrais pas faire ça au-dessus de la table ou quoi ? Coupe-les au-dessus de la table, tu veux ? J'ai pas envie de marcher pieds nus sur tes saletés de rognures d'ongles. » Il en continuait pas moins à les laisser tomber par terre. Il est puant. Je vous jure.

« Qui c'est la fille qui sort avec Stradlater ? » Fallait toujours qu'il soit au courant des copines de Stradlater, quand même il pouvait pas le souffrir.

« Je sais pas. Pourquoi ?

— Comme ça. Bouh, je peux pas le voir ce couillon. C'est un vrai couillon que je peux vraiment pas voir.

— Mais lui il te trouve super. Il m'a dit que t'es un foutu prince. » Quand je fais l'idiot, j'appelle les mecs des princes. C'est une façon de pas m'emmerder ni rien.

« Il a toujours ses grands airs, a dit Ackley. Je crois même pas qu'il est intelligent, ce con. Il *se figure* qu'il l'est. Il se figure qu'il est le plus…

"Do you mind cutting your nails over the *table*, hey?" I said. "I've asked you about fifty –"

"He's got this goddam superior attitude all the time," Ackley said. "I don't even think the sonuvabitch is intelligent. He *thinks* he is. He thinks he's about the most –"

"*Ack*ley! For Chrissake. Willya *please* cut your crumby nails over the table? I've asked you fifty times."

He started cutting his nails over the table, for a change. The only way he ever did anything was if you yelled at him.

I watched him for a while. Then I said, "The reason you're sore at Stradlater is because he said that stuff about brushing your teeth once in a while. He didn't mean to insult you, for cryin' out loud. He didn't *say* it right or anything, but he didn't mean anything insulting. All he meant was you'd look better and *feel* better if you sort of brushed your teeth once in a while."

"I brush my teeth. Don't gimme *that*."

"No, you don't. I've seen you, and you don't," I said. I didn't say it nasty, though. I felt sort of sorry for him, in a way. I mean it isn't too nice, naturally, if somebody tells you you don't brush your teeth. "Stradlater's all right. He's not too bad," I said. "You don't know him, that's the trouble."

"I still say he's a sonuvabitch. He's a conceited sonuvabitch."

"He's conceited, but he's very generous in some things. He really is," I said. "Look. Suppose, for instance, Stradlater was wearing a tie or something that you liked. Say he had a tie on that you liked a helluva lot – I'm just giving you an example, now. You know what he'd do? He'd probably take it off and give it to you. He really would. Or – you know what he'd do? He'd leave it on your bed or something. But he'd *give* you the goddam tie. Most guys would probably just –"

"*Hell,*" Ackley said. "If I had his dough, I would, too."

— Ackley ! Bordel ! Veux-tu *s'il te plaît* te couper les ongles au-dessus de la table ? Je te l'ai demandé cinquante fois déjà. »

Il s'est mis, pour changer, à se couper les ongles au-dessus de la table. Ce mec, la seule façon d'en obtenir quelque chose c'était de gueuler.

Un moment je l'ai regardé faire.

Et puis j'ai dit : « T'es en pétard contre Stradlater à cause qu'il t'a bousculé pour que tu te laves les dents une fois de temps en temps. S'il a tellement crié c'était pas pour te vexer. D'accord il s'y est mal pris mais il voulait pas te vexer. Tout ce qu'il voulait c'est te dire que t'aurais meilleure allure et que tu te sentirais mieux si seulement tu te lavais les dents de temps en temps.

— Arrête. Les dents, je me les lave. »

J'ai dit : « Pas vrai. C'est pas vrai, je t'aurais vu. »

Mais je l'ai pas dit méchamment. D'un sens ça m'embêtait pour lui. Parce qu'on aime pas si quelqu'un dit qu'on se lave pas les dents. J'ai ajouté : « Stradlater, il est okay. » J'ai dit : « Stradlater est un type pas mal. Tu le connais pas, voilà le problème.

— Je continue à penser que c'est un sale con. Un sale con et un crâneur.

— Il est crâneur mais il est très généreux pour certains trucs. Sans blague. Écoute, suppose par exemple qu'il porte une cravate ou autre chose, Stradlater, et que toi t'en aies envie. Disons qu'il a une cravate que t'aimes à la folie – je te donne juste un exemple. Tu sais ce qu'il va faire ? Probable qu'il va l'enlever et te la tendre. Sans blague. Ou bien – tu sais ce qu'il va faire ? Il va la laisser sur ton lit. Ou ailleurs dans tes affaires mais en tout cas il va te la *donner*, la foutue cravate. Les autres types, pour la plupart…

— Merde, dit Ackley. Si j'avais son fric je ferais pareil.

"No, you wouldn't." I shook my head. "No, you wouldn't, Ackley kid. If you had his dough, you'd be one of the biggest –"

"Stop calling me 'Ackley kid,' God damn it. I'm old enough to be your lousy father."

"No, you're not." Boy, he could really be aggravating sometimes. He never missed a chance to let you know you were sixteen and he was eighteen. "In the first place, I wouldn't let you *in* my goddam family," I said.

"Well, just cut out calling me –"

All of a sudden the door opened, and old Stradlater barged in, in a big hurry. He was always in a big hurry. Everything was a very big deal. He came over to me and gave me these two playful as hell slaps on both cheeks – which is something that can be very annoying. "Listen," he said. "You going out anywheres special tonight?"

"I don't know. I might. What the hell's it doing out – snowing?" He had snow all over his coat.

"Yeah. Listen. If you're not going out anyplace special, how 'bout lending me your hound's-tooth jacket?"

"Who won the game?" I said.

"It's only the half. We're leaving," Stradlater said. "No kidding, you gonna use your hound's-tooth tonight or not? I spilled some crap all over my gray flannel."

"No, but I don't want you stretching it with your goddam shoulders and all," I said. We were practically the same height, but he weighed about twice as much as I did. He had these very broad shoulders.

"I won't stretch it." He went over to the closet in a big hurry. "How's a boy, Ackley?" he said to Ackley.

— Pas vrai. »

J'ai secoué la tête. « Pas vrai, môme Ackley. Si t'avais son fric tu serais un des plus…

— Arrête de m'appeler "môme". Bon Dieu, je suis en âge d'être ton père.

— Et ta sœur. » Ouah. Par moments Ackley, il vous tapait sur le système. Il manquait jamais une occasion de signaler qu'on avait seize ans et lui dix-huit. J'ai dit : « D'abord, je voudrais pas de toi dans ma famille.

— Eh bien, arrête de m'appeler… »

Tout d'un coup la porte s'est ouverte et le gars Stradlater s'est pointé, en fonçant. Il arrêtait pas de foncer. Avec lui y avait toujours urgence. Il est venu près de moi et il m'a donné une claque sur chaque joue – des claques pour rire mais c'est plutôt rare qu'on trouve ça marrant. Il a dit : « Écoute. Tu vas quelque part ce soir ?

— Je sais pas. Ça se pourrait. Bon Dieu qu'est-ce qui se passe dehors – il neige ? » Il avait plein de neige sur son manteau.

« Ouais. Écoute. Si t'as rien de spécial, tu voudrais pas me prêter ta veste de tweed ? »

J'ai demandé « Qui a gagné ?

— Ils en sont seulement à la mi-temps. Nous on se barre. » Et puis il a dit « Sans blague, tu mets ta veste de tweed ce soir ? J'ai renversé des saloperies sur mon blazer gris ».

J'ai dit : « Non, mais je tiens pas à ce que tu me la déformes avec tes foutues épaules et tout. »

Lui et moi on était pratiquement de la même taille mais il pesait deux fois plus lourd. Il avait des épaules extra-larges.

— Je vais pas te la déformer. » Il a foncé vers la penderie. Il a dit : « Comment ça va, Ackley ? »

He was at least a pretty friendly guy, Stradlater. It was partly a phony kind of friendly, but at least he always said hello to Ackley and all.

Ackley just sort of grunted when he said "How'sa boy?" He wouldn't *answer* him, but he didn't have guts enough not to at least grunt. Then he said to me, "I think I'll get going. See ya later."

"Okay," I said. He never exactly broke your heart when he went back to his own room.

Old Stradlater started taking off his coat and tie and all. "I think maybe I'll take a fast shave," he said. He had a pretty heavy beard. He really did.

"Where's your date?" I asked him.

"She's waiting in the Annex." He went out of the room with his toilet kit and towel under his arm. No shirt on or anything. He always walked around in his bare torso because he thought he had a damn good build. He did, too. I have to admit it.

Au moins, Stradlater, voilà un gars qu'était plutôt sympa. Bon d'accord, c'était un peu bidon ses manières mais lui il manquait jamais de dire bonjour à Ackley et tout.

Quand il a dit « Comment ça va ? » Ackley s'est contenté de pousser un grognement. Il lui aurait bien pas répondu mais il avait pas le cran de pas pousser au moins un grognement. Puis à moi il a dit : « Bon, moi je me taille. À tout à l'heure. »

J'ai dit « Okay ». Ackley, quand il retournait dans sa tanière ça vous brisait pas vraiment le cœur.

Le gars Stradlater s'est mis à enlever son manteau et sa cravate et tout. Il a dit : « Je me donnerais bien un petit coup de rasoir. » Il avait une barbe plutôt drue. Je vous jure.

J'ai demandé « Et ta fille, elle est où ?

— Elle m'attend à l'Annexe. »

Il est sorti de la chambre avec sous le bras sa trousse de toilette et sa serviette. Sans chemise ni rien. Il circulait toujours torse nu parce qu'il se trouvait vachement bien bâti. Il l'était. Faut bien le reconnaître.

4

I didn't have anything special to do, so I went down to the can and chewed the rag with him while he was shaving. We were the only ones in the can, because everybody was still down at the game. It was hot as hell and the windows were all steamy. There were about ten wash bowls, all right against the wall. Stradlater had the middle one. I sat down on the one right next to him and started turning the cold water on and off – this nervous habit I have. Stradlater kept whistling "Song of India" while he shaved. He had one of those very piercing whistles that are practically never in tune, and he always picked out some song that's hard to whistle even if you're a *good* whistler, like "Song of India" or "Slaughter on Tenth Avenue." He could really mess a song up.

You remember I said before that Ackley was a slob in his personal habits? Well, so was Stradlater, but in a different way. Stradlater was more of a secret slob. He always *looked* all right, Stradlater, but for instance, you should've seen the razor he shaved himself with. It was always rusty as hell and full of lather and hairs and crap. He never cleaned it or anything. He always *looked* good when he was finished fixing himself up, but he was a secret slob anyway, if you knew him the way I did. The reason he fixed himself up to look good was because he was madly in love with himself. He thought he was the handsomest guy

Chapitre 4

J'avais rien de spécial au programme aussi je suis allé avec lui aux lavabos et pendant qu'il se rasait on a discuté le coup. On était seulement nous deux bicause le match. Il faisait une chaleur d'enfer et les vitres étaient couvertes de buée. Contre le mur du fond y avait une dizaine de lavabos en enfilade. Le sien, à Stradlater, c'était celui du milieu. Je me suis assis sur celui à sa droite et je me suis mis à ouvrir et fermer le robinet d'eau froide – une manie que j'ai, c'est les nerfs – Stradlater se rasait en sifflant *Song of India*. Il sifflait toujours très aigu, et pratiquement jamais dans le ton et en plus il choisissait des trucs difficiles, même pour quelqu'un qui sait très bien siffler, des trucs comme *Song of India* ou *Slaughter on Tenth Avenue*. Pour bousiller un air il avait pas son pareil.

Si vous vous souvenez, j'ai dit qu'Ackley était plutôt dégueulasse. Eh bien Stradlater, c'était kif-kif mais dans un genre différent. Stradlater était dégueu en douce. À première vue on le trouvait impec, mais par exemple vous auriez vu son rasoir ! Toujours rouillé et plein de mousse séchée et de poils et de merde. Il le nettoyait jamais. Stradlater, il avait toujours *l'air* propre lorsqu'il avait fini de s'arranger mais quand on le connaissait bien, en douce il était dégueulasse. S'il voulait avoir l'air propre c'est qu'il était follement amoureux de sa personne. Il se croyait le plus beau gars

in the Western Hemisphere. He *was* pretty handsome, too – I'll admit it. But he was mostly the kind of a handsome guy that if your parents saw his picture in your Year Book, they'd right away say, "Who's *this* boy?" I mean he was mostly a Year Book kind of handsome guy. I knew a lot of guys at Pencey I thought were a lot handsome than Stradlater, but they wouldn't look handsome if you saw their pictures in the Year Book. They'd look like they had big noses or their ears stuck out. I've had that experience frequently.

Anyway, I was sitting on the washbowl next to where Stradlater was shaving, sort of turning the water on and off. I still had my red hunting hat on, with the peak around to the back and all. I really got a bang out of that hat.

"Hey," Stradlater said. "Wanna do me a big favor?"

"What?" I said. Not too enthusiastic. He was always asking you to do him a big favor. You take a very handsome guy, or a guy that thinks he's a real hot-shot, and they're always asking you to do them a big favor. Just because *they're* crazy about themself, they think *you're* crazy about them, too, and that you're just dying to do them a favor. It's sort of funny, in a way.

"You goin' out tonight?" he said.

"I might. I might not. I don't know. Why?"

"I got about a hundred pages to read for history for Monday," he said. "How 'bout writing a composition for me, for English? I'll be up the creek if I don't get the goddam thing in by Monday, the reason I ask. How 'bout it?"

It was very ironical. It really was.

"I'm the one that's flunking out of the goddam place, and *you're* asking me to write you a goddam composition," I said.

de l'hémisphère occidental. Faut admettre qu'il était plutôt bien. Mais c'était le type de beau gars qui aurait fait dire à vos parents, en admettant qu'ils aient vu sa photo dans l'Annuaire de l'École : « Qui est donc ce garçon ? » Je veux dire qu'il était spécialement le genre de beau gars de l'Annuaire de l'École. J'ai connu à Pencey un tas de mecs que je trouvais beaucoup mieux que Stradlater mais si on avait vu leur photo dans l'Annuaire ils auraient pas fait le même effet. On leur aurait découvert un grand nez ou les oreilles décollées. Ce serait pas la première fois que ça arrive.

Bref. J'étais assis sur le lavabo près de celui où Stradlater se rasait et je tripotais le robinet. J'avais encore ma casquette rouge, avec la visière à l'arrière et tout. Vrai, elle me bottait, cette casquette.

« Hey », qu'il m'a dit, Stradlater, « tu veux me rendre un grand service ? »

J'ai dit « Quoi ? » Avec pas trop d'enthousiasme. Il demandait tout le temps qu'on lui rende un grand service. Supposez un très beau gars ou un gars qui se prend pour quelqu'un d'extra, ce type-là il sera toujours à vous demander de lui rendre un grand service. Parce qu'il s'adore il se figure que vous aussi vous l'adorez, et que vous mourez d'envie de lui rendre service. En un sens c'est assez poilant.

Il a dit : « Tu sors ce soir ?

— Ça se peut. Je sais pas. Pourquoi ?

— J'ai cent pages d'histoire à lire pour lundi. Et en plus j'ai une dissert'. Tu me la ferais pas, ma dissert' ? Si je ne la rends pas lundi, je vais avoir des emmerdes. Voilà pourquoi je te demande. Tu veux bien ? »

Ça m'a semblé un peu fort. Le comble de l'ironie.

« C'est à moi que tu demandes de faire ta dissert' ? À moi qu'on vient de flanquer à la porte ?

"Yeah, I know. The thing is, though, I'll be up the creek if I don't get it in. Be a buddy. Be a buddyroo. Okay?"

I didn't answer him right away. Suspense is good for some bastards like Stradlater.

"What on?" I said.

"*Any*thing. Anything descriptive. A room. Or a house. Or something you once lived in or something – *you* know. Just as long as it's descriptive as hell." He gave out a big yawn while he said that. Which is something that gives me a royal pain in the ass. I mean if somebody *yawns* right while they're asking you to do them a goddam favor. "Just don't do it *too* good, is all," he said. "That sonuvabitch Hartzell thinks you're a hot-shot in English, and he knows you're my roommate. So I mean don't stick all the commas and stuff in the right place."

That's something else that gives me a royal pain. I mean if you're good at writing compositions and somebody starts talking about commas. Stradlater was always doing that. He wanted you to think that the only reason *he* was lousy at writing compositions was because he stuck all the commas in the wrong place. He was a little bit like Ackley, that way. I once sat next to Ackley at this basketball game. We had a terrific guy on the team, Howie Coyle, that could sink them from the middle of the floor, without even touching the backboard or anything. Ackley kept saying, the whole goddam game, that Coyle had a perfect *build* for basketball. God, how I hate that stuff.

I got bored sitting on that washbowl after a while, so I backed up a few feet and started doing this tap dance, just for the hell of it. I was just amusing myself. I can't really tap-dance or anything, but it was a stone floor in the can, and it was good for tap-dancing. I started imitating one of those guys in the movies. In one of those *musicals*. I hate the movies

— Ouais, je sais. Ce qu'il y a, c'est que j'aurai des emmerdes si je la rends pas. Tu serais un pote, un vrai pote. D'accord ? »

J'ai pas répondu tout de suite. Avec les salauds dans son genre, le suspense c'est pas mauvais.

J'ai dit « Sur quoi la dissert' ?

— N'importe quoi. Une description. Une pièce dans une maison. Ou bien une maison. Ou un endroit où t'as vécu – tu vois le truc. Du moment qu'on décrit. » Tout en disant ça il bâillait comme un four. Moi ça me la coupe. Je veux dire quand quelqu'un bâille juste au moment où il vous demande un service. Il a dit : « Mais arrange-toi pour que ça soit pas trop bien. Ce con d'Hartzell, il trouve que t'es génial en dissert' et il sait qu'on crèche ensemble. Alors mets pas toutes les virgules au bon endroit. »

Encore quelque chose qui me la coupe. Quand on est bon en dissert' et qu'on vient vous parler de virgules. Stradlater il faisait toujours ça. Il voulait qu'on se figure qu'il était nul en dissert' pour la seule et unique raison qu'il mettait pas les virgules au bon endroit. Avec Ackley c'était un peu la même chanson. Une fois, à un match de basket j'étais assis près d'Ackley. Il y avait Howie Coyle dans l'équipe, un joueur terrible, capable de marquer un panier du milieu du terrain, sans même toucher le panneau ni rien. Ackley a pas arrêté de répéter tout au long de la partie que Howie Coyle avait exactement le *gabarit* d'un joueur de basket. Merde, je peux pas supporter.

Au bout d'un moment j'en ai eu mon compte d'être perché sur ce lavabo alors je me suis donné un peu d'espace et j'ai commencé à faire des claquettes, pour rigoler. Juste pour rigoler. J'y connais pas grand-chose, aux claquettes, mais par terre il y avait du carrelage, ça rendait plutôt bien. Je me suis mis à imiter un de ces types dans les films. Dans les comédies musicales. Pour moi les films c'est pire que la

like poison, but I get a bang imitating them. Old Stradlater watched me in the mirror while he was shaving. All I need's an audience. I'm an exhibitionist. "I'm the goddam Governor's son," I said. I was knocking myself out. Tap-dancing all over the place. "He doesn't want me to be a tap dancer. He wants me to go to Oxford. But it's in my goddam blood, tap-dancing." Old Stradlater laughed. He didn't have too bad a sense of humor. "It's the opening night of the *Ziegfeld Follies*." I was getting out of breath. I have hardly any wind at all. "The leading man can't go on. He's drunk as a bastard. So who do they get to take his place? Me, that's who. The little ole goddam Governor's son."

"Where'dja get that hat?" Stradlater said. He meant my hunting hat. He'd never seen it before.

I was out of breath anyway, so I quit horsing around. I took off my hat and looked at it for about the ninetieth time. "I got it in New York this morning. For a buck. Ya like it?"

Stradlater nodded. "Sharp," he said. He was only flattering me, though, because right away he said, "Listen. Are ya gonna write that composition for me? I have to know."

"If I get the time, I will. If I don't, I won't," I said. I went over and sat down on the washbowl next to him again. "Who's your date?" I asked him. "Fitzgerald?"

"Hell, no! I told ya, I'm through with that pig."

"Yeah? Give her to me, boy. No kidding. She's my type."

"Take her... She's too old for you."

All of a sudden – for no good reason, really, except that I was sort of in the mood for horsing around – I felt like jumping off the washbowl and getting old Stradlater in a half nelson.

peste mais j'adore imiter les acteurs. Le gars Stradlater, il me regardait dans la glace tout en se rasant. Et moi j'ai besoin d'un public. Je suis un exhibitionniste. J'ai dit : « C'est moi le fils du Gouverneur. » Je me défonçais. Claquettes tous azimuts. « Le Gouverneur, il veut pas que je devienne un danseur de claquettes. Il veut m'envoyer à Oxford. Mais les claquettes j'ai ça dans le sang. » Il a ri. Le Stradlater. Il avait pas mal le sens de l'humour. « C'est le soir de la première aux Ziegfield Follies. » J'étais hors d'haleine. J'ai pas beaucoup de souffle. « Le premier danseur en peut plus, il est saoul comme une vache. Alors qui est-ce qu'ils prennent à sa place ? Ben moi. Le gamin génial de ce vieux schnock de Gouverneur.

— Où t'as dégoté ça ? » a demandé Stradlater. Il parlait de ma casquette de chasse. Il l'avait pas encore remarquée.

De toute façon j'étais essoufflé. Aussi j'ai arrêté de déconner. J'ai ôté ma casquette et je l'ai contemplée pour la quatre-vingt-dixième fois environ.

« Je l'ai achetée à New York ce matin. Un dollar. Elle te plaît ? »

Stradlater a hoché la tête. Il a dit « Super ». Mais j'ai compris qu'il cherchait seulement à me flatter bicause immédiatement après il m'a dit : « Écoute, tu me la fais, ma dissert' ? Faudrait que je sache.

— Je la fais si j'ai le temps. Si j'ai pas le temps je la fais pas. » Je me suis rapproché, j'ai repris ma place sur le lavabo à côté de lui. J'ai demandé « Qui c'est la fille que tu rancardes ? Fitzgerald ?

— Bon Dieu, non. Cette salope et moi c'est fini.

— Vrai ? Alors tu me la refiles ? C'est mon type.

— Prends-la. Mais elle est trop vieille pour toi. »

Subitement – et sans raison valable sauf que j'étais d'humeur à plaisanter – j'ai eu envie de dégringoler de mon lavabo et de lui faire une bonne prise de catch. Disons une

That's a wrestling hold, in case you don't know, where you get the other guy around the neck and choke him to death, if you feel like it. So I did it. I landed on him like a goddam panther.

"Cut it out, Holden, for Chrissake!" Stradlater said. He didn't feel like horsing around. He was shaving and all. "Wuddaya wanna make me do – cut my goddam head off?"

I didn't let go, though. I had a pretty good half nelson on him. "Liberate yourself from my viselike grip," I said.

"Je-sus *Christ.*" He put down his razor, and all of a sudden jerked his arms up and sort of broke my hold on him. He was a very strong guy. I'm a very weak guy. "Now, cut out the crap," he said. He started shaving himself all over again. He always shaved himself twice, to look gorgeous. With his crumby old razor.

"Who *is* your date if it isn't Fitzgerald?" I asked him. I sat down on the washbowl next to him again. "That Phyllis Smith babe?"

"No. It was supposed to be, but the arrangements got all screwed up. I got Bud Thaw's girl's roommate now… Hey. I almost forgot. She knows *you.*"

"Who does?" I said.

"My date."

"Yeah?" I said. "What's her name?" I was pretty interested.

"I'm thinking… Uh. Jean Gallagher."

Boy, I nearly dropped *dead* when he said that.

"*Jane* Gallagher," I said. I even got up from the washbowl when he said that. I damn near dropped dead. "You're damn right I know her. She practically lived right next *door* to me, the summer before last. She had this big damn Doberman pinscher. That's how I met her. Her dog used to keep coming over in our –"

"You're right in my light, Holden, for Chrissake," Stradlater said. "Ya have to stand right there?"

cravate. Au cas où vous connaîtriez pas, on passe le bras autour du cou de l'adversaire et si on veut on l'étrangle. J'ai bondi comme une panthère sur Stradlater.

« Arrête Holden, sacré bordel », a dit Stradlater. Il avait pas envie de chahuter. Il était en train de se raser et tout. « Qu'est-ce que tu cherches ? Tu veux que je me la tranche ? »

Je l'ai quand même pas laissé aller. J'avais une prise plutôt bonne. J'ai dit « Allons, petit père, libère-toi du rude étau de mes biceps.

— Bor-del. » Il a lâché le rasoir et il a relevé brutalement les bras. C'était un gars très costaud. Moi je suis plutôt faiblard. « Maintenant arrête tes conneries. » Il s'est remis à se raser. Il se rasait toujours deux fois pour être vraiment biautifoul. Avec son vieux rasoir pourri.

J'ai demandé, en regagnant mon perchoir, « Si c'est pas Fitzgerald, c'est qui ? La môme Phyllis Smith ?

— Non. Ça devait mais ça a foiré. Maintenant, j'ai la copine de chambre de Bud Thaw. Tiens, j'oubliais, elle te connaît.

— Qui ?

— Cette fille.

— Quoi ? j'ai dit. Elle s'appelle comment ? » J'étais pas mal intéressé.

« Attends que je réfléchisse… Heu, Jane Gallagher. »

Ouah. J'en suis presque tombé raide.

« *Jane* Gallagher. » Quand il a dit ça je suis même descendu du lavabo. Et un peu plus je tombais raide. « Tu parles si je la connais. Pas l'été dernier mais celui d'avant elle habitait pratiquement la maison à côté de la nôtre. Elle avait cet énorme dobermann. C'est comme ça qu'on s'est parlé. Son chien venait tout le temps dans notre… »

Stradlater a crié « Bordel, tu me prends la lumière, Holden. Tu peux pas te mettre ailleurs ? »

Boy, was I excited, though. I really was.

"Where is she?" I asked him. "I oughta go down and say hello to her or something. Where is she? In the Annex?"

"Yeah."

"How'd she happen to mention me? Does she go to B.M. now? She said she might go there. She said she might go to Shipley, too. I thought she went to Shipley. How'd she happen to mention me?" I was pretty excited. I really was.

"*I* don't know, for Chrissake. Lift up, willya? You're on my towel," Stradlater said. I was sitting on his stupid towel.

"Jane Gallagher," I said. I couldn't get over it. "Jesus H. Christ."

Old Stradlater was putting Vitalis on his hair. *My* Vitalis.

"She's a dancer," I said. "Ballet and all. She used to practice about two hours every day, right in the middle of the hottest weather and all. She was worried that it might make her legs lousy – all thick and all. I used to play checkers with her all the time."

"You used to play *what* with her all the time?"

"Checkers."

"*Checkers*, for Chrissake!"

"Yeah. She wouldn't move any of her kings. What she'd do, when she'd get a king, she wouldn't move it. She'd just leave it in the back row. She'd get them all lined up in the back row. Then she'd never use them. She just liked the way they looked when they were all in the back row."

Stradlater didn't say anything. That kind of stuff doesn't interest most people.

"Her mother belonged to the same club we did," I said. "I used to caddy once in a while, just to make some

J'étais terriblement surexcité. Ouah. Dans tous mes états.

J'ai demandé « Elle est où ? Faudrait bien que j'aille lui dire un petit bonjour. Elle est où ? À l'Annexe ?

— Exactos'.

— Comment ça se fait qu'elle a parlé de moi ? Est-ce qu'elle va à B.M. maintenant ? Elle disait qu'elle irait peut-être. Elle disait, ou bien à Shipley. Je croyais qu'elle allait à Shipley. Comment ça se fait qu'elle a parlé de moi ? » Vrai, j'étais dans tous mes états.

« Bordel, je sais pas. » Qu'il a dit, Stradlater. « Soulève-toi, veux-tu. T'as le cul sur ma serviette. » Je m'étais assis en plein sur sa foutue serviette.

J'ai redit « … Jane Gallagher ». J'en revenais pas. Sacré bordel.

Le gars Stradlater se mettait du Vitalis sur les cheveux. Mon Vitalis.

J'ai dit « C'est une danseuse. La danse classique et tout. Elle s'entraînait deux heures par jour, même en pleine chaleur. Elle se faisait du mouron pour ses jambes, de peur qu'elles deviennent moches, trop épaisses et tout. Je jouais sans arrêt aux dames avec elle.

— Tu jouais à *quoi* ?

— Aux dames.

— Aux *dames* ! Putain.

— Ouais. Elle voulait jamais bouger ses dames. Chaque fois qu'elle avait une dame elle voulait pas la bouger. Elle la laissait au dernier rang. Quand ses pions étaient allés à dame, après elle y touchait plus. C'était juste que ses dames elle aimait les voir au dernier rang, bien alignées. »

Stradlater a pas bronché. Ce genre de truc, ça n'intéresse personne.

« Sa mère jouait au golf dans le même club que nous. J'y faisais le caddie de temps en temps pour ramasser un peu de

dough. I caddy'd for her mother a couple of times. She went around in about a hundred and seventy, for nine holes."

Stradlater wasn't hardly listening. He was combing his gorgeous locks.

"I oughta go down and at least say hello to her," I said.

"Why don'tcha?"

"I will, in a minute."

He started parting his hair all over again. It took him about an hour to comb his hair.

"Her mother and father were divorced. Her mother was married again to some booze hound," I said. "Skinny guy with hairy legs. I remember him. He wore shorts all the time. Jane said he was supposed to be a playwright or some goddam thing, but all *I* ever saw him do was booze all the time and listen to every single goddam mystery program on the radio. And run around the goddam house, naked. With *Jane* around, and all."

"Yeah?" Stradlater said. That really interested him. About the booze hound running around the house naked, with Jane around. Stradlater was a very sexy bastard.

"She had a lousy childhood. I'm not kidding."

That didn't interest Stradlater, though. Only very sexy stuff interested him.

"Jane Gallagher. Jesus." I couldn't get her off my mind. I really couldn't. "I oughta go down and say hello to her, at least."

"Why the hell *don't*cha, instead of keep saying it?" Stradlater said.

I walked over to the window, but you couldn't see out of it, it was so steamy from all the heat in the can. "I'm not in the mood right now," I said, I wasn't, either. You have to be in the mood for those things. "I thought she went to Shipley. I could've sworn she went to Shipley." I walked around the can for a little while. I didn't have anything else to do. "Did she enjoy the game?" I said.

fric. J'ai fait le caddie deux ou trois fois pour sa mère. Son score c'était à peu près cent soixante-dix pour neuf trous. »

Stradlater écoutait à peine. Il arrangeait ses crans et ses bouclettes.

J'ai dit « Faudrait tout de même que je descende lui dire un petit bonjour.

— Ben, vas-y.

— Tout à l'heure. »

Il a refait sa raie. Pour se coiffer ça lui prenait des heures.

J'ai dit « Ses parents ont divorcé. Sa mère s'est remariée à un alcoolo. Un type efflanqué avec des jambes poilues. Je me rappelle. Il était tout le temps en short. Jane disait qu'il était censé écrire pour le théâtre, mais moi je l'ai jamais vu rien faire d'autre que s'imbiber et puis écouter tous les foutus programmes policiers à la radio. Et se balader à poil dans la baraque. Avec Jane qu'était là et tout.

— Ah ouais ? » Il a dit, Stradlater. Ça c'était quelque chose qui l'intéressait. L'alcoolo se baladant à poil dans la maison avec Jane qu'était là. Les trucs porno, Stradlater, ça le travaillait.

« Elle a eu une enfance pourrie. Sans blague. »

Mais il en avait rien à foutre. C'est seulement les trucs porno qui l'intéressaient.

« Jane Gallagher. Bon Dieu. » Je pouvais plus penser qu'à ça. « Faudrait que j'aille lui dire un petit bonjour, tout de même.

— Ben vas-y. Au lieu de tout le temps le répéter. »

Je me suis approché de la fenêtre, mais on voyait rien dehors. Y avait trop de buée. J'ai dit « En ce moment j'ai pas la forme. » C'était vrai. Pour ce genre de choses, faut avoir la forme. « Je croyais qu'elle allait à Shipley. J'aurais juré qu'elle allait à Shipley. » J'ai tournicoté un peu dans la pièce. J'avais rien d'autre à faire. J'ai dit « Le match, ça lui a plu ?

"Yeah, I guess so. I don't know."

"Did she tell you we used to play checkers all the time, or anything?"

"I don't know. For Chrissake, I only just *met* her," Stradlater said. He was finished combing his goddam gorgeous hair. He was putting away all his crumby toilet articles.

"Listen. Give her my regards, willya?"

"Okay," Stradlater said, but I knew he probably wouldn't. You take a guy like Stradlater, they never give your regards to people.

He went back to the room, but I stuck around in the can for a while, thinking about old Jane. Then I went back to the room, too.

Stradlater was putting on his tie, in front of the mirror, when I got there. He spent around half his goddam life in front of the mirror. I sat down in my chair and sort of watched him for a while.

"Hey," I said. "Don't tell her I got kicked out, willya?"

"Okay."

That was one good thing about Stradlater. You didn't have to explain every goddam little thing with him, the way you had to do with Ackley. Mostly, I guess, because he wasn't too interested. That's really why. Ackley, it was different. Ackley was a very nosy bastard.

He put on my hound's-tooth jacket.

"Jesus, now, try not to stretch it all over the place," I said. I'd only worn it about twice.

"I won't. Where the hell's my cigarettes?"

"On the desk." He never knew where he left anything. "Under your muffler." He put them in his coat pocket – *my* coat pocket.

I pulled the peak of my hunting hat around to the front all of a sudden, for a change. I was getting sort of nervous,

— Ouais. Je suppose. Je sais pas.

— Est-ce qu'elle t'a raconté qu'on jouait tout le temps aux dames ?

— Je sais pas. Bordel, je viens seulement de la rencontrer » a dit Stradlater. Il avait fini de peigner sa biautifoul perruque. Il rangeait ses affaires de toilette dégoûtantes.

« Écoute, dis-lui bonjour pour moi. D'accord ?

— D'accord », a dit Stradlater, mais je savais qu'il le ferait pas. Prenez un type comme Stradlater. Jamais il dit bonjour aux gens quand vous lui demandez.

Il a regagné la piaule, mais moi je suis resté un moment aux lavabos, je pensais à la môme Jane. Après, j'ai aussi réintégré la piaule.

Stradlater était devant la glace, occupé à nouer sa cravate. Il passait la moitié de sa vie devant la glace. Je me suis assis dans mon fauteuil et pendant un moment je l'ai observé.

Et puis j'ai dit « Hey, va pas lui raconter qu'on m'a foutu dehors.

— Okay. » L'avantage, avec Stradlater, c'est qu'on était pas obligé de lui donner des explications pour la moindre chose comme c'était le cas avec Ackley. Principalement, je suppose, parce que les histoires des copains il s'en foutait. Avec Ackley c'était différent. Ce salaud d'Ackley fourrait son nez partout.

Stradlater a enfilé ma veste de tweed.

« Dis donc, essaie de pas la déformer. » Je l'avais peut-être mise deux fois.

« D'accord, je ferai gaffe. Où sont mes foutues cigarettes ?

— Sur le bureau. » Il oubliait toujours où il avait mis ses affaires. « Sous ton écharpe. » Il les a fourrées dans la poche de sa veste – dans la poche de *ma* veste.

Tout d'un coup, pour changer, j'ai ramené en avant la visière de ma casquette. Je me sentais énervé. J'ai toujours

all of a sudden. I'm quite a nervous guy. "Listen, where ya going on your date with her?" I asked him. "Ya know yet?"

"I don't know. New York, if we have time. She only signed out for nine-thirty, for Chrissake."

I didn't like the way he said it, so I said, "The reason she did that, she probably just didn't know what a handsome, charming bastard you are. If she'd *known*, she probably would've signed out for nine-thirty in the *morning*."

"Goddam right," Stradlater said. You couldn't rile him too easily. He was too conceited. "No kidding, now. Do that composition for me," he said. He had his coat on, and he was all ready to go. "Don't knock yourself out or anything, but just make it descriptive as hell. Okay?"

I didn't answer him. I didn't feel like it. All I said was, "Ask her if she still keeps all her kings in the back row."

"Okay," Stradlater said, but I knew he wouldn't. "Take it easy, now." He banged the hell out of the room.

I sat there for about a half hour after he left. I mean I just sat in my chair, not doing anything. I kept thinking about Jane, and about Stradlater having a date with her and all. It made me so nervous I nearly went crazy. I already told you what a sexy bastard Stradlater was.

All of a sudden, Ackley barged back in again, through the damn shower curtains, as usual. For once in my stupid life, I was really glad to see him. He took my mind off the other stuff.

He stuck around till around dinnertime, talking about all the guys at Pencey that he hated their guts, and squeezing this big pimple on his chin. He didn't even use his handkerchief. I don't even think the bastard *had* a handkerchief, if you want to know the truth. I never saw him use one, anyway.

tendance à m'énerver. J'ai dit « Et où tu vas avec elle. T'as décidé ?

— Je sais pas. New York. Si on a le temps. Elle a seulement demandé la permission de 9 heures 30 ce soir, cette connasse. »

J'ai pas aimé sa façon de parler. Aussi j'ai dit : « Elle l'a fait pour la raison que sans doute elle ignorait totalement quel charmant salaud tu es, quel salaud bien tourné. Si elle avait su elle aurait probablement demandé la permission de 9 heures 30 *demain matin.* »

Stradlater a dit « T'as raison ». On pouvait pas facilement le mettre en boîte. Trop prétentieux, le mec. Il a dit : « Bon, sans rire, tu penses à ma dissert' ? » Il était habillé, prêt à partir. « Te casse pas trop. Rappelle-toi simplement que ça doit être vachement descriptif. Okay ? »

J'ai pas répondu. J'avais pas envie. J'ai juste dit : « Demande-lui si elle continue à garder toutes ses dames au dernier rang. »

Stradlater a redit « Okay », mais je savais bien qu'il demanderait pas. Il a filé à toute pompe. Après son départ j'ai passé une bonne demi-heure assis dans mon fauteuil, sans rien faire. J'arrêtais pas de penser à Jane et à Stradlater qui sortait avec elle et tout. Ça m'énervait tellement que j'en devenais dingue. Je vous ai déjà dit que Stradlater était sacrément porté sur le sexe.

Tout d'un coup Ackley s'est repointé, en traversant la douche comme d'habitude. Pour une fois dans ma putain de vie j'ai été vraiment content de le voir. Ça me changeait les idées.

Il m'a collé au cul jusqu'au dîner en parlant de tous ces types de Pencey qu'il pouvait pas souffrir et en se pressant un gros bouton qu'il avait sur le menton. Il se servait même pas d'un mouchoir. À vrai dire, je sais même pas si ce taré en avait un. En tout cas je l'ai jamais vu s'en servir.

5

We always had the same meal on Saturday nights at Pencey. It was supposed to be a big deal, because they gave you steak. I'll bet a thousand bucks the reason they did that was because a lot of guys' parents came up to school on Sunday, and old Thurmer probably figured everybody's mother would ask their darling boy what he had for dinner last night, and he'd say, "Steak." What a racket. You should've seen the steaks. They were these little hard, dry jobs that you could hardly even cut. You always got these very lumpy mashed potatoes on steak night, and for dessert you got Brown Betty, which nobody ate, except maybe the little kids in the lower school that didn't know any better – and guys like Ackley that ate everything.

It was nice, though, when we got out of the dining room. There were about three inches of snow on the ground, and it was still coming down like a madman. It looked pretty as hell, and we all started throwing snow-balls and horsing around all over the place. It was very childish, but everybody was really enjoying themselves.

I didn't have a date or anything, so I and this friend of mine, Mal Brossard, that was on the wrestling team, decided we'd take a bus into Agerstown and have a hamburger and may be see a lousy movie. Neither of us felt like sitting

Chapitre 5

Le samedi soir on bouffait toujours la même chose. On était censés s'en mettre plein la lampe parce qu'ils nous servaient des steaks. Je parierais mille dollars que si on avait droit au steak le samedi soir c'était pour l'unique raison que beaucoup de parents venaient au collège le dimanche et le Thurmer se figurait probablement que les mères demanderaient à leur petit chéri ce qu'il avait mangé la veille ; et alors il répondrait « un steak ». La bonne combine. Mais les steaks fallait les voir. Des petits machins tout durs et desséchés qu'on pouvait à peine couper. Le soir du steak on avait aussi cette purée à grumeaux, et pour dessert du pudding, du *Brown Betty*, un truc infect que personne mangeait sauf peut-être les mômes des petites classes qui n'y connaissaient rien et des types comme Ackley qui engouffraient n'importe quoi.

Mais quand on est sortis du réfectoire, c'était chouette. Y avait par terre dix centimètres de neige et ça tombait encore à la pelle. C'était vachement beau. On s'est mis à se jeter des boules de neige et à faire les cons tous azimuts. Des jeux de gamins, mais on rigolait bien.

J'avais pas de rancard. Alors avec mon copain Mal Brossard – un type de l'équipe de lutte – on a décidé de prendre le bus pour Agerstown et de se taper un hamburger et peut-être voir une cochonnerie de film. On avait pas envie

around on our ass all night. I asked Mal if he minded if Ackley came along with us. The reason I asked was because Ackley never did *any*thing on Saturday night, except stay in his room and squeeze his pimples or something. Mal said he didn't *mind* but that he wasn't too crazy about the idea. He didn't like Ackley much. Anyway, we both went to our rooms to get ready and all, and while I was putting on my galoshes and crap, I yelled over and asked old Ackley if he wanted to go to the movies. He could hear me all right through the shower curtains, but he didn't answer me right away. He was the kind of a guy that hates to answer you right away. Finally he came over, through the goddam curtains, and stood on the shower ledge and asked who was going besides me. He always had to know who was going. I swear, if that guy was shipwrecked somewhere, and you rescued him in a goddam boat, he'd want to know who the guy was that was rowing it before he'd even get in. I told him Mal Brossard was going. He said, "*That* bastard... All right. Wait a second." You'd think he was doing you a big favor.

It took him about five hours to get ready. While he was doing it, I went over to my window and opened it and packed a snowball with my bare hands. The snow was very good for packing. I didn't throw it at anything, though. I *start*ed to throw it. At a car that was parked across the street. But I changed my mind. The car looked so nice and white. Then I started to throw it at a hydrant, but that looked too nice and white, too. Finally I didn't throw it at anything. All I did was close the window and walk around the room with the snowball, packing it harder. A little while later, I still had it with me when I and Brossard and Ackley got on the bus. The bus driver opened the doors and made me throw it out. I *told* him I wasn't going to chuck it at anybody, but he wouldn't believe me. People never believe you.

de passer la soirée au collège sans lever le cul de dessus nos sièges. J'ai demandé à Mal si ça l'embêtait qu'Ackley vienne avec nous. Je demandais pour la raison qu'Ackley faisait jamais rien le samedi soir sauf rester dans sa chambre à tripoter ses boutons ou quoi. Mal a dit que ça l'embêtait pas vraiment mais que ça l'emballait pas non plus. Il aimait pas trop Ackley. Bon, on est allés dans nos piaules pour s'habiller et tout en mettant mes bottes et mon fourbi j'ai braillé pour savoir si Ackley voulait venir au cinoche. Il m'a très bien entendu à travers les rideaux de la douche, mais il a pas répondu illico. C'était le genre de type qui détestait vous répondre illico. Finalement il s'est amené à travers les foutus rideaux et il était là sur le rebord de la douche à me demander qui est-ce qu'y aurait à part moi. Fallait toujours qu'il sache qui est-ce qu'y aurait. Ce type, je vous jure, s'il fait un jour naufrage et qu'on va le chercher avec un canot de sauvetage, avant de monter faudra d'abord qu'il se renseigne pour savoir qui tient les rames. Je lui ai dit « Mal Brossard ». Il a dit « Ce couillon… Bon, d'accord. Une seconde ». Il avait toujours l'air de vous faire une faveur.

Il a mis dans les cinq heures pour se préparer. En l'attendant j'ai ouvert la fenêtre et j'ai tassé de la neige dans mes mains et j'ai fait une boule. La neige était juste bien pour ça. J'ai pas lancé la boule. J'allais la lancer. Sur une auto garée de l'autre côté de la rue. Mais j'ai changé d'idée. L'auto était toute blanche et chouette. Puis j'allais la lancer contre une fontaine mais ça aussi c'était blanc et chouette. Finalement, cette boule je l'ai pas lancée. J'ai simplement fermé la fenêtre et j'ai déambulé dans la piaule en tassant la neige encore plus dur. Et je l'avais toujours à la main quand on est montés dans le bus, moi et Brossard et Ackley. Le conducteur a rouvert les portières et il m'a dit de la jeter. J'ai dit que j'allais pas la lancer sur quelqu'un mais il m'a pas cru. Les gens veulent jamais vous croire.

Brossard and Ackley both had seen the picture that was playing, so all we did, we just had a couple of hamburgers and played the pinball machine for a little while, then took the bus back to Pencey. I didn't care about not seeing the movie, anyway. It was supposed to be a comedy, with Cary Grant in it, and all that crap. Besides, I'd been to the movies with Brossard and Ackley before. They both laughed like hyenas at stuff that wasn't even funny. I didn't even enjoy sitting next to them in the movies.

It was only about a quarter to nine when we got back to the dorm. Old Brossard was a bridge fiend, and he started looking around the dorm for a game. Old Ackley parked himself in my room, just for a change. Only, instead of sitting on the arm of Stradlater's chair, he laid down on my bed, with his face right on my pillow and all. He started talking in this very monotonous voice, and picking at all his pimples. I dropped about a thousand hints, but I couldn't get rid of him. All he did was keep talking in this very monotonous voice about some babe he was supposed to have had sexual intercourse with the summer before. He'd already told me about it about a hundred times. Every time he told it, it was different. One minute he'd be giving it to her in his cousin's Buick, the next minute he'd be giving it to her under some board-walk. It was all a lot of crap, naturally. He was a virgin if ever I saw one. I doubt if he ever even gave anybody a feel. Anyway, finally I had to come right out and tell him that I had to write a composition for Stradlater, and that he had to clear the hell out, so I could concentrate. He finally did, but he took his time about it, as usual. After he left, I put on my pajamas and bathrobe and my old hunting hat, and started writing the composition.

Le film qui était à l'affiche, Brossard et Ackley l'avaient vu déjà, alors tout ce qu'on a fait, on s'est tapé deux hamburgers et après ça on s'est offert quelques parties de flipper, et puis on a repris le bus pour Pencey. Je m'en foutais de pas voir le film. C'était supposé être une comédie avec Cary Grant et toute cette merde de stars. J'étais allé d'autres fois au cinoche avec Brossard et Ackley et ils se fendaient la pipe pour des choses qu'étaient vraiment pas marrantes. Même d'être assis à côté d'eux c'était pas drôle.

Quand on est rentrés au dortoir il était seulement neuf heures moins le quart. Le gars Brossard, c'était un fana du bridge et il est allé faire un tour dans le couloir pour se chercher des partenaires. Le gars Ackley s'est établi dans ma chambre, pour changer. Mais au lieu de s'asseoir sur le bras du fauteuil de Stradlater, il s'est vautré sur mon lit, la figure dans l'oreiller et tout. Il s'est mis à parler d'une voix ronronnante en pressant ses boutons. Je lui ai lancé au moins mille allusions plutôt transparentes mais sans réussir à m'en débarrasser. Il a continué à marmonner des choses sur une fille avec qui il était censé avoir fait l'amour l'été d'avant. Il m'avait déjà raconté ça mille fois. Et ça changeait à chaque fois. Ça s'était passé dans la Buick de son cousin et puis la minute suivante, c'était sur la promenade d'une station balnéaire. Mais naturellement il frimait. Si quelqu'un était encore puceau c'était bien lui. Je suis même pas sûr qu'il ait jamais seulement tripoté un peu une fille. Pour finir en tout cas il a fallu que je me décide à lui dire que je devais faire la dissert' de Stradlater. S'il voulait bien vider les lieux je pourrais peut-être me concentrer. Ça a pris du temps comme d'habitude mais quand même il a fini par dégager. Alors je me suis mis en pyjama et robe de chambre, j'ai enfoncé ma casquette sur ma tête et j'ai attaqué la foutue dissert'.

The thing was, I couldn't think of a room or a house or anything to describe the way Stradlater said he had to have. I'm not too crazy about describing rooms and houses anyway. So what I did, I wrote about my brother Allie's baseball mitt. It was a very descriptive subject. It really was. My brother Allie had this left-handed fielder's mitt. He was left-handed. The thing that was descriptive about it, though, was that he had poems written all over the fingers and the pocket and everywhere. In green ink. He wrote them on it so that he'd have something to read when he was in the field and nobody was up at bat. He's dead now. He got leukemia and died when we were up in Maine, on July 18, 1946. You'd have liked him. He was two years younger than I was, but he was about fifty times as intelligent. He was terrifically intelligent. His teachers were always writing letters to my mother, telling her what a pleasure it was having a boy like Allie in their class. And they weren't just shooting the crap. They really meant it. But it wasn't just that he was the most intelligent member in the family. He was also the nicest, in lots of ways. He never got mad at anybody. People with red hair are supposed to get mad very easily, but Allie never did, and he had very red hair. I'll tell you what kind of red hair he had. I started playing golf when I was only ten years old. I remember once, the summer I was around twelve, teeing off and all, and having a hunch that if I turned around all of a sudden, I'd see Allie. So I did, and sure enough, he was sitting on his bike outside the fence – there was this fence that went all around the course – and he was sitting there, about a hundred and fifty yards behind me, watching me tee off. That's the kind of red hair he had. God, he was a nice kid, though. He used to laugh so hard at something he thought of at the dinner table that he just about fell off his chair. I was only thirteen, and they were going to have

L'ennui, c'est que j'arrivais pas à penser à une pièce ou une maison à décrire comme Stradlater avait dit. Je raffole pas de décrire les pièces ou les maisons. Donc voilà ce que j'ai fait, j'ai parlé du gant de base-ball de mon frère Allie. C'était un bon sujet de description. Vraiment bon. Mon frère Allie avait un gant de base-ball pour joueur gaucher. Parce qu'Allie était gaucher. Ce qui prêtait à description c'est qu'y avait des poèmes écrits sur les doigts et partout. À l'encre verte. Mon frère les copiait sur son gant pour avoir quelque chose à lire quand il était sur le terrain et qu'il attendait que ça redémarre. Maintenant il est mort, mon frère. Il a eu une leucémie, il est mort quand on était dans le Maine, le 18 juillet 1946. Vous l'auriez aimé. Il avait deux ans de moins que moi mais il était dans les cinquante fois plus intelligent. Il était super-intelligent. Ses professeurs écrivaient tout le temps à ma mère pour lui dire quel plaisir ça leur faisait d'avoir Allie dans leur classe. Et c'était pas du baratin. Ils le pensaient pour de vrai. Non seulement Allie était le plus intelligent de la famille mais en bien des façons il était le plus chouette. Il se mettait jamais en rogne. Les rouquins, on dit qu'ils se mettent en rogne facilement, mais Allie jamais. Je vais vous dire le genre de rouquin que c'était. J'ai commencé à jouer au golf quand j'avais à peine dix ans. Je me souviens d'une fois, l'année de mes douze ans, je plaçais la balle sur le tee et j'ai eu comme l'impression que si je me retournais je verrais Allie. Je me suis retourné. Et tout juste, il était là, assis sur son vélo, de l'autre côté de la clôture – y avait cette clôture qui entourait le terrain – et il était là, à cent cinquante mètres de moi environ qui me regardait faire. Voilà le genre de rouquin que c'était. Bon Dieu, on a jamais vu un môme aussi chouette. Pendant les repas ça lui arrivait de rire tellement en pensant à quelque chose qu'il en tombait presque de sa chaise. C'était l'année de mes treize ans et mes vieux allaient

me psychoanalyzed and all, because I broke all the windows in the garage. I don't blame them. I really don't. I slept in the garage the night he died, and I broke all the goddam windows with my fist, just for the hell of it. I even tried to break all the windows on the station wagon we had that summer, but my hand was already broken and everything by that time, and I couldn't do it. It was a very stupid thing to do, I'll admit, but I hardly didn't even know I was doing it, and you didn't know Allie. My hand still hurts me once in a while, when it rains and all, and I can't make a real first any more – not a tight one, I mean – but outside of that I don't care much. I mean I'm not going to be a goddam surgeon or a violinist or anything *any*way.

Anyway, that's what I wrote Stadlater's composition about. Old Allie's baseball mitt. I happened to have it with me, in my suitcase, so I got it out and copied down the poems that were written on it. All I had to do was change Allie's name so that nobody would know it was my brother and not Stradlater's. I wasn't too crazy about doing it, but I couldn't think of anything else descriptive. Besides, I sort of liked writing about it. It took me about an hour, because I had to use Stradlater's lousy typewriter, and it kept jamming on me. The reason I didn't use my own was because I'd lent it to a guy down the hall.

It was around ten-thirty, I guess, when I finished it. I wasn't tired, though, so I looked out the window for a while. It wasn't snowing out any more, but every once in a while you could hear a car somewhere not being able to get started. You could also hear old Ackley snoring. Right through the goddam shower curtains you could hear him. He had sinus trouble and he couldn't breathe too hot when he was asleep. That guy had just about everything. Sinus trouble, pimples, lousy teeth, halitosis, crumby fingernails. You had to feel a little sorry for the crazy sonuvabitch.

être forcés de me faire psychanalyser et tout ça parce que j'avais brisé toutes les vitres du garage. Je leur en veux pas. Je couchais dans le garage, la nuit où Allie est mort, et j'ai brisé toutes les foutues vitres à coups de poing, juste comme ça. J'ai même essayé de démolir aussi les vitres du break qu'on avait cet été-là, mais ma main était déjà cassée et tout, alors j'ai pas pu. Un truc idiot faut bien le dire, mais je savais plus trop ce que je faisais et vous, vous savez pas comment il était, Allie. J'ai encore quelquefois une douleur à la main par temps de pluie, et je peux pas serrer le poing – pas le serrer complètement – mais à part ça je m'en fiche. J'ai jamais eu l'intention d'être chirurgien, ou violoniste.

En tout cas c'est ce que j'ai décrit dans la dissert' pour Stradlater. Le gant de base-ball d'Allie. Justement je l'avais dans ma valise alors je l'ai sorti et j'ai recopié les poèmes qui étaient griffonnés dessus. Tout ce que j'ai eu à faire, c'est de changer le nom d'Allie qu'aurait montré que c'était mon frère et pas le frère à Stradlater. Je peux pas dire que ça m'emballait mais j'étais incapable de penser à autre chose de descriptif. D'ailleurs j'aimais bien, comme sujet. Ça m'a pris à peu près une heure parce qu'il a fallu que je me serve de la machine à écrire pourrie de Stradlater et elle se bloquait sans arrêt. La mienne, je l'avais prêtée à un type qui logeait au bout du couloir.

J'ai fini vers les 10 heures 30. Je me sentais pas fatigué, aussi j'ai regardé un moment par la fenêtre. Il neigeait plus mais de temps en temps on entendait une voiture qu'avait des problèmes de démarrage. On entendait aussi ronfler Ackley. À travers les rideaux de la douche. Il avait de la sinusite et quand il dormait il suffoquait un brin. Ce mec, il avait tout. Sinusite, boutons, dents gâtées, mauvaise haleine, ongles pourris. On pouvait pas s'empêcher de le plaindre un peu, le pauvre con.

6

Some things are hard to remember. I'm thinking now of when Stradlater got back from his date with Jane. I mean I can't remember exactly what I was doing when I heard his goddam stupid footsteps coming down the corridor. I probably was still looking out the window, but I swear I can't remember. I was so damn worried, that's why. When I really worry about something, I don't just fool around. I even have to go to the bathroom when I worry about something. Only, I don't go. I'm too worried to go. I don't want to interrupt my worrying to go. If you knew Stradlater, you'd have been worried, too. I'd double-dated with that bastard a couple of times, and I know what I'm talking about. He was unscrupulous. He really was.

Anyway, the corridor was all linoleum and all, and you could hear his goddam footsteps coming right towards the room. I don't even remember where I was sitting when he came in – at the window, or in my chair or his. I swear I can't remember.

He came in griping about how cold it was out. Then he said, "Where the hell is everybody? It's like a goddam morgue around here." I didn't even bother to answer to him. If he was so goddam stupid not to realize it was Saturday night and everybody was out or asleep or home for the week end, I wasn't going to break my neck

Chapitre 6

Y a des choses, on n'arrive pas à s'en souvenir. En ce moment je pense à Stradlater quand il est revenu après son rancard avec Jane. Pas moyen de me rappeler exactement ce que je faisais quand j'ai reconnu son foutu pas dans le couloir. Probable que j'étais encore en train de regarder par la fenêtre, mais je vous jure, je m'en souviens plus. J'étais trop tracassé, voilà tout. Quand je suis vraiment tracassé, je me contente pas d'attendre que ça passe. Souvent même ça me donne la colique ; mais je vais pas aux chiottes ; je suis trop tracassé pour y aller. Je veux pas arrêter de me tracasser pour y aller. Si vous connaissiez Stradlater vous seriez tout pareil. Cette espèce de salaud et moi, il nous était déjà arrivé de sortir ensemble avec des filles, alors je sais de quoi je parle. C'est un mec qu'a pas de scrupules. Sans blague.

Bon. Y avait un lino tout le long du couloir et on entendait les pas qui se rapprochaient. Je me rappelle même pas où j'étais assis quand il est entré – à la fenêtre ou dans mon fauteuil ou dans le sien. Je me rappelle pas, je vous jure.

Il est arrivé en râlant à cause du froid au-dehors. Puis il a dit : « Ousqu'ils sont, les autres ? C'est comme la morgue, ici. » J'ai même pas pris la peine de lui répondre. S'il manquait de jugeote au point de pas se rendre compte qu'on était samedi soir et que tout le monde était sorti, ou au plumard, ou at home pour le week-end, j'allais pas me casser à le lui

telling him. He started getting undressed. He didn't say one goddam word about Jane. Not one. Neither did I. I just watched him. All he did was thank me for letting him wear my hound's-tooth. He hung it up on a hanger and put it in the closet.

Then, when he was taking off his tie, he asked me if I'd written his goddam composition for him. I told him it was over on his goddam bed. He walked over and read it while he was unbuttoning his shirt. He stood there, reading it, and sort of stroking his bare chest and stomach, with this very stupid expression on his face. He was always stroking his stomach or his chest. He was mad about himself.

All of a sudden, he said, "For Chris*sake,* Holden. This is about a goddam *base*ball glove."

"So what?" I said. Cold as hell.

"Wuddaya mean *so what?* I told you ya it had to be about a goddam *room* or a house or something."

"You said it had to be descriptive. What the hell's the difference if it's about a baseball glove?"

"God damn it." He was sore as hell. He was really furious. "You always do everything backasswards." He looked at me. "No wonder you're flunking the hell out of here," he said. "You don't do *one damn thing* the way you're supposed to. I mean it. Not one damn thing."

"All right, give it back to me, then," I said. I went over and pulled it right out of his goddam hand. Then I tore it up.

"What the hellja do *that* for?" he said.

I didn't even answer him. I just threw the pieces in the wastebasket. Then I lay down on my bed, and we both didn't say anything for a long time. He got all undressed, down to his shorts, and I lay on my bed and lit a cigarette. You weren't allowed to smoke in the dorm, but you could do it late at night when everybody was asleep or out and nobody

dire. Il a commencé à se déshabiller. Et pas un foutu mot sur Jane. Pas un. Moi non plus j'en pipais pas un. Je me contentais de l'observer. Tout ce qu'il a dit, c'est merci de lui avoir prêté ma veste. Il l'a mise sur un cintre et il l'a rangée dans la penderie.

Ensuite, il a dénoué sa cravate et il m'a demandé si j'avais écrit sa foutue dissert'. Je lui ai dit qu'elle était sur son pageot. Il l'a prise et il l'a lue, en déboutonnant sa chemise. Il était debout, torse nu, à lire et à se frotter les pectoraux et l'estomac avec cet air stupide que ça lui donne. Faut toujours qu'il se caresse l'estomac et la poitrine. Il s'adore, ce mec.

Tout d'un coup il a gueulé : « Holden. Sacré bordel. T'as parlé d'un gant de base-ball.

— Et alors ? » Que j'ai dit. Vachement glacé.

« Quoi, Et alors ? Je t'ai pas expliqué que ça devait décrire une maison ?

— T'as dit que ça devait être descriptif. Si c'est un gant de base-ball je vois pas la différence.

— Bon Dieu de bon Dieu. » Il était dans tous ses états. Vraiment furax. « Tu fais toujours tout de travers. » Il m'a regardé, il a crié : « Pas étonnant si on te fout à la porte. Tu fais rien comme il faudrait. Je te jure. Jamais rien. »

J'ai dit « Bon. Eh bien rends-moi ça ». Je me suis approché, je lui ai arraché la feuille des mains. Puis je l'ai déchirée en quatre.

« Qu'est-ce qui te prend, bordel ? »

Je lui ai même pas répondu. J'ai jeté les morceaux dans la corbeille à papiers. Puis je me suis allongé sur le lit et pendant très longtemps lui et moi on s'est plus rien dit. Il a ôté toutes ses fringues sauf le slip, et moi, étendu sur mon lit, j'ai allumé une cigarette. C'était interdit de fumer dans les dortoirs mais on pouvait le faire tard dans la soirée quand tout le monde dormait ou était sorti, donc que personne

could smell the smoke. Besides, I did it to annoy Stradlater. It drove him crazy when you broke any rules. He never smoked in the dorm. It was only me.

He still didn't say one single solitary word about Jane. So finally I said, "You're back pretty goddam late if she only signed out for nine-thirty. Did you make her be late signing in?"

He was sitting on the edge of his bed, cutting his goddam toenails, when I asked him that. "Coupla minutes," he said. "Who the hell signs out for nine-thirty on a Saturday night?" *God*, how I hated him.

"Did you go to New York?" I said.

"Ya crazy? How the hell could we go to New York if she only signed out for nine-thirty?"

"That's tough."

He looked up at me. "Listen," he said, "if you're gonna smoke in the room, how 'bout going down to the can and do it? *You* may be getting the hell out of here, but I have to stick around long enough to graduate."

I ignored him. I really did. I went right on smoking like a madman. All I did was sort of turn over on my side and watched him cut his damn toenails. What a school. You were always watching somebody cut their damn toenails or squeeze their pimples or something.

"Did you give her my regards?" I asked him.

"Yeah."

The hell he did, the bastard.

"What'd she say?" I said. "Did you ask her if she still keeps all her kings in the back row?"

"*No*, I didn't ask her. What the hell ya think we did all night – play checkers, for Chrissake?"

I didn't even answer him. God, how I hated him.

sentirait la fumée. D'ailleurs, je le faisais juste pour embêter Stradlater. Ça le rendait dingue quand on se foutait du règlement. Lui il fumait jamais au dortoir. Seulement moi.

Il avait toujours pas sorti le moindre mot sur Jane. Alors moi, j'ai fini par remettre ça. « Si elle avait que la permission de 9 heures 30, tu t'es vraiment pas pressé pour rentrer. Tu l'as mise en retard ? »

Il était assis au bord de son lit, il se coupait les ongles des orteils. Il a dit : « De trois-quatre minutes. Y a qu'elle pour pas demander plus que la permission de 9 heures 30 un samedi soir. » Bon Dieu, ce que je le détestais.

« Vous êtes allés à New York ?

— T'es pas bien ? Comment on aurait pu aller à New York ? Fallait qu'elle soit rentrée à 9 heures 30, je t'ai dit.

— Manque de pot ».

Il a levé les yeux. Il a dit : « Écoute, plutôt que de fumer dans la chambre, pourquoi tu vas pas dans les chiottes ? Toi t'es déjà renvoyé, mais moi faut que je tienne jusqu'aux exams. »

J'ai fait comme si j'avais pas entendu. J'ai continué à fumer comme un dingue. Je me suis seulement tourné sur le côté et je l'ai regardé se couper les ongles des pieds. Pencey, quelle boîte. On passait son temps à regarder un mec ou un autre se couper les ongles des pieds ou se tripoter les boutons.

« Tu lui as dit bonjour pour moi ?

— Ouais. »

Mon œil. Le salaud.

J'ai continué : « Qu'est-ce qu'elle a dit ? Tu lui as demandé si elle laisse toujours ses dames au dernier rang ?

— Non, je lui ai pas demandé. Putain. Qu'est-ce que tu crois qu'on a fait toute la soirée ? Joué aux dames ? »

J'ai même pas répondu. Bon Dieu, ce que je pouvais le détester.

"If you didn't go to New York, where'd ya go with her?" I asked him, after a little while. I could hardly keep my voice from shaking all over the place. Boy, was I getting nervous. I just had a *feeling* something had gone funny.

He was finished cutting his damn toenails. So he got up from the bed, in just his damn shorts and all, and started getting very damn playful. He came over to my bed and started leaning over me and taking these playful as hell socks at my shoulder. "Cut it out," I said. "Where'd you go with her if you didn't go to New York?"

"Nowhere. We just sat in the goddam car." He gave me another one of those playful stupid little socks on the shoulder.

"Cut it *out,*" I said. "Whose car?"

"Ed Banky's."

Ed Banky was the basketball coach at Pencey. Old Stradlater was one of his pets, because he was the center on the team, and Ed Banky always let him borrow his car when he wanted it. It wasn't allowed for students to borrow faculty guys' cars, but all the athletic bastards stuck together. In every school I've gone to, all the athletic bastards stick together.

Stradlater kept taking these shadow punches down at my shoulder. He had his toothbrush in his hand, and he put it in his mouth. "What'd you do?" I said. "Give her the time in Ed Banky's goddam car?" My voice was shaking something awful.

"What a thing to say. Want me to wash your mouth out with soap?"

"*Did* you?"

"That's a professional secret, buddy."

This next part I don't remember so hot. All I know is I got up from the bed, like I was going down to the can or

Au bout d'un moment, j'ai dit « Si t'es pas allé à New York, où t'es allé avec elle ? » J'arrivais pas à empêcher ma voix de trembler tous azimuts. Ouah. Je commençais à vachement m'énerver. J'avais comme l'*impression* qu'il s'était passé quelque chose.

Il avait fini de se les couper, ses foutus ongles. Il s'est levé du lit, et il était juste en slip et il s'est mis à rouler des mécaniques. Il s'est approché de mon paddock et il s'est penché au-dessus de moi et il me flanquait des gnons dans l'épaule soi-disant pour rigoler. J'ai dit « Merde, arrête. Où t'es allé avec elle si t'es pas allé à New York ?

— Nulle part. On est resté dans l'auto. » Il m'a redonné une mandale – toujours pour rigoler.

J'ai dit « Arrête, *merde*. L'auto à qui ?

— À Ed Banky. »

Ed Banky, l'entraîneur de basket, à Pencey. Le gars Stradlater était un de ses chouchous parce qu'il jouait centre dans l'équipe, et Ed Banky lui prêtait sa voiture. C'était interdit aux élèves d'emprunter les voitures des profs mais les salauds de sportifs, ils se tenaient les coudes. Dans tous les collèges que j'ai fréquentés, les salauds de sportifs se tenaient les coudes.

Stradlater continuait à m'asticoter. Il avait sa brosse à dents à la main. Il l'a mise dans sa bouche. J'ai dit : « Et alors ? Vous avez fait ça dans la putain de bagnole d'Ed Banky ? Dis-le. » Ma voix tremblait comme c'était pas possible.

« T'as pas fini ? Ta sale langue, tu veux que je te l'astique au savon noir ?

— *Dis*.

— Secret professionnel, mon pote. »

La suite, je m'en souviens pas très bien. Je sais que je me suis levé de mon lit, comme si j'allais aux chiottes ou

something, and then I tried to sock him, with all my might, right smack in the toothbrush, so it would split his goddam throat open. Only, I missed. I didn't connect. All I did was sort of get him on the side of the head or something. It probably hurt him a little bit, but not as much as I wanted. It probably would've hurt him a lot, but I did it with my right hand, and I can't make a good fist with that hand. On account of that injury I told you about.

Anyway, the next thing I knew, I was on the goddam floor and he was sitting on my chest, with his face all red. That is, he had his goddam *knees* on my chest, and be weighed about a ton. He had hold of my wrists, too, so I couldn't take another sock at him. I'd've killed him.

"What the hell's the matter with you?" he kept saying, and his stupid face kept getting redder and redder.

"Get your lousy *knees* off my *chest*," I told him. I was almost bawling. I really was. "Go on, get *offa* me, ya crumby bastard."

He wouldn't do it, though. He kept holding onto my wrists and I kept calling him a sonuvabitch and all, for around ten hours. I can hardly even remember what all I said to him. I told him he thought he could give the time to anybody he felt like. I told him he didn't even care if a girl kept all her kings in the back row or not, and the reason he didn't care was because he was a goddam stupid moron. He hated it when you called him a moron. All morons hate it when you call them a moron.

"Shut up, now, Holden," he said with his big stupid red face. "Just shut up, now."

"You don't even know if her first name is Jane or *Jean*, ya goddam moron!"

quoi, et alors j'ai voulu le frapper, de toutes mes forces, en plein sur la brosse à dents pour qu'elle lui transperce la gorge. Mais j'ai raté. J'ai pas touché au bon endroit mais seulement sur le côté de la tête ou par là. Ça lui a probablement fait un peu mal mais pas autant que j'aurais voulu. Ça lui aurait sans doute fait bien plus mal mais je me suis servi de ma main droite et je peux pas serrer le poing, à cause de cette fracture que j'ai eue.

Et, sans trop savoir comment, je me suis retrouvé sur le foutu plancher et Stradlater installé sur ma poitrine avec la figure toute rouge. C'est-à-dire que ses foutus genoux m'écrasaient la poitrine et il pesait bien une tonne. Il me tenait les poignets alors je pouvais pas cogner. Je l'aurais tué.

Il a dit et répété « Mais qu'est-ce qui te prend, bon Dieu ? » et son imbécile de tronche devenait de plus en plus rouge.

J'ai dit « Ôte de là tes genoux dégueulasses ». Je hurlais presque. Sans blague. « Allez, tire-toi de là, salopard. »

Il bougeait pas. Il a continué à me tenir les poignets et moi j'ai continué à l'appeler salopard pendant au moins dix heures. J'ai du mal à me rappeler tout ce que je lui ai dit. Je lui ai dit de pas se figurer qu'il pouvait faire ça avec n'importe quelle fille quand ça lui chantait. Je lui ai dit qu'il en avait rien à glander qu'une fille garde ou garde pas ses dames au dernier rang, pour la bonne raison qu'il était un crétin. Il avait horreur qu'on l'appelle un crétin. Tous les crétins ont horreur qu'on leur dise qu'ils sont des crétins.

« Maintenant tu la fermes, Holden » il a dit, avec toujours la tronche cramoisie. « Tu la fermes. Point.

— Tu sais même pas si son prénom, c'est Jane ou June, foutu crétin de mon cul.

"Now, *shut up*, Holden, God damn it – I'm *warning* ya," he said – I really had him going. "If you don't shut up, I'm gonna slam ya one."

"Get your dirty stinking moron knees off my chest."

"If I letcha up, will you keep your mouth shut?"

I didn't even answer him.

He said it over again. "Holden. If I letcha up, willya keep your mouth shut?"

"Yes."

He got up off me, and I got up, too. My chest hurt like hell from his dirty knees. "You're a dirty stupid sonuvabitch of a moron," I told him.

That got him *really* mad. He shook his big stupid finger in my face. "Holden, God damn it, I'm *warning* you, now. For the last time. If you don't keep your yap shut, I'm gonna –"

"Why should I?" I said – I was practically yelling. "That's just the trouble with all you morons. You never want to discuss anything. That's the way you can always tell a moron. They never want to discuss anything intellig –"

Then he really let one go at me, and the next thing I knew I was on the goddam floor again. I don't remember if he knocked me out or not, but I don't think so. It's pretty hard to knock a guy out, except in the goddam movies. But my nose was bleeding all over the place. When I looked up, old Stradlater was standing practically right on top of me. He had his goddam toilet kit under his arm. "Why the hell don'tcha shut *up* when I tellya to?" he said. He sounded pretty nervous. He probably was scared he'd fractured my skull or something when I hit the floor. It's too bad I didn't. "You asked for it, God damn it," he said. Boy, did he look worried.

— Maintenant, Holden, *ferme-la* » il a dit, « Bon Dieu, je t'aurai averti. Si tu la fermes pas je te fous une pêche. »

J'ai dit « Ôte de là tes genoux de crétin puant.

— Si je te laisse aller, tu la fermes ? »

J'ai même pas répondu.

Il a redemandé : « Holden, si je te laisse aller, tu la fermes, oui ou non ?

— Oui. »

Il s'est relevé et moi aussi je me suis relevé. J'avais la poitrine en compote à cause de ses saletés de genoux. J'ai dit : « T'es rien qu'une saloperie de sinistre crétin. »

Ça l'a rendu totalement dingue. Il a secoué son doigt devant mon nez. « Holden, sacré bordel, maintenant je t'avertis. Pour la dernière fois. Si tu fermes pas ta gueule je vais... »

J'ai dit « Et pourquoi je la fermerais ? » Et là encore je hurlais littéralement. « C'est bien le problème avec les crétins de ton espèce. Vous voulez jamais discuter. De rien. C'est comme ça qu'on reconnaît un crétin. Il veut jamais rien discuter d'intell... »

Alors c'est parti et je me suis retrouvé au tapis. Je me souviens pas si j'étais complètement K.O. mais je crois pas. C'est plutôt dur de mettre quelqu'un complètement K.O. Sauf dans les films. Mais je saignais du nez tous azimuts. Quand j'ai rouvert les yeux le gars Stradlater se tenait juste au-dessus de moi. Il avait sous le bras sa foutue trousse de toilette. « Bon Dieu, pourquoi que tu fermes pas ta gueule quand on te le dit ? » Il avait l'air plutôt énervé. C'était probablement la trouille que je me sois fendu le crâne quand il avait cogné sur le plancher. J'avais rien de cassé. Dommage. Stradlater a dit encore « Putain, tu l'as bien cherché ». Ouah. Il avait l'air vachement mal à l'aise.

I didn't even bother to get up. I just lay there on the floor for a while, and kept calling him a moron sonuvabitch. I was so mad, I was practically bawling.

"Listen. Go wash your face," Stradlater said. "Ya hear me?"

I told him to go wash his own moron face – which was a pretty childish thing to say, but I was mad as hell. I told him to stop off on the way to the can and give Mrs. Schmidt the time. Mrs. Schmidt was the janitor's wife. She was around sixty-five.

I kept sitting there on the floor till I heard old Stradlater close the door and go down the corridor to the can. Then I got up. I couldn't find my goddam hunting hat anywhere. Finally I found it. It was under the bed. I put it on, and turned the old peak around to the back, the way I liked it, and then I went over and took a look at my stupid face in the mirror. You never saw such gore in your life. I had blood all over my mouth and chin and even on my pajamas and bathrobe. It partly scared me and it partly fascinated me. All that blood and all sort of made me look tough. I'd only been in about two fights in my life, and I lost *both* of them. I'm not too tough. I'm a pacifist, if you want to know the truth.

I had a feeling old Ackley'd probably heard all the racket and was awake. So I went through the shower curtains into his room, just to see what the hell he was doing. I hardly ever went over to his room. It always had a funny stink in it, because he was so crumby in his personal habits.

Je me suis même pas donné la peine de me relever. Je suis resté couché par terre en continuant à l'appeler sinistre crétin. J'étais furax, j'en pleurais presque.

Il a dit : « Écoute, va te laver la tronche. Tu m'entends ? »

Je lui ai dit d'aller se laver la sienne, de tronche, sa saleté de tronche de crétin. C'était pas très malin mais j'étais tellement furax. Je lui ai dit de s'arrêter chez le concierge, Mr Schmidt, en allant aux lavabos et de faire ça avec Mrs Schmidt. Elle avait dans les soixante-cinq piges.

J'ai attendu que le gars Stradlater ferme la porte et s'éloigne vers les chiottes et alors seulement je me suis relevé. J'ai cherché partout ma foutue casquette. Finalement je l'ai retrouvée. Elle était sous le lit. Je l'ai enfoncée sur mon crâne, j'ai tourné la visière vers l'arrière parce que c'était plus à mon goût, puis je suis allé regarder ma tête de con dans la glace. Vous avez jamais rien vu d'aussi sanglant. Du sang, j'en avais partout, sur la bouche et le menton et même sur mon pyjama et ma robe de chambre. C'était un spectacle à faire peur et en même temps je trouvais ça fascinant. J'avais l'air d'un gros dur. Je m'étais battu à peu près deux fois dans ma vie et les deux fois j'avais dérouillé. Je suis pas un dur. Si vous voulez savoir, je suis un pacifiste.

J'avais bien l'impression que le gars Ackley avait entendu le chambard, que ça l'avait réveillé. Aussi j'ai écarté les rideaux de la douche pour aller voir chez lui ce qu'il faisait. C'était pas souvent que j'y entrais, dans sa piaule. Ça chlinguait toujours un peu, bicause il avait pas tellement des habitudes de propreté.

7

A tiny bit of light came through the shower curtains and all from our room, and I could see him lying in bed. I knew damn well he was wide awake. "Ackley?" I said. "Y'awake?"

"Yeah."

It was pretty dark, and I stepped on somebody's shoe on the floor and damn near fell on my head. Ackley sort of sat up in bed and leaned on his arm. He had a lot of white stuff on his face, for his pimples. He looked sort of spooky in the dark. "What the hellya doing, anyway?" I said.

"Wuddaya mean what the hell am I doing? I was tryna *sleep* before you guys started making all that noise. What the hell was the fight about, anyhow?"

"Where's the light?" I couldn't find the light. I was sliding my hand all over the wall.

"Wuddaya want the light for?... Right next to your hand."

I finally found the switch and turned it on. Old Ackley put his hand up so that the light wouldn't hurt his eyes.

"*Jes*us!" he said. "What the hell happened to *you*?" He meant all the blood and all.

"I had a little goddam tiff with Stradlater," I said. Then I sat down on the floor. They never had any chairs in their

Chapitre 7

Y avait un petit peu de lumière qui filtrait à travers les rideaux, venant de notre chambre et tout, alors je voyais vaguement Ackley dans son paddock. J'étais foutrement sûr qu'il dormait pas. J'ai dit : « Tu dors, Ackley ?

— Nan. »

C'était pas mal sombre et j'ai trébuché sur un soulier et j'ai bien failli me ramasser. Ackley s'est assis dans son lit, appuyé sur un coude. Il avait plein de blanc sur la figure, du produit pour les boutons. Dans l'obscurité ça lui donnait un peu l'air d'un fantôme.

J'ai dit : « Qu'est-ce que tu fabriques ?

— Ce que je fabrique ? Figure-toi que j'essayais de dormir quand vous deux les mecs vous avez commencé tout ce boucan. Pourquoi vous vous êtes bagarrés ?

— Où elle est, la lumière ? » J'arrivais pas à trouver l'interrupteur. Je passais la main partout sur le mur.

« Pourquoi que tu veux de la lumière ? C'est juste à côté de ta main. »

J'ai fini par trouver le bouton. J'ai appuyé. Ackley a replié son bras devant ses yeux.

« Bordel », il a dit, « qu'est-ce qui t'est arrivé ? » Il parlait du sang et tout.

« J'ai eu une petite discussion avec Stradlater. » Je me suis assis sur le plancher. Y avait jamais de sièges dans cette

room. I don't know what the hell they did with their chairs.

"Listen," I said, "do you feel like playing a little Canasta?" He was a Canasta fiend.

"You're still *bleed*ing, for Chrissake. You better put something on it."

"It'll stop. Listen. Ya wanna play a little Canasta or don'tcha?"

"Ca*nas*ta, for Chrissake. Do you know what time it is, by any chance?"

"It isn't late. It's only around eleven, eleven-thirty."

"*On*ly around!" Ackley said. "Listen. I gotta get up and go to *Mass* in the morning, for Chrissake. You guys start hollering and fighting in the middle of the goddam – What the hell was the fight about, anyhow?"

"It's a long story. I don't wanna bore ya, Ackley. I'm thinking of your welfare," I told him. I never discussed my personal life with him. In the first place, he was even more stupid than Stradlater. Stradlater was a goddam genius next to Ackley. "Hey," I said, "is it okay if I sleep in Ely's bed tonight? He won't be back till tomorrow night, will he?" I knew damn well he wouldn't. Ely went home damn near every week end.

"*I* don't know when the hell he's coming back," Ackley said.

Boy, did that annoy me. "What the hell do you mean you don't know when he's coming back? He never comes back till Sunday *night*, does he?"

"No, but for Chrissake, I can't just tell somebody they can sleep in his goddam *bed* if they want to."

That killed me. I reached up from where I was sitting on the floor and patted him on the goddam shoulder. "You're a prince, Ackley kid," I said. "You know that?"

"No, I mean it – I can't just tell somebody they can sleep in –"

piaule. Ce qu'ils en foutaient je me le demande. J'ai dit : « Écoute, t'as pas envie de jouer un peu à la canasta ? » C'était un fana de la canasta.

« Tu saignes encore. Putain. Tu ferais mieux de mettre quelque chose dessus.

— Ça va s'arrêter. Écoute. Qu'est-ce que tu penses d'une partie de canasta ?

— De canasta. Putain. Tu sais quelle heure il est, non ?

— Il est pas tard. Dans les onze heures, onze heures et demie. Pas plus.

— *Pas plus !* » Puis il a dit : « Écoute, moi demain matin je me lève pour aller à la messe, bordel. Vous deux, vous vous mettez à brailler et à vous battre en plein milieu de la nuit… et pourquoi vous vous êtes battus ? »

J'ai dit « C'est une trop longue histoire. Je voudrais pas te les briser. C'est pour ton bien ». Je lui racontais jamais ma vie privée. D'abord, il était encore plus abruti que Stradlater. À côté d'Ackley, Stradlater c'était un génie. J'ai demandé « Hé, c'est okay si je dors dans le plumard d'Ely ? Il rentre pas avant demain soir, non ? » Je le savais qu'il rentrait pas. Ely allait chez lui pratiquement tous les week-ends.

« Moi j'ai pas la moindre idée de quand il rentre » a dit Ackley.

Ouah. C'était chiant. « Qu'est-ce que tu veux dire, bon Dieu ? Tu sais pas quand il rentre ? Il revient jamais avant le dimanche soir, non ?

— Non. Mais bordel je peux pas dire à n'importe qui de coucher dans son plume si l'envie lui prend. »

Ça m'a tué. Je me suis étiré un peu – j'étais toujours assis par terre – et j'ai tapoté sa foutue épaule. J'ai dit : « Môme Ackley, t'es un prince. Tu le savais ?

— Non. Mais c'est normal, je peux pas dire à n'importe qui de coucher dans son…

"You're a real prince. You're a gentleman and a scholar, kid," I said. He really was, too. "Do you happen to have any cigarettes, by any chance? – Say 'no' or I'll drop dead."

"No, I don't, as a matter of fact. Listen, what the hell was the fight about?"

I didn't answer him. All I did was, I got up and went over and looked out the window. I felt so lonesome, all of a sudden. I almost wished I was dead.

"What the hell was the fight about, anyhow?" Ackley said, for about the fiftieth time. He certainly was a bore about that.

"About you," I said.

"About *me*, for Chrissake?"

"Yeah. I was defending your goddam honor. Stradlater said you had a lousy personality. I couldn't let him get away with that stuff."

That got him excited. "He did? No kidding? He did?"

I told him I was only kidding, and then I went over and laid down on Ely's bed. Boy, did I feel rotten. I felt so damn lonesome.

"This room stinks," I said. "I can smell your socks from way over here. Don'tcha ever send them to the laundry?"

"If you don't like it, you know what you can do," Ackley said. What a witty guy. "How 'bout turning off the goddam light?"

I didn't turn it off right away, though. I just kept laying there on Ely's bed, thinking about Jane and all. It just drove me stark staring mad when I thought about her and Stradlater parked somewhere in that fat-assed Ed Banky's car. Every time I thought about it, I felt like jumping out the window. The thing is, you don't know Stradlater. I knew him. Most guys at Pencey just *talked* about having sexual intercourse with girls all the time – like Ackley, for instance – but old Stradlater

— T'es un vrai prince. Môme, t'es un gars cultivé et raffiné. » Et allez donc. « T'aurais pas des cigarettes, par hasard ? Si tu me dis que t'en as, je tombe raide.

— Eh bien non, j'en ai pas. Écoute, pourquoi vous vous êtes bagarrés ? »

J'ai pas répondu. Tout ce que j'ai fait, c'est me lever et aller regarder par la fenêtre. Brusquement je me sentais très seul. J'avais presque envie d'être mort.

Ackley a demandé, pour la cinquantième fois : « Pourquoi vous vous êtes bagarrés ? » Il commençait à m'emmerder.

J'ai dit « À cause de toi.

— De *moi* ? Putain.

— Ouais. Je défendais ton honneur. Stradlater disait que tu étais un pourri. Je pouvais pas laisser passer. »

Il s'est drôlement énervé. « Il a dit ça ? Sans blague ? »

J'ai admis que c'en était une, de blague, et je me suis couché sur le paddock d'Ely. Ouah, je me sentais si mal fichu. Je me sentais vachement seul.

J'ai dit « Ça chlingue ici. Tes chaussettes, on les sent de loin. Tu les donnes jamais à laver ?

— Si ça te plaît pas, tu sais ce qui te reste à faire », a dit Ackley, très spirituel. « Et tu pourrais peut-être éteindre cette saloperie de lumière ? »

Mais j'ai pas éteint tout de suite. Je suis resté allongé sur le plumard d'Ely, et je pensais à Jane et tout. Quand je pensais à elle et Stradlater dans l'auto de ce gros cul d'Ed Banky, garée quelque part, je me sentais devenir complètement cinglé. Chaque fois que j'y pensais l'envie me prenait de me jeter par la fenêtre. Ce qu'il y a, c'est que vous connaissez pas Stradlater. Moi je le connais. À Pencey, la plupart des gars comme Ackley, par exemple, ils *parlent* tout le temps de rapports sexuels avec les filles. Mais le gars Stradlater, lui, des rapports il en a pour de

really did it. I was personally acquainted with at least two girls he gave the time to. That's the truth.

"Tell me the story of your fascinating life, Ackley kid," I said.

"How 'bout turning off the goddam light? I gotta get up for Mass in the morning."

I got up and turned it off, if it made him happy. Then I laid down on Ely's bed again.

"What're ya gonna do – sleep in Ely's bed?" Ackley said. He was the perfect host, boy.

"I may. I may not. Don't worry about it."

"I'm not *wor*ried about it. Only, I'd hate like hell if Ely came in all of a sudden and found some guy –

"Relax. I'm not gonna sleep here. I wouldn't abuse your goddam hospitality."

A couple of minutes later, he was snoring like mad. I kept laying there in the dark anyway, though, trying not to think about old Jane and Stradlater in that goddam Ed Banky's car. But it was almost impossible. The trouble was, I knew that guy Stradlater's technique. That made it even worse. We once double-dated, in Ed Banky's car, and Stradlater was in the back, with his date, and I was in the front with mine. What a technique that guy had. What he'd do was, he'd start snowing his date in this very quiet, *sincere* voice – like as if he wasn't only a very handsome guy but a nice, *sincere* guy, too. I damn near puked, listening to him. His date kept saying, "No – *please*. Please, don't. *Please*." But old Stradlater kept snowing her in this Abraham Lincoln, sincere voice, and finally there'd be this terrific silence in the back of the car. It was really embarrassing. I don't think he gave that girl the time that night – but damn near. *Damn* near.

vrai. Personnellement je pourrais nommer au moins deux filles qui ont fait ça avec lui. Sans rire.

J'ai demandé : « Môme Ackley, tu voudrais pas me dire l'histoire de ta vie aventureuse ?

— Toi tu voudrais pas éteindre la lumière ? Demain matin je me lève pour la messe. »

Je l'ai éteinte, sa foutue lumière, s'il fallait que ça pour le rendre heureux. Et je me suis recouché sur le plumard à Ely.

« Qu'est-ce que tu veux faire ? dormir ici ? » a demandé Ackley. Ouah, c'était vraiment l'hôte parfait.

« Peut-être. Ou peut-être pas. Arrête de te tracasser.

— Ça me tracasse pas. Mais si Ely s'amène j'ai pas envie qu'il trouve un gars dans son pageot.

— Relaxe-toi. Je vais pas dormir là. Ça me ferait mal d'abuser de ton hospitalité. »

Deux minutes plus tard il ronflait à pleins tubes. Je suis resté étendu dans le noir, et j'essayais de pas penser à la môme Jane avec Stradlater dans la foutue bagnole à Ed Banky. Mais c'était presque impossible. L'ennui, c'est que je connaissais la technique du mec Stradlater. Ce qui n'arrangeait rien. Une fois, lui et moi on avait été ensemble dans l'auto d'Ed Banky, Stradlater à l'arrière avec sa fille, et moi à l'avant avec la mienne. Faut voir la technique qu'il avait, le salaud. Tout d'abord il commençait à baratiner la fille sur un ton tranquille, très *sincère* – comme s'il était pas seulement un très beau gars mais aussi un gars très gentil et *sincère*. Rien qu'à l'écouter, j'avais envie de vomir. La fille répétait : « Non *je t'en prie*. Pas ça. *Je t'en prie*. » Mais le gars Stradlater continuait de la baratiner avec sa voix si sincère, à l'Abraham Lincoln, et finalement y a eu ce terrible silence à l'arrière de l'auto. C'était vachement embarrassant. Je pense pas qu'ils l'ont vraiment fait, ce soir-là, mais ils ont été vachement près de le faire. Vachement.

While I was laying there trying not to think, I heard old Stradlater come back from the can and go in our room. You could hear him putting away his crumby toilet articles and all, and opening the window. He was a fresh-air fiend. Then, a little while later, he turned off the light. He didn't even look around to see where I was at.

It was even depressing out in the street. You couldn't even hear any cars any more. I got feeling so lonesome and rotten, I even felt like waking Ackley up.

"Hey, Ackley," I said, in sort of a whisper, so Stradlater couldn't hear me through the shower curtain.

Ackley didn't hear me, though.

"Hey, Ackley!"

He still didn't hear me. He slept like a rock.

"Hey, *Ackley*!"

He heard that, all right.

"What the hell's the matter with you?" he said. "I was asleep, for Chrissake."

"Listen. What's the routine on joining a monastery?" I asked him. I was sort of toying with the idea of joining one. "Do you have to be a Catholic and all?"

"*Cert*ainly you have to be a Catholic. You bastard, did you wake me just to ask me a dumb ques –"

"Aah, go back to sleep. I'm not gonna join one anyway. The kind of luck I have, I'd probably join one with all the wrong kind of monks in it. All stupid bastards. Or just bastards."

When I said that, old Ackley sat way the hell up in bed. "Listen," he said, "I don't care what you say about *me* or anything, but if you start making cracks about my goddam re*lig*ion, for Chrissake –"

Comme j'étais couché là, m'efforçant de pas trop réfléchir, j'ai entendu Stradlater qui revenait des lavabos et rentrait dans la chambre. Je l'entendais qui rangeait ses affaires de toilette crasseuses et tout, et puis qui ouvrait la fenêtre. C'est un adepte de l'air frais. Puis, au bout d'un petit moment, il a éteint la lumière. Il avait même pas jeté un coup d'œil pour voir où j'étais passé.

Dehors aussi, dans la rue, c'était déprimant. Y avait même plus de bruit de voitures. Je me sentais tellement seul et mal foutu que j'ai voulu réveiller Ackley.

J'ai dit « Hey, Ackley », guère plus fort qu'un murmure pour que Stradlater entende pas à travers les rideaux de la douche.

Ackley non plus a pas entendu.

« Hey, Ackley ! »

Il a toujours pas entendu. Il dormait comme une souche.

« Hey, Ackley ! »

Cette fois, il s'est réveillé.

Il a dit : « Qu'est-ce qui te prend, bon Dieu ? Je dormais, bordel.

— Écoute. Comment on fait pour entrer dans un monastère ? » j'ai demandé. Une idée qui m'était venue. « Est-ce qu'y faut être catholique et tout ?

— Sûrement qu'y faut être catholique. Mon salaud, c'est pour me poser une question aussi idiote que tu m'as rév…

— Haha, rendors-toi. En fin de compte, j'entre pas au monastère. Avec ma chance habituelle, j'en choisirais probablement un avec dedans des moines tordus. Tous des foutus cons. Ou juste des cons. »

Quand j'ai dit ça, Ackley s'est dressé dans son lit. Il a braillé : « Écoute, ce que tu dis de *moi* je m'en branle, mais si tu commences à raconter des vacheries au sujet de ma foutue religion, bordel…

"Relax," I said. "Nobody's making any cracks about your goddam religion." I got up off Ely's bed, and started towards the door. I didn't want to hang around in that stupid atmosphere any more. I stopped on the way, though, and picked up Ackley's hand, and gave him a big phony handshake. He pulled it away from me. "What's the idea?" he said.

"No idea. I just want to thank you for being such a goddam prince, that's all," I said. I said it in this very sincere voice. "You're aces, Ackley kid," I said. "You know that?"

"Wise guy. Someday somebody's gonna bash your –"

I didn't even bother to listen to him. I shut the damn door and went out in the corridor.

Everybody was asleep or out or home for the week end, and it was very, very quiet and depressing in the corridor. There was this empty box of Kolynos toothpaste outside Leahy and Hoffman's door, and while I walked down towards the stairs, I kept giving it a boot with this sheep-lined slipper I had on. What I thought I'd do, I thought I might go down and see what old Mal Brossard was doing. But all of a sudden, I changed my mind. All of a sudden, I decided what I'd really do, I'd get the hell out of Pencey – right that same night and all. I mean not wait till Wednesday or anything. I just didn't want to hang around any more. It made me too sad and lonesome. So what I decided to do, I decided I'd take a room in a hotel in New York – some very inexpensive hotel and all – and just take it easy till Wednesday. Then, on Wednesday, I'd go home all rested up and feeling swell. I figured my parents probably wouldn't get old Thurmer's letter saying I'd been given the ax till maybe Tuesday or Wednesday. I didn't want to go home or anything till they got it and thoroughly digested it and all. I didn't want to be around when they *first* got it. My mother

— Doucement », j'ai dit. « Personne raconte des vacheries sur ta foutue religion. » Je suis descendu du pageot à Ely et j'ai ramé vers la porte. Je m'en ressentais pas de rester plus longtemps dans cette atmosphère débile. Je me suis quand même arrêté en route pour prendre la main d'Ackley et la secouer avec une ardeur pas trop convaincante. Il a retiré sa main. Il a dit « Qu'est-ce qui te prend ?

— Rien. Je voulais seulement te remercier d'être un tel foutu prince, c'est tout. » J'ai dit ça d'une voix très sincère. Et puis « T'es un chef, môme Ackley. Tu le sais ?

— Gros malin. Un jour quelqu'un va te casser la… »

Je me suis même pas donné la peine de l'écouter. J'ai refermé la foutue porte et je me suis trouvé dans le couloir.

Tout le monde dormait, ou bien était sorti, ou à la maison pour le week-end, et dans le couloir c'était très très calme et déprimant. Devant la porte de Leahy et Hoffman il y avait le carton vide d'un tube de dentifrice et en me dirigeant vers l'escalier j'ai tapé dedans à coups de pied avec mes pantoufles fourrées de mouton. Ce que je pensais faire, je pensais que je pourrais descendre voir ce que fabriquait Mal Brossard. Et puis tout d'un coup j'ai décidé que ce que j'*allais* faire, c'était foutre le camp – à l'instant même et tout. Pas attendre au mercredi ni rien. Je voulais plus continuer à traîner là. Je me sentais trop cafardeux, trop seul. Alors j'ai décidé que je prendrais une chambre dans un hôtel à New York – un petit hôtel pas cher et tout – et que je me laisserais vivre jusqu'à mercredi. Et puis, mercredi, j'irais à la maison, bien reposé, en pleine forme. Je supposais que mes parents auraient pas la lettre du père Thurmer disant que j'étais renvoyé avant peut-être mardi ou mercredi. Je voulais attendre qu'ils l'aient reçue pour rentrer à la maison, et qu'ils aient complètement digéré la nouvelle. Je voulais surtout pas être là quand la lettre arriverait. Ma mère, ce

gets very hysterical. She's not too bad after she gets something thoroughly digested, though. Besides, I sort of needed a little vacation. My nerves were shot. They really were.

Anyway, that's what I decided I'd do. So I went back to the room and turned on the light, to start packing and all. I already had quite a few things packed. Old Stradlater didn't even wake up. I lit a cigarette and got all dressed and then I packed these two Gladstones I have. It only took me about two minutes. I'm a very rapid packer.

One thing about packing depressed me a little. I had to pack these brand-new ice skates my mother had practically just sent me a couple of days before. That depressed me. I could see my mother going in Spaulding's and asking the salesman a million dopy questions – and here I was getting the ax again. It made me feel pretty sad. She bought me the wrong kind of skates – I wanted racing skates and she bought hockey – but it made me sad anyway. Almost every time somebody gives me a present, it ends up making me sad.

After I got all packed, I sort of counted my dough. I don't remember exactly how much I had, but I was pretty loaded. My grandmother'd just sent me a wad about a week before. I have this grandmother that's quite lavish with her dough. She doesn't have all her marbles any more – she's old as hell – and she keeps sending me money for my birthday about four times a year. Anyway, even though I was pretty loaded, I figured I could always use a few extra bucks. You never know. So what I did was, I went down the hall and woke up Frederick Woodruff, this guy I'd lent my typewriter to. I asked him

genre de truc ça la rend hystérique. Mais une fois que c'est digéré elle prend pas trop mal les choses. En plus, j'avais comme qui dirait besoin d'un peu de congé. J'étais à bout de nerfs. Sans blague.

Bon. En tout cas, c'est ce que j'ai décidé. Aussi je suis retourné dans ma chambre et j'ai allumé la lumière pour faire mes bagages et tout. Y avait déjà pas mal de choses dans mes valoches. Le gars Stradlater s'est même pas réveillé. J'ai allumé une cigarette et je me suis rhabillé et puis j'ai fini de remplir mes deux valises. Ça m'a pas pris plus de deux minutes. Les bagages avec moi c'est toujours du rapide.

Y a une chose qui m'a fichu un coup. Fallait que je remballe mes patins à glace tout neufs que ma mère venait de m'envoyer deux jours plus tôt. Oui, ça m'a fichu un coup. Je pouvais voir ma mère entrer chez Spaulding et poser au vendeur un million de questions idiotes – et voilà que j'étais encore flanqué dehors. Je me suis senti vraiment triste. Elle m'avait pas acheté les patins qu'il fallait – je voulais des patins de compétition et elle avait pris des patins de hockey – mais quand même je me sentais vraiment triste. Presque chaque fois qu'on me fait un cadeau, pour finir je me sens vraiment triste.

Lorsque mes bagages ont été bouclés j'ai fait le compte de mon fric. Je me rappelle pas exactement combien j'avais mais j'étais à l'aise. La semaine d'avant, ma grand-mère m'avait sérieusement renfloué. J'ai une grand-mère qui s'en balance de dépenser son pognon. Elle perd un peu la tête – elle est vieille comme le monde – et elle m'envoie au moins quatre fois par an de l'argent pour mon anniversaire. En tout cas, même à l'aise, j'aurais pas craché sur quelques dollars de plus. On sait jamais. Alors ce que j'ai fait, je suis allé au bout du couloir réveiller ce type, Frederick Woodruff, qui m'avait emprunté ma machine à écrire. Je lui ai demandé

how much he'd give me for it. He was a pretty wealthy guy. He said he didn't know. He said he didn't much want to buy it. Finally he bought it, though. It cost about ninety bucks, and all he bought it for was twenty. He was sore because I'd woke him up.

When I was all set to go, when I had my bags and all, I stood for a while next to the stairs and took a last look down the goddam corridor. I was sort of crying. I don't know why. I put my red hunting hat on, and turned the peak around to the back, the way I liked it, and then I yelled at the top of my goddam voice, "*Sleep tight, ya morons!*" I'll bet I woke up every bastard on the whole floor. Then I got the hell out. Some stupid guy had thrown peanut shells all over the stairs, and I damn near broke my crazy neck.

combien il m'en donnerait. C'était un gars qu'avait du fric. Il a dit qu'il savait pas. Il a dit que ma machine, il avait pas vraiment envie de l'acheter. Finalement il l'a quand même achetée. Elle coûte environ quatre-vingt-dix dollars et il m'en a donné seulement vingt dollars. Il était furax que je l'aie réveillé.

Quand j'ai été prêt à partir, avec mes valoches et tout, je me suis arrêté un petit moment près de l'escalier et j'ai jeté un dernier regard sur le couloir. J'avais les larmes aux yeux, je sais pas pourquoi. J'ai mis ma casquette sur ma tête et tourné la visière vers l'arrière comme j'aime et alors j'ai gueulé aussi fort que j'ai pu *Dormez bien, espèces de crétins*. Je parierais que j'ai réveillé tous ces salopards de l'étage. Et puis je suis parti. Un abruti avait jeté des épluchures de cacahuètes sur les marches de l'escalier ; un peu plus je me cassais la figure.

8

It was too late to call up for a cab or anything, so I walked the whole way to the station. It wasn't too far, but it was cold as hell, and the snow made it hard for walking, and my Gladstones kept banging hell out of my legs. I sort of enjoyed the air and all, though. The only trouble was, the cold made my nose hurt, and right under my upper lip, where old Stradlater'd laid one on me. He'd smacked my lip right on my teeth, and it was pretty sore. My ears were nice and warm, though. That hat I bought had earlaps in it, and I put them on – I didn't give a damn how I looked. Nobody was around anyway. Everybody was in the sack.

I was quite lucky when I got to the station, because I only had to wait about ten minutes for a train. While *I* waited, I got some snow in my hand and washed my face with it. I still had quite a bit of blood on.

Usually I like riding on trains, especially at night, with the lights on and the windows so black, and one of those guys coming up the aisle selling coffee and sandwiches and magazines. I usually buy a ham sandwich and about four magazines. If I'm on a train at night, I can usually even read one of those dumb stories in a magazine without puking. You know. One of those stories with a lot of phony,

Chapitre 8

Il était trop tard pour appeler un taxi, aussi je suis allé à pied jusqu'à la gare. C'était pas très loin, mais il faisait un froid de loup et la neige rendait la marche pas commode et mes valoches me tapaient dans les jambes. Ça paraissait quand même bon de prendre l'air. Un seul ennui, le froid qui me piquait les narines et le bord de la lèvre supérieure là où Stradlater avait cogné. Il m'avait écrasé la lèvre contre les dents et c'était plutôt sensible. En tout cas pour mes oreilles, j'avais vraiment du tout confort. Cette casquette que je m'étais offerte, elle avait des oreillettes repliées à l'intérieur et je les ai sorties – l'allure que ça me donnait je m'en foutais totalement. D'ailleurs y avait personne dehors. Les gens ils étaient tous au pieu.

J'ai eu de la chance. Quand je suis arrivé à la gare j'ai attendu le train pas plus de dix minutes. En l'attendant, j'ai ramassé de la neige pour me frotter la figure. Ça saignait encore un peu.

D'habitude, j'aime bien prendre le train, la nuit en particulier, avec la lumière allumée et les vitres tellement noires, et puis le type qui circule dans le couloir en vendant du café et des sandwichs et des magazines. Si je prends le train le soir, je peux même, d'habitude, lire une de ces histoires idiotes des magazines sans dégueuler. Vous voyez de quoi je parle. Une de ces histoires où il y a tous ces types à la con

lean-jawed guys named David in it, and a lot of phony girls named Linda or Marcia that are always lighting all the goddam David's pipes for them. I can even read one of those lousy stories on a train at night, usually. But this time, it was different. I just didn't feel like it. I just sort of sat and not did anything. All I did was take off my hunting hat and put it in my pocket.

All of a sudden, this lady got on at Trenton and sat down next to me. Practically the whole car was empty, because it was pretty late and all, but she sat down next to me, instead of an empty seat, because she had this big bag with her and I was sitting in the front seat. She stuck the bag right out in the middle of the aisle, where the conductor and everybody could trip over it. She had these orchids on, like she'd just been to a big party or something. She was around forty or forty-five, I guess, but she was very good-looking. Women kill me. They really do. I don't mean I'm oversexed or anything like that – although I am quite sexy. I just like them, I mean. They're always leaving their goddam bags out in the middle of the aisle.

Anyway, we were sitting there, and all of a sudden she said to me, "Excuse me, but isn't that a Pencey Prep sticker?" She was looking up at my suitcases, up on the rack.

"Yes, it is," I said. She was right. I did have a goddam Pencey sticker on one of my Gladstones. Very corny, I'll admit.

"Oh, do you go to Pencey?" she said. She had a nice voice. A nice telephone voice, mostly. She should've carried a goddam telephone around with her.

"Yes, I do," I said.

"Oh, how lovely! Perhaps you know my son, then. Ernest Morrow? He goes to Pencey."

qui s'appellent David et toutes ces filles à la noix qui s'appellent Linda ou Marcia et qui passent leur temps à allumer les foutues pipes des susnommés David. Oui, d'habitude, je peux même lire une de ces histoires pourries quand je suis dans un train, le soir. Mais cette fois, c'était différent. Ça me disait vraiment pas grand-chose. Je suis resté assis sans rien faire. Tout ce que j'ai fait, c'est ôter ma casquette et la mettre dans ma poche.

Et voilà qu'à Trenton, y a une dame qui est montée et qui s'est assise auprès de moi. Pratiquement le wagon était vide bicause ça commençait à être tard et tout, mais elle s'est assise auprès de moi plutôt que sur une banquette vide parce que j'étais sur la banquette près du couloir et elle avait un gros sac. Elle a posé le sac en plein milieu du couloir et le contrôleur ou n'importe qui aurait pu se prendre les pieds dedans. Elle portait une orchidée au revers de son tailleur, comme si elle venait d'une grande soirée ou quoi. Elle avait dans les quarante ou quarante-cinq ans, je suppose, mais elle était très bien. Les femmes, ça me tue. Sincèrement. Je ne veux pas dire que je suis un obsédé sexuel – oh non, quoique ça m'intéresse, le sexe. Mais les femmes, je les aime bien, voilà tout. Elles laissent toujours leurs foutus sacs en plein milieu du couloir.

Bon. On était assis là, et brusquement elle m'a dit : « Excusez-moi, mais n'est-ce pas un autocollant de Pencey Prep ? » Elle regardait mes valises, dans le filet à bagages.

J'ai dit « Exact ». Oui, elle avait raison. J'avais un foutu autocollant de Pencey sur une des valoches. Pas malin de ma part, faut reconnaître.

Elle a dit : « Oh vous êtes à Pencey ? » Elle avait une voix agréable. Ou plus précisément comme une agréable voix de téléphone. Elle aurait dû transporter un téléphone avec elle.

J'ai dit oui.

« Oh c'est merveilleux. Peut-être que vous connaissez mon fils. Ernest Morrow ? Il est à Pencey.

"Yes, I do. He's in my class."

Her son was doubtless the biggest bastard that ever went to Pencey, in the whole crumby history of the school. He was always going down the corridor, after he'd had a shower, snapping his soggy old wet towel at people's asses. That's exactly the kind of a guy he was.

"Oh, how nice!" the lady said. But not corny. She was just nice and all. "I must tell Ernest we met," she said. "May I ask your name, dear?"

"Rudolf Schmidt," I told her. I didn't feel like giving her my whole life history. Rudolf Schmidt was the name of the janitor of our dorm.

"Do you like Pencey?" she asked me.

"Pencey? It's not too bad. It's not *para*dise or anything, but it's as good as most schools. Some of the faculty are pretty conscientious."

"Ernest just adores it."

"I know he does," I said. Then I started shooting the old crap around a little bit. "He adapts himself very well to things. He really does. I mean he really knows how to adapt himself."

"Do you think so?" she asked me. She sounded interested as hell.

"Ernest? Sure," I said. Then I watched her take off her gloves. Boy, was she lousy with rocks.

"I just broke a nail, getting out of a cab," she said. She looked up at me and sort of smiled. She had a terrifically nice smile. She really did. Most people have hardly any smile at all, or a lousy one. "Ernest's father and I sometimes worry about him," she said. "We sometimes feel he's not a terribly good mixer."

"How do you mean?"

— Oui, bien sûr. On est dans la même classe. »

Son fils était sans aucun doute le plus sale con qui soit jamais allé à Pencey, dans toute l'histoire pourrie de ce collège. Son fils, quand il venait de prendre sa douche, il arrêtait pas de faire claquer sa vieille serviette mouillée sur le cul des gars qu'il rencontrait dans le couloir. Voilà le genre de mec que c'était.

Elle a dit encore « Oh c'est merveilleux ». Mais pas d'un ton ringard. Elle était seulement très sympa et tout. « Il faudra que je raconte à Ernest que nous nous sommes rencontrés. Pourriez-vous me dire votre nom ? »

J'ai répondu « Rudolf Schmidt ». Je m'en ressentais pas de lui raconter toute l'histoire de ma vie. Rudolf Schmidt, c'était le nom du gardien de notre bâtiment.

Elle a demandé « Vous aimez Pencey ?

— Pencey ? Ça va. C'est pas le paradis, mais c'est un collège pas plus mauvais que les autres avec certains des profs qui sont très consciencieux.

— Ernest s'y plaît tellement ! »

J'ai dit « Oui, c'est sûr ». Puis je me suis mis à débiter des conneries. « Ernest, il s'adapte à tout et à tout le monde. Vraiment. Je veux dire, il sait vraiment comment s'y prendre pour s'adapter. »

Elle a dit « Vous trouvez ? » On voyait qu'elle était drôlement intéressée.

« Ernest ? Mais oui. » Je l'ai regardée ôter ses gants. Ouah, elle avait des diam's à tous les doigts.

Elle a dit : « Je viens de me casser un ongle en sortant du taxi. » Elle a levé les yeux et elle a eu comme un sourire. Elle avait un sourire extra. Sans blague. La plupart des gens ont à peine un sourire, ou bien c'est un sourire dégueu. « Mon mari et moi, nous ne sommes pas sans inquiétude au sujet d'Ernest. Nous avons l'impression qu'il n'est pas très sociable.

— Pas sociable ? Comment ça ?

"Well. He's a very sensitive boy. He's really never been a terribly good mixer with other boys. Perhaps he takes things a little more seriously than he should at his age."

Sensitive. That killed me. That guy Morrow was about as sensitive as a goddam toilet seat.

I gave her a good look. She didn't look like any dope to me. She looked like she might have a pretty damn good idea what a bastard she was the mother of. But you can't always tell – with somebody's mother, I mean. Mothers are all slightly insane. The thing is, though, I liked old Morrow's mother. She was all right. "Would you care for a cigarette?" I asked her.

She looked all around. "I don't believe this is a smoker, Rudolf," she said. Rudolf. That killed me.

"That's all right. We can smoke till they start screaming at us," I said. She took a cigarette off me, and I gave her a light.

She looked nice, smoking. She inhaled and all, but she didn't *wolf* the smoke down, the way most women around her age do. She had a lot of charm. She had quite a lot of sex appeal, too, if you really want to know.

She was looking at me sort of funny. "I may be wrong, but I believe your nose is bleeding, dear," she said, all of a sudden.

I nodded and took out my handkerchief. "I got hit with a snowball," I said. "One of those very icy ones." I probably would've told her what really happened, but it would've taken too long. I liked her, though. I was beginning to feel sort of sorry I'd told her my name was Rudolf Schmidt. "Old Ernie," I said. "He's one of the most popular boys at Pencey. Did you know that?"

"No, I didn't."

— Eh bien… C'est un garçon très sensible. Il a toujours eu du mal à se faire des amis. Peut-être prend-il les choses trop au sérieux pour son âge. »

Sensible. Ça m'a tué. Ce type, Morrow, il est à peu près aussi sensible qu'une lunette de W C.

Je l'ai bien regardée. Elle avait pas l'air d'une andouille. Elle avait l'air d'une personne très capable de se faire une idée claire du genre de petit con qu'elle a pour fils. Mais on peut jamais dire, avec les mères. Elles sont toutes légèrement fêlées. En tout cas celle-là me plaisait. La mère du gars Morrow. Elle était très chouette. Je lui ai demandé « Puis-je vous offrir une cigarette ? »

Elle a jeté un coup d'œil autour d'elle. « Je ne crois pas, Rudolf, que ce compartiment soit pour fumeurs. » Rudolf. Ça m'a tué.

« Aucune importance » j'ai dit. « On peut toujours fumer jusqu'à ce que quelqu'un râle. » Elle a accepté la cigarette et je lui ai donné du feu.

Elle s'y prenait bien. Elle aspirait la fumée et tout mais elle l'avalait pas à toute pompe comme le font la plupart des femmes de son âge. Elle avait du charme. Elle avait aussi beaucoup de sex-appeal, si vous voulez savoir.

Elle me regardait d'un air bizarre. Elle a dit tout d'un coup « Je me trompe peut-être mais j'ai l'impression que vous saignez du nez, Rudolf ».

J'ai hoché la tête ; et sorti mon mouchoir. « J'ai reçu une boule de neige dans la figure. Une très serrée, très dure. » Je lui aurais probablement raconté ce qui m'était arrivé en vrai si ça n'avait pas demandé trop de temps. En tout cas je l'aimais bien. Je commençais à regretter de lui avoir dit que mon nom était Rudolf Schmidt. J'ai dit encore : « Ce brave Ernie. C'est un des gars les plus populaires à Pencey. Vous le saviez ?

— Oh non. »

I nodded. "It really took everybody quite a long time to get to know him. He's a funny guy. A *strange* guy, in lots of ways – know what I mean? Like when I first met him. When I first met him, I thought he was kind of a snobbish person. That's what I thought. But he isn't. He's just got this very original personality that takes you a little while to get to know him."

Old Mrs. Morrow didn't say anything, but boy, you should've seen her. I had her glued to her seat. You take somebody's mother, all they want to hear about is what a hot-shot their son is.

Then I *real*ly started chucking the old crap around. "Did he tell you about the elections?" I asked her. "The class elections?"

She shook her head. I had her in a trance, like. I really did.

"Well, a bunch of us wanted old Ernie to be president of the class. I mean he was the unanimous choice. I mean he was the only boy that could really handle the job," I said – boy, was I chucking it. "But this other boy – Harry Fencer – was elected. And the *reason* he was elected, the simple and obvious reason, was because Ernie wouldn't let us nominate him. Because he's so darn shy and modest and all. He re*fused*... . Boy, he's *really* shy. You oughta make him try to get over that." I looked at her. "Didn't he tell you about it?"

"No, he didn't."

I nodded. "That's Ernie. He wouldn't. That's the one fault with him – he's too shy and modest. You really oughta get him to try to relax occasionally."

Right that minute, the conductor came around for old Mrs. Morrow's ticket, and it gave me a chance to quit shooting it. I'm glad I shot it for a while, though.

J'ai hoché la tête. « Ça nous a pris pas mal de temps pour le connaître. C'est un drôle de garçon. Un garçon *étrange*, de bien des manières. Vous voyez ce que je veux dire ? Par exemple, la première fois qu'on s'est vus, j'ai pensé qu'il était plutôt snob. C'est ce que j'ai pensé. Mais j'avais tort. C'est juste qu'il a une personnalité tout à fait originale et que ça prend un certain temps pour le connaître. »

Mrs Morrow disait rien mais si vous aviez pu la voir. Ouah. Prenez la mère de n'importe qui et tout ce qu'elle veut entendre c'est que son fils est formidable.

Et alors je me suis lancé dans un super-baratin. J'ai demandé « Est-ce qu'il vous a parlé des élections ? Les élections de notre classe ? »

Elle a fait non de la tête. Je l'avais mise en transe. Sans blague.

« Eh bien, on était tout un tas à vouloir qu'Ernie soit président de la classe. C'est-à-dire, il était quasiment choisi à l'unanimité. C'est-à-dire qu'il était le seul gars capable de faire les choses comme il fallait. » Ouah. J'étais vachement lancé. « Mais qui a été élu ? Harry Fencer… Et pourquoi ? Pour la raison bien simple qu'Ernie a pas voulu nous laisser le présenter comme candidat. Parce qu'il est si modeste et timide et tout. Il a *refusé*. Ouah. Il est *vraiment* timide. Vous devriez l'encourager à surmonter sa timidité. » Je l'ai regardée. « Il vous a pas raconté ça ?

— Oh non. »

Encore une fois j'ai hoché la tête. « C'est bien Ernie. Tout à fait lui. Il a qu'un seul défaut, il est trop timide et modeste. Vous devriez l'aider à gagner un peu d'assurance. »

À ce moment précis, le contrôleur est venu réclamer le billet de Mrs Morrow et ça m'a donné l'occasion d'arrêter mes salades. Mais j'étais content de les lui avoir servies.

You take a guy like Morrow that's always snapping their towel at people's asses – really trying to *hurt* somebody with it – they don't just stay a rat while they're a kid. They stay a rat their whole life. But I'll bet, after all the crap I shot, Mrs. Morrow'll keep thinking of him now as this very shy, modest guy that wouldn't let us nominate him for president. She might. You can't tell. Mothers aren't too sharp about that stuff.

"Would you care for a cocktail?" I asked her. I was feeling in the mood for one myself. "We can go in the club car. All right?"

"Dear, are you allowed to order drinks?" she asked me. Not snotty, though. She was too charming and all to be snotty.

"Well, no, not exactly, but I can usually get them on account of my height," I said. "And I have quite a bit of gray hair." I turned sideways and showed her my gray hair. It fascinated hell out of her. "C'mon, join me, why don't you?" I said. I'd've enjoyed having her.

"I really don't think I'd better. Thank you so much, though, dear," she said. "Anyway, the club car's most likely closed. It's quite late, you know." She was right. I'd forgotten all about what time it was.

Then she looked at me and asked me what I was afraid she was going to ask me. "Ernest wrote that he'd be home on Wednesday, that Christmas vacation would start on *Wednes*day," she said. "I hope you weren't called home suddenly because of illness in the family." She really looked worried about it. She wasn't just being nosy, you could tell.

"No, everybody's fine at home," I said. "It's me. I have to have this operation."

Prenez un type comme Morrow qu'est toujours à taper sur le cul des gens à coups de serviette – et en cherchant à leur faire mal –, les types comme lui ils sont pas seulement des emmerdeurs quand ils sont jeunes, ils restent des emmerdeurs toute leur vie. Mais après tout ce que j'avais inventé on pouvait parier que Mrs Morrow continuerait à penser à lui comme à un gars très timide et modeste qu'avait pas voulu se porter candidat pour être président. C'est bien possible. On peut pas dire. Les mères, dans ces cas-là, elles sont plutôt bornées.

J'ai dit : « Voulez-vous qu'on boive un verre ? » Moi ça me tentait. « Si on allait au wagon-bar. D'accord ? »

Elle a demandé « Êtes-vous sûr d'avoir le droit de vous faire servir des boissons alcoolisées ? » Mais elle prenait pas ses grands airs. Elle était trop sympa pour prendre ses grands airs.

« Eh bien, non, pas exactement, mais en général ça passe, vu ma taille. » J'ai dit encore : « Et puis j'ai pas mal de cheveux blancs. » Je me suis tourné de profil et je lui ai montré mes cheveux blancs. Ça l'a fascinée. J'ai dit « Bon, alors, on y va ? D'accord ? » J'aurais bien aimé qu'elle dise oui.

« Non, vraiment. Je crois qu'il vaut mieux pas. Mais je vous remercie beaucoup. » Elle a ajouté : « D'ailleurs, le wagon-bar est probablement fermé. Il est très tard, vous savez. » Elle avait raison. J'avais oublié l'heure qu'il était.

Enfin elle m'a encore regardé et elle a fait la remarque que je redoutais. « Ernie m'a écrit qu'il rentre à la maison mercredi. Que les vacances de Noël commencent mercredi. J'espère que vous n'avez pas reçu de mauvaises nouvelles de votre famille. » Elle avait l'air de s'inquiéter pour de bon. C'était visible qu'elle cherchait pas simplement à se mêler de mes affaires.

J'ai dit « Non. À la maison tout le monde va bien. C'est moi qui dois subir une opération.

"Oh! I'm *so* sorry," she said. She really was, too. I was right away sorry I'd said it, but it was too late.

"It isn't very serious. I have this tiny little tumor on the brain."

"Oh, *no!*" She put her hand up to her mouth and all.

"Oh, I'll be all right and everything! It's right near the outside. And it's a very tiny one. They can take it out in about two minutes."

Then I started reading this timetable I had in my pocket. Just to stop lying. Once I get started, I can go on for hours if I feel like it. No kidding. *Hours.*

We didn't talk too much after that. She started reading this *Vogue* she had with her, and I looked out the window for a while. She got off at Newark. She wished me a lot of luck with the operation and all. She kept calling me Rudolf. Then she invited me to visit Ernie during the summer, at Gloucester, Massachusetts. She said their house was right on the beach, and they had a tennis court and all, but I just thanked her and told her I was going to South America with my grandmother. Which was really a hot one, because my grandmother hardly ever even goes out of the *house*, except maybe to go to a goddam matinee or something. But I wouldn't visit that sonuvabitch Morrow for all the dough in the world, even if I was desperate.

— Oh, je suis vraiment désolée. » Et on voyait qu'elle bluffait pas. Immédiatement, j'ai été tout aussi désolé d'avoir dit ça ; mais c'était parti.

« Rien de bien grave. Juste une minuscule tumeur au cerveau.

— Oh non. » Elle a mis la main devant sa bouche et tout.

« Mais ça ira, je m'en tirerai. C'est tout à fait à l'extérieur. Et un tout petit machin. Il faudra pas plus de deux minutes pour l'enlever. »

Et alors je me suis mis à étudier cet horaire des trains que j'avais sorti de ma poche. Rien que pour m'arrêter de mentir. Une fois que j'ai commencé, je pourrais continuer pendant des heures. Sans blague. *Des heures*.

Après, on a plus beaucoup parlé. Elle a feuilleté ce numéro de *Vogue* qu'elle avait, et moi j'ai regardé un petit moment par la fenêtre. Elle descendait à Newark. Elle m'a souhaité mille fois bonne chance pour l'opération et tout. Elle m'appelait toujours Rudolf. Finalement elle m'a invité à rendre visite à son Ernie durant l'été, à Gloucester, Massachusetts. Elle disait que la maison était en plein sur la plage, et ils avaient un court de tennis et tout, mais je l'ai remerciée en lui expliquant que je devais accompagner ma grand-mère en Amérique du Sud. Et là je poussais un peu vu que ma grand-mère sort presque jamais de sa maison sauf peut-être pour un petit truc comme une matinée théâtrale. Mais je serais pas allé voir ce con de Morrow pour tout l'or du monde, même si j'avais été totalement dans la dèche.

9

The first thing I did when I got off at Penn Station, I went into this phone booth. I felt like giving somebody a buzz. I left my bags right outside the booth so that I could watch them, but as I was inside, I couldn't think of anybody to call up. My brother D.B. was in Hollywood. My kid sister Phoebe goes to bed around nine o'clock – so I couldn't call *her* up. She wouldn't've been the one that answered the phone. My parents would be the ones. So that was out. Then I throught of giving Jane Gallagher's mother a buzz, and find out when Jane's vacation started, but I didn't feel like it. Besides, it was pretty late to call up. Then I thought of calling this girl I used to go around with quite frequently, Sally Hayes, because I knew her Christmas vacation had started already – she'd written me this long, phony letter, inviting me over to help her trim the Christmas tree Christmas Eve and all – but I was afraid her mother'd answer the phone. Her mother knew my mother, and I could picture her breaking a goddem leg to get to the phone and tell my mother I was in New York. Besides, I wasn't crazy about talking to old Mrs. Hayes on the phone. She once told Sally I was wild. She said I was wild and that I had no direction in life. Then I thought of calling up

Chapitre 9

La première chose que j'ai faite en débarquant à Penn Station, ça a été d'entrer dans une cabine téléphonique. J'avais envie de donner un coup de bigo à quelqu'un. J'ai laissé mes bagages dehors, en m'arrangeant pour pouvoir les surveiller. Mais à peine j'étais à l'intérieur, je me suis demandé qui je pourrais bien appeler. Mon frère D.B. était à Hollywood. Ma petite sœur Phoebé va au lit à neuf heures – alors je pouvais pas l'appeler. Ça lui aurait rien fait que je la réveille, mais c'est pas elle qui aurait répondu ; les parents auraient décroché ; donc pas question. Ensuite j'ai voulu passer un coup de fil à la mère de Jane Gallagher, pour savoir quand Jane était en vacances, mais non, ça me disait rien. D'ailleurs il était vachement tard. Autrement il y avait bien cette fille, Sally Hayes, on sortait souvent ensemble, et elle je savais qu'elle était déjà en vacances – elle m'avait écrit une longue lettre à la con m'invitant à venir la veille de Noël l'aider à garnir le sapin et tout – mais j'avais peur que ce soit sa mère qui réponde. Sa mère connaissait ma mère et je pouvais me la représenter tirant illico ses conclusions et regalopant jusqu'au téléphone au risque de se casser une jambe pour annoncer à ma mère que j'étais à New York. Et puis j'avais pas follement envie de parler à la vieille Hayes. Une fois elle avait dit à Sally que j'étais un excité. Elle disait que j'étais un excité sans but dans la vie. Puis j'ai eu l'idée d'appeler

this guy that went to the Whooton School when I was there, Carl Luce, but I didn't like him much. So I ended up not calling anybody. I came out of the booth, after about twenty minutes or so, and got my bags and walked over to that tunnel where the cabs are and got a cab.

I'm so damn absent-minded, I gave the driver my regular address, just out of habit and all – I mean I completely forgot I was going to shack up in a hotel for a couple of days and not go home till vacation started. I didn't think of it till we were halfway through the park. Then I said, "Hey, do you mind turning around when you get a chance? I gave you the wrong address. I want to go back downtown."

The driver was sort of a wise guy. "I can't turn around here, Mac. This here's a one-way. I'll have to go all the way to Ninedieth Street now."

I didn't want to start an argument. "Okay," I said. Then I thought of something, all of a sudden. "Hey, listen," I said. "You know those ducks in that lagoon right near Central Park South? That little lake? By any chance, do you happen to know where they go, the ducks, when it gets all frozen over? Do you happen to know, by any chance?" I realized it was only one chance in a million.

He turned around and looked at me like I was a madman. "What're ya tryna do, bud?" he said. "Kid me?"

"*No* – I was just interested, that's all."

He didn't say anything more, so I didn't either. Until we came out of the park at Ninetieth Street. Then he said, "All right, buddy. Where to?"

"Well, the thing is, I don't want to stay at any hotels on the East Side where I might run into some acquaintances

Carl Luce, qui avait été à Whooton en même temps que moi. Mais je l'aimais pas des masses. Alors, pour finir, j'ai appelé personne. Au bout de vingt minutes au moins je suis ressorti de la cabine. J'ai repris mes valises et j'ai marché vers ce tunnel où sont les taxis, et j'en ai pris un.

Je suis tellement distrait que j'ai donné au chauffeur du taxi ma vraie adresse, comme ça, par habitude. J'avais complètement oublié que je devais me planquer deux ou trois jours dans un hôtel pour pas rentrer à la maison avant le début des vacances. Quand je m'en suis souvenu on en était déjà à la moitié du chemin. Alors j'ai dit « Hey, ça vous ennuierait de faire demi-tour quand ça sera possible ? Je vous ai pas donné la bonne adresse. Je voudrais retourner d'où on vient ».

Le chauffeur était un petit malin. « Je peux pas faire demi-tour ici, mon vieux, c'est un sens unique. Maintenant faut que je continue tout le chemin jusqu'à la Quatre-vingt-dixième Rue. »

J'ai pas voulu me lancer dans une discussion. J'ai dit « Okay ». Puis ça m'est revenu à l'esprit, tout d'un coup, « Hey, dites donc, vous avez vu les canards près de Central Park South ? Le petit lac ? Vous savez pas par hasard où ils vont ces canards, quand le lac est complètement gelé ? Vous savez pas ? » Je me rendais compte qu'il y avait guère plus d'une chance sur un million qu'il sache.

Il s'est retourné et il m'a regardé comme si j'étais vraiment fêlé. « À quoi tu joues ? À te foutre de ma gueule ?

— *Non* – c'est seulement que ça m'intéresserait de savoir. »

Il a rien répondu. Et moi j'ai plus rien dit. Jusqu'à ce qu'on sorte du parc dans la Quatre-vingt-dixième Rue. Là il a dit « Bon. Alors p'tit gars ? Où ?

— Eh bien, le problème c'est que je veux pas aller dans un hôtel de l'East Side où je pourrais rencontrer des connaissances.

of mine. I'm traveling incognito," I said. I hate saying corny things like "traveling incognito." But when I'm with somebody that's corny, I always act corny too. "Do you happen to know whose band's at the Taft or the New Yorker, by any chance?"

"No idear, Mac."

"Well – take me to the Edmont, them," I said. "Would you care to stop on the way and join me for a cocktail? On me. I'm loaded."

"Can't do it, Mac. Sorry." He certainly was good company. Terrific personality.

We got to the Edmont Hotel, and I checked in. I'd put on my red hunting cap when I was in the cab, just for the hell of it, but I took if off before I checked in. I didn't want to look like a screwball or something. Which is really ironic. I didn't *know* then that the goddam hotel was full of perverts and morons. Screwballs all over the place.

They gave me this very crumby room, with nothing to look out of the window at except the other side of the hotel. I didn't care much. I was too depressed to care whether I had a good view or not. The bellyboy that showed me to the room was this very old guy around sixty-five. He was even more depressing than the room was. He was one of those bald guys that comb all their hair over from the side to cover up the baldness. I'd rather be bald than do that. Anyway, what a gorgeous job for a guy around sixty-five years old. Carrying people's suitcases and waiting around for a tip. I suppose he wasn't too intelligent or anything, but it was terrible anyway.

After he left, I looked out the window for a while, with my coat on and all. I didn't have anything else to do. You'd be surprised what was going on the other side of the hotel.

Je voyage incognito. » Je déteste employer des expressions à la con comme "voyager incognito". Mais quand je suis avec un mec ringard, forcément je lui parle ringard. « Est-ce que vous sauriez par hasard ce qu'il y a comme orchestre au Taft, ou au New Yorker ?

— Pas la moindre idée, p'tit gars.

— Bon – eh bien déposez-moi à l'Edmont. Si vous voulez on peut s'arrêter en route et prendre un verre. Je vous invite. Je suis en fonds.

— Impossible. Désolé. » Très cordial, le pépère. Très forte personnalité.

On est allés à l'Edmont et j'ai rempli la fiche. Quand j'étais dans le taxi j'avais mis ma casquette sur ma tête juste comme ça, mais je l'ai ôtée avant d'entrer à l'hôtel. Je voulais pas avoir l'air d'un tordu. Ce qui est plutôt ironique car après j'ai appris que ce foutu hôtel était plein de pervers et de crétins. Des tordus en tous genres.

On m'a donné une chambre pourrie, avec comme vue par la fenêtre l'autre côté de l'hôtel. De la vue ou pas de vue, je m'en tamponnais. J'étais trop déprimé pour que ça me touche. Le groom qui m'a conduit à ma piaule était un très vieux type, dans les soixante-cinq piges. Je l'ai trouvé encore plus déprimant que la chambre pourrie. C'était un de ces gars au crâne déplumé qui essaient de cacher leur calvitie en ramenant en travers les cheveux qui leur restent sur le côté. Moi, plutôt que de faire ça, j'aimerais mieux être chauve. En tout cas, quel boulot exaltant pour un type dans les soixante-cinq piges. Trimbaler les valises des autres et attendre le pourboire. Je suppose qu'il était pas trop intelligent mais c'est quand même effroyable.

Après son départ, je suis resté un moment tout habillé à regarder par la fenêtre. Vous pourriez pas croire ce qui se trafiquait dans l'autre aile de l'hôtel. Et

They didn't even brother to pull their shades down. I saw one guy, a gray-haired, very distinguished-looking guy with only his shorts on, do something you wouldn't believe me if I told you. First he put his suitcases on the bed. Then he took out all these women's clothes, and put them on. Real women's clothes – silk stockings, high-heeled shoes, brassieére, and one of those corsets with the straps hanging down and all. Then he put on this very tight black evening dress. I swear to God. Then he started walking up and down the room, talking these very small steps, the way a woman does, and smoking a cigarette and looking at himself in the mirror. He was all alone too. Unless somebody was in the bathroom – I couldn't see that much. Then, in the window almost right over his, I saw a man and a woman squirting water out of their mouths at each other. It probably was high-balls, not water, but I couldn't see what they had in their glasses. Anyway, first he'd take a swallow and squirt it all over *her,* then she did it to *him* – they took *turns,* for God's sake. You should've seen them. They were in bysterics the whole time, like it was the funniest thing that ever happened. I'm not kidding, that hotel was lousy with perverts. I was probably the only normal bastard in the whole place – and that isn't saying much. I damn near sent a telegram to old stradlater telling him to take the first train to New York. He'd have been the king of the hotel.

The trouble was, that kind of junk is sort of fascinating to watch, even if you don't want it to be. For instance, that girl that was getting water squirted all over her face, she was pretty good-looking. I mean that's my big trouble. In my *mind*, I'm probably the biggest sex maniac you ever

les gens se donnaient même pas la peine de descendre les stores. J'ai vu un mec avec des cheveux gris, un air très distingué, et il était en caleçon, et il faisait quelque chose que vous trouverez à peine croyable si je vous le raconte. Primo il a posé sa valise sur le lit. Secundo il en a sorti un tas de vêtements de femme et il s'est habillé avec. Des vrais vêtements de femme – bas de soie, souliers à hauts talons, soutien-gorge, et un de ces corsets avec les lacets qui pendaient et tout. Et puis il a enfilé cette robe du soir, noire et très étroite. J'invente pas, je vous jure. Enfin il s'est mis à marcher de long en large dans la chambre à petits pas comme font les femmes, en fumant une cigarette et en se regardant dans la glace. Et il était tout seul. À moins qu'il y ait eu quelqu'un dans la salle de bains – là je peux pas dire. Et puis, par la fenêtre juste au-dessus de la sienne ou presque j'ai vu un gars et une fille qui s'aspergeaient mutuellement avec l'eau qu'ils avaient dans la bouche. C'était probablement pas de l'eau mais du whisky et de l'eau, mais je voyais pas ce qu'il y avait dans leurs verres. En tout cas, d'abord le gars prenait une gorgée et la crachait sur la fille, et après elle faisait la même chose sur lui. Bon Dieu, chacun son tour. Vous auriez dû les voir. Ça les rendait hystériques, comme s'il leur était jamais rien arrivé d'aussi drôle. Sans blague, c'était un hôtel qui grouillait de pervers. J'étais probablement le seul mec normal – si on peut dire. J'ai été fichument tenté d'envoyer un télégramme à Stradlater lui suggérant de prendre le premier train pour New York. Dans cet hôtel il aurait été le roi.

L'ennui, c'est que les idioties de ce genre, même si on voudrait pas que ça existe, à les regarder on est comme fasciné. Par exemple, cette fille qui se faisait cracher sur la figure, elle était vraiment pas mal. C'est ça mon problème. Dans ma tête, je suis probablement le type le plus vicieux

saw. Sometimes I can think of *very* crumby stuff I wouldn't mind doing if the opportunity came up. I can even see how it might be quite a lot of fun, in a crumby way, and if you were both sort of drunk and all, to get a girl and squirt water or something all over each other's face. The thing is, though, I don't *like* the idea. It stinks, if you analyze it. I think if you don't really like a girl, you shouldn't horse around with her at all, and if you *do* like her, then you're supposed to like her face, and if you like her face, you ought to be careful about doing crumby stuff to it, like squirting water all over it. It's really too bad that so much crumby stuff is a lot of fun sometimes. Girls aren't too much help, either, when you start trying not to get *too* crumby, when you start trying not to spoil anything really good. I knew this one girl, a couple of years ago, that was even crumbier than I was. Boy, was she crumby! We had a lot of fun, though, for a while, in a crumby way. Sex is something I really don't understand too hot. You never know *where* the hell you are. I keep making up these sex rules for myself, and then I break them right away. Last year I made a rule that I was going to quit horsing around with girls that, deep down, gave me a pain in the ass. I broke it, though, the same week I made it – the same *night*, as a matter of fact. I spent the whole night necking with a terrible phony named Anne Louise Sherman. Sex is something I just don't understand. I swear to God I don't.

I started toying with the idea, while I kept standing there, of giving old Jane a buzz – I mean calling her long distance at B.M., where she went, instead of calling up her mother to find out when she was coming home. You weren't supposed to call students up late at night, but I had it all figured out. I was going to tell whoever answered the phone that I was her uncle. I was going to say her aunt had just

que vous ayez jamais rencontré. Quelquefois je pense à des choses vraiment dégoûtantes que ma foi je ferais bien si l'occasion s'en présentait. Même, je me rends compte que ça peut être marrant, dans le genre dégueulasse, si un gars et une fille ont trop bu tous les deux, de s'asperger mutuellement la figure avec de l'eau ou quoi. Mais c'est *l'idée* qui me plaît pas, elle est puante, si on l'analyse. Je me dis que si on n'aime pas trop une fille, on devrait pas chahuter du tout avec elle, et si on l'aime, alors on est censé aimer sa figure et si on aime sa figure on devrait pas lui faire des saletés comme l'asperger d'eau et tout. C'est pas bien que des trucs dégoûtants puissent être tellement marrants. Quand on essaie de pas être *trop* dégoûtant, quand on essaie de pas gâcher quelque chose de vraiment bon, les filles elles vous aident pas beaucoup. Y a deux ans, j'ai connu une fille qu'était encore plus dégoûtante que moi. Ouah, pour une dégoûtante, c'en était une. Mais pendant un moment on s'est bien marrés, dans le genre dégoûtant. Le sexe, j'y comprends vraiment rien. On sait jamais où on en est. Pour le sexe j'arrête pas de me donner des règles et aussitôt je les oublie. L'année dernière je me suis donné pour règle de plus tripoter les filles que je trouve emmerdeuses. Et pourtant, la même semaine – le jour même je crois bien – avec cette andouille d'Anne-Louise Shermann, on a passé toute la soirée à se papouiller. Le sexe, c'est vraiment quelque chose que j'arrive pas à comprendre. Je vous jure ça me dépasse.

Comme je restais planté là, il m'est venu à l'idée que la môme Jane, je pourrais lui bigophoner à son collège au lieu d'appeler sa mère pour m'informer de la date des vacances. Les élèves avaient pas le droit de recevoir des communications tard le soir mais j'avais arrangé ma petite histoire. J'allais dire à la personne qui répondrait au téléphone que j'étais l'oncle de Jane. J'allais dire que la tante de Jane venait

got killed in a car accident and I had to speak to her immediately, It would've worked, too. The only reason I didn't do it was because I wasn't in the mood. If you're not in the mood, you can't do that stuff right.

After a while I sat down in a chair and smoked a couple of cigarettes. I was feeling pretty horny. I have to admit it. Then, all of a sudden, I got this idea. I took out my wallet and started looking for this address a guy I met at a party last summer, that went to Princeton, gave me. Finally I found it. It was all a funny color from my wallet, but you could still read it. It was the address of this girl that wasn't exactly a whore or anything but that didn't mind doing it once in a while, this Princeton guy told me. He brought her to a dance at Princeton once, and they nearly kicked him out for bringing her. She used to be a burlesque stripper or something. Anyway, I went over to the phone and gave her a buzz. Her name was Faith Cavendish, and she lived at the Stanford Arms Hotel on Sixty-fifth and Broadway. A dump, no doubt.

For a while, I didn't think she was home or something. Nobody kept answering. Then, finally, somebody picked up the phone.

"Hello?" I said. I made my voice quite deep so that she wouldn't suspect my age or anything. I have a pretty deep voice anyway.

"Hello," this woman's voice said. None too friendly, either.

"Is this Miss Faith Cavendish?"

"Who's *this*?" she said. "who's calling me up at this crazy goddam hour?"

That sort of scared me a little bit. "Well, I know it's quite late," I said, in this very mature voice and all. "I hope

de mourir dans un accident d'auto. J'allais dire qu'il fallait que je parle à Jane immédiatement. Ça aurait sûrement marché. Si je l'ai pas fait c'est pour la seule raison que j'étais pas en forme. Ces combines-là, si on est pas en forme ça marche pas.

Au bout d'un petit moment je me suis assis dans un fauteuil et j'ai fumé deux cigarettes. Je dois reconnaître que je me sentais plutôt excité, sexuellement parlant. Alors tout d'un coup j'ai eu une idée, j'ai sorti mon portefeuille et je me suis mis à chercher l'adresse que m'avait donnée ce type de Princeton que j'avais rencontré à une surprise-partie l'été dernier. J'ai fini par la trouver. Dans mon portefeuille le papier avait pris une drôle de couleur mais on pouvait encore lire. C'était l'adresse d'une fille qu'était pas vraiment une prostituée mais qui faisait ça à l'occasion une fois de temps en temps à ce que m'avait dit le type de Princeton. Un jour, il l'avait amenée à un bal à Princeton et il avait bien failli se faire renvoyer. Elle avait été strip-teaseuse de music-hall ou quelque chose dans le genre. Bon. Je suis allé au téléphone et je l'ai appelée. Son nom c'était Faith Cavendish, et elle vivait à Stanford Arms Hotel, à l'angle de la Soixante-cinquième Avenue et de Broadway. Sûrement un endroit minable.

D'abord j'ai pensé qu'elle était pas chez elle. Pas de réponse. Finalement quelqu'un a décroché.

J'ai fait « Allô ? » d'une voix grave pour qu'elle puisse pas deviner mon âge ou quoi. D'ailleurs j'ai la voix plutôt grave de nature.

Une voix de femme a dit « Allô ». D'un ton pas trop aimable. Moi j'ai dit « Je parle bien à Miss Faith Cavendish ? »

Elle a demandé « Qui c'est ? Bordel, qui c'est qui m'appelle à une heure pareille ? »

Ça m'a foutu les foies. J'ai pris un ton tout ce qu'il y a d'adulte « Bon, je sais qu'il est très tard. Je vous prie de

you'll forgive me, but I was very anxious to get in touch with you." I said it suave as hell. I really did.

"Who *is* this?" she said.

"Well, you don't know me, but I'm a friend of Eddie Birdsell's. He suggested that if I were in town sometime, we ought to get together for a cocktail or two."

"*Who?* You're a friend of *who?*" Boy, she was a real tigress over thephone. She was damn near yelling at me.

"Edmund Birdsell. Eddie Birdsell," I said. I couldn't remember if his name was Edmund or Edward. I only met him once, at a goddam stupid party.

"I don't know anybody by that name, Jack. And if you think I en*joy* bein' woke up in the middle –"

"Eddie *Bird*sell? From Princeton?" I said.

You could tell she was running the name over in her mind and all.

"Birdsell, Birdsell... from Princeton... Princeton College?"

"That's right," I said.

"You from Princeton College?"

"Well, approximately."

"Oh... How *is* Eddie?" she said. "This is certainly a peculiar time to call a person up, though. Jesus Christ."

"He's fine. He asked to be remembered to you."

"Well, thank you. Remember me to *him*," she said. "He's a grand person. What's he doing now?" She was getting friendly as hell, all of a sudden.

"Oh, you know. Same old stuff," I said. How the hell did *I* know what he was doing? I hardly knew the guy. I didn't even know if he was still at Princeton. "Look," I said. "Would you be interested in meeting me for a cocktail somewhere?"

m'excuser, mais j'avais hâte de vous joindre ». J'ai dit ça d'un ton vachement charmeur. Vachement.

Elle a encore demandé : « Qui c'est ?

— Écoutez, vous me connaissez pas, mais je suis un ami d'Eddie Birdsell. Il m'a conseillé, si un jour je venais en ville, de vous inviter à prendre un verre.

— *Qui ça ?* Vous êtes un ami de *qui ?* » Ouah ! une vraie tigresse. Elle en était presque à m'engueuler.

J'ai dit « Edmund Birdsell. Eddie Birdsell ». Je me souvenais plus si son prénom était Edmund ou Edward. Je l'avais rencontré une fois seulement, à cette foutue surprise-partie.

« J'connais personne qui s'appelle comme ça, mon petit père. Et allez pas vous figurer que ça m'amuse qu'on m'réveille en plein milieu… »

J'ai insisté « Eddie Birdsell ? De Princeton ».

Je me rendais compte qu'elle se creusait la tête.

« Birdsell, Birdsell… De Princeton… Princeton College ?

— C'est ça.

— Et vous, vous êtes aussi de Princeton ?

— Disons… plus ou moins.

— Oh… Comment va Eddie ? Mais bordel, c'est tout de même un peu fort d'appeler quelqu'un à c't'heure-là.

— Il va bien. Il m'a demandé de vous faire ses amitiés.

— Ben, merci. Faites-lui les miennes. » Puis elle a dit : « Il est extra. Qu'est-ce qu'il fabrique à présent ? » Elle devenait tout à coup drôlement amicale.

« Oh toujours pareil. » Ce qu'il fabriquait, qu'est-ce que j'en savais, moi. Ce type, je le connaissais à peine. J'ignorais même s'il était encore à Princeton. J'ai dit « Écoutez, ça vous conviendrait qu'on se retrouve pour prendre un verre quelque part ?

"By any chance do you have any idea what *time* it is?" she said. "What's your name, anyhow, may I ask?" She was getting an English accent, all of a sudden. "You sound a little on the young side."

I laughed. "Thank you for the compliment," I said – suave as hell. "Holden Caulfield's my name." I should've given her a phony name, but I didn't think of it.

"Well, look, Mr. Cawffle. I'm not in the habit of making engagements in the middle of the night. I'm a working gal."

"Tomorrow's Sunday," I told her.

"Well, *any*way. I gotta get my beauty sleep. You know how it is."

"I thought we might have just one cocktail together. It isn't too late."

"Well, You're very sweet," she said. "Where ya callin' from? Where ya at now, anyways?"

"Me? I'm in a phone booth."

"Oh," she said. Then there was this very long pause. "Well, I'd like awfully to get together with you sometime, Mr. Cawffle. You sound very attractive. You sound like a very attractive person. But it *is* late."

"I could come up to your place."

"well, ordinary, I'd say grand. I mean I'd love to have you drop up for a cocktail, but my roommate happens to be ill. She's been laying here all night without a wink of sleep. She just this minute closed her eyes and all. I mean."

"Oh, That's too bad."

"Where ya stopping at? Perhaps we could get together for cocktails tomorrow."

"I can't make it tomorrow," I said. "Tonight's the only time I can make it." What a dope I was. I shouldn't've said that.

— Dites donc, vous savez l'heure qu'il est ? C'est quoi votre nom, sans indiscrétion ? » Subitement voilà qu'elle prenait l'accent anglais. « À vous entendre vous devez être plutôt jeunot. »

— J'ai ri. « Merci pour le compliment. » J'étais tout ce qu'il y a de plus aimable. « Je m'appelle Holden Caulfield. » J'aurais dû lui donner un faux nom mais j'y ai pas pensé.

— Ben écoutez, Mr Cawffle, j'ai pas l'habitude d'accepter des rendez-vous en plein milieu de la nuit. Je travaille, moi. »

J'ai dit : « Demain c'est dimanche.

— Ben quand même. Faut qu'je dorme pour être fraîche demain. Vous savez ce que c'est.

— Je pensais qu'on pourrait juste prendre un verre ensemble. Il est pas tellement tard. »

Elle a dit « Ben, c'est très gentil de votre part. D'où est-ce que vous m'appelez ? Où vous êtes en ce moment ?

— Moi ? Je suis dans une cabine téléphonique. »

Elle a dit « Oh ». Et puis il y a eu un long silence. « Ben, j'aimerais beaucoup vous rencontrer un jour ou l'autre, Mr Cawffle. Vous avez l'air très gentil. Vous avez l'air d'un très gentil garçon. Mais il est *si tard*…

— Je pourrais venir jusque chez vous.

— En temps ordinaire je dirais “super”. Je serais ravie que vous passiez prendre un verre, mais je loge avec une copine et en c'moment elle est malade. Elle ferme pas l'œil de la nuit et voilà qu'à la minute, d'un coup, le sommeil l'a prise. Alors, vous comprenez…

— Oh. Quel dommage.

— Vous êtes descendu où ? On pourrait p't-être se voir demain ? »

J'ai dit « Demain je pourrai pas. Ce soir seulement c'était possible ». J'ai été con. J'aurais pas dû dire ça.

"Oh. Well, I'm awfully sorry."

"I'll say hello to Eddie for you."

"Willya do that? I hope you enjoy your stay in New York. It's a grand place."

"I know it is. Thanks. Good night," I said. Then I hung up.

Boy, I *real*ly fouled that up. I should've atleast made it for cocktails or something.

« Ah bon. Je regrette beaucoup.

— Je dirai bonjour à Eddie de votre part.

— C'est ça. Merci. J'espère que vous serez content de votre séjour à New York. C'est super, New York.

— Je sais. Merci. Bonne nuit. » J'ai raccroché.

Ouah. J'avais tout fichu en l'air. J'aurais quand même dû m'arranger pour aller boire un coup avec elle ou quoi.

10

It was still pretty early. I'm not sure what time it was, but it wasn't too late. The one thing I hate to do is go to bed when I'm not even tired. So I opened my suitcases and took out a clean shirt, and then I went in the bathroom and washed and changed my shirt. What I thought I'd to, I thought I'd go downstairs and see what the hell was going on in the Lavender Room. They had this night club, the Lavender Room, in the hotel.

While I was changing my shirt, I damn near gave my kid sister Phoebe a buzz, though. I certainly felt like talking to her on the phone. Somebody with sense and all. But I couldn't take a chance on giving her a buzz, because she was only a little kid and she wouldn't have been up, let alone anywhere near the phone. I thought of maybe hanging up if my parents answered, but that wouldn't've worked, either. They'd know it was me. My mother always knows it's me. She's psychic. But I certainly wouldn't have minded shooting the crap with old Phoebe for a while.

You should see her. You never saw a little kid so pretty and smart in your whole life. She's really smart. I mean she's had all A's ever since she started school. As a matter of fact, I'm the only dumb one in the family. My brother

Chapitre 10

Il était pas encore très tard. L'heure qu'il était j'en suis pas sûr mais je sais qu'il était pas très tard. S'il y a une chose que je déteste c'est me mettre au lit quand je suis même pas fatigué. Donc j'ai ouvert mes valises et j'ai sorti une chemise propre et je suis allé à la salle de bains pour me laver et me changer. Ce que je voulais faire, je voulais descendre au rez-de-chaussée et voir ce qui se passait dans la Lavender Room. La Lavender Room c'était une boîte de nuit qu'ils avaient dans l'hôtel même.

Comme j'étais en train de mettre une chemise propre j'ai presque décidé de passer un coup de fil à ma petite sœur Phoebé. J'avais vraiment envie de lui parler. Une gosse pleine de bon sens et tout. Mais je pouvais pas courir le risque de lui téléphoner parce que c'était seulement une gamine et à cette heure-là elle était sûrement plus debout, et encore moins près du téléphone. J'ai considéré la possibilité de raccrocher si mes parents répondaient, mais ça aurait foiré. Ils auraient deviné que c'était moi. Ma mère sait toujours quand c'est moi. Elle a le don de télépathie. Mais sûr que ça m'aurait pas déplu de bavarder un petit moment avec la môme Phoebé.

Vous devriez la voir. De toute votre vie vous avez jamais vu une gamine aussi mignonne et aussi futée. Elle est très intelligente. Depuis qu'elle va en classe, elle a eu que des A. En fait, je suis vraiment le seul idiot de la famille. Mon frère

D.B.'s a writer and all, and my brother Allie, the one that died, that I told you about, was a wizard. I'm the only really dumb one. But you ought to see old Phoebe. She has this sort of red hair, a little bit like Allie's was, that's very short in the summertime. In the summertime, she sticks it behind her ears. She has nice, pretty little ears. In the wintertime, it's pretty long, though. Sometimes my mother braids it and sometimes she doesn't. It's really nice, though. She's only ten. She's quite skinny, like me, but nice skinny. Roller-skate skinny. I watched her once from the window when she was crossing over Fifth Avenue to go to the park, and that's what she is, roller-skate skinny. You'd like her. I mean if you tell old Phoebe something, she knows exactly what the hell you're talking about. I mean you can even take her anywhere with you. If you take her to a lousy movie, for instance, she knows it's a lousy movie. If you take her to a pretty good movie, she knows it's a pretty good movie. D.B. and I took her to see this French movie, *The Baker's Wife,* with Raimu in it. It killed her. Her favorite is *The 39 Steps*, though, with Robert Donat. She knows the whole goddam movie by heart, because I've taken her to see it about ten times. When old Donat comes up to this Scotch farmhouse, for instance, when he's running away from the cops and all, Phoebe'll say right out loud in the movie – right when the Scotch guy in the picture says it – "Can you eat the herring?" She knows all the talk by heart. And when this professor in the picture, that's really a German spy, sticks up his little finger with part of the middle joint missing, to show Robert Donat, old Phoebe beats him to it – she holds up *her* little finger at me in the dark, right in front of my face. She's all right. You'd like her. The only trouble is, she's a little too

D.B. est un écrivain et tout, et mon frère Allie, celui qui est mort, celui dont je vous ai parlé, c'était un génie. Je suis vraiment le seul idiot. Mais la môme Phoebé, vous devriez la voir. Elle a ce genre de cheveux roux, un petit peu comme étaient ceux d'Allie, qu'elle porte très courts en été. En été, elle les aplatit derrière ses oreilles, elle a de chouettes petites oreilles. L'hiver ils sont plutôt longs. Quelquefois ma mère lui fait des nattes mais pas toujours. En tout cas, ça lui va bien. Phoebé n'a que dix ans. Elle est un peu maigrichonne comme moi, mais joliment maigrichonne. Une mignonne petite crevette. Je l'ai observée une fois de la fenêtre alors qu'elle traversait la Cinquième Avenue pour aller au parc et c'est ce qu'elle est, une mignonne petite crevette. Cette môme, si on lui dit des trucs, elle sait toujours exactement de quoi on parle. Je veux dire, vous pouvez l'emmener n'importe où. Par exemple, si vous l'emmenez voir un film dégueulasse, elle saura que le film est dégueulasse. Si vous l'emmenez voir un film plutôt bon, elle saura que le film est plutôt bon. D.B. et moi on l'a emmenée voir ce film français *La Femme du boulanger*, avec Raimu. Ça l'a tuée. Mais son film favori c'est *Les Trente-Neuf Marches* avec Robert Donat. Ce foutu machin elle le connaît par cœur bicause je l'ai emmenée le voir au moins dix fois. Quand par exemple le gars Donat arrive à cette ferme écossaise, dans sa cavale pour échapper aux flics et tout, Phoebé dira très fort dans la salle de cinéma – juste en même temps que le type du film : « Tu manges du hareng ? » Elle connaît tout le dialogue par cœur. Et quand ce professeur dans le film, qui est en fait un espion allemand, lève le petit doigt avec une phalange en moins, pour désigner Robert Donat, la môme Phoebé le gagne de vitesse – elle lève *son* petit doigt vers moi dans le noir, juste sous mon nez. Elle est au poil. Vous la trouveriez au poil. Le seul ennui, c'est qu'il lui arrive d'être un peu trop

affectionate sometimes. She's very emotional, for a child. She really is. Something else she does, she writes books all the time. Only, she doesn't finish them. They're all about some kid named Hazel Weatherfield – only old Phoebe spells it "Hazle." Old Hazle Weatherfield is a girl detective. She's supposed to be an orphan, but her old man keeps showing up. Her old man's always a "tall attractive gentleman about 20 years of age." That kills me. Old Phoebe. I swear to God you'd like her. She was smart even when she was a very tiny little kid. When she was a very tiny little kid, I and Allie used to take her to the park with us, especially on Sundays. Allie had this sailboat he used to like to fool around with on Sundays, and we used to take old Phoebe with us. She'd wear white gloves and walk right between us, like a lady and all. And when Allie and I were having some conversations about things in general, old Phoebe'd be listening. Sometimes you'd forget she was around, because she was such a little kid, but *she'd* let you know. She'd interrupt you all the time. She'd give Allie or I a push or something, and say, "*Who?* Who said that? Bobby or the lady?" And we'd tell her who said it, and she'd say, "Oh," and go right on listening and all. She killed Allie, too. I mean he liked her, too. She's ten now, and not such a tiny little kid any more, but she still kills everybody – everybody with any sense, anyway.

Anyway, she was somebody you always felt like talking to on the phone. But I was too afraid my parents would answer, and then they'd find out I was in New York and kicked out of Pencey and all. So I just finished putting on my

expansive. Pour son âge, elle est très émotive. Vraiment. Autre chose encore qu'elle fait, elle écrit tout le temps des livres. Seulement elle les finit jamais. Ça parle toujours d'une petite fille qui s'appelle Hazel Weatherfield – mais la môme Phoebé elle écrit ça « Hazle ». Hazle Weatherfield est une fille détective. Elle est censée être orpheline mais de temps en temps son paternel se pointe. Son paternel est toujours un gentleman, il est grand, il est séduisant, il a dans les vingt ans. Ça me tue. La môme Phoebé vous l'aimeriez, je vous jure. Quand elle était toute petite elle était déjà futée. Quand elle était toute petite, moi et Allie on l'emmenait au parc avec nous, spécialement le dimanche. Allie prenait son bateau à voiles, le dimanche il aimait bien s'amuser avec, et on emmenait la môme Phoebé. Elle avait mis ses gants blancs et elle marchait avec nous, comme une dame et tout. Lorsqu'on se lançait, Allie et moi, dans une conversation sur les choses en général, la môme Phoebé, elle écoutait. Comme c'était qu'une gamine, ça nous arrivait d'oublier qu'elle était là mais elle nous le rappelait. Elle arrêtait pas de nous interrompre. Elle bousculait un peu Allie ou bien elle me bousculait et elle demandait « *Qui ?* Qui a dit ça ? Bobby ou la dame ? » Et on lui disait qui avait dit ça, alors elle disait « Oh » et puis elle continuait bien vite à écouter et tout. Allie aussi, ça le tuait. Je veux dire que lui aussi, il la trouvait au poil. Maintenant elle a dix ans et c'est plus un bébé mais elle a pas changé, les gens qui l'entendent ça les tue – du moins tous ceux qu'ont un brin de sens commun.

Bon. C'est quelqu'un à qui on a toujours envie de téléphoner. Mais j'avais trop peur que mes parents répondent et découvrent que j'étais à New York et foutu à la porte de Pencey et tout. Aussi j'ai simplement fini de boutonner ma

shirt. Then I got all ready and went down in the elevator to the lobby to see what was going on.

Except for a few pimpy-looking guys, and a few whory-looking blondes, the lobby was pretty empty. But you could hear the band playing in the Lavender Room, and so I went in there. It wasn't very crowded, but they gave me a lousy table anyway – way in the back. I should've waved a buck under the head-waiter's nose. In New York, boy, money really talks – I'm not kidding.

The band was putrid. Buddy Singer. Very brassy, but not good brassy – corny brassy. also, there were very few people around my age in the place. In fact, nobody was around my age. They were mostly old, show-offy-looking guys with their dates. Except at the table right next to me. At the table right next to me, there were these three girls around thirty or so. The whole three of them were pretty ugly, and they all had on the kind of hats that you knew they didn't really live in New York, but one of them, the blonde one, wasn't too bad. She was sort of cute, the blonde one, and I started giving her the old eye a little bit, but just then the waiter came up for my order. I ordered a Scotch and soda, and told him not to mix it – I said it fast as bell, because if you hem and haw, they think you're under twenty-one and won't sell you any intoxicating liquor. I had trouble with him anyway, thought. "I'm sorry, sir," he said, "but do you have some verification of your age? Your driver's license, perhaps?"

I gave him this very cold stare, like he'd insulted the hell out of me, and asked him, "Do I look like I'm under twenty-one?"

"I'm sorry, sir, but we have our –"

chemise. Une fois prêt j'ai pris l'ascenseur et je suis descendu dans le hall pour voir ce qui se passait.

Dans le hall il y avait seulement quelques mecs du genre marlou et quelques blondes du genre putain. Mais on entendait jouer l'orchestre, ça venait de la Lavender Room. Lorsque je suis entré c'était pas la grande foule mais ils m'ont quand même salement mal placé, à une table tout au fond. J'aurais dû agiter un billet d'un dollar sous le nez du maître d'hôtel. À New York, l'argent a toujours son mot à dire – sans blague.

L'orchestre était infect. Buddy Singer. Ça y allait mais c'était plouc. En plus il y avait très peu de gens de mon âge. Personne de mon âge, en fait. On voyait que des vieux types qui paradaient avec leurs petites amies. Sauf à la table juste à côté. À la table juste à côté il y avait trois filles à peu près dans les trente piges. Trois filles plutôt moches et elles avaient sur le crâne la sorte de chapeaux qui tout de suite vous faisait dire qu'elles vivaient pas à New York. Quand même la blonde était pas trop mal. Elle était assez mignonne, la blonde, et j'ai commencé à lui faire un peu de l'œil mais juste à ce moment le garçon est venu prendre ma commande. J'ai demandé un scotch-and-soda et je lui ai dit de pas mélanger. J'ai demandé à toute pompe, parce que si vous hésitez ils pensent que vous avez pas vingt et un ans et ils refusent de vous servir des boissons alcoolisées. Ça n'a pas manqué, il a dit : « Excusez-moi, mais auriez-vous quelque chose qui me permette de vérifier votre âge ? Votre permis de conduire, par exemple ? »

Je lui ai lancé un regard glacé, comme s'il m'avait mortellement insulté et j'ai dit « Est-ce que j'ai l'air d'avoir moins de vingt et un ans ?

— Excusez-moi, monsieur, mais nous avons nos…

"Okay, okay," I said. I figured the hell with it. "Bring me a Coke." He started to go away, but I called him back. "Can'tcha stick a little rum in it or something?" I asked him. I asked him very nicely and all. "I can't sit in a corny place like this cold *sober*. Can'tcha stick a little rum in it or something?"

"I'm very sorry, sir… " he said, and beat it on me. I didn't hold it against him, though. They lose their jobs if they get caught selling to a minor. I'm a goddam minor.

I started giving the three witches at the next table the eye again. That is, the blonde one. The other two were strictly from hunger. I didn't do it crudely, though. I just gave all three of them this very cool glance and all. What they did, though, the three of them, when I did it, they started giggling like morons. They probably thought I was too young to give anybody the once-over. That annoyed hell out of me – you'd've thought I wanted to *marry* them or something. I should've given them the freeze, after they did that, but the trouble was, I really felt like dancing. I'm very fond of dancing, sometimes, and that was one of the times. So all of a sudden, I sort of leaned over and said, "Would any of you girls care to dance?" I didn't ask them crudely or anything. Very suave, in fact. But God damn it, they thought *that* was a panic, too. They started giggling some more. I'm not kidding, they were three real morons. "C'mon," I said. "I'll dance with you one at a time. All right? How 'bout it? C'mon!" I really felt like dancing.

Finally, the blonde one got up to dance with me, because you could tell I was really talking to *her,* and we walked out to the dance floor. The other two grools

— Okay, okay. » Et puis merde, je me suis dit. « Donnez-moi un Coca. » Déjà il s'en allait mais je l'ai rappelé. « Vous pouvez pas y mettre deux gouttes de rhum ? » J'ai demandé ça très poliment et tout. « Je me vois pas rester dans un endroit aussi ringard sans un petit remontant. Pouvez pas me mettre deux gouttes de rhum ?

— Excusez-moi monsieur… » Il en démordait pas. Je lui en ai pas voulu, faut se mettre à sa place. S'ils se font prendre à servir de l'alcool à un mineur ils perdent leur boulot. Et mineur, je le suis foutrement.

J'ai recommencé à faire de l'œil aux trois sorcières de la table voisine. C'est-à-dire à la blonde. Pour les deux autres, il aurait vraiment fallu être en manque. Je suis resté très discret. Je leur ai juste jeté à toutes les trois mon coup d'œil super-relax et tout. Ce qu'elles ont fait, elles, toutes les trois, c'est se bidonner comme des andouilles. Sans doute elles trouvaient que j'étais trop jeune pour juger quelqu'un d'un seul regard et tout. Ça m'a exaspéré. On aurait cru que je voulais les épouser, ma parole. Après ça j'aurais dû les ignorer mais l'ennui c'est que j'avais envie de danser. Par moments, le besoin de danser vous saisit aux tripes et j'étais dans un de ces moments-là. Alors subitos' je me suis penché et j'ai demandé : « Est-ce qu'une de vous aurait envie de danser ? » J'ai demandé ça avec les formes. D'une voix tout ce qu'il y a de convenable. Mais bordel, ça aussi elles l'ont pris à la rigolade. Elles se sont remises à glousser. Trois vraies andouilles. Sans blague. J'ai dit : « Allons-y, je vais danser avec vous chacune à son tour. D'accord ? Ça vous va ? Allons-y. » J'avais vraiment besoin de me dégourdir un peu.

Finalement, la blonde s'est levée pour danser avec moi parce que c'était visible que je m'adressais spécialement à elle et on s'est dirigés vers la piste. Quand elles ont vu ça

nearly had hysterics when we did. I certainly must've been very hard up to even bother with any of them.

But it was worth it. The blonde was some dancer. She was one of the best dancers I ever danced with. I'm not kidding, some of these very stupid girls can really knock you out on a dance floor. You take a really smart girl, and half the time she's trying to lead *you* around the dance floor, or else she's such a lousy dancer, the best thing to do is stay at the table and just get drunk with her.

"You really can dance," I told the blonde one. "You oughta be a pro. I mean it. I danced with a pro once, and you're twice as good as she was. Did you ever hear of Marco and Miranda?"

"What?" she said. She wasn't even listening to me. She was looking all around the place.

"I said did you ever hear of Marco and Miranda?"

"I don't know. No. I don't know."

"Well, they're dancers, she's a dancer. She's not too hot, though. She does everything she's sup*posed* to, but she's not so hot anyway. You know when a girl's really a terrific dancer?"

"Wudga say?" she said. She wasn't listening to me, even. Her mind was wandering all over the place.

"I said do you know when a girl's really a terrific dancer?"

"Uh-uh."

"Well – where I have my hand on your back. If I think there isn't anything underneath my hand – no can, no legs, no feet, no *any*thing – then the girl's really a terrific dancer."

les deux autres ont frôlé la crise d'hystérie. Fallait vraiment que je sois privé pour avoir eu l'idée de m'occuper de ces nénettes. Mais après tout ça valait la peine. La blonde était douée pour la danse, une des meilleures partenaires que j'aie jamais eues. Sans blague, il y a des crétines qui vous sidèrent complètement quand elles dansent. Prenez une fille vraiment intelligente et la moitié du temps quand vous dansez avec elle, elle cherche à *vous* conduire ou bien elle danse tellement mal que la seule solution c'est de rester assis et de s'imbiber en sa compagnie.

J'ai dit à la blonde : « Vous dansez vachement bien. Vous devriez être professionnelle. Sérieusement. J'ai dansé une fois avec une pro et vous êtes deux fois meilleure. Avez-vous déjà entendu parler de Marco et Miranda ? »

Elle a dit « Quoi ? » Elle écoutait même pas. Elle regardait tout autour d'elle.

« Je disais avez-vous déjà entendu parler de Marco et Miranda ?

— J'vois pas. Non, j'vois pas.

— Eh bien, ce sont des danseurs. Elle est danseuse. Elle danse mais elle est pas terrible. Elle fait tout ce qu'elle est censée faire mais elle est pas tellement terrible. Savez-vous quand on peut dire qu'une fille est une danseuse vraiment terrible ? »

Elle a dit « Hein, quoi ? » Elle écoutait même pas. Elle avait la tête ailleurs.

« Je disais savez-vous quand on peut dire qu'une fille est une danseuse vraiment terrible ?

— Euh…

— Eh bien… là où j'ai ma main dans votre dos. Si je pense qu'y a rien sous ma main – pas de fesses, pas de jambes, pas de pieds *rien* – alors la fille est une danseuse vraiment terrible. »

She wasn't listening, though. So I ignored her for a while. We just danced. God, could that dopey girl dance. Buddy Singer and his stinking band was playing "Just One of Those Things" and even *they* couldn't ruin it entirely. It's a swell song. I didn't try and trick stuff while we danced – I hate a guy that does a lot of show-off tricky stuff on the dance floor – but I was moving her around plenty, and she stayed right with me. The funny thing is, I thought she was enjoying it, too, till all of a sudden she came out with this very dumb remark. "I and my girl friends saw Peter Lorre last night," she said. "The movie actor. In person. He was biyin' a newspaper. He's *cute*."

"You're lucky," I told her. "You're really lucky. You know that?" She was really a moron. But what a dancer. I could hardly stop myself from sort of giving her a kiss on the top of her dopey head – you know – right where the part is, and all. She got sore when I did it.

"Hey! What's the idea?"

"Nothing. No idea. You really can dance," I said. "I have a kid sister that's only in the goddam fourth grade. You're about as good as she is, and she can dance better than anybody living or dead."

"Watch your language, if you don't mind."

What a lady, boy. A *queen*, for Chrissake.

"Where you girls from?" I asked her.

She didn't answer me, though. She was busy looking around for old Peter Lorre to show up, I guess.

"Where you girls from?" I asked her again.

"What?" she said.

"Where you girls from? Don't answer if you don't feel like it. I don't want you to strain yourself."

Mais elle écoutait toujours pas. Aussi je l'ai ignorée un moment. On a seulement dansé. Et cette conne, bon Dieu, elle y allait. Buddy Singer et son orchestre infect jouaient *Just one of those things* et même eux ils arrivaient pas à bousiller ça complètement. C'est un machin super. En dansant je me suis pas lancé dans des trucs compliqués – je peux pas souffrir les mecs qui en dansant font ces trucs-là pour épater – mais je la faisais se remuer vachement et elle me suivait impec. Le plus drôle c'est que je pensais qu'elle aussi elle se donnait du bon temps et tout d'un coup elle m'a lancé cette réflexion stupide : « Moi et mes copines, hier soir, on a vu Peter Lorre. L'acteur de cinéma. En chair et en os. Il achetait son journal. Il est *mignon.* »

J'ai dit « Vous avez de la chance. Vous avez vraiment de la chance, vous savez ». Quelle idiote. Mais elle dansait impec. J'ai pas pu m'empêcher de poser un instant ma bouche sur sa conne de tête, dans la raie des cheveux. Elle a gueulé.

« Hé, qu'est-ce qui vous prend ?

— Rien. Rien me prend », j'ai dit. « Vous dansez superbement. J'ai une petite sœur qu'est seulement en septième. Vous dansez aussi bien qu'elle et elle danse drôlement mieux que n'importe qui, vivant ou mort, bordel.

— Vous pouvez pas être poli ? »

Ouah. Une femme du monde. Putain, une *reine*.

J'ai demandé « D'où vous êtes ? »

Elle a pas répondu. Elle était trop occupée à regarder aux alentours pour le cas où Peter Lorre se serait encore pointé je suppose.

J'ai répété « D'où vous êtes toutes les trois ? »

Elle a dit « Quoi ?

— D'où vous êtes ? Si ça vous coûte répondez pas. Faudrait surtout pas vous surmener.

"Seatle, Washington," she said. She was doing me a big favor to tell me.

"You're a very good conversationalist," I told her. "You know that?"

"What?"

I let it drop. It was over her head, anyway. "Do you feel like jitterbugging a little bit, if they play a fast one? Not corny jitterbug, not jump or anything – just nice and easy. Everybody'll all sit down when they play a fast one, except the old guys and the fat guys, and we'll have plenty of room. Okay?"

"It's immaterial to me," she said. "Hey – how old are you, anyhow?"

That annoyed me, for some reason. "Oh, Christ. Don't spoil it," I said. "I'm twelve, for Chrissake. I'm big for my age."

"*Lis*ten. I toleja about that. I don't like that type language," she said. "If you're gonna use that type language, I can go sit down with my girl friends, you know."

I apologized like a madman, because the band was starting a fast one. She started jitterbugging with me – but just very nice and easy, not corny. She was really good. All you had to do was touch her. And when she turned around, her pretty little butt twitched so nice and all. She knocked me out. I mean it. I was about half in love with her by the time we sat down. That's the thing about girls. Every time they do something pretty, even if they're sort of stupid, you fall half in love with them, and then you never know *where* the hell you are. Girls. Jesus Christ. They can drive you crazy. They really can.

They didn't invite me to sit down at their table – mostly because they were too ignorant – but I sat down anyway. The blonde I'd been dancing with's name was Bernice something – Crabs or Krebs. The two ugly ones' names were Marty and Laverne. I told them my

— Seattle, Washington. » Elle a dit ça comme si elle me faisait vraiment une faveur.

J'ai dit « Vous avez beaucoup de conversation. On vous l'a déjà signalé ?

— Quoi ? »

J'ai pas insisté. Ça lui passait par-dessus la tête. « S'ils jouent quelque chose de rapide, on swingue un peu ? Pas le swing ringard, pas en sautant sur place, un swing en souplesse. Quand ça sera du rapide, les vieux types, les gros lards, tout le monde va s'asseoir, alors on aura de la place. D'accord ? »

Elle a dit « Ça m'est égal. Hé, quel âge que vous avez ? »

Ça m'a pas tellement plu. J'ai dit : « Oh putain, allez pas tout gâcher. J'ai douze ans, bordel. Je suis grand pour mon âge.

— *Écoutez*. J'vous l'ai déjà dit. J'aime pas cette façon de parler. Si vous continuez comme ça j'retourne avec mes copines. »

Je me suis confondu en excuses parce que l'orchestre se lançait dans du rapide. Elle s'est mise à danser un boogie-woogie avec moi mais pas ringard, tout en souplesse. Elle était vraiment douée. Je la touchais et ça suffisait. Et quand elle tournait sur elle-même, elle tortillait du cul si joliment. J'en restais estomaqué. Sans blague. Quand on est allés se rasseoir j'étais à moitié amoureux d'elle. Les filles c'est comme ça, même si elles sont plutôt moches, même si elles sont plutôt connes, chaque fois qu'elles font quelque chose de chouette on tombe à moitié amoureux d'elles et alors on sait plus où on en est. Les filles. Bordel. Elles peuvent vous rendre dingue. Comme rien. Vraiment.

Elles m'ont pas invité à m'asseoir à leur table – principalement parce qu'elles étaient pas au courant de ce qui se fait – mais moi je me suis installé avec elles. La blonde qui dansait si bien s'appelait Bernice quelque chose – Crabs ou Krebs. Le nom des deux moches c'était Marty et Laverne. Je leur ai dit,

name was Jim Steele, just for the hell of it. Then I tried to get them in a little intelligent conversation, but it was practically impossible. You had to twist their arms. You could hardly tell which was the stupidest of the three of them. And the whole three of them kept looking all around the goddam room, like as if they expected a flock of goddam *movie stars* to come in any minute. They probably thought movie stars always hung out in the Lavender Room when they came to New York, instead of the Stork Club or El Morocco and all. Anyway, it took me about a half hour to find out where they all worked and all in Seattle. They all worked in the same insurance office. I asked them if they liked it, but do you think you could get an intelligent answer out of those three dopes? I thought the two ugly ones, Marty and Laverne, were sisters, but they got very insulted when I asked them. You could tell neither one of them wanted to look like the other one, and you couldn't blame them, but it was very amusing anyway.

I danced with them all – the whole three of them – one at a time. The one ugly one, Laverne, wasn't too bad a dancer, but the other one, old Marty, was murder. Old Marty was like dragging the Statue of Liberty around the floor. The only way I could even half enjoy myself dragging her around was if I amused myself a little. So I told her I just saw Gary Cooper, the movie star, on the other side of the floor.

"*Where?*" she asked me – excited as hell. "*Where?*"

"Aw, you just missed him. He just went out. Why didn't you look when I told you?"

She practically stopped dancing, and started looking over everybody's heads to see if she could see him. "Oh, shoot!" she said. I'd just about broken her heart – I really had. I was sorry as hell I'd kidded her. Some people you shouldn't kid, even if they deserve it.

juste comme ça, que je m'appelais Jim Steele. Puis je me suis efforcé d'avoir avec elles une petite convers' intelligente. Pratiquement impossible. Fallait tout leur souffler. On aurait pas pu dire laquelle des trois était la plus stupide. Et toutes les trois elles arrêtaient pas de jeter des coups d'œil autour d'elles comme si elles s'attendaient à voir débarquer à tout instant une troupe de vedettes du ciné. Elles devaient se figurer que les stars, quand il en venait à New York, ça fréquentait la Lavender Room, plutôt que le Stork Club ou l'El Morocco. Bon, il m'a bien fallu une demi-heure pour trouver où elles travaillaient et tout, à Seattle. Elles étaient dans le même bureau d'une compagnie d'assurances. J'ai voulu savoir si le travail leur plaisait mais pas possible d'obtenir une réponse sensée de ces trois idiotes. Je pensais que les deux moches, Marty et Laverne, étaient peut-être sœurs, mais quand je leur ai demandé elles se sont vexées. On voyait qu'aucune des deux avait envie de ressembler à l'autre et on pouvait pas le leur reprocher mais, bon, c'était tout de même marrant.

J'ai dansé avec elles – les trois – à tour de rôle. Une des moches, Laverne, dansait pas trop mal mais l'autre, la môme Marty, c'était la catastrophe. On aurait cru trimbaler la Statue de la Liberté autour de la piste. La seule façon de pas trop souffrir en la traînant c'était de lui dire des blagues. Alors je lui ai annoncé que je venais de voir Gary Cooper à l'autre bout de la salle.

« Où ça ? elle a demandé, vachement excitée. *Où ?*

— Oh. Vous l'avez loupé. Il vient de sortir. Pourquoi que vous avez pas regardé quand je vous l'ai dit ? »

Elle s'est pratiquement arrêtée de danser et elle a essayé d'apercevoir la tête de Gary au-dessus des têtes des danseurs. Elle a dit « Oh, crotte ! » Je lui avais quasiment brisé le cœur. Sans rire. Je regrettais déjà de l'avoir charriée. Y a des gens, on devrait jamais les charrier, même s'ils l'ont pas volé.

Here's what was very funny, though. When we got back to the table, old Marty told the other two that Gary Cooper had just gone out. Boy, old Laverne and Bernice nearly committed suicide when they heard that. They got all excited and asked Marty if she'd seen him and all. Old Mart said she'd only caught a glimpse of him. That killed me.

The bar was closing up for the night, so I bought them all two drinks apiece quick before it closed, and I ordered two more Cokes for myself. The goddam table was lousy with glasses. The one ugly one, Laverne, kept kidding me because I was only drinking Cokes. She had a sterling sense of humor. She and old Marty were drinking Tom Collinses – in the middle of December, for God's sake. They didn't know any better. The blonde one, old Bernice, was drinking bourbon and water. She was really putting it away, too. The whole three of them kept looking for movie stars the whole time. They hardly talked – even to each other. Old Marty talked more than the other two. She kept saying these very corny, boring things, like calling the can the "little girls' room," and she thought Buddy Singer's poor old beat-up clarinet player was really terrific when he stood up and took a couple of ice-cold hot licks. She called his clarinet a "licorice stick." Was she corny. The other ugly one, Laverne, thought she was a very witty type. She kept asking me to call up my father and ask him what he was doing tonight. She kept asking me if my father had a date or not. *Four times* she asked me that – she was certainly witty. Old Bernice, the blonde one, didn't say hardly anything at all. Every time I'd ask her something, she said "What?" That can get on your nerves after a while.

En tout cas, voilà le plus drôle. Quand on est retourné s'asseoir, la Marty a dit aux deux autres que Gary Cooper venait de partir. Ouah, Laverne et Bernice, quand elles ont entendu ça j'ai bien cru qu'elles allaient se suicider. Elles étaient dingues et elles ont demandé à Marty si elle l'avait vu et tout. La Marty, elle a répondu qu'elle avait juste réussi à l'entrevoir une minute. Ça m'a tué.

Le bar fermait pour la nuit, aussi je leur ai vite payé à boire à chacune, deux fois de suite avant que ça ferme, et pour moi j'ai commandé deux autres Cocas. Y avait des verres plein la table. Laverne, la moche, en finissait pas de se foutre de moi bicause je buvais du Coca. Elle avait un sens de l'humour à toute épreuve. Elle et Marty sifflaient des Tom Collins – et ça en plein mois de décembre. Elles avaient rien trouvé de mieux, les connasses. La blonde Bernice, elle buvait du whisky à l'eau. Et elle aussi elle avait une bonne descente. Toutes les trois elles continuaient de chercher les vedettes de cinéma. C'est à peine si elles échangeaient quelques mots. La môme Marty parlait plus que les deux autres mais ce qu'elle disait, c'était barbant et vieux jeu comme d'appeler les chiottes le "petit coin" et elle trouvait que le malheureux joueur de clarinette tout avachi du Buddy Singer était vraiment terrible quand il se levait et jouait en solo. Elle appelait sa clarinette un "bâton de réglisse". Des trucs à l'eau de rose. L'autre moche, Laverne, elle se croyait du genre très spirituel. Elle arrêtait pas de me dire de téléphoner à mon père et de lui demander ce qu'il faisait ce soir. Elle voulait à tout prix savoir s'il avait une petite amie. *Quatre fois* elle m'a remis ça – pour sûr qu'elle avait de l'esprit ! Bernice, la blonde, c'est à peine si elle ouvrait la bouche. Si je lui disais quelque chose elle faisait « Quoi ? » Au bout d'un moment ça vous tape sur les nerfs.

All of a sudden, when they finished their drink, all three of them stood up on me and said they had to get to bed. They said they were going to get up early to see the first show at Radio City Music Hall. I tried to get them to stick around for a while, but they wouldn't. So we said good-by and all. I told them I'd look them up in Seattle sometime, if I ever got there, but I doubt if I ever will. Look them up, I mean.

With cigarettes and all, the check came to about thirteen bucks. I think they should've at least *of*fered to pay for the drinks they had before I joined them – I wouldn't've *let* them, naturally, but they should've at least offered. I didn't care much, though. They were so ignorant, and they had those sad, fancy hats on and all. And that business about getting up early to see the first show at Radio City Music Hall depressed me. If somebody, some girl in an awful-looking hat, for instance, comes all the way to New York – from Seattle, *Wash*ington, for God's sake – and ends up getting up early in the morning to see the goddam first show at Radio City Music Hall, it makes me so depressed I can't stand it. I'd've bought the whole three of them a *hundred* drinks if only they hadn't told me that.

I left the Lavender Room pretty soon after they did. They were closing it up anyway, and the band had quit a long time ago. In the first place, it was one of those places that are very terrible to be in unless you have somebody good to dance with, or unless the waiter lets you buy real drinks instead of just Cokes. There isn't any night club in the world you can sit in for a long time unless you can at least buy some liquor and get drunk. Or unless you're with some girl that really knocks you out.

Subitement, quand elles ont eu vidé leurs verres, toutes les trois se sont agitées et elles ont dit qu'elles allaient au lit. Elles ont dit qu'elles voulaient se lever de bonne heure pour la première représentation au Radio City Music-Hall. J'ai essayé de les persuader de rester encore un peu mais elles ont refusé. Alors on s'est dit bonne nuit et tout. Je leur ai dit que j'irais les voir si je passais un jour à Seattle, mais ça m'étonnerait – que j'aille les voir, je veux dire.

Avec les cigarettes et tout j'en ai eu pour à peu près treize dollars. Je trouve qu'elles auraient pu offrir de payer les consommations qu'elles avaient prises avant que j'arrive, bien sûr j'aurais pas accepté mais elles auraient pu au moins le proposer. Au fond, ça m'était plutôt égal. Elles avaient tellement peu d'éducation et elles s'étaient mis sur la tête des minables chapeaux de carnaval. Et aussi leur histoire de se lever de bonne heure pour la première représentation au Radio City Music-Hall, ça me donnait le cafard. Si quelqu'un, par exemple une fille sous un horrible chapeau, fait tout ce chemin, de Seattle (Washington) à New York, bon Dieu – et en fin de compte se lève tôt le matin pour aller voir une saleté de première représentation au Radio City Music-Hall, ça me fout un cafard monstre. Je leur aurais bien payé *cent* consommations pour qu'elles me racontent pas ça, ces trois connes.

J'ai quitté la Lavender Room pas longtemps après elles. D'ailleurs ça fermait et l'orchestre était parti depuis des siècles. Et surtout c'était un de ces endroits où on se sent vachement mal si on est pas avec quelqu'un qui sait danser et que le garçon vous laisse commander rien d'autre que du Coca. Y a pas au monde une seule boîte de nuit où on puisse rester assis pendant des heures sans une goutte d'alcool pour se biturer. À moins d'être avec une fille qui vous tape vraiment dans l'œil.

11

All of a sudden, on my way out to the lobby, I got old Jane Gallagher on the brain again. I got her on, and I couldn't get her off. I sat down in this vomity-looking chair in the lobby and thought about her and Stradlater sitting in that goddam Ed Banky's car, and though I was pretty damn sure old Stradlater hadn't given her the time – I know old Jane like a book – I still couldn't get her off my brain. I knew her like a book. I really did. I mean, besides checkers, she was quite fond of all athletic sports, and after I got to know her, the whole summer long we played tennis together almost every morning and golf almost every afternoon. I really got to know her quite intimately. I don't mean it was anything *physical* or anything – it wasn't – but we saw each other all the time. You don't always have to get too sexy to get to know a girl.

The way I met her, this Doberman pinscher she had used to come over and relieve himself on our lawn, and my mother got very irritated about it. She called up Jane's mother and made a big stink about it. My mother can make a very big stink about that kind of stuff. Then what happened, a couple of days later I saw Jane laying on her stomach next to the swimming pool, at the club, and I said hello to her. I knew she lived in the house next to ours, but I'd never conversed with her before or anything. She gave me the big freeze when I said hello that day, though. I had a helluva time convincing her that *I* didn't

Chapitre 11

D'un coup, comme j'étais encore dans le hall, Jane Gallagher m'est revenue à l'esprit. Et une fois que je l'ai eue à l'esprit je pouvais plus m'en débarrasser. Je me suis assis dans le fauteuil cradoc du hall et j'ai pensé à elle et Stradlater, ensemble dans la foutue voiture d'Ed Banky, et même si j'étais à peu près sûr que Stradlater l'avait pas fait avec elle – parce que la môme Jane, je la lisais comme un livre – j'avais quand même toujours ça à l'esprit. Oui, je la lisais comme un livre. Je veux dire qu'en plus du jeu de dames elle aimait le sport et une fois que je l'ai bien connue on a joué ensemble au tennis presque tous les matins et au golf presque tous les après-midi. J'en suis arrivé à la connaître intimement. Je ne parle de rien de *physique* – non c'était pas physique – mais on se voyait tout le temps. On a pas besoin de trucs vraiment sexuels pour connaître une fille.

On s'est rencontrés bicause ce dobermann qu'elle a, il avait pris l'habitude de venir pisser sur notre pelouse et chaque fois ma mère ça la mettait en rogne. Elle a bigophoné à la mère de Jane et elle en a fait tout un plat. Ce genre de chose, ma mère peut en faire tout un plat. Et voilà que le lendemain, au club, j'ai vu Jane couchée sur le ventre près de la piscine, et je lui ai dit bonjour. Je savais qu'elle habitait la maison d'à côté mais je lui avais encore jamais parlé. Cette fois-là mon bonjour elle l'a reçu plutôt froidement. J'ai eu un mal de voleur à la convaincre que moi j'en avais rien à

give a good goddam *where* her dog relieved himself. He could do it in the living room, for all I cared. Anyway, after that, Jane and I got to be friends and all. I played golf with her that same afternoon. She lost eight balls, I remember. *Eight.* I had a terrible time getting her to at least open her eyes when she took a swing at the ball. I improved her game immensely, though. I'm a very good golfer. If I told you what I go around in, you probably wouldn't believe me. I almost was once in a movie short, but I changed my mind at the last minute. I figured that anybody that hates the movies as much as I do, I'd be a phony if I let them stick me in a movie short.

She was a funny girl, old Jane. I wouldn't exactly describe her as strictly beautiful. She knocked me out, though. She was sort of muckle-mouthed. I mean when she was talking and she got excited about something, her mouth sort of went in about fifty directions, her lips and all. That killed me. And she never really closed it all the way, her mouth. It was always just a little bit open, especially when she got in her golf stance, or when she was reading a book. She was always reading, and she read very good books. She read a lot of poetry and all. She was the only one, outside my family, that I ever showed Allie's baseball mitt to, with all the poems written on it. She'd never met Allie or anything, because that was her first summer in Maine – before that, she went to Cape Cod – but I told her quite a lot about him. She was interested in that kind of stuff.

My mother didn't like her too much. I mean my mother always thought Jane and her mother were sort of snubbing her or something when they didn't say hello. My mother saw them in the village a lot, because Jane used to drive to market with her mother in this LaSalle convertible they had. My mother didn't think Jane was pretty, even. I did, though. I just liked the way she looked, that's all.

glander que son chien pisse ici ou là, et même dans notre salle de séjour. Bref. Après ça Jane et moi on est devenus copains et tout. Le même après-midi j'ai joué au golf avec elle. Elle a perdu huit balles. *Huit*. Pour lui apprendre à au moins ouvrir les yeux quand elle fait un swing ça a pas été de la tarte. J'ai tout de même énormément amélioré son jeu. Au golf je suis très fort. Si je vous disais mon score pour un parcours vous me croiriez probablement pas. Une fois j'ai failli être dans un court métrage. Mais à la dernière minute j'ai refusé. Quand on déteste autant le cinéma, je me suis dit, faudrait être gonflé pour les laisser vous mettre dans un court métrage.

Jane, c'est une drôle de fille. Je ne la décrirais pas comme une vraie beauté. Mais moi je la trouvais chouette. C'était comme si elle avait des tas de bouches. Je veux dire que lorsqu'elle parlait et qu'elle commençait à s'exciter sa bouche allait dans cinquante directions à la fois, ses lèvres et tout. Ça me tuait. Et sa bouche elle la fermait jamais complètement. Elle la gardait toujours un petit peu entrouverte, spécialement quand elle s'apprêtait à taper sur une balle de golf ou quand elle lisait un bouquin. Elle était toujours en train de lire et elle lisait de bons bouquins. Elle lisait aussi plein de poésie et tout. C'est la seule, à part ma famille, à qui j'ai montré le gant de base-ball d'Allie avec les poèmes écrits dessus. Elle avait pas connu Allie parce qu'elle venait dans le Maine pour la première fois cet été-là – avant ça elle allait à Cape Cod – mais je lui ai raconté plein de choses sur Allie. Ces choses-là, ça l'intéressait.

Ma mère l'aimait pas tellement. C'est-à-dire que ma mère se figurait toujours que Jane et sa mère faisaient exprès de prendre des airs et de pas lui dire bonjour. Ma mère les voyait souvent au village parce que Jane et sa mère allaient au marché dans leur Lasalle décapotable. Et même, ma mère trouvait que Jane était très ordinaire. Moi pas. Elle avait un genre qui me plaisait, voilà tout.

I remember this one afternoon. It was the only time old Jane and I ever got close to necking, even. It was a Saturday and it was raining like a bastard out, and I was over at her house, on the porch – they had this big screened-in porch. We were playing checkers. I used to kid her once in a while because she wouldn't take her kings out of the back row. But I didn't kid her much, though. You never wanted to kid Jane too much. I think I really like it best when you can kid the pants off a girl when the opportunity arises, but it's a funny thing. The girls I like best are the ones I never feel much like kidding. Sometimes I think they'd *like* it if you kidded them – in fact, I *know* they would – but it's hard to get started, once you've known them a pretty long time and never kidded them. Anyway, I was telling you about that afternoon Jane and I came close to necking. It was raining like hell and we were out on her porch, and all of a sudden this booze hound her mother was married to came out on the porch and asked Jane if there were any cigarettes in the house. I didn't know him too well or anything, but he looked like the kind of a guy that wouldn't talk to you much unless he wanted something off you. He had a lousy personality. Anyway, old Jane wouldn't answer him when he asked her if she knew where there was any cigarettes. So the guy asked her again, but she still wouldn't answer him. She didn't even look up from the game. Finally the guy went inside the house. When he did, I asked Jane what the hell was going on. She wouldn't even answer *me*, then. She made out like she was concentrating on her next move in the game and all. Then all of a sudden, this tear plopped down on the checkerboard. On one of the red squares – boy, I can still see it. She just rubbed it into the board with her finger. I don't know why, but it bothered hell out of me. So what I did was, I went over and made her move over on the glider so that I could sit down next to her – I practically sat down in her *lap*,

Je me souviens d'un après-midi. La seule fois où Jane et moi on a été pas loin de flirter. C'était un samedi et il pleuvait des cordes, et j'étais chez elle, sous le porche, ils avaient un de ces grands porches fermés sur trois côtés. On jouait aux dames. De temps en temps je me moquais d'elle parce qu'elle laissait ses reines sur la rangée du fond. Mais c'était pas méchant. Jane, on avait jamais envie de trop se moquer d'elle. Je crois bien que j'aime me moquer un petit peu des filles quand l'occasion s'en présente mais c'est curieux, les filles que je préfère j'ai jamais envie de m'en moquer vraiment. Parfois je me dis que ça leur plairait. Au fond, je *sais* que ça leur plairait. Mais c'est dur de commencer quand on les connaît depuis très longtemps et qu'on l'a jamais fait. Bon. J'en étais à vous parler de cet après-midi où Jane et moi on a presque flirté. Il pleuvait des hallebardes, on était sous le porche et tout d'un coup ce salopard d'ivrogne s'est pointé, le mec marié avec la mère de Jane, et il a demandé à Jane s'il y avait des clopes dans la baraque. Je le connaissais pas beaucoup ni rien mais il avait l'air d'un type qui vous adresserait pas la parole sauf pour vous demander de faire quelque chose pour lui. Un pourri. Bref, Jane lui a pas répondu quand il a voulu savoir s'il y avait des clopes dans la baraque. Alors il a répété la question. Et elle a toujours pas répondu. Elle a même pas levé les yeux du damier. Finalement le type est rentré dans la maison. Et j'ai demandé à Jane ce qui se passait. Même à moi elle a pas répondu. Elle faisait comme si elle se concentrait sur la façon de déplacer ses pions. Puis, subitement, une larme est tombée sur le damier. Sur un des carrés rouges, ouah, je la vois encore. Elle l'a simplement étalée avec son doigt. Ça m'a drôlement emmerdé, je sais pas pourquoi. Alors je me suis levé et je l'ai fait se pousser un peu sur la balancelle pour m'asseoir près d'elle. J'étais pratiquement sur ses genoux.

as a matter of fact. Then she *really* started to cry, and the next thing I knew, I was kissing her all over – *any*where – her eyes, her *nose*, her forehead, her eyebrows and all, her *ears* – her whole face except her mouth and all. She sort of wouldn't let me get to her mouth. Anyway, it was the closest we ever got to necking. After a while, she got up and went in and put on this red and white sweater she had, that knocked me out, and we went to a goddam movie. I asked her, on the way, if Mr. Cudahy – that was the booze hound's name – had ever tried to get wise with her. She was pretty young, but she had this terrific figure, and I wouldn't've put it past that Cudahy bastard. She said no, though. I never did find out what the hell was the matter. Some girls you practically never find out what's the matter.

I don't want you to get the idea she was a goddam *icicle* or something, just because we never necked or horsed around much. She wasn't. I held hands with her all the time, for instance. That doesn't sound like much, I realize, but she was terrific to hold hands with. Most girls if you hold hands with them, their goddam hand *dies* on you, or else they think they have to keep *moving* their hand all the time, as if they were afraid they'd bore you or something. Jane was different. We'd get into a goddam movie or something, and right away we'd start holding hands, and we wouldn't quit till the movie was over. And without changing the position or making a big deal out of it. You never even worried, with Jane, whether your hand was sweaty or not. All you knew was, you were happy. You really were.

One other thing I just thought of. One time, in this movie, Jane did something that just about knocked me out. The newsreel was on or something, and all of a sudden I felt this hand on the back of my neck, and it was Jane's. It was a funny thing to do. I mean she was quite young and all, and most girls if you see them putting their hand on the back of somebody's neck,

Et là elle s'est mise à pleurer pour de bon et en un rien de temps j'étais en train de la couvrir de baisers – *partout* – sur le nez le front les sourcils et tout – sur les oreilles – partout sauf sur la bouche. Sur la bouche elle voulait pas. Bref, c'est cette fois-là qu'on a été le plus près de flirter. Au bout d'un moment elle s'est levée et elle est rentrée prendre son sweater rouge et blanc – et je l'ai trouvée très chouette, avec – et puis on est allés au cinoche. En route je lui ai demandé si le salopard d'ivrogne – le mec marié avec sa mère – l'avait jamais baratinée. Elle était plutôt jeune, mais vachement bien roulée et ça m'aurait pas étonné de ce salaud. Mais elle a dit non. Et j'ai jamais su ce qui tournait pas rond. Y a des filles, avec elles vous savez jamais ce qui tourne pas rond.

Faudrait pas vous figurer, parce qu'on évitait les papouilles, qu'elle était un vrai glaçon. Grave erreur. Par exemple, on se donnait toujours la main. Bon, d'accord, c'est pas grand-chose. Mais pour ce qui est de se donner la main elle était super. La plupart des filles, si on les tient par la main, c'est comme si leur main était morte dès l'instant qu'on la prend, ou bien au contraire elles s'empressent de remuer la main sans arrêt comme si elles pensaient que ça va vous distraire. Avec Jane c'était différent. On allait au cinéma ou quoi et immédiatement on se tenait par la main et on restait comme ça jusqu'à la fin du film. Sans changer la position et sans en faire toute une histoire. Avec Jane, même si on avait la main moite y avait pas à s'inquiéter. Tout ce qu'on peut dire c'est qu'on était heureux. Vraiment heureux.

Je viens de penser à un autre truc. Un truc que Jane a fait une fois, au ciné, et qui m'a renversé. Je crois qu'ils passaient les Actualités et subitement j'ai senti une main dans mon cou et c'était la main de Jane. Marrant, non ? Ce que je veux dire c'est qu'elle était très jeune et tout, et la plupart des filles que vous voyez mettre leur main sur la nuque de quelqu'un

they're around twenty-five or thirty and usually they're doing it to their husband or their little kid – I do it to my kid sister Phoebe once in a while, for instance. But if a girl's quite young and all and she does it, it's so pretty it just about kills you.

Anyway, that's what I was thinking about while I sat in that vomity-looking chair in the lobby. Old Jane. Every time I got to the part about her out with Stradlater in that damn Ed Banky's car, it almost drove me crazy. I knew she wouldn't let him get to first base with her, but it drove me crazy anyway. I don't even like to talk about it, if you want to know the truth.

There was hardly anybody in the lobby any more. Even all the whory-looking blondes weren't around any more, and all of a sudden I felt like getting the hell out of the place. It was too depressing. And I wasn't tired or anything. So I went up to my room and put on my coat. I also took a look out the window to see if all the perverts were still in action, but the lights and all were out now. I went down in the elevator again and got a cab and told the driver to take me down to Ernie's. Ernie's is this night club in Greenwich Village that my brother D.B. used to go to quite frequently before he went out to Hollywood and prostituted himself. He used to take me with him once in a while. Ernie's a big fat colored guy that plays the piano. He's a terrific snob and he won't hardly even talk to you unless you're a big shot or a celebrity or something, but he can really play the piano. He's so good he's almost corny, in fact. I don't exactly know what I mean by that, but I mean it. I certainly like to hear him play, but sometimes you feel like turning his goddam piano over. I think it's because sometimes when he plays, he *sounds* like the kind of a guy that won't talk to you unless you're a big shot.

elles ont dans les vingt-cinq – trente ans et elles font ça à leur mari ou à leur gosse. Par exemple je le fais de temps en temps à ma petite sœur Phoebé. Mais si une fille est très jeune et tout et qu'elle le fait, c'est un geste tellement chouette que ça vous tue.

Bon. C'est à ça que je pensais comme j'étais assis dans ce fauteuil cradoc du hall de l'hôtel. La môme Jane. Chaque fois que j'en arrivais à son rancard avec Stradlater dans cette foutue voiture à Eddie Banky, je me sentais devenir dingue. Je savais bien qu'elle l'arrêterait illico s'il essayait de lui faire ça mais quand même j'étais dingue. À vrai dire je veux même pas en parler.

Le hall était presque vide. Jusqu'aux blondes à l'air de putes qui avaient disparu et brusquement j'ai eu envie de mettre les voiles. C'était trop déprimant. Et j'étais pas du tout fatigué ni rien. Alors je suis monté dans ma chambre et j'ai enfilé mon manteau. J'ai aussi jeté un coup d'œil par la fenêtre pour voir si tous les pervers étaient encore en action mais y avait plus de lumière ni rien. J'ai pris l'ascenseur pour redescendre et j'ai trouvé un taxi et j'ai demandé au chauffeur de m'emmener chez Ernie. Ernie's, c'est cette boîte de nuit dans Greenwich Village que fréquentait mon frère D.B. avant d'aller se prostituer à Hollywood. De temps en temps il m'emmenait avec lui. Ernie est un grand gros type qui joue du piano. Un snobinard de première qui vous dira pas un mot si vous êtes pas un ponte ou une célébrité ou quoi. Mais le piano, il sait en jouer. Il joue si bien qu'il est un peu à la noix en quelque sorte. Je sais pas trop ce que je veux dire par là mais c'est pourtant bien ce que je veux dire. Sûr que j'aime l'entendre jouer, mais quelquefois, son piano, on a envie de le foutre en l'air. C'est sans doute parce que lorsqu'il joue, quelquefois, même ce qu'il joue ça vous montre qu'il est un gars qui parle seulement aux grands pontes.

12

The cab I had was a real old one that smelled like someone'd just tossed his cookies in it. I always get those vomity kind of cabs if I go anywhere late at night. What made it worse, it was so quiet and lonesome out, even though it was Saturday night. I didn't see hardly anybody on the street. Now and then you just saw a man and a girl crossing a street, with their arms around each other's waists and all, or a bunch of hoodlumy-looking guys and their dates, all of them laughing like hyenas at something you could bet wasn't funny. New York's terrible when somebody laughs on the street very late at night. You can hear it for miles. It makes you feel so lonesome and depressed. I kept wishing I could go home and shoot the bull for a while with old Phoebe. But finally, after I was riding a while, the cab driver and I sort of struck up a conversation. His name was Horwitz. He was a much better guy than the other driver I'd had. Anyway, I thought maybe he might know about the ducks.

"Hey, Horwitz," I said. "You ever pass by the lagoon in Central Park? Down by Central Park South?"

"The *what?*"

"The lagoon. That little lake, like, there. Where the ducks are. You know."

"Yeah, what about it?"

Chapitre 12

Le taxi que j'ai pris était un vieux tacot qui sentait comme si on avait dégueulé dedans. Si je vais quelque part tard le soir c'est toujours dans un de ces trucs vomitifs. En plus, dehors, c'était tout calme et vide, spécialement pour un samedi soir. Je voyais à peu près personne dans les rues. Juste de temps en temps un mec et une fille qui traversaient au carrefour en se tenant par la taille et un petit groupe de loubards avec leurs copines, tous se marrant comme des baleines pour des trucs sans doute même pas drôles. New York c'est un endroit terrible. Quand quelqu'un se marre dans la rue ça s'entend à des kilomètres. On se sent tout seul et misérable. J'arrêtais pas de me dire que j'aurais tellement aimé rentrer à la maison et discuter le coup avec la môme Phoebé. Mais au bout d'un moment, finalement, le chauffeur et moi on s'est mis à se parler. Son nom c'était Horwitz. Un type bien mieux que celui de l'autre taxi. Alors j'ai pensé que peut-être il savait, lui. Pour les canards.

J'ai dit « Hé, Horwitz. Vous passez jamais près du petit lagon, dans Central Park ? Du côté de Central Park South ?

— Le *quoi* ?

— Le lagon. Une sorte de petit lac. Où sont les canards. Vous voyez ?

— Ouais, et alors ?

"Well, you know the ducks that swim around in it? In the springtime and all? Do you happen to know where they go in the wintertime, by any chance?"

"Where *who* goes?"

"The ducks. Do you know, by any chance? I mean does somebody come around in a truck or something and take them away, or do they fly away by themselves – go south or something?"

Old Horwitz turned all the way around and looked at me. He was a very impatient-type guy. He wasn't a bad guy, though. "How the hell should I know?" he said. "How the hell should I know a stupid thing like that?"

"Well, don't get *sore* about it," I said. He was sore about it or something.

"Who's sore? Nobody's sore."

I stopped having a conversation with him, if he was going to get so damn touchy about it. But he started it up again himself. He turned all the way around again, and said, "The *fish* don't go no place. They stay right where they are, the fish. Right in the goddam lake."

"The fish – that's different. The fish is different. I'm talking about the *ducks*," I said.

"What's *dif*ferent about it? Nothin's *dif*ferent about it," Horwitz said. Everything he said, he sounded sore about something. "It's tougher for the *fish*, the winter and all, than it is for the ducks, for Chrissake. Use your head, for Chrissake."

I didn't say anything for about a minute. Then I said, "All right. What do they do, the fish and all, when that whole little lake's a solid block of ice, people *skating* on it and all?"

Old Horwitz turned around again. "What the hellaya mean what do they do?" he yelled at me. "They stay right where they are, for Chrissake."

— Ben, vous voyez les canards qui nagent dedans ? Au printemps et tout ? Est-ce que par hasard vous sauriez pas où ils vont en hiver ?

— Où ils vont *qui* ?

— Les canards. Si jamais par hasard vous saviez. Est-ce que quelqu'un vient avec un camion ou quoi et les emporte ou bien est-ce qu'ils s'envolent d'eux-mêmes – pour aller vers le Sud, par exemple ? »

Le gars Horwitz s'est retourné et il m'a regardé. C'était le genre de type pas très patient. Pas un mauvais type, remarquez. Il a dit : « Putain, qu'est-ce que j'en sais, moi. Un truc aussi idiot, putain, qu'est-ce que j'en sais ? »

J'ai dit « Bon, faut pas vous fâcher ». Parce qu'il se fâchait, j'avais bien l'impression.

« Qui est-ce qui se fâche ? Personne se fâche. »

S'il devenait tellement susceptible valait mieux arrêter les frais. Mais c'est lui qui a remis ça. Il s'est encore retourné et il a dit : « Les poissons y vont nulle part. Ils restent là où y sont, les poissons. Juste où y sont dans le foutu lac.

— Les poissons… c'est pas pareil. Les poissons ils sont pas pareils. Je parle des *canards*. »

Il a dit, Horwitz : « Et en quoi c'est pas pareil ? » Il a dit : « Pour moi c'est tout pareil. » Quand il parlait c'était comme s'il y avait vraiment quelque chose qui le fâchait. « C'est plus dur pour les poissons, l'hiver et tout, plus dur que pour les canards, merde. Réfléchissez un peu, merde. »

Ça m'a coupé le sifflet pour une minute. Et puis j'ai dit : « D'accord. Et qu'est-ce qu'ils font les poissons et tout quand le petit lac est complètement gelé, un vrai bloc de glace avec dessus des gens qui patinent et tout ? »

Le gars Horwitz, il s'est encore retourné. Il a gueulé « C'qu'y font ? Qu'est-ce que vous voulez dire, bon Dieu ? Y restent où y sont, bordel.

"They can't just ignore the ice. They can't just *ignore* it."

"Who's ignoring it? Nobody's *ignoring* it!" Horwitz said. He got so damn excited and all, I was afraid he was going to drive the cab right into a lamppost or something. "They live right *in* the goddam ice. It's their nature, for Chrissake. They get frozen right in one position for the whole winter."

"Yeah? What do they eat, then? I mean if they're frozen *solid*, they can't swim around looking for *food* and all."

"Their *bodies*, for Chrissake – what'sa matter with ya? Their bodies take in nutrition and all, right through the goddam seaweed and crap that's in the ice. They got their *pores* open the whole time. That's their *nature*, for Chrissake. See what I mean?" He turned way the hell around again to look at me.

"Oh," I said. I let it drop. I was afraid he was going to crack the damn taxi up or something. Besides, he was such a touchy guy, it wasn't any pleasure discussing anything with him. "Would you care to stop off and have a drink with me somewhere?" I said.

He didn't answer me, though. I guess he was still thinking. I asked him again, though. He was a pretty good guy. Quite amusing and all.

"I ain't got no time for no liquor, bud," he said. "How the hell old are you, anyways? Why ain'tcha home in bed?"

"I'm not tired."

When I got out in front of Ernie's and paid the fare, old Horwitz brought up the fish again. He certainly had it on his mind. "Listen," he said. "If you was a fish, Mother Nature'd take care of *you*, wouldn't she? Right? You don't think them fish just *die* when it gets to be winter, do ya?"

"No, but –"

— Ils peuvent pas faire comme si la glace était pas là. Ils peuvent pas simplement faire comme si.

— Qui a dit qu'ils faisaient comme si ? Personne fait comme si », a dit Horwitz. Il s'excitait tellement et tout que j'avais peur qu'il rentre dans un lampadaire ou quoi. « La foutue glace, ils vivent *dedans*. C'est leur nature, bordel. Ils restent gelés raides sur place tout l'hiver.

— Tiens. Et alors qu'est-ce qu'ils mangent ? S'ils sont gelés *raides*, ils peuvent pas nager ici et là pour se chercher de quoi manger et tout.

— Leur *corps*, bordel. T'es bouché ? Leur corps aspire sa nutrition et tout dans les algues et les cochonneries qui sont dans la glace. Ils gardent leurs *pores* ouverts tout le temps. Putain, c'est leur nature. Tu vois ? » Il a encore fait un vrai demi-tour pour m'expliquer ça.

J'ai dit « Oh ». J'ai laissé tomber. J'avais peur qu'il finisse par bousiller son taxi ou quoi. En plus, il était tellement susceptible qu'y avait pas de plaisir à discuter avec lui. J'ai dit « Voulez-vous qu'on s'arrête pour prendre un verre quelque part ? »

Il a pas répondu. J'imagine qu'il continuait à réfléchir. J'ai répété mon invitation. C'était plutôt un bon type. Très amusant et tout.

« J'ai pas de temps à perdre, mon pote. Et d'ailleurs quel âge que t'as ? Pourquoi que t'es pas encore au lit ?

— J'ai pas sommeil. »

Quand je suis descendu devant Ernie's, le gars Horwitz il a remis ça, pour les poissons. Sûr que ça le travaillait. Il a dit : « Écoute. Si t'étais un poisson, la bonne Nature prendrait soin de toi, pas vrai ? D'accord ? Tu crois quand même pas que les poissons ont plus qu'à crever quand l'hiver rapplique ?

— Non, mais…

"You're goddam right they don't," Horwitz said, and drove off like a bat out of hell. He was about the touchiest guy I ever met. Everything you said made him sore.

Even though it was so late, old Ernie's was jam-packed. Mostly with prep school jerks and college jerks. Almost every damn school in the world gets out earlier for Christmas vacation than the schools *I* go to. You could hardly check your coat, it was so crowded. It was pretty quiet, though, because Ernie was playing the piano. It was supposed to be something *holy*, for God's sake, when he sat down at the piano. Nobody's *that* good. About three couples, besides me, were waiting for tables, and they were all shoving and standing on tiptoes to get a look at old Ernie while he played. He had a big damn mirror in front of the piano, with this big spotlight on him, so that everybody could watch his face while he played. You couldn't see his *fingers* while he played – just his big old face. Big deal. I'm not too sure what the name of the song was that he was playing when I came in, but whatever it was, he was really stinking it up. He was putting all these dumb, show-offy ripples in the high notes, and a lot of other very tricky stuff that gives me a pain in the ass. You should've heard the crowd, though, when he was finished. You would've puked. They went mad. They were exactly the same morons that laugh like hyenas in the movies at stuff that isn't funny. I swear to God, if I were a piano player or an actor or something and all those dopes thought I was terrific, I'd hate it. I wouldn't even want them to *clap* for me. People always clap for the wrong things. If I were a piano player, I'd play it in the goddam closet. Anyway, when he was finished, and everybody was clapping their heads off, old Ernie turned around on his stool

— T'as foutrement raison », a dit Horwitz, et il a démarré comme un bolide. C'était bien le type le plus susceptible que j'aie jamais rencontré. Tout ce qu'on lui disait le contrariait.

Même à cette heure-là, Ernie's était encore plein à craquer. Principalement des ploucs des collèges et des ploucs de l'Université. Presque tous les bon Dieu de collèges du monde entier commencent les vacances de Noël plus tôt que ceux où je vais, moi. C'était tellement comble qu'il fallait drôlement se magner rien que pour mettre son manteau au vestiaire. Mais ça faisait assez tranquille parce qu'Ernie était en train de jouer. Quand il s'asseyait au piano, c'était comme si on assistait à quelque chose de *sacré*. Personne est bon à ce point-là. Avec moi il y avait trois couples qui attendaient qu'on leur donne une table et qui poussaient et se dressaient sur la pointe des pieds pour mieux regarder le gars Ernie à son piano. On avait dirigé sur lui un grand projecteur, et placé devant le piano un énorme miroir, comme ça tout le monde pouvait voir sa figure pendant qu'il jouait. On pouvait pas voir ses mains, juste sa vieille grosse figure. La belle affaire. Je suis pas trop sûr du titre de cette chanson qu'il jouait mais en tout cas il l'esquintait vachement avec des trilles à la manque dans les notes hautes et un tas d'autres astuces que je trouvais très emmerdantes. Mais après la dernière note vous auriez entendu la foule ! De quoi vomir. Déchaînés, les mecs. C'était exactement les mêmes crétins qui se fendent la pipe au cinéma pour des trucs chiants. Je vous jure, si j'étais un pianiste ou un acteur ou quoi et que tous ces abrutis me trouvent du tonnerre j'en serais malade. Je pourrais même pas supporter qu'ils m'applaudissent. Les gens applaudissent quand il faut pas. Si j'étais pianiste je jouerais enfermé dans un placard. Bref. Quand il a eu terminé, que tout le monde applaudissait à tour de bras, Ernie a pivoté sur son tabouret

and gave this very phony, *humble* bow. Like as if he was a helluva humble guy, besides being a terrific piano player. It was very phony – I mean him being such a big snob and all. In a funny way, though, I felt sort of sorry for him when he was finished. I don't even think he *knows* any more when he's playing right or not. It isn't all his fault. I partly blame all those dopes that clap their heads off – they'd foul up *any*body, if you gave them a chance. Anyway, it made me feel depressed and lousy again, and I damn near got my coat back and went back to the hotel, but it was too early and I didn't feel much like being all alone.

They finally got me this stinking table, right up against a wall and behind a goddam post, where you couldn't see anything. It was one of those tiny little tables that if the people at the next table don't get up to let you by – and they never *do*, the bastards – you practically have to *climb* into your chair. I ordered a Scotch and soda, which is my favorite drink, next to frozen Daiquiris. If you were only around six years old, you could get liquor at Ernie's, the place was so dark and all, and besides, nobody cared how old you were. You could even be a dope fiend and nobody'd care.

I was surrounded by jerks. I'm not kidding. At this other tiny table, right to my left, practically on *top* of me, there was this funny-looking guy and this funny-looking girl. They were around my age, or maybe just a little older. It was funny. You could see they were being careful as hell not to drink up the minimum too fast. I listened to their conversation for a while, because I didn't have anything else to do. He was telling her about some pro football game he'd seen that afternoon. He gave her every single goddam play in the whole game – I'm not kidding. He was the most boring guy I ever listened to. And you could tell his date wasn't even interested in the goddam game, but she was even

et il s'est fendu d'un très modeste petit salut bidon. Comme s'il était un type vachement *modeste* en plus d'être un pianiste du tonnerre. Ça faisait vraiment charlot, vu qu'il est tellement snob. Le plus bizarre, quand il a eu terminé, c'est que moi j'ai eu envie de le plaindre. Je crois qu'il sait même plus distinguer quand il joue bien ou mal. C'est pas totalement sa faute. C'est à cause de ces abrutis qui applaudissent à tour de bras. Si on les laissait faire, ils embrouilleraient n'importe qui. En tout cas ça m'a encore foutu le bourdon et j'ai été à deux doigts de reprendre mon manteau et de rentrer à l'hôtel. Mais il était trop tôt, et je tenais pas à me retrouver seul.

Finalement on m'a donné cette table puante juste contre le mur et derrière une saleté de pilier qui m'empêchait de voir. C'était une de ces tables minuscules, tellement coincées que si les gens se lèvent pas pour vous laisser passer – et ils le font jamais, les salauds – faut pratiquer l'escalade pour s'y asseoir. J'ai commandé un scotch-and-soda, c'est ce que je préfère après le daiquiri. Chez Ernie, même un gosse de six ans pourrait boire de l'alcool tellement c'est sombre et tout, et en plus tout le monde s'en fout de votre âge. Et vous seriez un drogué, tout le monde s'en foutrait tout pareil.

Autour de moi c'était rien que des ploucs. Je vous jure. À cette autre table minuscule, juste à ma gauche, pratiquement sur moi, il y avait un type pas gâté avec une fille pas gâtée. Ils devaient avoir à peu près mon âge, ou peut-être un petit peu plus. C'était marrant, on voyait qu'ils se donnaient un mal de chien pour pas écluser trop vite le minimum qu'il fallait commander. J'avais rien à faire de mieux, alors j'ai écouté un moment leur convers'. Le type parlait à la fille d'un match de football qu'il avait vu l'après-midi. Il lui racontait l'action dans les moindres détails – sans blague. J'ai jamais entendu quelqu'un d'aussi barbant. Et ça se voyait que la fille était pas intéressée mais elle était encore moins

funnier-looking than *he* was, so I guess she *had* to listen. Real ugly girls have it tough. I feel so sorry for them sometimes. Sometimes I can't even look at them, especially if they're with some dopey guy that's telling them all about a goddam football game. On my *right*, the conversation was even worse, though. On my right there was this very Joe Yale-looking guy, in a gray flannel suit and one of those flitty-looking Tattersall vests. All those Ivy League bastards look alike. My father wants me to go to Yale, or maybe Princeton, but I swear, I wouldn't go to one of those Ivy League colleges if I was *dying*, for God's sake. Anyway, this Joe Yale-looking guy had a terrific-looking girl with him. Boy, she was good-looking. But you should've heard the conversation they were having. In the first place, they were both slightly crocked. What he was doing, he was giving her a feel under the table, and at the same time telling her all about some guy in his dorm that had eaten a whole bottle of aspirin and nearly committed suicide. His date kept saying to him, "How *horrible*... Don't, darling. Please, don't. Not here." Imagine giving somebody a feel and telling them about a guy committing suicide at the same time! They killed me.

I certainly began to feel like a prize horse's ass, though, sitting there all by myself. There wasn't anything to do except smoke and drink. What I did do, though, I told the waiter to ask old Ernie if he'd care to join me for a drink. I told him to tell him I was D.B.'s brother. I don't think he ever even gave him my message, though. Those bastards never give your message to anybody.

All of a sudden, this girl came up to me and said, "Holden Caulfield!" Her name was Lillian Simmons. My brother D.B. used to go around with her for a while. She had very big knockers.

gâtée que lui alors je suppose qu'elle pouvait pas faire autrement que l'écouter. Pour les filles vraiment moches, c'est pas drôle. Je les plains. Quelquefois j'ai même pas le courage de les regarder, spécialement quand elles sont avec un abruti qui leur raconte un match de football à la con. À ma droite, les discours, c'était plutôt pire. À ma droite il y avait un mec typiquement « Yale » en costume de flanelle grise avec un gilet à carreaux genre pédé. Ces salauds des facs snobinardes ils se ressemblent tous. Mon père voudrait que j'aille à Yale, ou peut-être à Princeton, mais bon Dieu je mettrai jamais les pieds dans une de ces universités pour poseurs de première, plutôt crever. En tout cas ce mec typiquement « Yale » était avec une fille extra. Ouah. Vraiment super. Mais fallait les entendre. D'abord ils étaient tous deux un peu partis. Lui, il la tripotait sous la table et en même temps il lui racontait qu'un gars de son dortoir s'était presque suicidé en avalant tout un tube d'aspirine. Et la nana disait « Oh c'est horrible… Non, darling. Je t'en prie. Pas ici. » Imaginez que vous papouillez une nana tout en lui racontant le suicide d'un copain. Ça m'a tué.

Sûr, je commençais à me sentir comme un veau primé au concours à rester là assis tout seul. Avec rien d'autre à faire que boire et fumer. Quand même, ce que j'ai fait, j'ai dit au garçon de demander à Ernie s'il voulait prendre un pot avec moi. Je lui ai dit de lui dire que j'étais le frère de D.B. Je crois qu'il a pas seulement pris la peine de transmettre le message. Ces salauds-là, ils font jamais ce qu'on leur demande.

Subitement, une fille s'est approchée en s'exclamant « Holden Caulfield ! » Elle s'appelait Lillian Simmons. Mon frère était sorti un certain temps avec elle. Elle avait de très gros nichons.

"Hi," I said. I tried to get up, naturally, but it was some job getting up, in a place like that. She had some Navy officer with her that looked like he had a poker up his ass.

"How marvelous to see you!" old Lillian Simmons said. Strictly a phony. "How's your big brother?" That's all she really wanted to know.

"He's fine. He's in Hollywood."

"In Hollywood! How *mar*velous! What's he *do*ing?"

"I don't know. Writing," I said. I didn't feel like discussing it. You could tell she thought it was a big deal, his being in Hollywood. Almost everybody does. Mostly people who've never read any of his stories. It drives me crazy, though.

"How ex*cit*ing," old Lillian said. Then she introduced me to the Navy guy. His name was Commander Blop or something. He was one of those guys that think they're being a pansy if they don't break around forty of your fingers when they shake hands with you. God, I hate that stuff. "Are you all alone, baby?" old Lillian asked me. She was blocking up the *whole goddam traffic* in the aisle. You could tell she liked to block up a lot of traffic. This waiter was waiting for her to move out of the way, but she didn't even notice him. It was funny. You could tell the waiter didn't like her much, you could tell even the Navy guy didn't like her much, even though he was dating her. And *I* didn't like her much. Nobody did. You had to feel sort of sorry for her, in a way. "Don't you have a date, baby?" she asked me. I was standing up now, and she didn't even tell me to sit down. She was the type that keeps you standing up for hours. "Isn't he handsome?" she said to the Navy guy. "Holden, you're getting handsomer by the minute." The Navy guy told her to come on.

J'ai dit « Salut ». J'ai essayé de me lever, bien sûr, mais c'était pas commode, là où je me trouvais. Elle était en compagnie d'un officier de marine qui avait tout l'air d'avoir avalé un manche à balai.

« Quel plaisir de vous rencontrer » a dit la môme Lillian Simmons. Du flan. « Et votre grand frère, qu'est-ce qu'il devient ? » C'était la seule chose qui l'intéressait.

« Il va bien. Il est à Hollywood.

— À Hollywood ? C'est merveilleux ! Qu'est-ce qu'il y fait ? »

J'ai dit : « Je sais pas. Il écrit. » J'avais pas envie de parler de ça. Je voyais que pour elle c'était génial que D.B. soit à Hollywood. Tout le monde ou presque est du même avis. Et la plupart du temps des gens qu'ont pas même lu ses nouvelles. Moi ça me rend dingue.

Lillian a dit « C'est super ». Puis elle m'a présenté au type de la Navy. Il s'appelait le capitaine Blop ou quelque chose du genre. C'était un de ces gars qui se figurent qu'on va les prendre pour une tapette s'ils vous fracturent pas les os en quarante morceaux quand ils vous serrent la pince. Bon Dieu, je déteste cette faune. « Vous êtes seul, baby ? » m'a demandé la môme Lillian. Elle bloquait tout le passage. Ça se voyait qu'elle adorait bloquer le passage. Le serveur attendait qu'elle dégage mais elle faisait pas attention à lui. C'était marrant. Ça se voyait aussi que le serveur l'aimait pas trop, et jusqu'au type de la Navy qui l'aimait pas trop, même s'il la rancardait. Et moi non plus je l'aimais pas trop. Personne. Aurait plutôt fallu la plaindre. Elle m'a demandé « Vous n'avez pas de copine, baby ? » J'avais réussi à me mettre debout et elle m'aurait pas seulement dit de me rasseoir. Le genre à vous laisser pendant des heures sur vos cannes. Elle a dit au type de la Navy : « C'est pas un beau gars ? », et à moi : « Holden, vous embellissez à vue d'œil. »

He told her they were blocking up the whole aisle. "Holden, come join us," old Lillian said. "Bring your drink."

"I was just leaving," I told her. "I have to meet somebody." You could tell she was just trying to get in good with me. So that I'd tell old D.B. about it.

"Well, you little so-and-so. All right for you. Tell your big brother I hate him, when you see him."

Then she left. The Navy guy and I told each other we were glad to've met each other. Which always kills me. I'm always saying "Glad to've met you" to somebody I'm not at *all* glad I met. If you want to stay alive, you have to say that stuff, though.

After I'd told her I had to meet somebody, I didn't have any goddam choice except to *leave*. I couldn't even stick around to hear old Ernie play something halfway decent. But I certainly wasn't going to sit down at a table with old Lillian Simmons and that Navy guy and be bored to death. So I left. It made me mad, though, when I was getting my coat. People are always ruining things for you.

Le type lui a dit de pas rester dans le chemin, qu'ils bloquaient le passage. Elle m'a dit : « Venez vous asseoir avec nous, Holden. Amenez-vous avec votre verre. »

C'était clair qu'elle essayait de se mettre bien avec moi pour que je raconte ça à D.B. J'ai dit que je m'apprêtais à partir. « J'ai quelqu'un à voir.

— Tiens, tiens, ce petit bonhomme. Eh bien, tant mieux. Le grand frère, quand vous le verrez, dites-lui que je ne peux pas le souffrir. »

Et elle s'est barrée. Le type de la Navy et moi on s'est servis de l'« Enchanté d'avoir fait votre connaissance ». Un truc qui me tue. Je suis toujours à dire « Enchanté d'avoir fait votre connaissance » à des gens que j'avais pas le moindre désir de connaître. C'est comme ça qu'il faut fonctionner si on veut rester en vie.

Puisque j'avais dit que je devais rejoindre quelqu'un j'avais pas le choix, fallait que je parte. Même pas moyen de traîner un peu pour entendre le père Ernie jouer quelque chose d'à moitié convenable. Comme j'allais sûrement pas m'asseoir à une table avec la môme Lillian Simmons et son capitaine de frégate et m'ennuyer à crever j'ai mis les voiles. Mais quand je suis allé récupérer mon manteau j'étais furax. Y a toujours des gens pour vous gâcher le plaisir.

13

I walked all the way back to the hotel. Forty-one gorgeous blocks. I didn't do it because I felt like walking or anything. It was more because I didn't feel like getting in and out of another taxicab. Sometimes you get tired of riding in taxicabs the same way you get tired riding in elevators. All of a sudden, you have to walk, no matter how far or how high up. When I was a kid, I used to walk all the way up to our apartment very frequently. Twelve stories.

You wouldn't even have known it had snowed at all. There was hardly any snow on the sidewalks. But it was freezing cold, and I took my red hunting hat out of my pocket and put it on – I didn't give a damn how I looked. I even put the earlaps down. I wished I knew who'd swiped my gloves at Pencey, because my hands were freezing. Not that I'd have done much about it even if I had known. I'm one of these very yellow guys. I try not to show it, but I am. For instance, if I'd found out at Pencey who'd stolen my gloves, I probably would've gone down to the crook's room and said, "Okay. How 'bout handling over those gloves?" Then the crook that had stolen them probably would've said, his voice very innocent and all, "What gloves?" Then what I probably would've done, I'd have gone in his closet and found the gloves somewhere. Hidden in his goddam

Chapitre 13

Je suis rentré à pied à l'hôtel. Quarante et un pâtés de maisons. Je l'ai pas fait parce que j'avais envie de marcher ni rien. C'était plutôt parce que j'en avais marre de prendre des taxis. Les taxis, on s'en fatigue comme on se fatigue des ascenseurs. Tout d'un coup on veut aller à pied, même si c'est loin ou même si c'est haut. Quand j'étais petit, ça m'arrivait souvent de monter par l'escalier jusqu'à notre appartement. Au douzième étage.

On voyait presque pas qu'il avait neigé. Y avait presque plus de traces de neige sur les trottoirs. Mais il faisait un froid glacial et j'ai sorti ma casquette de ma poche pour me la mettre sur le crâne. Je me foutais pas mal de l'allure que j'avais. J'ai même rabattu les oreillettes. J'aurais bien voulu savoir qui m'avait fauché mes gants à Pencey, parce que mes mains étaient gelées. C'est pas que j'aurais fait grand-chose, si j'avais su. Je suis un type assez dégonflé. J'essaie de pas le montrer mais c'est pourtant vrai. Par exemple, si à Pencey j'avais découvert celui qui m'avait volé mes gants je serais probablement allé voir le salopard dans sa piaule et j'aurais dit « Okay. Maintenant, si tu me rendais mes gants ? » Et le salopard qui les avait piqués aurait probablement répliqué, d'un air innocent et tout « Tes gants ? Quels gants ? » Et alors ce que j'aurais fait, j'aurais ouvert le placard et trouvé les gants quelque part. Peut-être cachés dans ses foutues

galoshes or something, for instance. I'd have taken them out and showed them to the guy and said, "I suppose these are *your* goddam gloves?" Then the crook probably would've given me this very phony, innocent look, and said, "I never saw those gloves before in my life. If they're yours, take 'em. I don't want the goddam things." Then I probably would've just stood there for about five minutes. I'd have the damn gloves right in my hand and all, but I'd feel I ought to sock the guy in the jaw or something – break his goddam jaw. Only, I wouldn't have the guts to do it. I'd just *stand* there, trying to look tough. What I might do, I might say something very cutting and snotty, to rile him up – *instead* of socking him in the jaw. Anyway, if I did say something very cutting and snotty, he'd probably get up and come over to me and say, "Listen, Caulfield, Are you calling me a crook?" *Then,* instead of saying, "You're goddam right I am, you dirty crooked bastard!" all I probably would've said would be, "All I know is my goddam gloves were in *your* goddam galoshes." Right away then, the guy would know for sure that I wasn't going to take a sock at him, and he probably would've said, "Listen. Let's get this straight. Are you calling me a thief?" Then I probably would've said, "Nobody's calling anybody a thief. All I know is my gloves were in your goddam galoshes." It could go on like that for *hours*. Finally, though, I'd leave his room without even taking a sock at him. I'd probably go down to the can and sneak a cigarette and watch myself getting tough in the mirror. Anyway, that's what I thought about the whole way back to the hotel. It's no fun to be yellow. Maybe I'm not *all* yellow. I don't know. I think maybe I'm just partly yellow and partly the type that doesn't give much of a damn if they lose their gloves. One of my troubles is, I never care too much

godasses. Je les aurais sortis de là et montrés au gars en disant « Je suppose que ce sont *tes* gants ? » Alors le salopard m'aurait servi le regard trompeur de l'agneau sans tache et il aurait répondu « C'est bien la première fois que je vois ces gants-là. S'ils sont à toi, prends-les. J'en veux pas de ces saletés ». Et alors je serais probablement resté sans bouger pendant cinq bonnes minutes, les foutus gants à la main et tout, en me disant que ce type je devrais bien lui balancer mon poing sur la gueule et lui défoncer la mâchoire. La suite, c'est que je manquerais d'estomac. Je resterais là à m'efforcer d'avoir l'air d'un dur. Ou alors peut-être je dirais quelque chose de cinglant et vachard pour le vexer au lieu de lui casser les dents. Bon. Mais si je lui disais quelque chose de cinglant et vachard il réagirait en venant vers moi pour me déclarer « Écoute, Caulfield. Est-ce que tu me prends pour un malhonnête ? » Alors, au lieu de répondre « Tout juste, espèce de salaud » je dirais simplement, j'imagine « Ce que je sais c'est que mes foutus gants étaient dans tes godasses ». Alors le gars saurait immédiatement que je cognerais pas et il dirait probablement « Écoute. Réglons ça tout de suite. Est-ce que tu prétendrais que je suis un voleur ? » Et moi je dirais probablement « Personne a dit que quelqu'un était un voleur. Ce que je sais, c'est que j'ai retrouvé mes gants dans tes foutues godasses ». Et ça pourrait durer des heures. Finalement, je me tirerais sans l'avoir effleuré. J'irais sans doute aux chiottes pour fumer une sèche en douce et me regarder devenir un gros dur dans la glace des lavabos. En tout cas voilà ce que j'avais dans la tête tout le long du chemin en rentrant à l'hôtel. C'est pas drôle d'être un trouillard. Peut-être que je suis pas *totalement* un trouillard. Je sais pas. Je crois que je suis peut-être en partie un trouillard et en partie le genre de type qui se fout pas mal de perdre ses gants. Un de mes problèmes c'est que ça m'emmerde

when I lose something – it used to drive my mother crazy when I was a kid. Some guys spend *days* looking for something they lost. I never seem to have anything that if I lost it I'd care too much. Maybe that's why I'm partly yellow. It's no excuse, though. It really isn't. What you should be is not yellow at all. If you're supposed to sock somebody in the jaw, and you sort of feel like doing it, you should do it. I'm just no good at it, though. I'd rather push a guy out the window or chop his head off with an ax than sock him in the jaw. I hate fist fights. I don't mind getting hit so much – although I'm not crazy about it, naturally – but what scares me most in a fist fight is the guy's face. I can't stand looking at the other guy's face, is my trouble. It wouldn't be so bad if you could both be blindfolded or something. It's a funny kind of yellowness, when you come to think of it, but it's yellowness, all right. I'm not kidding myself.

The more I thought about my gloves and my yellowness, the more depressed I got, and I decided, while I was walking and all, to stop off and have a drink somewhere. I'd only had three drinks at Ernie's, and I didn't even finish the last one. One thing I have, it's a terrific capacity. I can drink all night and not even show it, if I'm in the mood. Once, at the Whooton School, this other boy, Raymond Goldfarb, and I bought a pint of Scotch and drank it in the chapel one Saturday night, where nobody'd see us. He got stinking, but I hardly didn't even show it. I just got very cool and nonchalant. I puked before I went to bed, but I didn't really have to – I forced myself.

pas vraiment quand je perds mes affaires. Ma mère, quand j'étais gosse, ça la rendait folle. Y a des gars qui passent *des jours* à chercher quelque chose qu'ils ont perdu. Je possède vraiment rien que ça m'ennuierait vachement de perdre, il me semble. C'est peut-être pour ça que je suis en partie un trouillard. Mais c'est pas une excuse. Absolument pas. Ce qu'il faudrait, c'est pas être du tout un trouillard. Si on est censé défoncer la mâchoire de quelqu'un, si on se sent l'envie de le faire, on devrait le faire. Mais pour ça je suis pas doué. J'expédierais plutôt un gars par la fenêtre ou bien je lui trancherais la tête à la hache plutôt que lui défoncer la mâchoire. Je déteste les batailles à coups de poing. Ça m'ennuie pas trop de recevoir les coups – bien sûr sans aller jusqu'à dire que j'en raffole – mais ce qui me fout les jetons dans un échange de coups de poing c'est la gueule du mec. Voilà le problème. Ça irait mieux si tous les deux on avait les yeux bandés. Quand on y réfléchit, c'est une trouille d'un genre spécial, mais c'est quand même la trouille. Faut bien l'admettre.

Plus je pensais à mes gants et à ma trouille et plus je me sentais à plat et donc j'ai décidé de m'arrêter quelque part pour prendre encore un verre. J'en avais pris que trois chez Ernie et j'avais même pas fini le dernier. Ce qui est sûr, c'est que j'ai une fichue descente. Quand je suis lancé je peux boire toute la nuit sans seulement qu'il y paraisse. Une fois, à Whooton, cet autre gars Raymond Goldfarb et moi, on a acheté une demi-bouteille de whisky et un samedi soir on est allés la siffler à la chapelle pour que personne nous surprenne. Lui il était schlass, mais moi ça se voyait presque pas. J'étais seulement très flegmatique. J'ai vomi avant d'aller me coucher mais y avait pas vraiment nécessité. Je me suis forcé.

Anyway, before I got to the hotel, I started to go in this dumpy-looking bar, but two guys came out, drunk as hell, and wanted to know where the subway was. One of them was this very Cuban-looking guy, and he kept breathing his stinking breath in my face while I gave him directions. I ended up not even going in the damn bar. I just went back to the hotel.

The whole lobby was empty. It smelled like fifty million dead cigars. It really did. I wasn't sleepy or anything, but I was feeling sort of lousy. Depressed and all. I almost wished I was dead.

Then, all of a sudden, I got in this big mess.

The first thing when I got in the elevator, the elevator guy said to me, "Innarested in having a good time, fella? Or is it too late for you?"

"How do you mean?" I said. I didn't know what he was driving at or anything.

"Innarested in a little tail t'night?"

"Me?" I said. Which was a very dumb answer, but it's quite embarrassing when somebody comes right up and asks you a question like that.

"How old are you, chief?" the elevator guy said.

"Why?" I said. "Twenty-two."

"Uh huh. Well, how 'bout it? Y'innarested? Five bucks a throw. Fifteen bucks the whole night." He looked at his wrist watch. "Till noon. Five bucks a throw, fifteen bucks till noon."

"Okay," I said. It was against my principles and all, but I was feeling so depressed I didn't even *think*. That's the whole trouble. When you're feeling very depressed, you can't even think.

"Okay *what?* A throw, or till noon? I gotta know."

"Just a throw."

"Okay, what room ya in?"

Donc, avant d'arriver à l'hôtel j'ai voulu entrer dans ce bar puant mais deux gars en sont sortis, complètement défoncés, et ils m'ont demandé où était le métro. L'un d'eux était un mec d'un type très cubain, il arrêtait pas de me souffler à la figure son haleine empestée pendant que je lui indiquais la direction. Finalement, ce bar de malheur, j'y suis même pas allé. Je suis simplement rentré à l'hôtel.

Le hall était vide. Ça chlinguait comme cinquante millions de cigares refroidis. Je vous jure. J'avais toujours pas sommeil mais je me sentais mal foutu. Déprimé et tout. Je me disais que je serais presque mieux mort, tout compte fait.

Et voilà qu'en plus je me suis mis dans la merde.

Comme j'entrais dans l'ascenseur, le liftier m'a dit brusquement « C'que ça vous intéresse de passer un bon moment ? Ou bien c'est trop tard pour vous ? »

Je lui ai demandé de quoi il parlait. Je voyais pas où il voulait en venir.

« Qu'est-ce que tu dirais d'une pépée ? »

J'ai dit « Moi ? » Une réponse idiote mais c'est très embarrassant quand quelqu'un se met à vous poser une question comme celle-là.

« Quel âge que t'as, chef ? » il a dit.

« Pourquoi ? » j'ai dit. « Vingt-deux.

— Humm. Alors ? C'que ça t'intéresse ? Cinq dollars la passe. Quinze dollars pour toute la nuit. » Il a jeté un coup d'œil à sa montre « Jusqu'à midi. Cinq dollars la passe, quinze dollars jusqu'à midi ».

J'ai dit « Okay ». C'était contre mes principes et tout, mais je me sentais si déprimé que j'ai même pas réfléchi.

« Okay quoi ? Une passe ou jusqu'à midi ? Faut que je sache.

— Juste une passe.

— Okay. C'est quelle chambre ? »

I looked at the red thing with my number on it, on my key. "Twelve twenty-two," I said. I was already sort of sorry I'd let the thing start rolling, but it was too late now.

"Okay. I'll send a girl up in about fifteen minutes." He opened the doors and I got out.

"Hey, is she good-looking?" I asked him. "I don't want any old bag."

"No old bag. Don't worry about it, chief."

"Who do I pay?"

"Her," he said. "Let's go, chief." He shut the doors, practically right in my face.

I went to my room and put some water on my hair, but you can't really comb a crew cut or anything. Then I tested to see if my breath stank from so many cigarettes and the Scotch and sodas I drank at Ernie's. All you do is hold your hand under your mouth and blow your breath up toward the old nostrils. It didn't seem to stink much, but I brushed my teeth anyway. Then I put on another clean shirt. I knew I didn't have to get all dolled up for a prostitute or anything, but it sort of gave me something to do. I was a little nervous. I was starting to feel pretty sexy and all, but I was a little nervous anyway. If you want to know the truth, I'm a virgin. I really am. I've had quite a few opportunities to lose my virginity and all, but I've never got around to it yet. Something always happens. For instance, if you're at a girl's house, her parents always come home at the wrong time – or you're afraid they will. Or if you're in the back seat of somebody's car, there's always somebody's date in the front seat – some girl, I mean – that always wants to know what's going on *all* over the whole goddam car. I mean some girl in front keeps turning around to see what the hell's going on. Anyway, something always happens. I came

J'ai regardé le truc rouge sur la clef, avec le numéro. J'ai dit « Douze-vingt deux ». Je regrettais déjà d'avoir mis ça en train mais maintenant c'était trop tard.

« Okay. J't'envoie une fille dans un petit quart d'heure. » Il a ouvert les portes. Je suis sorti. J'ai demandé « Hey, elle est jolie ? Je veux pas d'une vieille pouffiasse.

— Ce sera pas une vieille pouffiasse. T'inquiète pas.

— Je paie à qui ?

— À elle. Allons-y, chef. » Il m'a pratiquement fermé les portes au nez.

Je suis rentré dans ma chambre et j'ai passé un peu d'eau sur mes cheveux mais avec la coupe en brosse on peut pas vraiment les coiffer ni rien. Puis j'ai fait un test pour voir si mon haleine empestait pas trop, après toutes les cigarettes et puis les scotch-and-soda que j'avais bus chez Ernie. On met la main en dessous de la bouche et on envoie le souffle vers le haut en direction des narines. Ça semblait pas trop infect mais je me suis quand même lavé les dents. Puis j'ai encore changé de chemise. Je savais bien que j'avais pas à me pomponner ou quoi pour une prostituée mais ça me donnait au moins quelque chose à faire. J'étais sexuellement excité et tout mais j'étais aussi un petit peu inquiet. Si vous voulez savoir, eh bien, je suis puceau. Sans blague. J'ai pourtant eu plusieurs occasions de plus l'être mais je suis pas encore allé jusqu'au bout. Il arrive toujours quelque chose. Par exemple, si on est chez la fille, ses parents rappliquent toujours au mauvais moment, ou bien on a peur qu'ils rappliquent. Ou si on est sur la banquette arrière d'une voiture y a toujours à l'avant le rancard de quelqu'un d'autre – une fille je veux dire – qui essaie toujours de savoir ce qui se passe dans tous les coins de la foutue bagnole. Je veux dire qu'une fille qu'est à l'avant en finit pas de se retourner pour voir ce qui se trafique à l'arrière. Quand même, au moins deux fois, j'ai

quite close to doing it a couple of times, though. One time in particular, I remember. Something went wrong, though – I don't even remember what any more. The thing is, most of the time when you're coming pretty close to doing it with a girl – a girl that isn't a prostitute or anything, I mean – she keeps telling you to stop. The trouble with me is, I stop. Most guys don't. I can't help it. You never know whether they really *want* you to stop, or whether they're just scared as hell, or whether they're just telling you to stop so that if you *do* go through with it, the blame'll be on *you*, not them. Anyway, I keep stopping. The trouble is, I get to feeling sorry for them. I mean most girls are so dumb and all. After you neck them for a while, you can really *watch* them losing their brains. You take a girl when she really gets passionate, she just hasn't any brains. I don't know. They tell me to stop, so I stop. I always wish I *hadn't*, after I take them home, but I keep doing it anyway.

Anyway, while I was putting on another clean shirt, I sort of figured this was my big chance, in a way. I figured if she was a prostitute and all, I could get in some practice on her, in case I ever get married or anything. I worry about that stuff sometimes. I read this book once, at the Whooton School, that had this very sophisticated, suave, sexy guy in it. Monsieur Blanchard was his name, I can still remember. It was a lousy book, but this Blanchard guy was pretty good. He had this big château and all on the Riviera, in Europe, and all he did in his spare time was beat women off with a club. He was a real rake and all, but he knocked women out. He said, in this one part, that a woman's body is like a violin and all, and that it takes a terrific musician to play it right. It was a very corny book – I realize that – but

bien manqué faire ça. Une fois surtout, je me souviens. Mais quelque chose a foiré, je me rappelle plus quoi. Ce qu'il y a, c'est que lorsqu'on est tout près de le faire avec une fille – qu'est pas une prostituée ni rien – elle cesse pas de vous dire d'arrêter. Et moi l'ennui c'est que j'arrête. La plupart des types arrêtent pas. Moi je peux pas m'en empêcher. On sait jamais si les filles elles veulent *vraiment* qu'on arrête ou si elles ont juste une frousse terrible, ou si elles vous disent d'arrêter pour que, si vous continuez, ce soit *votre* faute et pas la leur. En tout cas, moi j'arrête. L'ennui c'est que j'en arrive toujours à les plaindre. Je veux dire que la plupart des filles sont tellement demeurées et tout. Quand ça fait un petit moment qu'on les tripote on les voit qui perdent la tête. Prenez une fille qui devient vraiment passionnée, eh bien elle a plus sa tête. Je sais pas. Elles me disent « Arrête », alors j'arrête. Quand je les reconduis chez elles je regrette toujours de les avoir écoutées, mais à chaque fois je recommence pareil. Bref.

Bref, tout en me changeant de chemise je me suis dit qu'en somme c'était le jour ou jamais. Je me figurais que si elle était une putain et tout ce serait un bon exercice préparatoire au cas où je me marierais un jour, par exemple ; quelque chose qui parfois me tracasse. À Whooton, j'ai lu ce bouquin où il y a un gars très sophistiqué, sensuel, aux super-bonnes manières. Son nom c'était monsieur Blanchard, je m'en souviens encore. Un livre pourri mais ce Blanchard était pas mal. Il avait un grand château et tout en Europe, sur la Riviera, et là il passait son temps à battre des femmes à coups de club de golf. C'était un vrai tombeur et tout ; les femmes lui résistaient pas. Dans un passage il disait que le corps d'une femme est comme un violon et tout, et qu'il faut un musicien super-doué pour en jouer convenablement. Un vrai bouquin à la gomme, je m'en rends compte – mais cette

I couldn't get that violin stuff out of my mind anyway. In a way, that's why I sort of wanted to get some practice in, in case I ever get married. Caulfield and his Magic Violin, boy. It's corny, I realize, but it isn't *too* corny. I wouldn't mind being pretty good at that stuff. Half the time, if you really want to know the truth, when I'm horsing around with a girl, I have a helluva lot of trouble just *find*ing what I'm looking for, for God's sake, if you know what I mean. Take this girl that I just missed having sexual intercourse with, that I told you about it. It took me about an *hour* to just get her goddam brassière off. By the time I did get it off, she was about ready to spit in my eye.

Anyway, I kept walking around the room, waiting for this prostitute to show up. I kept hoping she'd be good-looking. I didn't care too much, though. I sort of just wanted to get it over with. Finally, somebody knocked on the door, and when I went to open it, I had my suitcase right in the way and I fell over it and damn near broke my knee. I always pick a gorgeous time to fall over a suitcase or something.

When I opened the door, this prostitute was standing there. She had a polo coat on, and no hat. She was sort of a blonde, but you could tell she dyed her hair. She wasn't any old bag, though. "How do you do," I said. Suave as hell, boy.

"You the guy Maurice said?" she asked me. She didn't seem too goddam friendly.

"Is he the elevator boy?"

"Yeah," she said.

"Yes, I am. Come in, won't you?" I said. I was getting more and more nonchalant as it went along. I really was.

She came in and took her coat off right away and sort of chucked it on the bed. She had on a green dress underneath. Then

histoire de violon, quand même, ça m'est resté. Et c'était en partie pour ça que je voulais un peu de pratique au cas où un jour je me marierais. Caulfield et son Violon Magique, ouah. C'est à la gomme, je m'en rends compte, mais c'est pas *trop* à la gomme. Ça me plairait assez de devenir plutôt bon à jouer de cette musique-là. La moitié du temps, si vous voulez vraiment la vérité, quand je chahute avec une fille, bon Dieu, j'ai un mal fou à seulement savoir ce que je cherche. Prenez cette fille dont j'ai parlé, avec qui j'ai bien failli faire ça. M'a fallu pas loin d'une heure pour seulement lui enlever son soutien-gorge. Quand je l'ai eu enlevé, elle était prête à me cracher à la figure.

Bon. Je tournicotais dans la chambre, attendant que la putain se pointe. Je continuais à me dire « Espérons qu'elle est jolie ». Mais au fond je m'en foutais un peu. J'étais seulement pressé d'en avoir terminé. Finalement on a frappé et quand je suis allé ouvrir, ma valise était en plein dans le chemin et je suis tombé dessus et j'ai bien failli me casser les rotules. Je choisis toujours le bon moment pour trébucher contre une valise ou quoi.

Lorsque j'ai ouvert la porte, la putain se tenait là. Elle était en manteau et tête nue. Avec des cheveux blonds mais ça se voyait que c'était pas naturel. Toutefois, elle ressemblait pas à une vieille pouffiasse. J'ai dit « Comment allez-vous ? » Ouah. Les bonnes manières.

« C'est vous l'type que Maurice a dit ? » elle a demandé. D'un air pas trop sympa.

« Le garçon d'ascenseur ?

— Ouais.

— C'est moi. Entrez, je vous prie. » Je prenais comme de l'aisance. Je vous jure.

Elle est entrée aussitôt, elle a enlevé son manteau et elle l'a jeté sur le lit. Dessous, elle avait une robe verte. Puis

she sort of sat down sideways on the chair that went with the desk in the room and started jiggling her foot up and down. She crossed her legs and started jiggling this one foot up and down. She was very nervous, for a prostitute. She really was. I think it was because she was young as hell. She was around my age. I sat down in the big chair, next to her, and offered her a cigarette. "I don't smoke," she said. She had a tiny little wheeny-whiny voice. You could hardly hear her. She never said thank you, either, when you offered her something. She just didn't know any better.

"Allow me to introduce myself. My name is Jim Steele," I said.

"Ya got a watch on ya?" she said. She didn't care what the hell my name was, naturally. "Hey, how old are you, anyways?"

"Me? Twenty-two."

"Like fun you are."

It was a funny thing to say. It sounded like a real kid. You'd think a prostitute and all would say "Like hell you are" or "Cut the crap" instead of "Like fun you are."

"How old are *you?*" I asked her.

"Old enough to know better," she said. She was really witty. "Ya got a watch on ya?" she asked me again, and then she stood up and pulled her dress over her head.

I certainly felt peculiar when she did that. I mean she did it so *sudden* and all. I know you're supposed to feel pretty sexy when somebody gets up and pulls their dress over their head, but I didn't. Sexy was about the *last* thing I was feeling. I felt much more depressed than sexy.

"Ya got a watch on ya, hey?"

"No. No, I don't," I said. *Boy*, was I feeling peculiar. "What's your name?" I asked her. All she had on was this pink slip. It was really quite embarrassing. It really was.

"Sunny," she said. "Let's go, hey."

elle s'est assise de côté sur la chaise devant le bureau et elle s'est mise à balancer le pied. Pour une prostituée, elle était très nerveuse. Je vous jure. Je pense que ça tenait à son jeune âge. Elle avait à peu près le même âge que moi. Je me suis assis dans le fauteuil, à côté d'elle, et je lui ai offert une cigarette. Elle a dit « Je fume pas ». Elle avait une toute petite voix haut perchée. On l'entendait à peine. Quand on lui offrait quelque chose elle disait pas merci. Elle avait vraiment pas d'éducation.

J'ai dit « Permettez-moi de me présenter. Mon nom est Jim Steele ». Elle a dit « Vous auriez pas une montre sur vous ? » Elle se foutait pas mal de mon nom, bien sûr. « Hey, vous avez quel âge ?

— Moi ? Vingt-deux.

— Tintin. »

C'était drôle qu'elle dise ça. C'était ce qu'aurait dit un mioche. On penserait qu'une pute et tout ça vous dirait « Mon cul » ou « Arrête tes conneries », et pas « Tintin ».

J'ai dit « Et vous ? »

Elle a dit « L'âge de pas m'en laisser conter ».

Elle avait de la repartie. Puis elle a encore demandé « T'as une montre sur toi, hey ? » Et en même temps elle s'est levée et a fait passer sa robe par-dessus sa tête.

Quand elle a fait ça je me suis senti tout chose. C'était tellement soudain et tout. Je sais qu'on est censé être très excité quand une fille se lève et fait passer sa robe par-dessus sa tête mais je l'étais pas le moins du monde. Ce qui me travaillait c'était pas le sexe, c'était plutôt la déprime.

« T'as une montre sur toi, hey ?

— Non, non » j'ai dit. « J'en ai pas. » Ouah. Je me suis encore senti tout chose. J'ai dit « Comment vous vous appelez ? » Elle était en combinaison rose. C'était vraiment embarrassant. Vraiment.

Elle a dit « Sunny ». Et puis « Bon, on y va ?

"Don't you feel like talking for a while?" I asked her. It was a childish thing to say, but I was feeling so damn peculiar. "Are you in a very big hurry?"

She looked at me like I was a madman. "What the heck ya wanna talk about?" she said.

"I don't know. Nothing special. I just thought perhaps you might care to chat for a while."

She sat down in the chair next to the desk again. She didn't like it, though, you could tell. She started jiggling her foot again – boy, she was a nervous girl.

"Would you care for a cigarette now?" I said. I forgot she didn't smoke.

"I don't smoke. Listen, if you're gonna talk, *do* it. I got things to do."

I couldn't think of anything to talk about, though. I thought of asking her how she got to be a prostitute and all, but I was scared to ask her. She probably wouldn't've told me anyway.

"You don't come from New York, do you?" I said finally. That's all I could think of.

"Hollywood," she said. Then she got up and went over to where she'd put her dress down, on the bed. "Ya got a hanger? I don't want to get my dress all wrinkly. It's brand-clean."

"Sure," I said right away. I was only too glad to get up and do something. I took her dress over to the closet and hung it up for her. It was funny. It made me feel sort of sad when I hung it up. I thought of her going in a store and buying it, and nobody in the store knowing she was a prostitute and all. The salesman probably just thought she was a regular girl when she bought it. It made me feel sad as hell – I don't know why exactly.

— Vous auriez pas envie qu'on cause un peu ? » C'était une question plutôt débile, mais je me sentais vraiment tout chose. « Est-ce que vous êtes tellement pressée ? »

Elle m'a regardé comme si j'étais dingue. Elle a dit « De quoi qu'vous voulez causer ?

— Je sais pas. Rien de spécial. Je pensais simplement que vous aimeriez peut-être qu'on bavarde un peu. »

Elle s'est à nouveau assise sur la chaise près du bureau. Mais c'était visible que ça lui plaisait pas. Elle a recommencé à balancer son pied – ouah, elle avait la bougeotte.

« Voulez-vous une cigarette, à présent ? » J'avais oublié qu'elle fumait pas.

« J'fume pas. Écoutez, si vous voulez causer, allez-y. Moi j'ai à faire. »

Mais j'arrivais pas à trouver de sujet de conversation. Je lui aurais bien demandé comment elle était devenue une putain et tout mais j'osais pas. D'ailleurs elle aurait sans doute pas voulu le dire.

Finalement, j'ai demandé « Vous êtes pas de New York ? » C'est tout ce que j'avais trouvé.

Elle a dit « Hollywood ». Puis elle s'est levée et elle est allée vers le lit, là où elle avait posé sa robe. « Y a pas un cintre ? J'ai pas envie qu'ma robe soit comme un chiffon. Elle sort du nettoyage. »

Tout de suite j'ai dit « Bien sûr ». Trop content de me remuer un peu. J'ai emporté la robe jusqu'à la penderie et je l'ai mise sur un cintre. C'est bizarre, quand j'ai accroché le cintre ça m'a donné le cafard. Je la voyais qui entrait dans un magasin et achetait cette robe et personne dans le magasin savait qu'elle était une prostituée ni rien. Le vendeur pensait sûrement, quand elle l'a achetée, sa robe, qu'elle était une fille comme les autres. Ça m'a redonné le cafard. Je sais pas trop pourquoi.

I sat down again and tried to keep the old conversation going. She was a lousy conversationalist. "Do you work every night?" I asked her – it sounded sort of awful, after I'd said it.

"Yeah." She was walking all around the room. She picked up the menu off the desk and read it.

"What do you do during the day?"

She sort of shrugged her shoulders. She was pretty skinny. "Sleep. Go to the show." She put down the menu and looked at me. "Let's go, hey. I haven't got all –"

"Look," I said. "I don't feel very much like myself tonight. I've had a rough night. Honest to God. I'll pay you and all, but do you mind very much if we don't do it? Do you mind very much?" The trouble was, I just didn't want to do it. I felt more depressed than sexy, if you want to know the truth. *She* was depressing. Her green dress hanging in the closet and all. And besides, I don't think I could *ever* do it with somebody that sits in a stupid movie all day long. I really don't think I could.

She came over to me, with this funny look on her face, like as if she didn't believe me. "What'sa matter?" she said.

"Nothing's the matter." Boy, was I getting nervous. "The thing is, I had an operation very recently."

"Yeah? Where?"

"On my wuddayacallit – my clavichord."

"Yeah? Where the hell's that?"

"The clavichord?" I said. "Well, actually, it's in the spinal canal. I mean it's quite a ways down in the spinal canal."

Je suis revenu m'asseoir et j'ai essayé de soutenir la convers'. Mais elle était pas douée pour l'échange de propos. J'ai demandé « Vous travaillez toutes les nuits ? » Et quand ça a été dit j'ai trouvé ça très déplacé.

« Ouais. » Elle se baladait dans la pièce. Elle a pris le menu sur le bureau et elle l'a lu.

« Dans la journée qu'est-ce que vous faites ? »

Elle a haussé les épaules. Elle était plutôt maigrichonne. « Je dors. Je m'offre un ciné. » Elle a posé le menu et elle m'a regardé. « Bon, alors, on y va ? Faudrait pas croire que j'ai toute…

— Écoutez. » J'ai dit. « Ce soir, je me sens pas très en forme. J'ai pas dormi la nuit dernière. Sans blague. Je vais vous payer et tout. Mais si ça vous ennuie pas trop on le fera pas. D'accord ? »

La vraie raison, c'était que je voulais tout simplement pas le faire. À vous dire toute la vérité je me sentais plus déprimé qu'excité. C'était *elle* qui me déprimait. Sa robe verte pendue au cintre et tout. Et d'ailleurs je pense pas que je pourrais *jamais* faire ça avec quelqu'un qui passe la journée assise devant un film idiot. Réellement, je pense pas que je pourrais.

Elle s'est approchée de moi avec cette drôle d'expression comme si elle me croyait pas. Elle a dit « Qu'est-ce qu'y a ?

— Rien. Y a rien. » Ouah, je devenais nerveux à mon tour. « C'est seulement que j'ai eu récemment une opération.

— Où ça ?

— Au machin-truc. Mon clavicorde.

— Hein ? C'est quoi ?

— Le clavicorde ? » J'ai dit. « Eh bien en fait c'est dans le canal rachidien. Je veux dire très très profond dans le canal rachidien. »

"Yeah?" she said. "That's tough." Then she sat down on my goddam lap. "You're cute."

She made me so nervous, I just kept on lying my head off. "I'm still recuperating," I told her.

"You look like a guy in the movies. You know. Whosis. *You* know who I mean. What the heck's his name?"

"I don't know," I said. She wouldn't get off my goddam lap.

"Sure you know. He was in that pitcher with Mel-vine Douglas? The one that was Mel-vine Douglas's kid brother? That falls off this boat? *You* know who I mean."

"No, I don't. I go to the movies as seldom as I can."

Then she started getting funny. Crude and all.

"Do you mind cutting it out?" I said. "I'm not in the mood, I just told you. I just had an operation."

She didn't get up from my lap or anything, but she gave me this terrifically dirty look. "Listen," she said. "I was *sleep*in' when that crazy Maurice woke me up. If you think I'm –"

"I *said* I'd pay you for coming and all. I really will. I have plenty of dough. It's just that I'm practically just recovering from a very serious –"

"What the heck did you tell that crazy Maurice you wanted a *girl* for, then? If you just had a goddam operation on your goddam wuddayacallit. *Huh?*"

"I thought I'd be feeling a lot better than I do. I was a little premature in my calculations. No kidding. I'm sorry. If you'll just get up a second, I'll get my wallet. I mean it."

She was sore as hell, but she got up off my goddam lap so that I could go over and get my wallet off the chiffonier. I took out a five-dollar bill and handed it to her. "Thanks a lot," I told her. "Thanks a million."

Elle a dit « C'est vache ». Puis la voilà qui s'assoit sur mes genoux. « T'es mignon. »

Elle me rendait encore plus nerveux. Je continuais à pencher la tête en arrière. « Je suis pas encore complètement remis.

— T'as l'air d'un type du ciné. Qui c'est ? Voyons. Toi tu dois savoir. Bon Dieu, c'est comment, son nom ? »

J'ai dit « Je sais pas ». Elle était vissée sur mes genoux. « Mais si. Tu sais. Il était dans ce film avec Mel-vine Douglas. C'ui qui jouait le p'tit frère de Mel-vine Douglas. Qui tombe du bateau. Tu vois qui j'veux dire ?

— Non, je vois pas. Je vais le moins possible au cinéma. »

Et alors elle s'est mise à faire des choses. Osées et tout.

J'ai dit « Ça vous ennuierait de laisser tomber ? Je viens de vous expliquer que j'avais pas la forme. Je relève d'une opération. »

Elle a pas bougé de sur mes genoux ni rien mais elle m'a jeté un sale coup d'œil. Elle a dit « Écoute. Je dormais et c'taré de Maurice m'a réveillée et s'tu crois que je…

— J'ai *dit* que je vous paierais votre visite et tout. Je vais le faire. J'ai plein de fric. C'est juste que j'en suis encore à me remettre d'une très sérieuse…

— Bon Dieu, t'as dit à Maurice que tu voulais une fille, alors c'était pour quoi ? Si tu viens d'avoir c'te foutue opération de ton foutu machin-chose. Hein ?

— Je croyais que j'allais beaucoup mieux. J'ai été un peu prématuré dans mes calculs. Sans blague. Excusez-moi. Si vous pouviez vous lever une minute, j'irais chercher mon portefeuille. »

Elle était furax, mais elle s'est levée et je suis allé chercher mon portefeuille dans la commode. J'ai sorti un billet de cinq dollars et je le lui ai tendu. J'ai dit « Merci beaucoup. Un million de fois merci.

"This is a five. It costs ten."

She was getting funny, you could tell. I was afraid something like that would happen – I really was.

"Maurice said five," I told her. "He said fifteen till noon and only five for a throw."

"Ten for a throw."

"He said five. I'm sorry – I really am – but that's all I'm gonna shell out."

She sort of shrugged her shoulders, the way she did before, and then she said, very cold, "Do you mind getting me my frock? Or would it be too much trouble?" She was a pretty spooky kid. Even with that little bitty voice she had, she could sort of scare you a little bit. If she'd been a big old prostitute, with a lot of makeup on her face and all, she wouldn't have been half as spooky.

I went and got her dress for her. She put it on and all, and then she picked up her polo coat off the bed. "So long, crumb-bum," she said.

"So long," I said. I didn't thank her or anything. I'm glad I didn't.

— Pas cinq. C'est dix. »

Elle cherchait à profiter de l'occase. Je m'étais douté que ça arriverait. Oui, je m'en étais douté.

J'ai protesté. « Maurice a dit cinq. Il a dit quinze jusqu'à midi et seulement cinq pour une passe.

— Dix pour une passe.

— Il a dit cinq. Je suis désolé. Vraiment désolé. Mais je casquerai pas plus. »

Elle a haussé les épaules, comme elle avait fait déjà, et puis elle a dit, très froidement, « Ça vous ennuierait d'me passer mes fringues ? Ou c'est-y trop demander ? » La môme, elle vous glaçait un peu. Même avec cette toute petite voix, elle pouvait encore vous donner les chocottes. Si elle avait été une grosse vieille pouffiasse avec plein de peinture sur la figure et tout elle vous aurait pas autant impressionné.

Je suis allé lui chercher sa robe. Elle l'a enfilée et tout, et après elle a pris son manteau sur le lit. « Salut, Couillemolle. » Elle a dit.

J'ai dit « Salut ». Je l'ai pas remerciée ni rien. Je suis bien content de pas l'avoir fait.

14

After old sunny was gone, I sat in the chair for a while and smoked a couple of cigarettes. It was getting daylight outside. Boy, I felt miserable. I felt so depressed, you can't imagine. What I did, I started talking, sort of out loud, to Allie. I do that sometimes when I get very depressed. I keep telling him to go home and get his bike and meet me in front of Bobby Fallon's house. Bobby Fallon used to live quite near us in Maine – this is, years ago. Anyway, what happened was, one day Bobby and I were going over to Lake Sedebego on our bikes. We were going to take our lunches and all, and our BB guns – we were kids and all, and we thought we could shoot something with our BB guns. Anyway, Allie heard us talking about it, and he wanted to go, and I wouldn't let him. I told him he was a child. So once in a while, now, when I get very depressed, I keep saying to him, "Okay. Go home and get your bike and meet me in front of Bobby's house. Hurry up." It wasn't that I didn't use to take him with me when I went somewhere. I did. But that one day, I didn't. He didn't get sore about it – he never got sore about anything – but I keep thinking about it anyway, when I get very depressed.

Finally, though, I got undressed and got in bed. I felt like praying or something, when I was in bed, but I couldn't do it. I can't always pray when I feel like it. In the first place, I'm

Chapitre 14

Quand la môme Sunny a été partie je suis resté un moment assis dans le fauteuil et j'ai fumé deux ou trois clopes. Ouah, je me sentais misérable. Je me sentais tellement vidé, vous pouvez pas vous imaginer. Ce que j'ai fait, je me suis mis à parler presque à voix haute, à parler à Allie. Je fais ça quelquefois quand j'ai le cafard. Je lui dis d'aller à la maison chercher son vélo et de venir me rejoindre devant la maison de Bobbie Fallon. Bobbie Fallon, il habitait tout près de chez nous dans le Maine – y a des années, c'est-à-dire. En tout cas ce qui est arrivé c'est qu'un jour Bobby et moi on allait au lac Sedebego à bicyclette. On emportait nos sandwichs du déjeuner et nos carabines à air comprimé – on était des gamins et tout qui se figuraient pouvoir attraper quelque chose avec leurs carabines. Bon. Allie nous a entendus en parler et il a voulu venir et je voulais pas l'emmener. Je lui ai dit qu'il était trop petit. Aussi, maintenant, de temps en temps, quand j'ai le cafard, je lui dis « Okay. Va à la maison et prends ton vélo et rejoins-moi devant la maison de Bobby. Grouille ». C'est pas que je voulais jamais l'emmener avec moi quand j'allais quelque part. Mais ce jour-là j'ai pas voulu. Il s'est pas fâché, Allie – il se fâchait jamais – mais quand ça va mal j'y repense.

Finalement, je me suis déshabillé et je me suis mis au lit. Quand j'ai été au lit j'ai eu envie de prier, mais j'ai pas pu. J'arrive pas toujours à prier quand j'en ai envie. D'abord je

sort of an atheist. I like Jesus and all, but I don't care too much for most of the other stuff in the Bible. Take the Disciples, for instance. They annoy the hell out of me, if you want to know the truth. They were all right after Jesus was dead and all, but while He was alive, they were about as much use to Him as a hole in the head. All they did was keep letting Him down. I like almost anybody in the Bible better than the Disciples. If you want to know the truth, the guy I like best in the Bible, next to Jesus, was that lunatic and all, that lived in the tombs and kept cutting himself with stones. I like him ten times as much as the Disciples, that poor bastard. I used to get in quite a few arguments about it, when I was at the Whooton School, with this boy that lived down the corridor, Arthur Childs. Old Childs was a Quaker and all, and he read the Bible all the time. He was a very nice kid, and I liked him, but I could never see eye to eye with him on a lot of stuff in the Bible, especially the Disciples. He kept telling me if I didn't like the Disciples, then I didn't like Jesus and all. He said that because Jesus *picked* the Disciples, you were supposed to like them. I said I knew He picked them, but that He picked them at *random*. I said He didn't have time to go around analyzing everybody. I said I wasn't blaming Jesus or anything It wasn't His fault that He didn't have any time. I remember I asked old Childs if he thought Judas, the one that betrayed Jesus and all, went to Hell after he committed suicide. Childs said certainly. That's exactly where I disagreed with him. I said I'd bet a thousand bucks that Jesus never sent old Judas to Hell. I still would, too, if I had a thousand bucks. I think any one of the Dis*cip*les would've sent him to Hell and all – and fast, too – but I'll bet anything Jesus didn't do it. Old Childs said the trouble with me was that I didn't go to church or anything. He was right about that, in a way. I

suis en quelque sorte un athée. J'aime bien Jésus et tout mais je suis pas très intéressé par tout le reste qu'on trouve dans la Bible. Par exemple, prenez les Disciples. Ils m'énervent, si vous voulez savoir. Après la mort de Jésus ils se sont bien conduits mais pendant qu'Il vivait ils Lui ont été à peu près aussi utiles qu'un cataplasme sur une jambe de bois. Ils ont pas cessé de Le laisser tomber. Dans la Bible, j'aime presque tout le monde mieux que les Disciples. En vrai, dans la Bible, le type que je préfère après Jésus c'est ce dingue qui vivait dans les tombes et arrêtait pas de se couper avec des pierres. Ce pauvre mec, je l'aime dix fois plus que les Disciples. Quand j'étais à Whooton, ça m'est souvent arrivé de me disputer là-dessus avec Arthur Childs, un garçon qui logeait au bout du couloir. Le gars Childs, c'était un Quaker et il lisait tout le temps la Bible. Il était sympa, je l'aimais bien, mais j'étais pas d'accord avec lui sur un tas de trucs dans la Bible, spécialement les Disciples. Il prétendait que si j'aimais pas les Disciples alors j'aimais pas Jésus ni rien. Puisque Jésus avait *choisi* les Disciples, il disait, on était censé les aimer. J'ai dit que je savais qu'Il les avait choisis, mais Il l'avait fait *au hasard*. Je disais qu'Il avait pas le temps de se mettre à analyser les gens. Je disais que je reprochais rien à Jésus. C'était pas Sa faute s'Il avait pas le temps. Je me souviens avoir demandé au gars Childs si à son avis Judas, celui qui a trahi Jésus, était allé en enfer après son suicide. Childs a dit « Oh certainement ». C'est exactement là-dessus que j'étais pas d'accord. J'ai dit « Je parierais mille dollars que Jésus a jamais envoyé le Judas en enfer ». Je le parierais encore si j'avais les mille dollars. Je crois que n'importe lequel des Disciples l'aurait expédié en enfer à toute pompe mais je parierais tout ce qu'on voudra que Jésus l'a pas fait. Le gars Childs il a dit que mon problème c'est que j'allais pas à l'église. En un sens il avait raison. J'y

don't. In the first place, my parents are different religions, and all the children in our family are atheists. If you want to know the truth, I can't even stand ministers. The ones they've had at every school I've gone to, they all have these Holy Joe voices when they start giving their sermons. God, I hate that. I don't see why the hell they can't talk in their natural voice. They sound so phony when they talk.

Anyway, when I was in bed, I couldn't pray worth a damn. Every time I got started, I kept picturing old Sunny calling me a crumb-bum. Finally, I sat up in bed and smoked another cigarette. It tasted lousy. I must've smoked around two packs since I left Pencey.

All of a sudden, while I was laying there smoking, somebody knocked on the door. I kept hoping it wasn't *my* door they were knocking on, but I knew damn well it was. I don't know *how* I knew, but I knew. I knew *who* it was, too. I'm psychic.

"Who's there?" I said. I was pretty scared. I'm very yellow about those things.

They just knocked again, though. Louder.

Finally I got out of bed, with just my pajamas on, and opened the door. I didn't even have to turn the light on in the room, because it was already daylight. Old Sunny and Maurice, the pimpy elevator guy, were standing there.

"What's the matter? Wuddaya want?" I said. Boy, my voice was shaking like hell.

"Nothin' much," old Maurice said. "Just five bucks." He did all the talking for the two of them. Old Sunny just stood there next to him, with her mouth open and all.

"I paid her already. I gave her five bucks. Ask her," I said. Boy, was my voice shaking.

vais pas. D'abord parce que mes parents ont pas tous les deux la même religion, et dans la famille les enfants sont athées. Si vous voulez savoir, je peux même pas supporter les aumôniers. Ceux qu'on a eus dans chaque école où je suis allé, ils avaient tous ces voix de prédicateurs foireux quand ils se lançaient dans leurs sermons. Bon Dieu, je déteste ça. Je vois pas pourquoi ils peuvent pas parler d'un ton naturel. Quand ils parlent ça fait tellement bidon.

Bref. Quand j'ai été couché j'ai pas pu dire la moindre petite prière. Chaque fois que je commençais je revoyais la môme Sunny quand elle m'appelait Couillemolle. Finalement, je me suis assis dans mon lit et j'ai fumé une autre sèche. Le goût m'a paru horrible. Je devais bien avoir grillé deux paquets de sèches depuis que j'avais quitté Pencey.

Subitement, pendant que je fumais au paddock quelqu'un a frappé à la porte. J'espérais que c'était pas à *ma* porte qu'on frappait mais déjà je savais. Je vois vraiment pas comment je pouvais savoir mais je savais. Et aussi je *savais* qui frappait. Comme ça, par intuition. J'ai dit « Qui est-ce ? » J'avais les foies. Dans ces situations-là je suis trouillard.

On a seulement frappé encore. Plus fort.

J'ai fini par sortir du lit, et en pyjama je suis allé ouvrir. J'ai même pas eu à allumer la lumière parce qu'il commençait à faire jour. Devant moi il y avait la môme Sunny et Maurice le garçon d'ascenseur marlou.

« Qu'est-ce que c'est ? Qu'est-ce que vous voulez ? » Ma voix tremblait pas possible.

« Presque rien » a dit le Maurice. « Juste cinq dollars. » C'était lui qui blablatait. La môme Sunny, elle restait plantée là, bouche ouverte et tout.

« Je l'ai déjà payée. Je lui ai donné cinq dollars. Demandez-lui. » Ouah, cette voix que j'avais, qui jouait des castagnettes.

"It's ten bucks, chief. I tole ya that. Ten bucks for a throw, fifteen bucks till noon. I tole ya that."

"You did not tell me that. You said *five* bucks a throw. You said fifteen bucks till noon, all right, but I distinctly heard you –"

"Open up, chief."

"What *for*?" I said. God, my old heart was damn near beating me out of the room. I wished I was *dressed* at least. It's terrible to be just in your pajamas when something like that happens.

"Let's go, chief," old Maurice said. Then he gave me a big shove with his crumby hand. I damn near fell over on my can – he was a huge sonuvabitch. The next thing I knew, he and old Sunny were both in the room. They acted like they owned the damn place. Old Sunny sat down on the window sill. Old Maurice sat down in the big chair and loosened his collar and all – he wearing this elevator operator's uniform. *Boy*, was I nervous.

"All right, chief, let's have it. I gotta get back to work."

"I told you about ten times, I don't owe you a cent. I already gave her the five –"

"Cut the crap, now. Let's have it."

"Why should I give her another five bucks?" I said. My voice was cracking all over the place. "You're trying to chisel me."

Old Maurice unbuttoned his whole uniform coat. All he had on underneath was a phony shirt collar, but no shirt or anything. He had a big fat hairy stomach. "Nobody's tryna chisel nobody," he said. "Let's have it, chief."

"*No*."

When I said that, he got up from his chair and started walking towards me and all. He looked like he was very, very tired or very, very bored. God, was I scared. I sort of had

« C'est dix dollars, chef. J'te l'avais dit. Dix dollars pour une passe, quinze dollars jusqu'à midi. J'te l'avais dit.

— Vous m'avez pas dit ça. Vous avez dit *cinq* dollars pour une passe. Vous avez dit quinze dollars jusqu'à midi, d'accord, mais j'ai distinctement entendu…

— Sors-les.

— Et pourquoi ? » j'ai dit. Bon Dieu, mon vieux cœur battait la chamade à me faire foutre le camp. Si seulement j'avais eu mes fringues sur le dos. C'est terrible d'être en pyjama quand il vous arrive quelque chose comme ça.

— Allons, chef » a dit le Maurice. Puis il m'a poussé brutalement de sa main dégueulasse. Je suis presque tombé sur le cul – c'est qu'il était un sacré malabar. J'ai pas eu le temps de me rendre compte que déjà lui et sa Sunny étaient tous les deux dans ma chambre. Ils avaient même l'air de se croire chez eux. La môme s'est assise sur le bord de la fenêtre. Le Maurice a pris le fauteuil et il a desserré son col et tout – il avait son uniforme de liftier. Ouah, j'étais vachement mal à l'aise.

« Magne-toi, chef. Faut que je retourne bosser.

— Pour au moins la dixième fois je vous dis que je vous dois pas un cent. Je lui ai déjà donné ce que…

— Arrête ton baratin. Magne-toi.

— Pourquoi que je lui redonnerais cinq dollars ? » Ma voix s'en allait en morceaux tous azimuts. « Vous essayez de me rouler. »

Le gars Maurice a déboutonné sa veste d'uniforme. Tout ce qu'il avait dessous, c'était un col de chemise bidon, pas de chemise ni rien. Un large torse couvert de poils. « Personne essaie de rouler personne » il a dit. « Magne-toi, chef.

— *Non.* »

Quand j'ai dit ça il s'est levé et il s'est avancé vers moi et tout. Il a pris un air très très fatigué ou très très excédé. Bon Dieu, j'en menais pas large. Il me semble que je croisais

my arms folded, I remember. It wouldn't have been so bad, I don't think, if I hadn't had just my goddam *pajamas* on.

"Let's have it, chief." He came right up to where I was standing. That's all he could say. "Let's have it, chief." He was a real moron.

"*No.*"

"Chief, you're gonna force me inna roughin' ya up a little bit. I don't wanna do it, but that's the way it looks," he said. "You owe us five bucks."

"I *don't* owe you five bucks," I said. "If you rough me up, I'll yell like hell. I'll wake up everybody in the hotel. The police and all." My voice was shaking like a bastard.

"Go ahead. Yell your goddam head off. Fine," old Maurice said. "Want your parents to know you spent the night with a whore? High-class kid like you?" He was pretty sharp, in his crumby way. He really was.

"Leave me alone. If you'd *said* ten, it'd be different. But you distinctly –"

"Are ya gonna let us have it?" He had me right up against the damn door. He was almost standing on top of me, his crumby old hairy stomach and all.

"Leave me alone. Get the hell out of my room," I said. I still had my arms folded and all. God, what a jerk I was.

Then Sunny said something for the first time. "Hey, Maurice. Want me to get his wallet?" she said. "It's right on the wutchamacallit."

"Yeah, get it."

"Leave my wallet alone!"

"I awreddy got it," Sunny said. She waved five bucks at me. "See? All I'm takin' is the five you owe me. I'm no crook."

All of a sudden I started to cry. I'd give anything if I hadn't but I did. "No, you're no crooks," I said. "You're just stealing five –"

les bras. Si seulement j'avais pas été en pyjama, je me serais senti plus à l'aise.

« Magne-toi, chef. » Il était maintenant quasiment contre moi. C'était tout ce qu'il trouvait à dire « Magne-toi, chef ». Un vrai crétin.

« *Non.*

— Chef, tu vas m'forcer à t'bousculer un peu. J'y tiens pas mais ça m'a l'air nécessaire. Tu nous dois cinq dollars. »

J'ai dit « Je vous dois *rien*. Si vous me touchez, je gueule comme un sourd. Je réveille tout le monde dans l'hôtel. La police et tout. » Ma voix tremblait vous pouvez pas savoir.

« Vas-y, gueule si ça t'chante » il a dit. « Tu veux sans doute que tes parents apprennent que t'as passé la nuit avec une pute. Un chiard de la haute comme toi ? » Il était futé dans son genre, le salopard. Faut bien l'admettre.

« Laissez-moi tranquille. Si c'était dix dollars fallait le dire. Mais j'ai distinctement…

— Tu vas t'décider ? » Il m'avait plaqué contre la porte. Il était presque sur moi, son torse pourri et tout velu et tout.

J'ai dit « Laissez-moi tranquille ». J'ai dit « Sortez de ma chambre ». J'avais gardé les bras croisés et tout. Bon Dieu, je me sentais minable.

Et alors Sunny, pour la première fois, a dit quelque chose. « Hé, Maurice, tu veux que j'prenne son portefeuille ? Il est sur le machintruc.

— Ouais. Prends-le.

— Touchez pas à mon portefeuille.

— J'l'ai déjà » a dit Sunny. Elle a agité le billet de cinq dollars. « Vu ? Tout c'que je prends, c'est les cinq que tu m'dois. J'suis pas une voleuse. »

Subitement, je me suis mis à chialer. Je donnerais n'importe quoi pour pas avoir chialé mais j'ai chialé. J'ai dit « Non, vous êtes pas des voleurs. Vous êtes en train de me piquer…

"Shut up," old Maurice said, and gave me a shove.

"Leave him alone, hey," Sunny said. "C'mon, hey. We got the dough he owes us. Let's go. C'mon, hey."

"I'm comin'," old Maurice said. But he didn't.

"I mean it, Maurice, hey. Leave him alone."

"Who's hurtin' anybody?" he said, innocent as hell. Then what he did, he snapped his finger very hard on my pajamas. I won't tell you *where* he snapped it, but it hurt like hell. I told him he was a goddam dirty moron. "What's that?" he said. He put his hand behind his ear, like a deaf guy. "What's that? What am I?"

I was still sort of crying. I was so damn mad and nervous and all. "You're a dirty moron," I said. "You're a stupid chiseling moron, and in about two years you'll be one of those scraggy guys that come up to you on the street and ask for a dime for coffee. You'll have snot all over your dirty filthy overcoat, and you'll be –"

Then he smacked me. I didn't even try to get out of the way or duck or anything. All I felt was this terrific punch in my stomach.

I wasn't knocked out or anything, though, because I remember looking up from the floor and seeing them both go out the door and shut it. Then I stayed on the floor a fairly long time, sort of the way I did with Stradlater. Only, this time I thought I was dying. I really did. I thought I was drowning or something. The trouble was, I could hardly breathe. When I did finally get up, I had to walk to the bathroom all doubled up and holding onto my stomach and all.

But I'm crazy. I swear to God I am. About halfway to the bathroom, I sort of started pretending I had a bullet in my guts. Old Maurice had plugged me. Now I was on the way to the

— La ferme » a dit Maurice. Et il m'a donné une bourrade.

Sunny a dit « Fous-lui la paix. Viens. On a le fric qu'y nous d'vait. Allez, viens.

— Je viens » il a dit, le Maurice. Mais il démarrait toujours pas.

« Tu m'entends, Maurice ? Hey, fous-lui la paix.

— Mais personne veut du mal à personne » il a dit, avec un air angélique. Et puis il a claqué les doigts très dur sur mon pyjama, je vous dirai pas à quel endroit. Bon Dieu, ça m'a fait mal. J'ai gueulé qu'il était qu'un sale connard. « Un quoi ? » il a dit. Et mettant sa main derrière son oreille comme un type qu'est sourdingue « Un quoi ? J'suis un quoi ? »

Je chialais encore à moitié. J'étais dans une rogne noire et puis à bout de nerfs et tout. « T'es qu'un sale connard » j'ai répété. « T'es qu'un crétin malhonnête et dans deux ou trois ans tu seras un de ces types avec juste la peau sur les os qui arrêtent les gens dans la rue pour leur demander une petite pièce et se payer un café. T'auras de la merde plein tes fringues et tu… »

Alors c'est parti. J'ai même pas essayé d'esquiver ni rien. Tout ce que j'ai senti ça a été un terrible coup de poing dans l'estomac.

Je suis sûrement pas tombé dans les pommes bicause je me souviens que de par terre où j'étais je les ai vus sortir et refermer la porte. Je suis resté un bon moment par terre, comme j'avais fait avec Stradlater. Seulement cette fois j'ai cru crever. Sans blague. J'avais l'impression d'être en train de me noyer. J'arrivais plus à respirer. Quand finalement je me suis relevé, je suis allé à la salle de bains plié en deux, les mains pressées sur l'estomac et tout.

Mais je suis dingue, bon Dieu c'est vrai que je suis dingue, je vous jure. À mi-chemin de la salle de bains voilà que j'ai commencé à prétendre que j'avais une balle dans le ventre.

bathroom to get a good shot of bourbon or something to steady my nerves and help me *really* go into action. I pictured myself coming out of the goddam bathroom, dressed and all, with my automatic in my pocket, and staggering around a little bit. Then I'd walk downstairs, instead of using the elevator. I'd hold onto the banister and all, with this blood trickling out of the side of my mouth a little at a time. What I'd do, I'd walk down a few floors – holding onto my guts, blood leaking all over the place – and then I'd ring the elevator bell. As soon as old Maurice opened the doors, he'd see me with the automatic in my hand and he'd start screaming at me, in this very high-pitched, yellow-belly voice, to leave him alone. But I'd plug him anyway. Six shots right through his fat hairy belly. Then I'd throw my automatic down the elevator shaft – after I'd wiped off all the finger prints and all. Then I'd crawl back to my room and call up Jane and have her come over and bandage up my guts. I pictured her holding a cigarette for me to smoke while I was bleeding and all.

The goddam movies. They can ruin you. I'm not kidding.

I stayed in the bathroom for about an hour, taking a bath and all. Then I got back in bed. It took me quite a while to get to sleep – I wasn't even tired – but finally I did. What I really felt like, though, was committing suicide. I felt like jumping out the window. I probably would've done it, too, if I'd been sure somebody'd cover me up as soon as I landed. I didn't want a bunch of stupid rubbernecks looking at me when I was all gory.

Le gars Maurice m'avait flingué. Maintenant je ramais vers la salle de bains où j'allais me taper un grand coup de whisky pour me calmer les nerfs et me donner l'énergie d'agir pour de bon. Je me voyais sortant de la foutue salle de bains tout habillé, mon revolver dans la poche, encore faiblard sur mes guibolles. Je descendrais par l'escalier au lieu de prendre l'ascenseur, je me cramponnerais à la rampe et tout, avec un filet de sang qui coulerait du coin de ma bouche. Ce que je ferais, je descendrais quelques étages – en me tenant les entrailles, le sang dégoulinant de partout – et là j'appuierais sur le bouton pour appeler l'ascenseur. Dès qu'il ouvrirait la porte, le gars Maurice me verrait le revolver à la main et il se mettrait à hurler de cette voix aiguë du mec qu'a la frousse, pour que je lui laisse la vie sauve. Mais je lui ferais la peau. Six balles en plein dans son gros bide poilu. Puis je jetterais le revolver dans la cage de l'ascenseur – après avoir essuyé mes empreintes et tout. Enfin je me traînerais jusqu'à ma piaule et je bigophonerais à Jane pour qu'elle vienne me panser les tripes. Je la voyais me glissant une cigarette entre les lèvres pour que je fume tandis que le sang arrêterait pas de couler.

Le cinoche. Ça vous démolit. Sans blague.

Je suis resté une heure environ dans la salle de bains à faire trempette. Puis je suis retourné me coucher. J'ai mis pas mal de temps à m'endormir. J'étais même pas fatigué. Mais finalement, le sommeil est venu. Ce qui m'aurait plutôt tenté c'était de me suicider. En sautant par la fenêtre. Je l'aurais probablement fait si j'avais été sûr que quelqu'un prendrait la peine de me recouvrir aussitôt que j'aurais touché terre. J'avais pas envie d'être entouré par une troupe de badauds stupides qui resteraient plantés à me reluquer quand moi je baignerais dans mon sang.

15

I didn't sleep too long, because I think it was only around ten o'clock when I woke up. I felt pretty hungry as soon as I had a cigarette. The last time I'd eaten was those two hamburgers I had with Brossard and Ackley when we went in to Agerstown to the movies. That was a long time ago. It seemed like fifty years ago. The phone was right next to me, and I started to call down and have them send up some breakfast, but I was sort of afraid they might send it up with old Maurice. If you think I was dying to see him again, you're crazy. So I just laid around in bed for a while and smoked another cigarette. I thought of giving old Jane a buzz, to see if she was home yet and all, but I wasn't in the mood.

What I did do, I gave old Sally Hayes a buzz. She went to Mary A. Woodruff, and I knew she was home because I'd had this letter from her a couple of weeks ago. I wasn't too crazy about her, but I'd known her for years. I used to think she was quite intelligent, in my stupidity. The reason I did was because she knew quite a lot about the theater and plays and literature and all that stuff. If somebody knows quite a lot about those things, it takes you quite a while to find out whether they're really stupid or not. It took me *years* to find it out, in old Sally's case. I think I'd have found it out a lot sooner if we hadn't

Chapitre 15

J'ai pas dormi trop longtemps, car lorsque je me suis réveillé je crois bien qu'il était seulement vers les dix heures. Aussitôt après avoir fumé une clope j'ai senti que j'avais plutôt faim. J'avais rien mangé depuis les deux hamburgers à Agerstown, avec Brossard et Ackley, quand on avait voulu aller au ciné. Ça faisait une paye. Dans les cinquante ans à ce qu'il me semblait. J'avais le téléphone à portée de la main et je l'ai décroché pour demander qu'on me monte le petit déjeuner mais brusquement j'ai pensé que c'était peut-être Maurice qui le servait. Faudrait être cinglé pour croire que je mourais d'envie de le revoir. Aussi je suis resté au lit encore un moment et j'ai fumé une autre cigarette. J'ai été tenté de donner un coup de fil à Jane pour voir si elle était rentrée chez elle et tout, mais j'avais pas vraiment le cœur à ça.

Ce que j'ai fait, j'ai appelé Sally Hayes. Elle va à Mary A. Woodruff et je savais qu'elle était à New York puisqu'elle m'avait écrit, il y avait quinze jours. Sally, elle me plaisait pas tellement mais on se connaissait depuis des années. Dans ma bêtise j'avais cru d'abord qu'elle était intelligente pour la raison qu'elle savait un tas de choses sur le théâtre et les pièces et la littérature et tout. Lorsqu'une personne en sait aussi long sur tout ça, il faut du temps pour décider si au fond elle est pas quand même idiote. Pour Sally il m'a fallu des années. Je pense que je l'aurais su bien plus vite si

necked so damn much. My big trouble is, I always sort of think whoever I'm necking is a pretty intelligent person. It hasn't got a goddam thing to do with it, but I keep thinking it anyway.

Anyway, I gave her a buzz. First the maid answered. Then her father. Then she got on. "Sally?" I said.

"Yes – who is this?" she said. She was quite a little phony. I'd already told her father who it was.

"Holden Caulfield. How are ya?"

"Holden! I'm fine! How are you?"

"Swell. Listen. How are ya, anyway? I mean how's school?"

"Fine," she said. "I mean – you know."

"Swell. Well, listen. I was wondering if you were busy today. It's Sunday, but there's always one or two matinees going on Sunday. Benefits and that stuff. Would you care to go?"

"I'd love to. Grand."

Grand. If there's one word I hate, it's grand. It's so phony. For a second, I was tempted to tell her to forget about the matinee. But we chewed the fat for a while. That is, she chewed it. You couldn't get a word in edgewise. First she told me about some Harvard guy – it probably was a freshman, but she didn't say, naturally – that was rushing hell out of her. Calling her up *night and day.* Night and day – that killed me. Then she told me about some other guy, some West Point cadet, that was cutting his throat over her too. Big deal. I told her to meet me under the clock at the Biltmore at two o'clock, and not to be late, because the show probably started at two-thirty. She was always late. Then I hung up. She gave me a pain in the ass, but she was very good-looking.

After I made the date with old Sally, I got out of bed and got dressed and packed my bag. I took a look

on avait pas tant flirté. Le problème c'est que je me figure toujours que la fille avec qui je flirte est intelligente. Ça n'a foutrement rien à voir mais malgré tout c'est ce que je pense.

Bref. Je l'ai appelée. D'abord c'est la bonne qui a répondu. Ensuite le père de Sally. Enfin je l'ai eue, elle. J'ai dit, « Sally ?

— Oui – qui est-ce ? » Une question plutôt conne. J'avais déjà dit à son père qui c'était.

— Holden Caulfield. Comment tu vas ?

— Holden ! Ça va. Et toi ?

— Super. Écoute. Bon, comment ça va ? Je veux dire, le collège ? »

Elle a dit « Bien. Enfin… tu sais…

— Super. Bon, écoute. Je me demandais si tu étais libre aujourd'hui. C'est dimanche mais il y a toujours un ou deux spectacles le dimanche. Des trucs de bienfaisance. Tu veux venir ?

— *Épatant.* » S'il y a un mot que je déteste c'est celui-là. Ça fait nouille. Un instant j'ai été tenté de lui dire de laisser tomber, qu'on sortait pas. Mais on était lancés dans le bla-bla. Ou plutôt, elle était lancée. Moi je pouvais pas placer un mot. D'abord elle a parlé d'un mec d'Harvard – sûrement un bizuth mais elle s'est bien gardée de le mentionner – qu'aurait fait n'importe quoi pour elle. Qui bigophonait *jour et nuit*. Jour et nuit – ça m'a tué. Puis elle a encore parlé d'un autre mec, un cadet de West Point qui lui courait après aussi. Youpee. Je lui ai donné rendez-vous sous l'horloge du Biltmore, à deux heures, et je lui ai dit de pas être en retard bicause la séance commençait sûrement à deux heures trente. Elle était toujours en retard. Et j'ai raccroché. Sally, elle m'énervait, mais physiquement elle était drôlement bien.

Après, je me suis levé et habillé et j'ai refait mes bagages. Avant de quitter la chambre j'ai quand même jeté un coup

out the window before I left the room, though, to see how all the perverts were doing, but they all had their shades down. They were the heighth of modesty in the morning. Then I went down in the elevator and checked out. I didn't see old Maurice around anywhere. I didn't break my neck looking for him, naturally, the bastard.

I got a cab outside the hotel, but I didn't have the faintest damn idea where I was going. I had no place to go. It was only Sunday, and I couldn't go home till Wednesday – or Tuesday the *soon*est. And I certainly didn't feel like going to another hotel and getting my brains beat out. So what I did, I told the driver to take me to Grand Central Station. It was right near the Biltmore, where I was meeting Sally later, and I figured what I'd do, I'd check my bags in one of those strong boxes that they give you a key to, then get some breakfast. I was sort of hungry. While I was in the cab, I took out my wallet and sort of counted my money. I don't remember exactly what I had left, but it was no fortune or anything. I'd spent a king's ransom in about two lousy weeks. I really had. I'm a goddam spendthrift at heart. What I don't spend, I lose. Half the time I sort of even forget to pick up my change, at restaurants and night clubs and all. It drives my parents crazy. You can't blame them. My father's quite wealthy, though. I don't know how much he makes – he's never discussed that stuff with me – but I imagine quite a lot. He's a corporation lawyer. Those boys really haul it in. Another reason I know he's quite well off, he's always investing money in shows on Broadway. They always flop, though, and it drives my mother crazy when he does it. She hasn't felt too healthy since my brother Allie died. She's very nervous. That's another reason why I hated like hell for her to know I got the ax again.

d'œil par la fenêtre pour voir ce que fabriquaient tous ces pervers mais les stores étaient baissés. Le matin ça jouait les pudiques. Puis je suis descendu par l'ascenseur et j'ai réglé ma note. J'ai pas vu le gars Maurice. Évidemment, je me suis pas trop cassé à le chercher, ce fumier.

J'ai pris un taxi devant l'hôtel mais j'avais pas la moindre idée de l'endroit où aller. J'avais nulle part où aller. C'était seulement dimanche et je pouvais pas rentrer à la maison avant le mercredi – ou au plus tôt le mardi. Et je m'en ressentais guère de chercher un autre hôtel pour m'y faire encore massacrer. Aussi ce que j'ai fait, j'ai dit au chauffeur de m'emmener à Grand Central Station. C'est tout près du Biltmore où j'avais donné rendez-vous à Sally et je me suis dit que je déposerais mes bagages à la consigne automatique, puis que j'irais prendre mon petit déjeuner. J'avais plutôt faim. Dans le taxi j'ai sorti mon portefeuille et j'ai compté mon argent. Je me rappelle plus exactement ce qui me restait mais c'était pas la gloire ni rien. Ces foutues deux dernières semaines j'avais dépensé une fortune. Sans rire. Je suis drôlement panier percé de nature. Ce que je dépense pas, je le perds. La moitié du temps j'oublie même de ramasser ma monnaie, au restaurant et dans les boîtes de nuit et tout. Mes parents, ça les rend dingues. On peut pas leur en vouloir. Remarquez, mon père a du fric. Je sais pas combien il se fait – il discute jamais ce genre de choses avec moi – mais un bon paquet, j'imagine. Il est conseiller juridique. Ces gars-là ils s'en mettent plein les poches. Une autre raison que j'ai de me dire qu'il a du fric, c'est qu'il en investit dans des spectacles à Broadway. Ce sont toujours des fours, et ma mère ça la rend dingue. Elle est pas très costaud depuis que mon frère Allie est mort. Elle est toujours pas mal nerveuse. Voilà aussi pourquoi ça m'embêtait tellement qu'elle apprenne qu'on m'avait encore foutu dehors.

After I put my bags in one of those strong boxes at the station, I went into this little sandwich bar and had breakfast. I had quite a large breakfast, for me – orange juice, bacon and eggs, toast and coffee. Usually I just drink some orange juice. I'm a very light eater. I really am. That's why I'm so damn skinny. I was supposed to be on this diet where you eat a lot of starches and crap, to gain weight and all, but I didn't ever do it. When I'm out somewhere, I generally just eat a Swiss cheese sandwich and a malted milk. It isn't much, but you get quite a lot of vitamins in the malted milk. H. V. Caulfield. Holden Vitamin Caulfield.

While I was eating my eggs, these two nuns with suitcases and all – I guessed they were moving to another convent or something and were waiting for a train – came in and sat down next to me at the counter. They didn't seem to know what the hell to do with their suitcases, so I gave them a hand. They were these very inexpensive-looking suitcases – the ones that aren't genuine leather or anything. It isn't important, I know, but I hate it when somebody has cheap suitcases. It sounds terrible to say it, but I can even get to hate somebody, just *looking* at them, if they have cheap suitcases with them. Something happened once. For a while when I was at Elkton Hills, I roomed with this boy, Dick Slagle, that had these very inexpensive suitcases. He used to keep them under the bed, instead of on the rack, so that nobody'd see them standing next to mine. It depressed holy hell out of me, and I kept wanting to throw mine out or something, or even *trade* with him. Mine came from Mark Cross, and they were genuine cowhide and all that crap, and I guess they cost quite a pretty penny. But it was a funny thing. Here's what happened. What

Quand mes valises ont été enfermées dans un casier de la consigne de la gare, je suis allé au buffet et j'ai commandé un petit déjeuner. Pour moi c'était un énorme petit déjeuner – du jus d'orange, des œufs au bacon, des toasts et du café. D'habitude, je bois seulement un peu de jus d'orange. Je suis pas un gros mangeur. Vraiment pas. C'est pourquoi je suis tellement maigre. On m'a mis à ce régime où on ingurgite plein de féculents et de cochonneries pour gagner du poids et tout, mais je l'ai même pas suivi. Quand je sors, généralement je mange un sandwich au fromage et je bois un verre de lait malté. C'est pas beaucoup, mais dans le lait malté y a plein de vitamines. H.V. Caulfield. Holden Vitamine Caulfield.

Tandis que je mangeais mes œufs, deux religieuses sont entrées avec leurs bagages et tout – j'imaginais qu'elles attendaient le train pour changer de couvent ou quoi – et elles se sont assises au comptoir à côté de moi. Elles avaient l'air de pas savoir quoi faire de leurs bagages, aussi je leur ai donné un coup de main. C'était ce genre de valises bon marché, qui sont pas en vrai cuir ni rien. Je sais que ça n'a aucune importance mais pourtant j'aime pas lorsque quelqu'un a des valises camelotes. C'est terrible à dire, mais je peux même détester quelqu'un rien qu'à regarder ses valises, si elles sont trop camelotes. Une fois, il m'est arrivé un drôle de truc. Quand j'étais à Elkton Hills, au début j'ai créché avec un gars, Dick Slage, qu'avait des valises vraiment purées. Au lieu de les poser sur l'étagère il les laissait sous le lit pour que personne les voie à côté des miennes. Ça me déprimait à mort et j'avais envie de foutre les miennes en l'air ou même de les échanger avec les siennes. Les miennes venaient de chez Mark Cross et elles étaient garanties en cuir de vache véritable et tout et je suppose qu'elles avaient coûté un joli paquet. Mais curieusement, voilà ce qui s'est passé. Ce que

I did, I finally put *my* suitcases under *my* bed, instead of on the rack, so that old Slagle wouldn't get a goddam inferiority complex about it. But here's what he did. The day after I put mine under my bed, he took them out and put them back on the rack. The reason he did it, it took me a while to find out, was because he wanted people to think my bags were his. He really did. He was a very funny guy, that way. He was always saying snotty things about them, my suitcases, for instance. He kept saying they were too new and bourgeois. That was his favorite goddam word. He read it somewhere or heard it somewhere. Everything I had was bourgeois as hell. Even my fountain pen was bourgeois. He borrowed it off me all the time, but it was bourgeois anyway. We only roomed together about two months. Then we both asked to be moved. And the funny thing was, I sort of missed him after we moved, because he had a helluva good sense of humor and we had a lot of fun sometimes. I wouldn't be surprised if he missed me, too. At first he only used to be kidding when he called my stuff bourgeois, and I didn't give a damn – it *was* sort of funny, in fact. Then, after a while, you could tell he wasn't kidding any more. The thing is, it's really hard to be roommates with people if your suitcases are much better than theirs – if yours are really *good* ones and theirs aren't. You think if they're intelligent and all, the other person, and have a good sense of humor, that they don't give a damn whose suitcases are better, but they do. They really do. It's one of the reasons why I roomed with a stupid bastard like Stradlater. At least his suitcases were as good as mine.

Anyway, these two nuns were sitting next to me, and we sort of struck up a conversation. The one right

j'ai fait, j'ai fini par mettre *ma* valise sous *mon* lit au lieu de la mettre sur l'étagère parce que, comme ça, le gars Stragle aurait plus son foutu complexe d'infériorité. Alors voilà ce qu'il a fait, lui. Le lendemain, il a ressorti ma valise de sous le lit et il l'a replacée sur l'étagère. J'ai mis un petit moment pour comprendre. Il voulait que les gens se figurent que ma valise c'était à lui. Tout simplement. Pour ça il était bizarre. Par exemple il me lançait toujours des plaisanteries désagréables au sujet de mes valises. Il arrêtait pas de déclarer qu'elles étaient trop neuves, ça faisait *bourgeois*. C'était son mot favori. Il l'avait lu quelque part ou entendu quelque part. Tout ce que je possédais était vachement *bourgeois*. Même mon stylo était *bourgeois*. Fallait toujours qu'il me l'emprunte mais ça restait quand même un stylo *bourgeois*. On a été ensemble seulement deux mois. Ensuite, l'un et l'autre, on a demandé à changer. Le plus drôle c'est qu'après il m'a plutôt manqué, parce qu'il avait un foutu sens de l'humour et quelquefois on se payait du bon temps. Ça me surprendrait pas tellement que je lui aie manqué aussi. D'abord, c'était seulement histoire de blaguer qu'il disait que mes affaires faisaient trop *bourgeois*, ça me gênait pas et même ça m'aurait plutôt amusé. Mais peu à peu ça a cessé d'être une blague. Au fond, c'est vraiment difficile de partager une chambre avec quelqu'un si vos valises sont nettement mieux que les siennes – quand elles sont de premier choix et pas les siennes. On pourrait se dire que si l'autre est intelligent et tout et qu'il a le sens de l'humour, il devrait s'en foutre de pas avoir les meilleures valises. Mais voilà, il s'en fout pas. Pas du tout. C'est une des raisons pourquoi j'ai fini par loger avec un crétin comme Stradlater. Au moins il avait rien à m'envier, question valises.

Bon. Les deux religieuses étaient assises à côté de moi et on a comme qui dirait engagé la conversation. Celle qui

next to me had one of those straw baskets that you see nuns and Salvation Army babes collecting dough with around Christmas time. You see them standing on corners, especially on Fifth Avenue, in front of the big department stores and all. Anyway, the one next to me dropped hers on the floor and I reached down and picked it up for her. I asked her if she was out collecting money for charity and all. She said no. She said she couldn't get it in her suitcase when she was packing it and she was just carrying it. She had a pretty nice smile when she looked at you. She had a big nose, and she had on those glasses with sort of iron rims that aren't too attractive, but she had a helluva kind face. "I thought if you were taking up a collection," I told her, "I could make a small contribution. You could keep the money for when you do take up a collection."

"Oh, how very kind of you," she said, and the other one, her friend, looked over at me. The other one was reading a little black book while she drank her coffee. It looked like a Bible, but it was too skinny. It was a Bible-type book, though. All the two of them were eating for breakfast was toast and coffee. That depressed me. I hate it if I'm eating bacon and eggs or something and somebody else is only eating toast and coffee.

They let me give them ten bucks as a contribution. They kept asking me if I was sure I could afford it and all. I told them I had quite a bit of money with me, but they didn't seem to believe me. They took it, though, finally. The both of them kept thanking me so much it was embarrassing. I swung the conversation around to general topics and asked them where they were going. They said they were schoolteachers and that they'd just come from Chicago and that they were going to start teaching at some convent on 168th Street or 186th Street or one of those

était la plus proche avait un de ces paniers dont se servent les religieuses et les nanas de l'Armée du Salut pour quêter, à Noël. On les voit au coin des rues, spécialement dans la Cinquième Avenue, devant les grands magasins et tout. Bref, celle qui était près de moi a laissé tomber le sien par terre et je me suis baissé pour le ramasser. Je lui ai demandé si elle faisait la quête pour une œuvre charitable. Elle a dit non. Elle a dit qu'elle avait pas réussi à mettre le panier dans la valise, alors elle le portait à la main, c'était tout. Quand elle vous regardait, elle souriait gentiment. Elle avait un grand nez et dessus des lunettes avec une monture métallique ce qui est pas très joli, mais son visage était vraiment agréable. Je lui ai dit « Je pensais que si vous faisiez la quête je pourrais vous remettre ma petite contribution. Vous garderiez l'argent pour le jour où vous feriez vraiment la quête ».

Elle a dit « Oh, vous êtes trop aimable ». Et l'autre, son amie, a levé la tête. L'autre, tout en buvant son café, lisait un petit livre noir qui ressemblait à la Bible mais en bien plus mince. Pourtant c'était un livre du même genre que la Bible. Toutes les deux, elles déjeunaient de toasts et de café. Ça me déprimait. Je déteste manger des œufs et du bacon ou quoi que ce soit à côté de quelqu'un qui prend seulement du café et des toasts.

Elles m'ont laissé leur donner dix dollars pour leurs œuvres. Elles arrêtaient pas de me demander si j'étais sûr que je pouvais me le permettre et tout. Je leur ai dit que j'avais pas mal d'argent mais elles voulaient pas me croire. Finalement, elles ont pris mon billet. Et elles m'ont tellement remercié que ça devenait embarrassant. J'ai détourné la conversation vers des sujets d'ordre général et je leur ai demandé où elles allaient. Elles m'ont dit qu'elles étaient professeurs et qu'elles venaient de Chicago pour enseigner dans un couvent de la 178e Rue ou peut-être la 182e Rue, une

streets way the hell uptown. The one next to me, with the iron glasses, said she taught English and her friend taught history and American government. Then I started wondering like a bastard what the one sitting next to me, that taught English, thought about, being a nun and all, when she read certain books for English. Books not necessarily with a lot of sexy stuff in them, but books with lovers and all in them. Take old Eustacia Vye, in *The Return of the Native* by Thomas Hardy. She wasn't too sexy or anything, but even so you can't help wondering what a nun may be thinks about when she reads about old Eustacia. I didn't say anything, though, naturally. All I said was English was my best subject.

"Oh, really? Oh, I'm so glad!" the one with the glasses, that taught English, said. "What have you read this year? I'd be very interested to know." She was really nice.

"Well, most of the time we were on the Anglo-Saxons. Beowulf, and old Grendel, and Lord Randal My Son, and all those things. But we had to read outside books for extra credit once in a while. I read *The Return of the Native* by Thomas Hardy, and *Romeo and Juliet* and *Julius* –"

"Oh, *Romeo and Juliet*! Lovely! Didn't you just love it?" She certainly didn't sound much like a nun.

"Yes. I did. I liked it a lot. There were a few things I didn't like about it, but it was quite moving, on the whole."

"What didn't you like about it? Can you remember?"

To tell you the truth, it was sort of embarrassing, in a way, to be talking about *Romeo and Juliet* with her. I mean that play gets pretty sexy in some parts, and

de ces rues loin là-bas dans les quartiers chics. Celle qui était près de moi, avec les lunettes à monture métallique, m'a dit qu'elle enseignait la littérature et que sa compagne était prof d'histoire et d'instruction civique. Puis je me suis mis à me demander vraiment ce que pouvait bien penser – étant une religieuse et tout – celle qui était assise près de moi et qui enseignait la littérature, quand elle lisait certains livres au programme. Des livres où on parlait pas nécessairement de plein de choses sexuelles mais des livres avec des amants et tout. Prenez l'Eustacia Vye, dans *Le Retour au pays natal* de Thomas Hardy. Elle était pas tellement sexy ni rien mais quand même on se demande ce qu'une bonne sœur qui lit le bouquin peut bien en penser. Évidemment j'ai pas posé la question. Tout ce que j'ai dit c'est que la littérature était ma matière favorite.

« Oh, vraiment ? Oh, j'en suis ravie » a dit celle qui enseignait la littérature. « Qu'avez-vous lu cette année ? Ça m'intéresserait de le savoir. » Elle était vraiment sympa.

« Eh bien, la plupart du temps on faisait les Anglo-Saxons. Beowulf et Grendel et Lord Randal My Son et tout ça. Mais quelquefois on devait lire en option des livres supplémentaires. J'ai lu *Le Retour au pays natal* de Thomas Hardy, et *Roméo et Juliette* et *Jules Cés…*

— Oh, *Roméo et Juliette* ! Très bien. Vous avez aimé, je suppose ? » On aurait pas vraiment cru que c'était une religieuse qui parlait.

« Oui. Oui, j'ai beaucoup aimé. Il y avait quelques petites choses que j'aimais pas. Mais dans l'ensemble c'est très émouvant.

— Qu'est-ce que vous n'aimiez pas ? Vous en souvenez-vous ? »

Franchement, c'était gênant en un sens de parler de *Roméo et Juliette* avec elle. Parce qu'il y a du sexe ici et là

she was a nun and all, but she *asked* me, so I discussed it with her for a while. "Well, I'm not too crazy about Romeo and Juliet," I said. "I mean I like them, but – I don't know. They get pretty annoying sometimes. I mean I felt much sorrier when old Mercutio got killed than when Romeo and Juliet did. The thing is, I never liked Romeo too much after Mercutio gets stabbed by that other man – Juliet's cousin – what's his name?"

"Tybalt."

"That's right. Tybalt," I said – I always forget that guy's name. "It was Romeo's fault. I mean I liked him the best in the play, old Mercutio. I don't know. All those Montagues and Capulets, they're all right – especially Juliet – but Mercutio, he was – it's hard to explain. He was very smart and entertaining and all. The thing is, it drives me crazy if somebody gets killed – especially somebody very smart and entertaining and all – and it's somebody else's fault. Romeo and Juliet, at least it was their own fault."

"What school do you go to?" she asked me. She probably wanted to get off the subject of Romeo and Juliet.

I told her Pencey, and she'd heard of it. She said it was a very good school. I let it pass, though. Then the other one, the one that taught history and government, said they'd better be running along. I took their check off them, but they wouldn't let me pay it. The one with the glasses made me give it back to her.

"You've been more than generous," she said. "You're a very sweet boy." She certainly was nice. She reminded me a little bit of old Ernest Morrow's mother, the one I met on the train. When she smiled, mostly. "We've enjoyed talking to you *so* much," she said.

dans la pièce et elle c'était une religieuse et tout. Mais elle me demandait, alors j'ai discuté un peu avec elle. « Ben, Roméo moi je l'adore pas, et Juliette pas tellement non plus. Non, je les adore pas. Je veux dire… je les aime bien mais… Par moments, ils sont pas mal énervants. En somme, la mort de Mercutio, j'ai trouvé ça beaucoup plus triste que celle de Roméo et Juliette. En fait, j'aimais plus tellement Roméo après que Mercutio a été poignardé par cet autre type – le cousin de Juliette – c'est quoi son nom ?

— Tybalt.

— Ah oui, Tybalt. Le nom de celui-là, je l'oublie toujours. C'était la faute de Roméo. Moi, celui que j'aime le mieux, dans la pièce, c'est Mercutio. Tous ces Montaigu et Capulet ils sont pas mal – spécialement Juliette – mais Mercutio il était… c'est dur à expliquer. Il était très intelligent et amusant et tout. Ça me rend dingue si quelqu'un se fait tuer – spécialement quelqu'un de très intelligent et amusant et tout – et que c'est la faute de quelqu'un d'autre. Roméo et Juliette, au moins, c'était leur faute à eux. »

La religieuse m'a demandé « Dans quelle école êtes-vous ? » Elle voulait probablement qu'on en finisse avec Roméo et Juliette.

Je lui ai dit à Pencey, et elle en avait entendu parler. Elle a dit que c'était une très bonne école. J'ai laissé passer. Puis l'autre, celle qui enseignait l'histoire, elle a dit qu'il fallait qu'elles se sauvent. J'ai pris la note pour leur déjeuner, mais elles ont pas voulu me laisser payer. Celle avec les lunettes m'a obligé à lui rendre le papier.

Elle a dit : « Vous avez été plus que généreux. Vous êtes un très gentil garçon. » Elle était vraiment sympa. Elle me rappelait un peu la mère du gars Ernest Morrow, que j'avais rencontrée dans le train. Principalement quand elle souriait. Elle a dit : « Nous avons été si heureuses de bavarder avec vous. »

I said I'd enjoyed talking to them a lot, too. I meant it, too. I'd have enjoyed it even more though, I think, if I hadn't been sort of afraid, the whole time I was talking to them, that they'd all of a sudden try to find out if I was a Catholic. Catholics are always trying to find out if you're a Catholic. It happens to me a lot, I know, partly because my last name is Irish, and most people of Irish descent are Catholics. As a matter of fact, my father *was* a Catholic once. He quit, though, when he married my mother. But Catholics are always trying to find out if you're a Catholic even if they don't know your last name. I knew this one Catholic boy, Louis Shaney, when I was at the Whooton School. He was the first boy I ever met there. He and I were sitting in the first two chairs outside the goddam infirmary, the day school opened, waiting for our physicals, and we sort of struck up this conversation about tennis. He was quite interested in tennis, and so was I. He told me he went to the Nationals at Forest Hills every summer, and I told him I did too, and then we talked about certain hot-shot tennis players for quite a while. He knew quite a lot about tennis, for a kid his age. He really did. Then, after a while, right in the middle of the goddam conversation, he asked me, "Did you happen to notice where the Catholic church is in town, by any chance?" The thing was, you could tell by the way he asked me that he was trying to find out if I was a Catholic. He really was. Not that he was prejudiced or anything, but he just wanted to know. He was enjoying the conversation about tennis and all, but you could tell he would've enjoyed it *more* if I was a Catholic and all. That kind of stuff drives me crazy. I'm not saying it ruined our conversation or anything – it didn't – but it sure as hell didn't do it any good. That's why I was glad those two runs didn't ask me if I was a Catholic. It wouldn't have *spoiled* the conversation if they

J'ai dit que moi aussi j'avais été heureux de bavarder avec elles. Et c'était la vérité. Je crois que j'aurais été encore plus heureux si j'avais pas eu peur, tout le temps où on parlait, qu'elles essaient subitement de savoir si j'étais catholique. Les catholiques essaient toujours de savoir si vous êtes catholique. À moi ça m'arrive surtout parce que mon nom de famille est irlandais et que la plupart des gens d'origine irlandaise sont catholiques. En fait, mon père était catholique. Il a renoncé quand il a épousé ma mère. Mais les catholiques essaient toujours de savoir si vous êtes catholique, même quand ils ignorent votre nom de famille. Lorsque j'étais à Whooton j'ai connu un gars, Louis Gorman, qui était catholique. Le premier gars que j'ai connu là-bas. Lui et moi, le jour de la rentrée, on était assis sur deux chaises voisines, dans le couloir de l'infirmerie, attendant de passer la visite médicale, et on s'est mis à parler tennis. Il était très intéressé par le tennis et moi aussi. Il m'a dit qu'il allait chaque été aux championnats nationaux, à Forest Hills ; je lui ai dit que moi aussi, et ensuite pendant un bon moment on a discuté des grands cracks du tennis. Il en connaissait un fichu rayon sur le tennis, pour un gars de son âge. Sans blague. Puis, subitement, en plein milieu de la conversation, il m'a demandé : « Tu ne saurais pas par hasard où se trouve l'église catholique ? » Et à la façon dont il le demandait, c'était sûr qu'il essayait de savoir si j'étais catholique. Pas moyen de s'y tromper. Non qu'il ait eu des préjugés, mais il voulait savoir. Il était content de parler tennis et tout, mais ça se voyait qu'il aurait été encore *plus* content si j'avais été catholique et tout. Ces trucs-là, ça me rend dingue. Je dirais pas que ça a gâché toute notre convers' – pas vraiment – mais ça lui a quand même pas fait du bien. Voilà pourquoi j'étais content que les deux religieuses me demandent pas si j'étais catholique. Probable que la conversation aurait pas été complètement

had, but it would've been different, probably. I'm not saying I *blame* Catholics. I don't. I'd be the same way, probably, if I was a Catholic. It's just like those suitcases I was telling you about, in a way. All I'm saying is that it's no good for a nice conversation. That's all I'm saying.

When they got up to go, the two nuns, I did something very stupid and embarrassing. I was smoking a cigarette, and when I stood up to say good-by to them, by mistake I blew some smoke in their face. I didn't mean to, but I did it. I apologized like a madman, and they were very polite and nice about it, but it was very embarrassing anyway.

After they left, I started getting sorry that I'd only given them ten bucks for their collection. But the thing was, I'd made that date to go to a matinee with old Sally Hayes, and I needed to keep some dough for the tickets and stuff. I was sorry anyway, though. Goddam money. It always ends up making you blue as hell.

gâchée mais ça aurait pas été pareil. Je reproche rien aux catholiques. Certainement pas. Je m'y prendrais sans doute de la même façon si moi j'étais catholique. En un sens, c'est juste comme mon histoire de valises. Tout ce que je dis c'est qu'une convers' sympa, ça l'esquinterait plutôt. Voilà tout ce que je dis.

Quand les deux religieuses se sont levées pour partir, j'ai fait quelque chose de très stupide et très gênant. Je fumais une cigarette et en me levant à mon tour pour leur dire au revoir je leur ai soufflé par mégarde de la fumée à la figure. C'était vraiment pas exprès, mais quand même. Je leur ai présenté mille excuses et elles ont été très polies et compréhensives et tout. Mais quand même, c'était gênant.

Après leur départ, j'ai regretté de leur avoir donné que dix dollars pour la quête. Mais j'avais pris ce rendez-vous avec Sally Hayes pour aller au théâtre et fallait bien que je garde un peu de fric pour les billets et tout. Ça m'empêchait pas de regretter. Saleté de pognon. Qui finit toujours par vous flanquer le cafard.

16

After I had my breakfast, it was only around noon, and I wasn't meeting old Sally till two o'clock, so I started taking this long walk. I couldn't stop thinking about those two nuns. I kept thinking about that beat-up old straw basket they went around collecting money with when they weren't teaching school. I kept trying to picture my mother or somebody, or my aunt, or Sally Hayes's crazy mother, standing outside some department store and collecting dough for poor people in a beat-up old straw basket. It was hard to picture. Not so much my mother, but those other two. My aunt's pretty charitable – she does a lot of Red Cross work and all – but she's very well-dressed and all, and when she does anything charitable she's always very well-dressed and has lipstick on and all that crap. I couldn't picture her doing anything for charity if she had to wear black clothes and no lipstick while she was doing it. And old Sally Hayes's mother. Jesus Christ. The only way *she* could go around with a basket collecting dough would be if everybody kissed her ass for her when they made a contribution. If they just dropped their dough in her basket, then walked away without saying anything to her, ignoring her and all, she'd quit in about an hour. She'd get bored. She'd hand in her basket and then go someplace swanky for lunch. That's what I liked about those nuns. You could tell, for one thing, that

Chapitre 16

Quand j'ai eu fini mon petit déjeuner il était guère plus de midi et je devais retrouver la môme Sally qu'à deux heures, aussi je suis parti en balade. J'arrêtais pas de penser aux deux bonnes sœurs. J'arrêtais pas de penser à ce vieux panier esquinté qui leur servait pour la quête quand elles étaient pas occupées à faire la classe. J'essayais de me représenter ma mère ou quelqu'un d'autre, ma tante, ou la mère plutôt barjot de Sally Hayes quêtant pour les pauvres à l'entrée d'un grand magasin en récoltant le fric dans un vieux panier esquinté. C'était difficile à imaginer. Pas tellement ma mère, mais les deux autres. Ma tante est pas mal charitable, elle se remue beaucoup pour la Croix-Rouge et tout, mais elle est très bien sapée avec du rouge à lèvres et autres cochonneries. J'ai peine à me la figurer prenant part à une œuvre de bienfaisance s'il fallait pour ça qu'elle porte des vêtements noirs et pas de rouge à lèvres. Et la mère de Sally, bordel. Celle-là, pour qu'elle fasse la quête avec un panier à la main, faudrait qu'elle soit fichûment sûre que les gens en lui donnant leur obole seront babas d'admiration. S'ils se contentaient de laisser tomber leur fric dans le panier et puis s'en allaient sans rien lui dire, en l'ignorant et tout, elle en aurait très vite marre, elle resterait pas plus d'une heure, elle rendrait son panier et elle s'en irait déjeuner dans un endroit chic. C'est ce qui me plaisait avec ces religieuses. On pouvait dire immédiatement qu'elles

they never went anywhere swanky for lunch. It made me so damn sad when I thought about it, their never going anywhere swanky for lunch or anything. I knew it wasn't too important, but it made me sad anyway.

I started walking over toward Broadway, just for the hell of it, because I hadn't been over there in years. Besides, I wanted to find a record store that was open on Sunday. There was this record I wanted to get for Phoebe, called "Little Shirley Beans." It was a very hard record to get. It was about a little kid that wouldn't go out of the house because two of her front teeth were out and she was ashamed to. I heard it at Pencey. A boy that lived on the next floor had it, and I tried to buy it off him because I knew it would knock old Phoebe out, but he wouldn't sell it. It was a very old, terrific record that this colored girl singer, Estelle Fletcher, made about twenty years ago. She sings it very Dixieland and whorehouse, and it doesn't sound at all mushy. If a white girl was singing it, she'd make it sound *cute* as hell, but old Estelle Fletcher knew what the hell she was doing, and it was one of the best records I ever heard. I figured I'd buy it in some store that was open on Sunday and then I'd take it up to the park with me. It was Sunday and Phoebe goes roller-skating in the park on Sundays quite frequently. I knew where she hung out mostly.

It wasn't as cold as it was the day before, but the sun still wasn't out, and it wasn't too nice for walking. But there was one nice thing. This family that you could tell just came out of some church were walking right in front of me – a father, a mother, and a little kid about six years old. They looked sort of poor. The father had on one of those pearl-gray hats that poor guys wear a lot when they want to look sharp. He and his wife were just walking along, talking, not paying any attention

allaient jamais déjeuner dans un endroit chic. Mais aussi ça me rendait vachement triste, la pensée qu'elles allaient jamais déjeuner dans un endroit chic. Je savais que c'était pas trop important, et quand même ça me rendait triste.

Je me suis mis à marcher vers Broadway, comme ça, parce que ça faisait des années que j'étais pas allé par là. Et puis j'espérais trouver un magasin de disques ouvert le dimanche. Il y avait ce disque que je voulais acheter pour Phoebé, qui s'appelait *Little Shirley Beans*. C'était difficile de se le procurer. Ça parlait d'une petite gamine qui voulait pas sortir de la maison parce que ses deux dents de devant étaient tombées et elle avait honte. J'avais entendu ce disque à Pencey. Un garçon d'un autre étage le faisait souvent passer et je lui avais demandé de me le vendre parce que je savais que ça plairait à la môme Phoebé mais il a refusé. C'était un très vieux disque, un disque super que cette chanteuse noire, Estelle Fletcher, a fait il y a vingt ans environ. Elle chante ça très Dixieland et provocant, pas le moins du monde à l'eau de rose. Une blanche, elle chanterait ça tout sucré, mais la môme Estelle Fletcher, elle connaissait son boulot et c'est un des meilleurs disques que j'aie jamais entendus. Je pensais l'acheter dans un des magasins ouverts le dimanche et puis l'emporter au parc. C'était dimanche, et le dimanche Phoebé va très souvent au parc pour faire du patin à roulettes. Et je savais quels endroits elle fréquente.

Il faisait pas aussi froid que la veille mais le soleil s'était pas encore montré, un temps pas terrible pour la balade. Quand même y avait quelque chose de bien. Une famille marchait devant moi, des gens qui sortaient de l'église, c'était visible, le père, la mère et un petit gosse dans les six ans. Ils avaient l'air plutôt pauvres. Le père portait un de ces chapeaux gris perle que portent les pauvres quand ils se mettent en frais. Lui et sa femme avançaient en bavardant, sans surveiller leur

to their kid. The kid was swell. He was walking in the street, instead of on the sidewalk, but right next to the curb. He was making out like he was walking a very straight line, the way kids do, and the whole time he kept singing and humming. I got up closer so I could hear what he was singing. He was singing that song, "If a body catch a body coming through the rye." He had a pretty little voice, too. He was just singing for the hell of it, you could tell. The cars zoomed by, brakes screeched all over the place, his parents paid no attention to him, and he kept on walking next to the curb and singing "If a body catch a body coming through the rye." It made me feel better. It made me feel not so depressed any more.

Broadway was mobbed and messy. It was Sunday, and only about twelve o'clock, but it was mobbed anyway. Everybody was on their way to the movies – the Paramount or the Astor or the Strand or the Capitol or one of those crazy places. Everybody was all dressed up, because it was Sunday, and that made it worse. But the worst part was that you could tell they all *wanted* to go to the movies. I couldn't stand looking at them. I can understand somebody going to the movies because there's nothing else to do, but when somebody really *wants* to go, and even walks fast so as to get there quicker, then it depresses hell out of me. Especially if I see millions of people standing in one of those long, terrible lines, all the way down the block, waiting with this terrific patience for seats and all. Boy, I couldn't get off that goddam Broadway fast enough. I was lucky. The first record store I went into had a copy of "Little Shirley Beans." They charged me five bucks for it, because it was so hard to get, but I didn't care. Boy, it made me so happy all of a sudden. I could hardly wait to get to the park to see if old Phoebe was around so that I could give it to her.

gosse. Le gosse était impec. Au lieu de marcher sur le trottoir il se baladait dans la rue mais tout près du bord du trottoir. Il faisait comme font les gosses, comme s'il marchait sur une ligne bien droite, et tout le temps il arrêtait pas de fredonner. Je l'ai rattrapé, et j'ai entendu ce qu'il chantait. C'était ce truc "Si un cœur attrape un cœur qui vient à travers les seigles". Il avait une jolie petite voix. Il chantait comme ça, pour lui tout seul. Les voitures passaient en vrombissant, les freins grinçaient tous azimuts, ses parents faisaient pas attention et il continuait à longer le trottoir, en chantant "Si un cœur attrape un cœur qui vient à travers les seigles". Alors je me suis senti mieux. Je me suis senti beaucoup moins déprimé.

À Broadway, y avait la grande foule et la pagaille. Dimanche, et seulement midi, et quand même partout du monde. Les gens allaient au ciné – le Paramount, ou l'Astor, ou le Strand ou le Capitol, ou un autre de ces endroits dingues. Ils étaient tous sur leur trente et un, parce que c'était dimanche, et ça n'arrangeait rien. Mais le pire c'est qu'on pouvait voir que tous ils *voulaient* aller au ciné. Je pouvais pas supporter. Je peux comprendre qu'on aille au ciné quand on a rien d'autre à faire, mais quelqu'un qui *veut* y aller, et même marche à toute pompe pour y arriver plus vite, ça me démolit. Spécialement quand je vois des millions de gens qui font la queue, une queue terrible qui va jusqu'au coin de la rue suivante, et les gens qui attendent avec une patience du tonnerre de prendre leurs billets et tout. Ouah, j'aurais voulu foutre le camp de Broadway sur-le-champ. J'ai eu de la veine. Dans le premier magasin de disques où je suis entré, ils avaient un exemplaire de *Little Shirley Beans*. Ils m'ont fait payer cinq dollars vu que c'était un disque si difficile à trouver, mais je m'en moquais pas mal. Ouah, qu'est-ce que j'étais heureux. J'avais vachement hâte d'être au parc pour voir si Phoebé était là et lui remettre son cadeau.

When I came out of the record store, I passed this drugstore, and I went in. I figured maybe I'd give old Jane a buzz and see if she was home for vacation yet. So I went in a phone booth and called her up. The only trouble was, her mother answered the phone, so I had to hang up. I didn't feel like getting involved in a long conversation and all with her. I'm not crazy about talking to girls' mothers on the phone anyway. I should've at *least* asked her if Jane was home yet, though. It wouldn't have killed me. But I didn't feel like it. You really have to be in the mood for that stuff.

I still had to get those damn theater tickets, so I bought a paper and looked up to see what shows were playing. On account of it was Sunday, there were only about three shows playing. So what I did was, I went over and bought two orchestra seats for *I Know My Love*. It was a benefit performance or something. I didn't much want to see it, but I knew old Sally, the queen of the phonies, would start drooling all over the place when I told her I had tickets for that, because the Lunts were in it and all. She liked shows that are supposed to be very sophisticated and dry and all, with the Lunts and all. I don't. I don't like any shows very much, if you want to know the truth. They're not as bad as movies, but they're certainly nothing to rave about. In the first place, I hate actors. They never act like people. They just think they do. Some of the good ones do, in a very slight way, but not in a way that's fun to watch. And if any actor's really good, you can always tell he *knows* he's good, and that spoils it. You take Sir Laurence Olivier, for example. I saw him in *Hamlet*. D.B. took Phoebe and I to see it last year. He treated us to lunch first, and then he took us. He'd already seen it, and the way he talked about

En sortant du magasin de disques, je suis passé devant un drugstore et je suis entré. J'avais comme l'intention de donner un coup de bigo à la môme Jane pour savoir si elle était déjà en vacances. Donc je suis entré dans une cabine et je l'ai appelée. Par malheur, c'est sa mère qui a répondu, alors j'ai raccroché. Je m'en ressentais pas de me laisser entraîner dans un long discours et tout. J'adore pas parler au téléphone avec les mères des filles que je connais. J'aurais pu au moins lui demander si Jane était rentrée. Ça aurait pas été la mort. Mais j'avais pas envie. Faut être en forme pour faire ça.

Je devais encore me procurer ces foutues places de théâtre, aussi j'ai acheté un journal et regardé ce qui se jouait. Comme c'était dimanche il y avait seulement environ trois spectacles. Aussi ce que j'ai fait, je suis allé prendre deux places d'orchestre pour *I know my love*. C'était une séance de bienfaisance. J'avais pas tellement envie de voir ça mais je savais que la môme Sally, la reine des cruches, elle allait en faire tout un plat quand je lui dirais que j'avais des places, bicause y avait les Lunt et tout. Elle aime les spectacles qui sont censés être très sophistiqués et pleins d'humour et tout, aves les Lunt et tout. Pas moi. Si vous voulez savoir, j'aime pas beaucoup le théâtre. C'est pas aussi dégueulasse que le cinéma mais y a vraiment pas de quoi s'extasier. D'abord je déteste les acteurs. Ils agissent jamais comme des gens ordinaires. Ils *croient* qu'ils le font. Les bons le font parfois – disons, un peu – mais pas de telle façon que ce soit drôle à regarder, et si un acteur est vraiment bon, c'est tout de suite évident qu'il *sait* qu'il est bon, et ça gâche tout. Prenez par exemple Sir Laurence Olivier. Je l'ai vu dans *Hamlet*. D.B. nous a emmenés voir *Hamlet* l'année dernière, Phoebé et moi. Il nous a d'abord emmenés déjeuner au restaurant et après on est allés voir Sir Laurence Olivier dans *Hamlet*. Lui, il l'avait déjà vu, et à la façon dont il en parlait, pendant

it at lunch, I was anxious as hell to see it, too. But I didn't enjoy it much. I just don't see what's so marvelous about Sir Laurence Olivier, that's all. He has a terrific voice, and he's a helluva handsome guy, and he's very nice to watch when he's walking or dueling or something, but he wasn't at all the way D.B. said Hamlet was. He was too much like a goddam general, instead of a sad, screwed-up type guy. The best part in the whole picture was when old Ophelia's brother – the one that gets in the duel with Hamlet at the very end – was going away and his father was giving him a lot of advice. While the father kept giving him a lot of advice, old Ophelia was sort of horsing around with her brother, taking his dagger out of the holster, and teasing him and all while he was trying to look interested in the bull his father was shooting. That was nice. I got a big bang out of that. But you don't see that kind of stuff much. The only thing old Phoebe liked was when Hamlet patted this dog on the head. She thought that was funny and nice, and it was. What I'll have to do is, I'll have to read that play. The trouble with me is, I always have to read that stuff by myself. If an actor acts it out, I hardly listen. I keep worrying about whether he's going to do something phony every minute.

After I got the tickets to the Lunts' show, I took a cab up to the park. I should've taken a subway or something, because I was getting slightly low on dough, but I wanted to get off that damn Broadway as fast as I could.

It was lousy in the park. It wasn't too cold, but the sun still wasn't out, and there didn't look like there was anything in the park except dog crap and globs of spit and cigar butts from old men, and the benches all looked like they'd be wet if you sat down on them. It made you depressed,

le déjeuner, j'avais une hâte folle de le voir moi aussi. Mais ça m'a pas tellement plu. J'arrive pas à comprendre ce que Sir Laurence Olivier a de si merveilleux, c'est tout. Il a une diction du tonnerre et il est vachement beau et il est agréable à regarder quand il marche ou qu'il se bat en duel ou quoi, mais d'après ce qu'avait dit D.B. c'était pas du tout comme ça qu'il était, Hamlet. Là on aurait dit un foutu général, au lieu d'un type du genre triste et coincé. Ce qu'il y avait de mieux, c'était quand le frère d'Ophélie, celui qui à la fin se bat en duel avec Hamlet, était sur le point de s'en aller, et son père lui donnait un tas de conseils. Pendant que le père lui donnait ses conseils, la môme Ophélie chahutait avec son frère, le taquinant, s'amusant à tirer son épée du fourreau et quand même il s'efforçait d'avoir l'air intéressé par les salades de son père. Ça, c'était chouette. Ça, j'ai vraiment aimé. Mais y a pas tellement de choses dans ce genre. La seule chose que la môme Phoebé a aimée, elle, c'est quand Hamlet tapote la tête de son chien. Elle a trouvé que c'était drôle et gentil. Ça l'était. Ce qu'il faut c'est que je lise cette pièce. Voilà l'ennui, faut toujours que je lise les trucs moi-même. Un acteur sur la scène, je l'écoute à peine. J'en finis pas de me tracasser de peur que d'une minute à l'autre il fasse quelque chose qui colle pas.

Quand j'ai eu les places pour le spectacle avec les Lunt, j'ai pris un taxi pour aller au parc. J'aurais dû prendre le métro ou quoi bicause je commençais à être à court de fric mais je voulais quitter cette saleté de Broadway le plus vite possible.

Dans le parc c'était infect. Il faisait pas trop froid mais le soleil se montrait toujours pas, et on avait l'impression qu'il y avait rien dans le parc que les crottes de chien et les mollards et les mégots des vieux et que si on voulait s'asseoir tous les bancs seraient mouillés. De quoi vous foutre

and every once in a while, for no reason, you got goose flesh while you walked. It didn't seem at all like Christmas was coming soon. It didn't seem like *any*thing was coming. But I kept walking over to the Mall anyway, because that's where Phoebe usually goes when she's in the park. She likes to skate near the bandstand. It's funny. That's the same place I used to like to skate when I was a kid.

When I got there, though, I didn't see her around anywhere. There were a few kids around, skating and all, and two boys were playing Flys Up with a soft ball, but no Phoebe. I saw one kid about her age, though, sitting on a bench all by herself, tightening her skate. I thought maybe she might know Phoebe and could tell me where she was or something, so I went over and sat down next to her and asked her, "Do you know Phoebe Caulfield, by any chance?"

"Who?" she said. All she had on was jeans and about twenty sweaters. You could tell her mother made them for her, because they were lumpy as hell.

"Phoebe Caulfield. She lives on Seventy-first Street. She's in the fourth grade, over at –"

"You know Phoebe?"

"Yeah, I'm her brother. You know where she is?"

"She's in Miss Callon's class, isn't she?" the kid said.

"I don't know. Yes, I think she is."

"She's prob'ly in the museum, then. *We* went last Saturday," the kid said.

"Which museum?" I asked her.

She shrugged her shoulders, sort of. "I don't know," she said. "The museum."

"I know, but the one where the pictures are, or the one where the Indians are?"

le bourdon, et de temps en temps, en marchant, sans raison spéciale, on avait la chair de poule. On pouvait pas se figurer que Noël viendrait bientôt. On pouvait pas se figurer qu'il y aurait encore quelque chose qui viendrait. Mais j'ai continué à me diriger vers le Mall parce que c'est là qu'elle va, Phoebé, habituellement. Elle aime faire du patin près du kiosque à musique. C'est drôle. Moi aussi, quand j'étais petit, c'était ma place favorite.

Pourtant, quand je suis arrivé, je l'ai vue nulle part. Il y avait quelques gosses qui patinaient et tout, et deux garçons qui jouaient au volant, mais pas de Phoebé. J'ai vu une gamine de son âge, assise toute seule sur un banc, qui resserrait ses patins. J'ai pensé que peut-être elle connaissait Phoebé et pourrait me dire où elle était, aussi je me suis approché et puis je me suis assis près d'elle et j'ai dit : « Tu connaîtrais pas Phoebé Caulfield, par hasard ? »

Elle a dit « Qui ? » Elle était habillée avec seulement des jeans et environ vingt pull-overs. On voyait que c'était sa mère qui les lui tricotait, ses pulls, ils étaient plutôt informes.

« Phoebé Caulfield. Elle habite dans la 71e Rue. Elle est en septième, à…

— Vous la connaissez, vous ?

— Ouais, je suis son frère. Tu sais où elle est ? »

La gamine a demandé « Elle est dans la classe de Miss Callon non ?

— Euh… Je crois.

— Alors elle va probablement au musée, aujourd'hui. Nous, on y est allés samedi dernier.

J'ai demandé « Quel musée ? »

Elle a comme qui dirait haussé les épaules. Elle a dit « Je sais pas. Le *musée*.

— Oui. Mais celui où il y a les tableaux ou bien celui où il y a les Indiens ?

"The one where the Indians."

"Thanks a lot," I said. I got up and started to go, but then I suddenly remembered it was Sunday. "This is *Sun*day," I told the kid.

She looked up at me. "Oh. Then she isn't."

She was having a helluva time tightening her skate. She didn't have any gloves on or anything and her hands were all red and cold. I gave her a hand with it. Boy, I hadn't had a skate key in my hand for years. It didn't feel funny, though. You could put a skate key in my hand fifty years from now, in pitch dark, and I'd still know what it is. She thanked me and all when I had it tightened for her. She was a very nice, polite little kid. God, I love it when a kid's nice and polite when you tighten their skate for them or something. Most kids are. They really are. I asked her if she'd care to have a hot chocolate or something with me, but she said no, thank you. She said she had to meet her friend. Kids always have to meet their friend. That kills me.

Even though it was Sunday and Phoebe wouldn't be there with her class or anything, and even though it was so damp and lousy out, I walked all the way through the park over to the Museum of Natural History. I knew that was the museum the kid with the skate key meant. I knew that whole museum routine like a book. Phoebe went to the same school I went to when I was a kid, and we used to go there all the time. We had this teacher, Miss Aigletinger, that took us there damn near every Saturday. Sometimes we looked at the animals and sometimes we looked at the stuff the Indians had made in ancient times. Pottery and straw baskets and all stuff like that. I get very happy when I think about it. Even now. I remember after we looked at all the Indian stuff, usually we went to see some movie in this big auditorium. Columbus.

— Celui des Indiens. »

J'ai dit « Merci beaucoup ». Je me suis levé et déjà je m'en allais. Mais subitement je me suis souvenu que c'était dimanche. J'ai dit à la gamine « C'est *dimanche* ».

Elle a levé la tête. « Oh alors, elle y est pas. »

Elle se donnait un mal fou pour resserrer son patin. Elle avait pas de gants et ses mains étaient toutes rouges et glacées. Je l'ai aidée. Ouah, ça faisait des années que j'avais pas eu en main une clef de patins à roulettes. Et pourtant ça m'a pas semblé bizarre. Supposez que dans cinquante ans d'ici on me mette en main une clef de patins, dans le noir absolu en plus, et je saurai encore ce que c'est. Quand son patin a été arrangé elle m'a remercié et tout. C'était une gamine très gentille, très polie. Bon Dieu, j'aime quand une gamine est gentille et polie si on lui a arrangé ses patins ou quoi. La plupart des gamines le sont. Sans blague. Je lui ai demandé si elle voulait venir prendre avec moi un chocolat chaud ou quoi mais elle a dit non merci. Elle a dit que son amie l'attendait. Les gamines, elles ont toujours une amie qui les attend. Ça me tue.

C'était dimanche et donc Phoebé serait pas là avec sa classe et le temps était humide et pourri mais quand même j'ai traversé le parc jusqu'au Musée d'Histoire Naturelle. Je savais que c'était de ce musée-là qu'elle parlait, la gosse aux patins. Je connaissais par cœur la routine des visites au musée. Phoebé allait à la même école où j'allais quand j'étais petit et on se tapait tout le temps le musée. On avait ce prof, Miss Aigletinger, qui nous y emmenait presque tous les samedis. Parfois on observait les animaux et d'autres fois on regardait ce que les Indiens avaient fait dans les temps anciens. Poterie, et paniers tressés et tout ce fourbi. Quand j'y repense je suis tout content. Même à présent. Je me souviens qu'après avoir examiné les trucs des Indiens on se rendait généralement dans le grand auditorium pour voir un film. Christophe Colomb.

They were always showing Columbus discovering America, having one helluva time getting old Ferdinand and Isabella to lend him the dough to buy ships with, and then the sailors mutinying on him and all. Nobody gave too much of a damn about old Columbus, but you always had a lot of candy and gum and stuff with you, and the inside of that auditorium had such a nice smell. It always smelled like it was raining outside, even if it wasn't, and you were in the only nice, dry, cosy place in the world. I loved that damn museum. I remember you had to go through the Indian Room to get to the auditorium. It was a long, long room, and you were only supposed to whisper. The teacher would go first, then the class. You'd be two rows of kids, and you'd have a partner. Most of the time my partner was this girl named Gertrude Levine. She always wanted to hold your hand, and her hand was always sticky or sweaty or something. The floor was all stone, and if you had some marbles in your hand and you dropped them, they bounced like madmen all over the floor and made a helluva racket, and the teacher would hold up the class and go back and see what the hell was going on. She never got sore, though, Miss Aigletinger. Then you'd pass by this long, long Indian war canoe, about as long as three goddam Cadillacs in a row, with about twenty Indians in it, some of them paddling, some of them just standing around looking tough, and they all had war paint all over their faces. There was one very spooky guy in the back of the canoe, with a mask on. He was the witch doctor. He gave me the creeps, but I liked him anyway. Another thing, if you touched one of the paddles or anything while you were passing, one of the guards would say to you, "Don't touch anything, children," but he always said it in a nice voice, not like a goddam cop or anything. Then you'd pass by this big glass case, with Indians inside it rubbing sticks together

Ils passaient tout le temps Christophe Colomb découvrant l'Amérique, ce mal qu'il avait eu à décider Frédéric et Isabelle à lui prêter le fric pour acheter des bateaux et puis les marins qui se mutinaient et tout. Le père Colomb on s'en foutait un peu mais on avait toujours plein de caramels et de chewing-gums et à l'intérieur de l'auditorium ça sentait vachement bon. Ça sentait comme s'il pleuvait dehors, même si en vrai il pleuvait pas, et qu'on aurait été dans le seul endroit au monde qui soit plaisant, sec, confortable. Je l'aimais, ce sacré musée. Je me souviens que pour aller à l'auditorium on traversait toute la salle des Indiens. C'était une longue longue salle et on pouvait parler qu'à voix basse. La maîtresse marchait en tête et la classe suivait en bon ordre. Une double rangée de mômes. Moi, en général, j'étais à côté d'une fille qui s'appelait Gertrude Levine. Il fallait tout le temps que je lui donne la main et sa main était tout le temps moite ou poisseuse. Le sol était en pierre et si on avait des billes et qu'on les laissait tomber elles rebondissaient comme des dingues dans un boucan de tous les diables, et la maîtresse arrêtait les rangs et revenait sur ses pas pour voir ce qui arrivait. Mais Miss Aigletinger, elle se fâchait jamais. Ensuite, on défilait devant cette longue longue pirogue, à peu près aussi longue que trois Cadillac mises bout à bout, avec dedans une vingtaine d'Indiens, quelques-uns qui pagayaient, d'autres qui se contentaient de prendre des airs de durs, et tous le visage barbouillé de peintures de guerre. Il y avait à l'arrière du canot un type très impressionnant qui portait un masque. C'était le sorcier. Il me donnait la chair de poule mais je l'aimais bien quand même. Et puis, si en passant quelqu'un touchait une pagaie ou quoi, un des gardes recommandait « On ne touche pas, les enfants » mais c'était dit d'une voix aimable, pas comme l'aurait dit un sale flic ni rien. Ensuite on longeait une grande vitrine avec dedans des Indiens qui frottaient des bâtons l'un

to make a fire, and a squaw weaving a blanket. The squaw that was weaving the blanket was sort of bending over, and you could see her bosom and all. We all used to sneak a good look at it, even the girls, because they were only little kids and they didn't have any more bosom than *we* did. Then, just before you went inside the auditorium, right near the doors, you passed this Eskimo. He was sitting over a hole in this icy lake, and he was fishing through it. He had about two fish right next to the hole, that he'd already caught. Boy, that museum was full of glass cases. There were even more upstairs, with deer inside them drinking at water holes, and birds flying south for the winter. The birds nearest you were all stuffed and hung up on wires, and the ones in back were just painted on the wall, but they all looked like they were really flying south, and if you bent your head down and sort of looked at them upside down, they looked in an even bigger hurry to fly south. The best thing, though, in that museum was that everything always stayed right where it was. Nobody'd move. You could go there a hundred thousand times, and that Eskimo would still be just finished catching those two fish, the birds would still be on their way south, the deers would still be drinking out of that water hole, with their pretty antlers and their pretty, skinny legs, and that squaw with the naked bosom would still be weaving that same blanket. Nobody'd be different. The only thing that would be different would be *you.* Not that you'd be so much older or anything. It wouldn't be that, exactly. You'd just be different, that's all. You'd have an overcoat on this time. Or the kid that was your partner in line the last time had got scarlet fever and you'd have a new partner. Or you'd have a substitute taking the class, instead of Miss Aigletinger. Or you'd heard your mother and father having a terrific fight in the bathroom. Or you'd just passed by one of those puddles in the street with

contre l'autre pour faire du feu, et une squaw tissant une couverture. Cette squaw tissant la couverture était courbée sur son ouvrage et on voyait ses seins et tout. On s'en mettait plein les mirettes, même les filles qu'étaient que des gamines avec pas plus de seins que les garçons. Enfin, juste à l'entrée de l'auditorium, tout près de la porte, y avait l'esquimau. Il était assis au bord d'un trou dans un lac gelé et il pêchait. On voyait déjà au bord du trou deux poissons qu'il avait attrapés. Ouah, ce musée était plein de vitrines. Y en avait encore plus à l'étage avec dedans des cerfs qui buvaient l'eau d'une mare et des oiseaux qui gagnaient le sud pour y passer l'hiver. Les oiseaux les plus proches étaient empaillés et pendus à des fils, et ceux du fond étaient simplement peints sur les murs mais ils donnaient tous l'impression de voler vraiment vers le sud et si on penchait la tête, et si en quelque sorte on les regardait par en dessous ils semblaient encore plus pressés de voler vers le sud. Ce qui était extra dans ce musée, c'est que tout restait toujours exactement pareil. Y avait jamais rien qui bougeait. Vous pouviez venir là cent mille fois et chaque fois cet esquimau aurait tout juste réussi à attraper ses deux poissons, les oiseaux seraient toujours en route vers le sud, les deux cerfs, avec toujours leurs beaux bois et leurs pattes fines, boiraient toujours dans la mare, et cette squaw au sein nu tisserait toujours la même couverture. Rien ne serait différent. Rien, excepté *vous*. *Vous* seriez différent. Certainement pas beaucoup plus vieux. Vous seriez juste différent, c'est tout. Cette fois-ci vous auriez un manteau. Ou bien le gosse qui vous donnait la main la fois précédente aurait la scarlatine et on vous aurait attribué un nouveau compagnon. Ou bien ce serait une suppléante qui serait en charge de la classe à la place de Miss Aigletinger. Ou vous auriez entendu vos parents se disputer très fort dans la salle de bains. Ou vous seriez juste passé dans la rue près d'une de ces flaques avec

gasoline rainbows in them. I mean you'd be *diff*erent in some way – I can't explain what I mean. And even if I could, I'm not sure I'd feel like it.

I took my old hunting hat out of my pocket while I walked, and put it on. I knew I wouldn't meet anybody that knew me, and it was pretty damp out. I kept walking and walking, and I kept thinking about old Phoebe going to that museum on Saturdays the way I used to. I thought how she'd see the same stuff I used to see, and how *she'd* be different every time she saw it. It didn't exactly depress me to think about it, but it didn't make me feel gay as hell, either. Certain things they should stay the way they are. You ought to be able to stick them in one of those big glass cases and just leave them alone. I know that's impossible, but it's too bad anyway. Anyway, I kept thinking about all that while I walked.

I passed by this playground and stopped and watched a couple of very tiny kids on a seesaw. One of them was sort of fat, and I put my hand on the skinny kid's end, to sort of even up the weight, but you could tell they didn't want me around, so I let them alone.

Then a funny thing happened. When I got to the museum, all of a sudden I wouldn't have gone inside for a million bucks. It just didn't appeal to me – and here I'd walked through the whole goddam park and looked forward to it and all. If Phoebe'd been there, I probably would have, but she wasn't. So all I did, in front of the museum, was get a cab and go down to the Biltmore. I didn't feel much like going. I'd made that damn date with Sally, though.

dedans des arcs-en-ciel de mazout. Je veux dire que d'une manière ou d'une autre vous seriez différent. Je peux pas expliquer. Et même si je pouvais, je suis pas sûr que j'en aurais envie.

Tout en marchant, j'ai sorti de ma poche ma vieille casquette de chasse et je l'ai mise sur ma tête. Je savais que je rencontrerais personne de connaissance et le temps était humide. J'ai marché, j'ai marché, et j'en finissais pas de penser à la môme Phoebé qui allait au musée le samedi comme j'avais fait. Je me disais qu'elle verrait les mêmes trucs que j'avais vus et que c'était *elle* à présent qui serait différente chaque fois qu'elle les verrait. En pensant à ça j'étais pas vraiment triste mais j'étais pas non plus follement gai. Y a des choses qui devraient rester comme elles sont. Faudrait pouvoir les planquer dans une de ces grandes vitrines et plus y toucher. Je sais que c'est impossible mais, bon, c'est bien dommage. Bref, je marchais je marchais et j'en finissais pas de penser à tout ça.

Je suis passé du côté du terrain de jeux et je me suis arrêté à regarder deux petits mômes qui faisaient de la balançoire. Y en avait un qu'était plutôt grassouillet et j'ai appuyé de la main sur la barre, du côté du plus maigre, pour équilibrer le poids en quelque sorte, mais c'était visible qu'ils voulaient pas que je m'occupe d'eux alors je les ai laissés tranquilles.

Puis il s'est produit quelque chose de bizarre. En arrivant devant le musée, subitement j'y serais pas entré pour un million de dollars. Ça me disait rien, voilà tout. Quand je pense que j'avais traversé ce maudit parc exprès pour ça. Je serais probablement entré si Phoebé avait été là, mais elle y était pas. Aussi, en arrivant devant le musée, j'ai simplement pris un taxi pour aller au Biltmore. Je mourais pas d'envie d'y aller, au Biltmore. Mais j'avais donné ce foutu rancard à Sally.

17

I was way early when I got there, so I just sat down on one of those leather couches right near the clock in the lobby and watched the girls. A lot of schools were home for vacation already, and there were about a million girls sitting and standing around waiting for their dates to show up. Girls with their legs crossed, girls with their legs not crossed, girls with terrific legs, girls with lousy legs, girls that looked like swell girls, girls that looked like they'd be bitches if you knew them. It was really nice sightseeing, if you know what I mean. In a way, it was sort of depressing, too, because you kept wondering what the hell would *happen* to all of them. When they got out of school and college, I mean. You figured most of them would probably marry dopey guys. Guys that always talk about how many miles they get to a gallon in their goddam cars. Guys that get sore and childish as hell if you beat them at golf, or even just some stupid game like ping-pong. Guys that are very mean. Guys that never read books. Guys that are very boring – But I have to be careful about that. I mean about calling certain guys bores. I don't understand boring guys. I really don't. When I was at Elkton Hills,

Chapitre 17

J'étais vachement en avance au rendez-vous, aussi je me suis assis sur une de ces banquettes de cuir près de l'horloge dans le hall, et j'ai regardé les filles. Pour beaucoup de collèges les vacances avaient déjà commencé. Il y avait bien un million de filles, assises ou debout, ici et là, qui attendaient que leur copain se pointe. Filles croisant les jambes, filles croisant pas les jambes, filles avec des jambes du tonnerre, filles avec des jambes mochetingues, filles qui donnaient l'impression d'être extra, filles qui donnaient l'impression que si on les fréquentait ce seraient de vraies salopes. C'était comme un chouette lèche-vitrines, si vous voyez ce que je veux dire. En un sens c'était aussi un peu triste, parce qu'on pouvait pas s'empêcher de se demander ce qui leur arriverait, à toutes ces filles. Lorsqu'elles sortiraient du collège, je veux dire. On pouvait être sûr que la plupart se marieraient avec des mecs complètement abrutis. Des mecs qu'arrêtent pas de raconter combien leur foutue voiture fait de miles au gallon. Des mecs qui se vexent comme des mômes si on leur en met plein les narines au golf, ou même à un jeu stupide comme le ping-pong. Des mecs terriblement radins. Des mecs qui lisent jamais un bouquin. Des mecs super-casse-pieds. Mais là faut que je fasse attention. Je veux dire quand je parle de certains mecs qui sont casse-pieds. Je comprends pas les mecs casse-pieds. Non, vraiment pas. Quand j'étais à Elkton Hills

I roomed for about two months with this boy, Harris Macklin. He was very intelligent and all, but he was one of the biggest bores I ever met. He had one of these very raspy voices, and he never stopped talking, practically. He never stopped talking, and what was awful was, he never said anything you wanted to hear in the first place. But he could do one thing. The sonuvabitch could whistle better than anybody I ever heard. He'd be making his bed, or hanging up stuff in the closet – he was always hanging up stuff in the closet – it drove me crazy – and he'd be whistling while he did it, if he wasn't talking in this raspy voice. He could even whistle classical stuff, but most of the time he just whistled jazz. He could take something very jazzy, like "Tin Roof Blues," and whistle it so nice and easy – right while he was hanging stuff up in the closet – that it could kill you. Naturally, I never *told* him I thought he was a terrific whistler. I mean you don't just go up to somebody and say, "You're a terrific whistler." But I roomed with him for about two whole months, even though he bored me till I was half crazy, just because he was such a terrific whistler, the best I ever heard. So I don't know about bores. Maybe you shouldn't feel too sorry if you see some swell girl getting married to them. They don't hurt anybody, most of them, and maybe they're secretly all terrific whistlers or something. Who the hell knows? Not me.

Finally, old Sally started coming up the stairs, and I started down to meet her. She looked terrific. She really did. She had on this black coat and sort of a black beret She hardly ever wore a hat, but that beret looked nice. The funny part is, I felt like marrying her the minute I saw her. I'm crazy. I didn't even *like* her much, and yet all of a sudden I felt like I was in love

j'ai partagé une piaule pendant deux mois avec un gars qui s'appelait Harris Macklin. Il était très intelligent et tout, mais c'était un des pires casse-pieds que j'aie jamais rencontrés. Il avait une de ces voix râpeuses, et pratiquement il arrêtait jamais de parler. Et le plus terrible c'est qu'il disait jamais rien qu'on aurait eu envie d'entendre. Mais y avait une chose qu'il pouvait faire. Il pouvait siffler mieux que n'importe qui, le salaud. Il était, disons, en train de retaper son lit, ou de ranger des trucs dans la penderie – il avait toujours des trucs à pendre, ça me rendait dingue – et alors il sifflait, du moins quand il parlait pas de sa drôle de voix râpeuse. Il pouvait même siffler du classique, mais la plupart du temps il sifflait du jazz. Il prenait quelque chose de très jazz, comme *Tin Roof Blues* et il le sifflait si bien, si tranquillement, tout en accrochant ses affaires, que franchement ça vous tuait. Naturellement, je lui ai jamais dit que je trouvais qu'il sifflait vraiment au poil. On va pas déclarer comme ça à quelqu'un « Tu siffles vraiment au poil ». Mais je suis resté avec lui pendant à peu près deux mois, quand même il était casse-pieds, juste parce qu'il sifflait vraiment au poil. Mieux que n'importe qui que j'aie jamais entendu. Donc, les casse-pieds, je peux pas en parler. Peut-être qu'on devrait pas tellement se tracasser si on voit une fille sensas' qu'en épouse un. La plupart font de mal à personne. Et peut-être que secrètement ils sifflent tous vraiment au poil ou quoi. Qui sait ? Pas moi.

Finalement, voilà que la môme Sally montait les marches, et je les ai descendues pour aller à sa rencontre. Elle était vachement chouette. Sans blague. Elle avait un manteau noir et une sorte de béret noir. Elle portait presque jamais de coiffure mais ce béret, c'était vraiment joli. Le plus drôle c'est que dès l'instant où je l'ai vue j'ai eu envie de me marier avec elle. Je suis dingue. Je la trouvais même pas tellement *sympa* et tout d'un coup je me sentais amoureux

with her and wanted to marry her. I swear to God I'm crazy. I admit it.

"Holden!" she said. "It's marvelous to see you! It's been *ages*." She had one of these very loud, embarrassing voices when you met her somewhere. She got away with it because she was so damn good-looking, but it always gave me a pain in the ass.

"Swell to see *you*," I said. I meant it, too. "How are ya, anyway?"

"Absolutely marvelous. Am I late?"

I told her no, but she was around ten minutes late, as a matter of fact. I didn't give a damn, though. All that crap they have in cartoons in the *Saturday Evening Post* and all, showing guys on street corners looking sore as hell because their dates are late – that's bunk. If a girl looks swell when she meets you, who gives a damn if she's late? Nobody. "We better hurry," I said. "The show starts at two-forty." We started going down the stairs to where the taxis are.

"What are we going to see?" she said.

"I don't know. The Lunts. It's all I could get tickets for."

"The Lunts! Oh, marvelous!"

I told you she'd go mad when she heard it was for the Lunts.

We horsed around a little bit in the cab on the way over to the theater. At first she didn't want to, because she had her lipstick on and all, but I was being seductive as hell and she didn't have any alternative. Twice, when the goddam cab stopped short in traffic, I damn near fell off the seat. Those damn drivers never even look where they're going, I swear they don't. Then, just to show you how crazy I am, when we were coming out of this big clinch, I told her I loved her and all.

et je voulais qu'on se marie. Je vous jure, je suis dingue, faut le reconnaître.

« Holden. C'est merveilleux de te revoir. Y a si longtemps ! » Elle a une voix qui vous casse les oreilles et ça me gêne quand on est quelque part ensemble. Ça passe parce que c'est une tellement belle fille. Mais quand même ça m'emmerde toujours.

J'ai dit « C'est extra de te revoir ». Et je le pensais. « Alors, comment tu vas ?

— Absolument impec. Je suis en retard ? »

J'ai dit non. Pourtant elle était en retard d'à peu près dix minutes. Je m'en foutais. Toutes ces conneries dans les bandes dessinées du *Saturday Evening Post* et tout, montrant des types au coin des rues qui sont furax parce que leur copine les fait attendre – de la blague. Quand elle arrive au rendez-vous, si une fille a une allure folle, qui va se plaindre qu'elle est en retard ? Personne. J'ai dit « Vaudrait mieux se dépêcher. Le spectacle commence à deux heures quarante ». On a descendu les marches vers l'endroit où sont les taxis.

Elle a demandé « Qu'est-ce qu'on va voir ?

— Je sais pas. Les Lunt. Y a que pour ça que j'ai pu avoir des places.

— Les Lunt ? Oh merveilleux. » Je vous le disais qu'elle serait ravie quand elle saurait qu'on allait voir les Lunt.

On a un peu flirté dans le taxi qui nous emmenait au théâtre. D'abord elle voulait pas bicause elle avait du rouge à lèvres et tout, mais je faisais ça vraiment au séducteur et elle avait pas le choix. Deux fois, quand le taxi a dû s'arrêter brusquement bicause la circulation je suis presque tombé de mon siège. Ces salopards de chauffeurs de taxi ils regardent jamais où ils vont, je vous jure. Puis, juste pour vous montrer que je suis vraiment barjot, comme on se remettait de la grande embrassade je lui ai dit que je l'aimais et tout.

It was a lie, of course, but the thing is, I *meant* it when I said it. I'm crazy. I swear to God I am.

"Oh, darling, I love you too," she said. Then, right in the same damn breath, she said, "Promise me you'll let your hair grow. Crew cuts are getting corny. And your hair's so lovely."

Lovely my ass.

The show wasn't as bad as some I've seen. It was on the crappy side, though. It was about five hundred thousand years in the life of this one old couple. It starts out when they're young and all, and the girl's parents don't want her to marry the boy, but she marries him anyway. Then they keep getting older and older. The husband goes to war, and the wife has this brother that's a drunkard. I couldn't get very interested. I mean I didn't care too much when anybody in the family died or anything. They were all just a bunch of actors. The husband and wife were a pretty nice old couple – very witty and all – but I couldn't get too interested in them. For one thing, they kept drinking tea or some goddam thing all through the play. Every time you saw them, some butler was shoving some tea in front of them, or the wife was pouring it for somebody. And everybody kept coming *in* and going *out* all the time – you got dizzy watching people sit down and stand up. Alfred Lunt and Lynn Fontanne were the old couple, and they were very good, but I didn't like them much. They were different, though, I'll say that. They didn't act like people and they didn't act like actors. It's hard to explain. They acted more like they knew they were celebrities and all. I mean they were good, but they were *too* good. When one of them got finished making a speech, the other one said something very fast right after it. It was supposed to be

Naturellement, c'était un mensonge. Mais au moment où je l'ai dit j'étais sincère. Je suis dingue, je vous jure.

Elle a dit : « Oh chéri, moi aussi je t'aime. » Et puis sans même reprendre son souffle : « Promets-moi que tu laisseras repousser tes cheveux. Les coupes en brosse ça devient ringard. Et tu as de si jolis cheveux. » Jolis, mon cul.

Le spectacle était pas aussi mauvais que certains que j'ai vus. C'était quand même du genre merdique. Environ cinq cent mille ans dans la vie d'un vieux couple. Ça commence quand ils sont jeunes et tout, et puis les parents de la fille veulent pas qu'elle épouse le garçon mais elle l'épouse quand même. Ensuite ils vieillissent. De plus en plus. Le mari va à la guerre et la femme a un frère qui boit. J'arrivais pas trop à m'y intéresser. Je veux dire que ça me faisait trop rien quand quelqu'un mourait dans la famille ou quoi. C'était juste une poignée d'acteurs. Le mari et la femme étaient un vieux couple pas mal – avec de l'humour et tout – mais j'arrivais pas à m'y intéresser. D'abord, ils arrêtaient pas, tout le temps que durait la pièce, de boire du thé ou un truc du même métal. Chaque fois qu'on les voyait on voyait aussi un genre de maître d'hôtel qui leur fourguait du thé ou bien c'était elle, la femme, qui versait du thé à quelqu'un. Et y avait tout un peuple qui allait et venait sans cesse – on en était étourdi de voir les gens toujours s'asseoir et se lever. Alfred Lunt et Lynn Fontane jouaient le vieux couple et ils étaient très bons mais je les aimais pas tellement. Je dois dire pourtant qu'ils étaient particuliers. Ils jouaient pas comme des gens ordinaires, ils jouaient pas non plus comme des acteurs. C'est difficile à expliquer. Ils jouaient plutôt comme s'ils savaient qu'ils étaient des célébrités et tout. Ce que je veux dire, c'est qu'ils étaient bons, mais qu'ils étaient *trop* bons. Quand l'un avait fini sa tirade, l'autre lui donnait la réplique à toute vitesse. C'était censé être la façon dont les

like people really talking and interrupting each other and all. The trouble was, it was *too* much like people talking and interrupting each other. They acted a little bit the way old Ernie, down in the Village, plays the piano. If you do something *too* good, then, after a while, if you don't watch it, you start showing off. And then you're not as good any more. But anyway, they were the only ones in the show – the Lunts, I mean – that looked like they had any real brains. I have to admit it.

At the end of the first act we went out with all the other jerks for a cigarette. What a deal that was. You never saw so many phonies in all your life, everybody smoking their ears off and talking about the play so that everybody could hear and know how sharp they were. Some dopey movie actor was standing near us, having a cigarette. I don't know his name, but he always plays the part of a guy in a war movie that gets yellow before it's time to go over the top. He was with some gorgeous blonde, and the two of them were trying to be very blasé and all, like as if he didn't even know people were looking at him. Modest as hell. I got a big bang out of it. Old Sally didn't talk much, except to rave about the Lunts, because she was busy rubbering and being charming. Then all of a sudden, she saw some jerk she knew on the other side of the lobby. Some guy in one of those very dark gray flannel suits and one of those checkered vests. Strictly Ivy League. Big deal. He was standing next to the wall, smoking himself to death and looking bored as hell. Old Sally kept saying, "I *know* that boy from somewhere." She always *knew* somebody, any place you took her, or thought she did. She kept saying that till I got bored as hell, and I said to her, "Why don't you go on over and give him a

gens parlent et s'interrompent et tout. L'ennui, c'est que ça faisait *trop* comme les gens parlent et s'interrompent. Ils jouaient un peu à la manière du gars Ernie jouant du piano, au Village. Quand on est *trop* bon, alors, après un moment, si on n'y prend pas garde, on a tendance à se donner des airs. Et on n'est plus bon du tout. En tout cas ils étaient les seuls de la troupe – les Lunt – qui paraissaient avoir quelque chose dans la tête. Faut le reconnaître.

À la fin du premier acte, on est sortis avec tous les autres connards pour fumer une cigarette. Vous parlez d'un plaisir. Dans toute votre vie vous avez jamais vu autant de mecs à la gomme qui fumaient comme des locomotives en discourant sur la pièce et en s'arrangeant pour que tout le monde puisse entendre leurs remarques subtiles. Près de nous un abruti d'acteur de cinéma tirait sur sa sèche. Je sais pas comment il s'appelle, mais il joue toujours le rôle d'un gars qui dans un film de guerre est toujours saisi de trouille quand vient le moment de passer à l'attaque. Il était avec une superbe blonde, et tous les deux s'efforçaient de prendre un air blasé et tout, comme s'ils ignoraient que les gens les regardaient. Drôlement modestes. Je me marrais bien. Sally disait pas grand-chose (sauf pour s'extasier sur les Lunt) bicause elle était occupée à se montrer et faire du charme. Subitement, à l'autre bout du hall, elle a vu un type qu'elle connaissait. Un type qui portait un de ces costumes de flanelle gris foncé, et un gilet à carreaux. Très classe. Un peu bien. Il était debout contre le mur, à fumer comme une cheminée d'usine avec un air de se barber royalement. La môme Sally en finissait pas de répéter « J'ai déjà rencontré ce gars quelque part ». Quel que soit l'endroit où on l'emmenait, elle avait toujours déjà rencontré quelqu'un, ou du moins elle se le figurait. Elle a répété ça jusqu'à ce que j'en aie marre et que je lui dise « Si tu le connais, pourquoi tu vas pas lui faire la

big soul kiss, if you know him? He'll enjoy it." She got sore when I said that. Finally, though, the jerk noticed her and came over and said hello. You should've seen the way they said hello. You'd have thought they hadn't seen each other in twenty years. You'd have thought they'd taken baths in the same bathtub or something when they were little kids. Old buddyroos. It was nauseating. The funny part was, they probably met each other just *once*, at some phony party. Finally, when they were all done slobbering around, old Sally introduced us. His name was George something – I don't even remember – and he went to Andover. Big, big deal. You should've seen him when old Sally asked him how he liked the play. He was the kind of a phony that have to give themselves *room* when they answer somebody's question. He stepped back, and stepped right on the lady's foot behind him. He probably broke every toe in her body. He said the play *itself* was no masterpiece, but that the Lunts, of course, were absolute angels. Angels. For Chrissake. *Angels*. That killed me. Then he and old Sally started talking about a lot of people they both knew. It was the phoniest conversation you ever heard in your life. They both kept thinking of places as fast as they could, then they'd think of somebody that lived there and mention their name. I was all set to puke when it was time to go sit down again. I really was. And then, when the next act was over, they *continued* their goddam boring conversation. They kept thinking of more places and more names of people that lived there. The worst part was, the jerk had one of those very phony, Ivy League voices, one of those very tired, snobby voices. He sounded just like a girl. He didn't *hes*itate to horn in on my date, the bastard. I even thought for a minute

bise ? Il serait content ». Quand j'ai dit ça elle a râlé. Mais finalement le type l'a vue et il est venu vers nous et ils se sont dit bonjour. Si vous aviez pu être là quand ils se sont dit bonjour. Vous auriez eu l'impression qu'ils s'étaient pas vus depuis au moins vingt ans. Vous auriez eu l'impression qu'au temps où ils étaient mômes ils prenaient leur bain dans le même baquet. De vrais potes. J'en avais la nausée. Le plus drôle c'est qu'ils s'étaient probablement rencontrés juste une fois, à une de ces conneries de surprise-parties. Quand les mamours ont été terminés, la môme Sally a fait les présentations. Le nom du gars c'était George quelque chose – je me rappelle même pas – et il était à Andover. Tu parles. Vous auriez dû le voir quand Sally lui a demandé comment il trouvait la pièce. C'était le genre de mec bidon qui a besoin *d'espace* pour répondre quand on lui pose une question. Il a reculé, et il a marché en plein sur le panard de la dame qu'était derrière lui. Il lui a probablement cassé tous les orteils. Il a dit que la pièce elle-même était pas un chef-d'œuvre mais que les Lunt bien sûr étaient tout simplement des anges. Des anges. Putain. *Des anges*. Ça m'a tué. Puis lui et Sally se sont mis à parler d'un tas de gens qu'ils connaissaient tous les deux. C'était la convers' la plus débile que j'aie jamais entendue. Ils arrêtaient pas de penser à toute bringue à des endroits et puis de penser à des gens qui y vivaient et de mentionner leur nom. Quand le moment est venu de retourner s'asseoir j'étais sur le point de dégueuler. Et après, à l'entracte suivant, ils ont continué leur chiante conversation. Ils ont continué de penser à encore d'autres endroits et à encore d'autres gens qui y vivaient. Le pire, c'est que le mec avait une de ces voix à la con, très Ivy League, une voix très fatiguée, snobinarde. On aurait cru entendre une fille. Le fumier, il se gênait pas pour me chouraver mon rancard. À la fin de la représentation, j'ai

that he was going to get in the goddam cab with us when the show was over, because he walked about two blocks with us, but he had to meet a bunch of phonies for cocktails, he said. I could see them all sitting around in some bar, with their goddam checkered vests, criticizing shows and books and women in those tired, snobby voices. They kill me, those guys.

I sort of hated old Sally by the time we got in the cab, after listening to that phony Andover bastard for about ten hours. I was all set to take her home and all – I really was – but she said, "I have a marvelous idea!" She was always having a marvelous idea. "Listen," she said. "What time do you have to be home for dinner? I mean are you in a terrible hurry or anything? Do you have to be home any special time?"

"Me? No. No special time," I said. Truer word was never spoken, boy. "Why?"

"Let's go ice-skating at Radio City!"

That's the kind of ideas she always had.

"Ice-skating at Radio City? You mean right now?"

"Just for an hour or so. Don't you want to? If you don't *want* to –"

"I didn't say I didn't want to," I said. "Sure. If you want to."

"Do you mean it? Don't just *say* it if you don't mean it. I mean I don't *give* a darn, one way or the other."

Not much she didn't.

"You can rent those darling little skating skirts," old Sally said. "Jeannette Cultz did it last week."

That's why she was so hot to go. She wanted to see herself in one of those little skirts that just come down over their butt and all.

même cru un instant qu'il allait prendre un taxi avec nous. Il nous a accompagnés sur le trottoir un bout de chemin. Mais il devait retrouver d'autres abrutis, pour boire un verre il a dit. Je me les représentais installés tous ensemble dans un bar, avec leurs gilets à carreaux, critiquant les pièces et les livres et les femmes de leurs voix fatiguées, snobinardes. Ils me tuent, ces mecs.

Lorsqu'on en a été à prendre le taxi, après avoir écouté pendant dix heures ce sale faux jeton qui va à Andover, ben la Sally, je la détestais. J'étais vraiment prêt à la ramener chez elle et tout – pas de problème – mais elle a dit « J'ai une idée sensas' ». Elle avait toujours des idées sensas'. Elle a dit « Écoute, à quelle heure dois-tu être chez toi pour dîner ? Je veux dire, es-tu terriblement pressé ou quoi ? Dois-tu rentrer pour une heure précise ? »

J'ai dit « Moi ? Non. N'importe quelle heure ». Ouah. Là, vraiment je baratinais pas. « Pourquoi ?

— Si on allait faire du patin à glace à Radio-City ? »

C'est le genre d'idée sensas' qu'elle avait toujours.

« Du patin à glace à Radio-City ? Tu veux dire maintenant ?

— Rien qu'une heure. Tu ne veux pas ? Si vraiment tu n'en as pas envie… »

J'ai dit « J'ai jamais dit que je voulais pas. Si *toi* tu en as envie, allons-y.

— Vraiment ? Ne dis pas oui si tu n'y tiens pas. Tu sais ça m'est égal qu'on y aille ou pas. »

Tu parles que ça lui était égal !

Elle a dit « On peut louer ces adorables petites jupes de patinage. Jeannette Cultz en a loué une la semaine dernière ».

Et voilà pourquoi elle était tellement emballée. Elle voulait se voir dans une de ces petites jupes qui descendent juste au ras des fesses et tout.

So we went, and after they gave us our skates, they gave Sally this little blue butt-twitcher of a dress to wear. She really did look damn good in it, though. I have to admit it. And don't think she didn't know it. She kept walking ahead of me, so that I'd see how cute her little ass looked. It did look pretty cute, too. I have to admit it.

The funny part was, though, we were the worst skaters on the whole goddam rink. I mean the *worst*. And there were some lulus, too. Old Sally's ankles kept bending in till they were practically on the ice. They not only looked stupid as hell, but they probably hurt like hell, too. I know mine did. Mine were killing me. We must've looked gorgeous. And what made it worse, there were at least a couple of hundred rubbernecks that didn't have anything better to do than stand around and watch everybody falling all over themselves.

"Do you want to get a table inside and have a drink or something?" I said to her finally.

"That's the most marvelous idea you've had all day," she said. She was *killing* herself. It was brutal. I really felt sorry for her.

We took off our goddam skates and went inside this bar where you can get drinks and watch the skaters in just your stocking feet. As soon as we sat down, old Sally took off her gloves, and I gave her a cigarette. She wasn't looking too happy. The waiter came up, and I ordered a Coke for her – she didn't drink – and a Scotch and soda for myself, but the sonuvabitch wouldn't bring me one, so I had a Coke, too. Then I sort of started lighting matches. I do that quite a lot when I'm in a certain mood. I sort of let them burn down till I can't hold them any more, then I drop them in the ashtray. It's a nervous habit.

Alors on y est allés et ils nous ont donné des patins, et ils ont fourni à Sally cette petite jupe tortille-du-cul en toile bleue. Je dois reconnaître que là-dedans elle était vraiment chouette. Et faudrait pas croire qu'elle l'ignorait. Elle s'arrangeait pour marcher devant moi et me présenter son mignon petit cul en direct. Vrai, il était plutôt mignon.

Le plus drôle, c'est qu'on était elle et moi les super-cloches de toute la patinoire. Je dis bien, les super-cloches. Parce que des cloches y en avait. Les chevilles de la môme Sally se pliaient en dedans, pratiquement jusqu'à toucher la glace. Ses chevilles, elles avaient l'air con et aussi elles devaient lui faire un mal de chien. Les miennes non plus étaient pas à la fête. Les miennes, c'était la torture. On devait avoir une fichue allure. Et le pire, c'est qu'on s'exhibait devant au moins deux cents personnes qu'avaient rien de mieux à foutre que de rester plantées au bord et regarder les autres ramasser des gadins.

J'ai fini par dire « Veux-tu qu'on aille s'asseoir à l'intérieur et on boira quelque chose ? »

Elle a dit « Ça alors c'est une idée géniale ». Elle aussi elle souffrait le martyre. C'était inhumain. Elle me faisait pitié.

On a ôté les foutus patins et on est entrés dans le bar où on peut aller en chaussettes se rafraîchir l'intérieur en regardant les patineurs. Aussitôt assise la môme Sally a enlevé ses gants et je lui ai donné une cigarette. Elle avait l'air plutôt misérable. Le garçon est arrivé et j'ai commandé un Coca pour elle – qui boit pas d'alcool – et pour moi un whisky mais il a pas voulu m'en servir, le salaud, alors j'ai pris aussi un Coca. Puis je me suis mis à faire brûler des allumettes. Je m'amuse à ça quand je suis d'une humeur particulière. Je les fais brûler jusqu'à ce que je puisse plus les tenir, alors je les laisse tomber dans le cendrier. C'est à cause des nerfs.

Then all of a sudden, out of a clear blue sky, old Sally said, "Look. I have to know. Are you or aren't you coming over to help me trim the tree Christmas Eve? I have to know." She was still being snotty on account of her ankles when she was skating.

"I wrote you I would. You've asked me that about twenty times. Sure, I am."

"I mean I have to know," she said. She started looking all around the goddam room.

All of a sudden I quit lighting matches, and sort of leaned nearer to her over the table. I had quite a few topics on my mind. "Hey, Sally," I said.

"What?" she said. She was looking at some girl on the other side of the room.

"Did you ever get fed up?" I said. "I mean did you ever get scared that everything was going to go lousy unless you did something? I mean do you like school, and all that stuff?"

"It's a terrific *bore.*"

"I mean do you hate it? I know it's a terrific bore, but do you *hate* it, is what I mean."

"Well, I don't exactly *hate* it. You always have to –"

"Well, *I* hate it. Boy, do I hate it," I said. "But it isn't just that. It's everything. I hate living in New York and all. Taxicabs, and Madison Avenue buses, with the drivers and all always yelling at you to get out at the rear door, and being introduced to phony guys that call the Lunts angels, and going up and down in elevators when you just want to go outside, and guys fitting your pants all the time at Brooks, and people always –"

"Don't shout, please," old Sally said. Which was very funny, because I wasn't even shouting.

Puis subitos' et sans prévenir, Sally a dit « Écoute, faut que je sache. Tu viens m'aider à décorer l'arbre, la veille de Noël ou tu viens pas ? Faut que je sache ». Elle était encore de mauvais poil à cause de ses chevilles.

« Je t'ai écrit que je viendrai. Tu me l'as demandé au moins vingt fois. Je viens, d'accord.

— C'est que, tu comprends, faut que je sache. » Elle s'est mise à observer tout ce qui se passait dans la salle.

Brusquement je me suis arrêté de frotter les allumettes. Et je me suis penché vers elle par-dessus la table. Y avait des trucs qui me trottaient dans la tête. J'ai dit « Hé, Sally.

— Quoi ? » Elle examinait une autre fille, au bout de la salle.

J'ai demandé « Dis, Sally, t'en as jamais marre ? Je veux dire, t'as jamais peur que tout devienne dégueulasse si tu fais pas quelque chose pour l'empêcher ? Je veux dire, tu aimes le collège et tout ça ?

— Je trouve qu'on s'y barbe vachement.

— Mais est-ce que tu détestes ça ? Je sais que c'est vachement barbant, mais est-ce que tu *détestes*, voilà ce que je veux dire.

— Ben, non, je *déteste* pas absolument. Faut que tu… »

J'ai dit « Ben, moi je *déteste*. Ouah, c'est fou ce que je déteste. Mais pas seulement ça. Je déteste vivre à New York et tout. Les taxis et les bus de Madison Avenue, avec les chauffeurs et tout qu'arrêtent pas de gueuler après vous pour qu'on sorte par l'arrière, et rencontrer des types à la con qui disent que les Lunt sont des anges, et se faire trimballer dans l'ascenseur vers le haut et vers le bas quand on voudrait seulement en sortir, et les types de Brook's qui passent leur temps à retoucher vos pantalons et les gens qui toujours…

— Je t'en prie, ne crie pas » a dit la môme Sally. Et c'était bizarre parce que je criais même pas.

"Take cars," I said. I said it in this very quiet voice. "Take most people, they're crazy about cars. They worry if they get a little scratch on them, and they're always talking about how many miles they get to a gallon, and if they get a brand-new car already they start thinking about trading it in for one that's even newer. I don't even like *old* cars. I mean they don't even interest me. I'd rather have a goddam horse. A horse is at least *human*, for God's sake. A horse you can at least –"

"I don't know what you're even talking about," old Sally said. "You jump from one –"

"You know something?" I said. "You're probably the only reason I'm in New York right now, or anywhere. If you weren't around, I'd probably be someplace way the hell off. In the woods or some goddam place. You're the only reason I'm around, practically."

"You're sweet," she said. But you could tell she wanted me to change the damn subject.

"You ought to go to a boys' school sometime. Try it sometime," I said. "It's full of phonies, and all you do is study so that you can learn enough to be smart enough to be able to buy a goddam Cadillac some day, and you have to keep making believe you give a damn if the football team loses, and all you do is talk about girls and liquor and sex all day, and everybody sticks together in these dirty little goddam cliques. The guys that are on the basketball team stick together, the Catholics stick together, the goddam intellectuals stick together, the guys that play bridge stick together. Even the guys that belong to the goddam Book-of-the-*Month* Club stick together. If you try to have a little intelligent –"

"Now, *lis*ten," old Sally said. "Lots of boys get more out of school than *that*."

J'ai dit « Prends les voitures, par exemple ». J'ai dit ça d'une voix très calme. « Prends la plupart des gens, ils sont fous de leur voiture. Si elle a une malheureuse petite égratignure ça les embête, et ils sont toujours à raconter combien de miles ils font au gallon, et ils ont pas plus tôt une voiture nouvelle qu'ils envisagent de la changer contre une encore plus récente. J'aime même pas les *vieilles* voitures. J'arrive pas non plus à m'y intéresser. J'aimerais mieux un cheval. Un cheval, au moins, c'est *humain*, bon Dieu. Un cheval, au moins on peut… »

Sally a ronchonné « Je vois pas de quoi tu parles. Tu sautes d'une chose à…

— Je vais te dire. Tu es sans doute la seule raison qui fait que je suis à New York, en ce moment. Si tu étais pas là je m'en irais très loin d'ici. Dans les bois ou autre part. T'es pratiquement la seule raison qui me fait rester. »

Elle a dit « Tu es gentil ». Mais on pouvait voir qu'elle avait envie de changer de sujet.

J'ai dit « Faudrait que tu ailles un jour dans un collège de garçons. Essaie pour voir. Y a que des types foireux, et tout ce qu'ils font, c'est étudier afin d'en savoir assez pour arriver plus tard à s'acheter une saloperie de Cadillac, et faut prétendre que ça vous embête si l'équipe de foot a perdu, et on glande du matin au soir à baratiner sur les filles et sur l'alcool et le sexe, et on forme des petits groupes merdiques de soi-disant copains qui se serrent les coudes. Les gars de l'équipe de basket se lâchent pas. Les catholiques se lâchent pas, les cochons d'intellectuels se lâchent pas, les types qui jouent au bridge se lâchent pas. Même les mecs qui appartiennent au foutu Club du Livre du Mois se lâchent pas. Si on essaie d'avoir le moindre échange de vues…

« Écoute. Il y a un tas de gars qui trouvent quelques avantages à leur séjour au collège.

"I agree! I agree they do, some of them! But that's all *I* get out of it. See? That's my point. That's exactly my goddam point," I said. "I don't get hardly anything out of anything. I'm in bad shape. I'm in *lousy* shape."

"You certainly are."

Then, all of a sudden, I got this idea.

"Look," I said. "Here's my idea. How would you like to get the hell out of here? Here's my idea. I know this guy down in Greenwich Village that we can borrow his car for a couple of weeks. He used to go to the same school I did and he still owes me ten bucks. What we could do is, tomorrow morning we could drive up to Massachusetts and Vermont, and all around there, see. It's beautiful as hell up there. It really is." I was getting excited as hell, the more I thought about it, and I sort of reached over and took old Sally's goddam hand. What a goddam *fool* I was. "No kidding," I said. "I have about a hundred and eighty bucks in the bank. I can take it out when it opens in the morning, and then I could go down and get this guy's car. No kidding. We'll stay in these cabin camps and stuff like that till the dough runs out. Then, when the dough runs out, I could get a job somewhere and we could live somewhere with a brook and all and, later on, we could get married or something. I could chop all our own wood in the wintertime and all. Honest to God, we could have a terrific time! Wuddaya say? C'mon! Wuddaya say? Will you do it with me? Please!"

"You can't just *do* something like that," old Sally said. She sounded sore as hell.

"Why not? Why the hell not?"

"Stop screaming at me, please," she said. Which was crap, because I wasn't even screaming at her.

"Why can'tcha? Why not?"

"Because you can't, that's all. In the first place, we're both practically *child*ren. And did you ever stop to think

— D'accord, d'accord. Pour certains. Mais moi, voilà tout ce que j'en retire. Tu vois. C'est ce que je veux dire. C'est exactement ce que je veux dire. Je retire pratiquement rien de rien. Je suis coincé. Je suis vraiment coincé.

— En effet, ça paraît évident. »

Et subitement je l'ai eue, mon idée. J'ai dit « Écoute, la voilà mon idée. Je connais un type dans Greenwich Village, je peux lui emprunter sa bagnole pour une quinzaine. On est allés au même collège et il me doit encore dix dollars. Ce qu'on pourrait faire, toi et moi, c'est partir demain matin pour le Massachusetts et le Vermont et tout ce coin, tu vois. Là-bas, c'est vachement beau. Vachement ». Plus j'y pensais plus je m'emballais, je me suis penché et j'ai pris la main de Sally. Quel *crétin* j'étais ! J'ai dit « Sans blague, j'ai à peu près cent quatre-vingts dollars à la banque. Je les retire demain matin à l'ouverture. Ensuite je vais voir ce type et je lui emprunte sa bagnole. Sans rire. On vivra dans un village de bungalows jusqu'à ce qu'on ait plus de fric, et quand on en aura plus je chercherai du boulot quelque part et on vivra quelque part près d'un ruisseau et tout, et plus tard on se mariera ou quoi. Je casserai tout notre bois pour l'hiver et tout. Sacré bon Dieu on pourrait avoir une vie du tonnerre. Qu'est-ce que t'en dis ? Hey. Qu'est-ce que t'en dis ? Tu viens ? Je t'en prie ».

La môme Sally avait pas l'air contente. « Ce genre de truc, c'est pas possible.

— Pourquoi ? Pourquoi, bordel ? »

Elle a dit « Arrête de râler comme ça ». Mais je râlais pas. Elle disait des conneries.

« Pourquoi pas possible ? Dis-le.

— C'est pas possible. Voilà tout. D'abord, on est encore pratiquement des enfants. Et as-tu seulement pensé

what you'd do if you *didn't* get a job when your money ran out? We'd *starve* to death. The whole thing's so fan*tast*ic, it isn't even –"

"It isn't fantastic. I'd get a job. Don't worry about that. You don't have to worry about that. What's the matter? Don't you want to go with me? *Say* so, if you don't."

"It isn't *that*. It isn't that at *all*," old Sally said. I was beginning to hate her, in a way. "We'll have oodles of time to do those things – all those things. I mean after you go to college and all, and if we should get married and all. There'll be oodles of marvelous places to go to. You're just –"

"No, there wouldn't be. There wouldn't be oodles of places to go to at all. It'd be entirely different," I said. I was getting depressed as hell again.

"What?" she said. "I can't hear you. One minute you scream at me, and the next you –"

"I said no, there wouldn't be marvelous places to go to after I went to college and all. Open your ears. It'd be entirely different. We'd have to go downstairs in elevators with suitcases and stuff. We'd have to phone up everybody and tell 'em good-by and send 'em postcards from hotels and all. And I'd be working in some office, making a lot of dough, and riding to work in cabs and Madison Avenue buses, and reading newspapers, and playing bridge all the time, and going to the movies and seeing a lot of stupid shorts and coming attractions and newsreels. Newsreels. Christ almighty. There's always a dumb horse race, and some dame breaking a bottle over a ship, and some chimpanzee riding a goddam bicycle with pants on. It wouldn't be the same at all. You don't see what I mean at all."

"Maybe I don't! Maybe *you* don't, either," old Sally said. We both hated each other's guts by that time. You could see

comment on se débrouillerait si tu trouvais pas de travail quand on n'aura plus d'argent ? On mourrait de faim. C'est de la dernière extravagance, c'est même…

— Ça a rien d'extravagant. Du travail, j'en trouverai. T'en fais pas. T'as pas à t'en faire. Qu'est-ce qu'il y a ? Tu veux pas venir avec moi ? Dis-le si tu veux pas. Dis-le. »

Sally a dit « C'est pas ça. C'est pas du tout ça ». En un sens je commençais à la détester. « On aura tout le temps pour ces choses-là. Et d'autres choses. Je veux dire quand tu auras fini tes études et tout et si on se marie et tout. Y aura un tas d'endroits merveilleux où aller. Tu es simplement…

— Non, y en aura pas. Y aura pas un tas d'endroits où aller. » J'avais à nouveau un cafard monstre.

Elle a dit « Quoi ? Je t'entends pas. Ou bien tu brailles ou bien tu… »

J'ai dit « Non, y aura pas d'endroits merveilleux où aller quand j'aurai fini mes études et tout. Ouvre tes oreilles. Ce sera entièrement différent. Faudra qu'on descende par l'ascenseur avec des valises et tout. Faudra qu'on téléphone à tout le monde et qu'on dise au revoir et qu'on envoie des cartes postales des hôtels où on logera et tout. Et je travaillerai dans un bureau, je gagnerai plein de fric, j'irai au boulot en taxi ou bien en prenant le bus dans Madison Avenue, et je lirai les journaux, et je jouerai tout le temps au bridge, et j'irai au ciné voir plein de courts métrages idiots et “Prochainement sur cet écran” et les “Actualités”. Les Actualités. Putain. Il y a toujours une foutue course de chevaux, et une bonne femme qui casse une bouteille au-dessus d'un bateau, et un chimpanzé affublé d'un pantalon qui fait de la bicyclette. Ce sera pas du tout pareil. Tu vois pas du tout ce que je veux dire ».

Sally a dit « Peut-être. Mais peut-être toi non plus ». On en était à plus pouvoir se souffrir. Je m'en rendais compte

there wasn't any sense trying to have an intelligent conversation. I was sorry as hell I'd started it.

"C'mon, let's get outa here," I said. "You give me a royal pain in the ass, if you want to know the truth."

Boy, did she hit the ceiling when I said that. I know I shouldn't've said it, and I probably wouldn't've ordinarily, but she was depressing the hell out of me. Usually I never say crude things like that to girls. *Boy*, did she hit the ceiling. I apologized like a madman, but she wouldn't accept my apology. She was even crying. Which scared me a little bit, because I was a little afraid she'd go home and tell her father I called her a pain in the ass. Her father was one of those big silent bastards, and he wasn't too crazy about me anyhow. He once told old Sally I was too goddam noisy.

"No kidding. I'm sorry," I kept telling her.

"You're sorry. You're sorry. That's very funny," She said. She was still sort of crying, and all of a sudden I *did* feel sort of sorry I'd said it.

"C'mon, I'll take ya home. No kidding."

"I can go home by myself, thank you. If you think I'd let *you* take me home, you're mad. No boy ever said that to me in my entire life."

The whole thing was sort of funny, in a way, if you thought about it, and all of a sudden I did something I shouldn't have. I laughed. And I have one of these very loud, stupid laughs. I mean if I ever sat behind myself in a movie or something, I'd probably lean over and tell myself to please shut up. It made old Sally madder than ever.

I stuck around for a while, apologizing and trying to get her to excuse me, but she wouldn't. She kept telling me to go away and leave her alone. So finally I did it. I went inside

que ça rimait à rien de s'efforcer d'avoir une discussion intelligente. Je m'en mordais les doigts d'avoir essayé.

J'ai dit « Allez, on se tire. Si tu veux savoir j'en ai plein le cul de toi et de tes manières ».

Ouah, qu'est-ce que j'avais dit là. Ça l'a mise dans tous ses états. Je sais que j'aurais pas dû dire ça et en temps normal je l'aurais probablement pas dit. Mais elle me tapait sur les nerfs. Habituellement je suis jamais grossier avec les filles. Ouah, elle était vraiment dans tous ses états. Je lui ai fait mille excuses mais elle en avait rien à foutre. Même elle chialait. Ça m'a donné un peu les jetons parce que j'avais pas trop envie qu'elle rentre chez elle et raconte à son père que j'avais dit que j'en avais plein le cul, de sa fillette. Son père, c'était un de ces grands types qu'ouvrent à peine la bouche, et j'avais pas la cote avec lui. Une fois il s'était plaint à Sally que j'étais vraiment trop bruyant.

J'en finissais pas de répéter « Je suis désolé. Je te jure.

— Tu es désolé. Tu es désolé. C'est drôle. » Elle pleurnichait encore un peu et alors je me suis réellement senti désolé d'avoir dit ça.

« Viens, je vais te reconduire chez toi. Sans blague.

— Je peux rentrer chez moi toute seule. Merci. Si tu crois que je vais te laisser me ramener à la maison tu es dingue. Dans toute ma vie jamais un gars m'avait dit ça. »

Si on y réfléchissait, c'était assez marrant, notre histoire et brusquement j'ai fait quelque chose que j'aurais pas dû faire. J'ai ri. Et j'ai un de ces rires très forts et pas malins. Au point que si jamais un jour j'étais celui qui serait assis derrière moi au cinoche je prendrais la peine de me pencher vers moi pour me dire de la fermer, please. La môme Sally, ça l'a exaspérée.

Je suis resté encore un moment à dire que je regrettais et à essayer de me faire pardonner mais j'ai pas réussi. Elle a continué à me répéter de m'en aller, de la laisser tranquille. Alors finalement je suis parti. D'abord j'ai récupéré

and got my shoes and stuff, and left without her. I shouldn't've, but I was pretty goddam fed up by that time.

If you want to know the truth, I don't even know why I started all that stuff with her. I mean about going away somewhere, to Massachusetts and Vermont and all. I probably wouldn't've taken her even if she'd wanted to go with me. She wouldn't have been anybody to go with. The terrible part, though, is that I *meant* it when I asked her. That's the terrible part. I swear to God I'm a madman.

mes chaussures et mes affaires et puis je suis parti sans elle. J'aurais pas dû, mais je commençais à en avoir vachement marre.

Si vous voulez savoir, je sais même pas pourquoi j'ai commencé à lui raconter tout ce bla-bla. Je veux dire qu'on s'en irait dans le Massachusetts et le Vermont et tout. Si elle avait voulu venir je l'aurais sans doute pas emmenée. C'est pas le genre de fille qu'on voudrait emmener. Le plus terrible c'est qu'au moment où je lui ai demandé j'en avais bien l'intention. Voilà le plus terrible. Bon Dieu, je vous jure, je suis complètement barjot.

18

When I left the skating rink I felt sort of hungry, so I went in this drugstore and had a Swiss cheese sandwich and a malted, and then I went in a phone booth. I thought maybe I might give old Jane another buzz and see if she was home yet. I mean I had the whole evening free, and I thought I'd give her a buzz and, if she was home yet, take her dancing or something somewhere. I never danced with her or anything the whole time I knew her. I saw her dancing once, though. She looked like a very good dancer. It was at this Fourth of July dance at the club. I didn't know her too well then, and I didn't think I ought to cut in on her date. She was dating this terrible guy, Al Pike, that went to Choate. I didn't know him too well, but he was always hanging around the swimming pool. He wore those white Lastex kind of swimming trunks, and he was always going off the high dive. He did the same lousy old half gainer all day long. It was the only dive he could do, but he thought he was very hot stuff. All muscles and no brains. Anyway, that's who Jane dated that night. I couldn't understand it. I swear I couldn't. After we started going around together, I asked her how come she could date a show-off bastard like Al Pike. Jane said he wasn't a show-off. She said he had an inferiority complex. She acted like she felt sorry for him or something, and she wasn't just putting it on. She meant it. It's a funny thing about girls. Every time you mention

Chapitre 18

Quand j'ai quitté la patinoire j'avais un peu faim, aussi je suis entré dans un drugstore, j'ai mangé un sandwich au fromage et bu un lait malté, et puis je suis allé au téléphone. J'avais envie de donner un autre coup de fil à Jane, pour voir si elle était chez elle. C'est que ma soirée était libre et je voulais appeler Jane et si elle était là l'emmener danser quelque part ou quoi. Du temps où je la fréquentais j'ai jamais dansé avec elle ni rien. Mais une fois je l'ai vue danser. Elle avait l'air de drôlement se défendre. C'était au bal du Quatre Juillet, à notre club. Je la connaissais pas encore très bien ; elle avait un cavalier et j'ai pas voulu m'interposer. Son cavalier c'était ce terrible mec, Al Pike, qui allait à Choate. Lui non plus je le connaissais pas bien, il traînait toujours à la piscine. Il avait un slip de bain en latex blanc, et il arrêtait pas de sauter du grand plongeoir. Toute la journée il faisait la même saloperie de demi-vrille. Le seul plongeon qu'il savait faire ; mais il se croyait très calé. Rien que du muscle, pas de cervelle. En tout cas, ce soir-là, c'était avec lui qu'elle était, Jane. Je me demandais bien pourquoi ; je vous jure. Lorsqu'on a commencé à sortir ensemble je lui ai posé la question ; comment ça se faisait qu'elle avait eu rancard avec un foutu crâneur comme Al Pike. Jane a dit qu'il était pas crâneur. Elle a dit qu'il avait un complexe d'infériorité. C'était pas pour se donner un genre mais comme si elle le prenait en pitié. Avec les filles, c'est bizarre, chaque fois qu'on mentionne

some guy that's strictly a bastard – very mean, or very conceited and all – and when you mention it to the girl, she'll tell you he has an inferiority complex. Maybe he *has,* but that still doesn't keep him from being a bastard, in my opinion. Girls. You never know what they're going to think. I once got this girl Roberta Walsh's roommate a date with a friend of mine. His name was Bob Robinson and *he really* had an inferiority complex. You could tell he was very ashamed of his parents and all, because they said "he don't" and "she don't" and stuff like that and they weren't very wealthy. But he wasn't a bastard or anything. He was a very nice guy. But this Roberta Walsh's roommate didn't like him at all. She told Roberta he was too conceited – and the *reason* she thought he was conceited was because he happened to mention to her that he was captain of the debating team. A little thing like that, and she thought he was conceited! The trouble with girls is, if they like a boy, no matter how big a bastard he is, they'll say he has an inferiority complex, and if they *don't* like him, no matter how nice a guy he is, or how big an inferiority complex he has, they'll say he's conceited. Even smart girls do it.

Anyway, I gave old Jane a buzz again, but her phone didn't answer, so I had to hang up. Then I had to look through my address book to see who the hell might be available for the evening. The trouble was, though, my address book only has about three people in it. Jane, and this man, Mr. Antolini, that was my teacher at Elkton Hills, and my father's office number. I keep forgetting to put people's names in. So what I did finally, I gave old Carl Luce a buzz. He graduated from the Whooton School after I left. He was about three years older than I was, and I didn't like him too much, but he was one of these very intellectual guys – he had the highest I.Q. of any boy at Whooton – and I thought he might want to have dinner with me somewhere and have a slightly intellectual conversation.

un type qu'est un salaud cent pour cent – mesquin, crâneur et tout – quand on dit ça à une fille elle vous répond qu'il a un complexe d'infériorité. Peut-être qu'il en a un mais à mon avis ça l'empêche pas d'être un salaud. Les filles, on sait jamais ce qu'elles vont penser. Une fois j'ai arrangé un rancard entre la copine de chambre de Roberta Walsh et un de mes amis. Mon ami s'appelait Bob Robinson et lui, le complexe d'infériorité, c'était pas de la rigolade. Il avait honte de ses parents et tout parce qu'ils se mélangeaient dans les temps des verbes et qu'ils roulaient pas sur l'or. Mais c'était pas un salaud. C'était un très brave type. Pourtant la copine de chambre de Roberta Walsh, elle l'a pas aimé du tout. Elle a dit à Roberta qu'elle le trouvait trop prétentieux – et ça pour la *seule raison* qu'il lui a raconté que dans sa classe c'était lui qui était responsable du groupe de "débats". Cette petite chose de rien du tout et elle le trouvait prétentieux. L'ennui avec les filles c'est que si un garçon leur plaît, il peut être le plus horrible des salauds, elles trouveront qu'il a un complexe d'infériorité et s'il leur plaît pas, il aura beau être un brave type et avoir un énorme complexe, elles diront qu'il est prétentieux. Même les filles intelligentes sont comme ça.

Bref. J'ai donné un coup de bigo à Jane. Pas de réponse. Alors j'ai raccroché. Et puis j'ai ouvert mon carnet d'adresses pour chercher quelqu'un qui serait disponible. L'ennui c'est que dans mon carnet d'adresses il y avait seulement trois personnes. Jane, et cet homme, Mr Antolini, qui avait été mon professeur à Elkton Hill et mon père – c'est-à-dire son numéro au bureau. J'oublie tout le temps de noter le nom des gens. Finalement, j'ai appelé Carl Luce. Il avait eu ses diplômes à Whooton, après mon départ. Il était de trois ans mon aîné et je l'aimais pas beaucoup, c'était un de ces types très intellectuels – il avait le plus haut Q.I. de l'école – et j'ai pensé qu'on pourrait peut-être dîner ensemble et échanger quelques idées.

He was very enlightening sometimes. So I gave him a buzz. He went to Columbia now, but he lived on 65th Street and all, and I knew he'd be home. When I got him on the phone, he said he couldn't make it for dinner but that he'd meet me for a drink at ten o'clock at the Wicker Bar, on 54th. I think he was pretty surprised to hear from me. I once called him a fat-assed phony.

I had quite a bit of time to kill till ten o'clock, so what I did, I went to the movies at Radio City. It was probably the worst thing I could've done, but it was near, and I couldn't think of anything else.

I came in when the goddam stage show was on. The Rockettes were kicking their heads off, the way they do when they're all in line with their arms around each other's waist. The audience applauded like mad, and some guy behind me kept saying to his wife, "You know what that is? That's precision." He killed me. Then, after the Rockettes, a guy came out in a tuxedo and roller skates on, and started skating under a bunch of little tables, and telling jokes while he did it. He was a very good skater and all, but I couldn't enjoy it much because I kept picturing him *pract*icing to be a guy that roller-skates on the stage. It seemed so stupid. I guess I just wasn't in the right mood. Then, after him, they had this Christmas thing they have at Radio City every year. All these angels start coming out of the boxes and everywhere, guys carrying crucifixes and stuff all over the place, and the whole bunch of them – *thousands* of them – singing "Come All Ye Faithful!" like mad. Big deal. It's supposed to be religious as hell, I know, and very pretty and all, but I can't see anything religious or pretty, for God's sake, about a bunch of actors carrying crucifixes all over the stage. When they were all finished and

Par moments il vous faisait découvrir des choses. Alors je lui ai bigophoné. À présent il était à Columbia, mais il habitait la Soixante-Cinquième Rue et tout, et je savais qu'il serait chez lui. Quand je l'ai eu il a dit que c'était pas possible qu'il se libère pour dîner mais qu'on prendrait un verre à dix heures au Wicker Bar, dans la Cinquante-Quatrième Rue. J'ai eu l'impression qu'il était plutôt surpris de m'entendre. Une fois je l'avais traité de gros-cul faux-jeton.

Fallait que je tue le temps jusqu'à dix heures. Aussi ce que j'ai fait, je me suis payé un ciné à Radio-City. C'était probablement la pire chose à faire mais y avait pas loin à aller et je trouvais rien d'autre qui m'aurait tenté.

Quand je suis arrivé c'était la parade sur la scène. Les Rockettes secouaient la tête tant qu'elles pouvaient comme elles font quand elles sont en ligne et se tiennent par la taille. Les spectateurs applaudissaient comme des dingues, et derrière moi un type arrêtait pas de dire à sa femme « Tu sais à quoi c'est dû ? À la précision ». Ça m'a tué. Après les Rockettes un type est venu en smoking avec des patins à roulettes et il s'est mis à patiner sur une série de petites tables et en même temps à dire des plaisanteries. C'était un très bon patineur et tout, mais ça m'amusait pas tellement parce que je me le représentais *s'entraînant* pour devenir un type qui fait du patin à roulettes sur une scène. Ça semblait tellement idiot. Je suppose que c'est seulement que j'étais pas dans l'humeur qui convenait. Et après lui il y a eu ce truc de Noël qu'ils donnent chaque année à Radio-City. Tous ces anges partout qui sortent des coulisses, partout des mecs portant des crucifix et du bazar et toute la bande – des milliers – qui chantent à plein gosier « Come All Ye Faithful ». Vous parlez d'un show-biz ! C'est supposé être foutrement religieux, je sais, et très joli et tout, mais bordel je vois rien de religieux, rien de joli dans une troupe d'acteurs qui baladent des crucifix sur la scène. Quand tout a été fini et

started going out the boxes again, you could tell they could hardly wait to get a cigarette or something. I saw it with old Sally Hayes the year before, and she kept saying how beautiful it was, the costumes and all. I said old Jesus probably would've puked if He could see it – all those fancy costumes and all. Sally said I was a sacrilegious atheist. I probably am. The thing Jesus *really* would've liked would be the guy that plays the kettle drums in the orchestra. I've watched that guy since I was about eight years old. My brother Allie and I, if we were with our parents and all, we used to move our seats and go way down so we could watch him. He's the best drummer I ever saw. He only gets a chance to bang them a couple of times during a whole piece, but he never looks bored when he isn't doing it. Then when he does bang them, he does it so nice and sweet, with this nervous expression on his face. One time when we went to Washington with my father, Allie sent him a postcard, but I'll bet he never got it. We weren't too sure how to address it.

After the Christmas thing was over, the goddam picture started. It was so putrid I couldn't take my eyes off it. It was about this English guy, Alec something, that was in the war and loses his memory in the hospital and all. He comes out of the hospital carrying a cane and limping all over the place, all over London, not knowing who the hell he is. He's really a duke, but he doesn't know it. Then he meets this nice, homey, sincere girl getting on a bus. Her goddam hat blows off and he catches it, and then they go upstairs and sit down and start talking about Charles Dickens. He's both their favorite author and all. He's carrying this copy of *Oliver Twist* and so's she. I could've puked. Anyway, they fall in love right away, on account of they're both so nuts about Charles Dickens and all, and he helps her

qu'ils ont vidé les lieux on sentait qu'ils avaient qu'une hâte, c'était d'aller en griller une ou quoi. J'étais venu déjà l'année précédente avec Sally Hayes et elle en finissait pas de s'extasier sur les costumes et tout. J'ai dit que le petit père Jésus Il aurait probablement dégobillé s'Il avait vu ça, tous ces costumes à la gomme et tout. Sally a dit que j'étais un athée sacrilège. C'est peut-être vrai. Ce que Jésus aurait *sûrement* aimé c'est le gars dans l'orchestre qui joue des timbales. J'ai observé ce gars depuis l'âge de huit ans. Mon frère Allie et moi, si on était avec nos parents et tout, on se levait de nos sièges et on s'avançait pour mieux le voir. C'est le meilleur batteur que j'aie jamais vu. Il intervient seulement deux fois pendant tout le spectacle, mais on a pas l'impression qu'il s'ennuie quand il fait rien. Et puis quand il frappe c'est tellement bien, tellement chouette, et son visage prend un air si concentré. Une fois, quand on est allés à Washington avec mon père, Allie lui a envoyé une carte postale, mais je parierais qu'il l'a jamais eue. On était pas très sûrs comment mettre l'adresse.

Lorsque le machin de Noël a été terminé, le foutu film a commencé. C'était tellement putride que je pouvais pas en détacher mes yeux. Ça parlait de cet Anglais, Alec quelque chose, qui une fois revenu de la guerre a perdu la mémoire à l'hôpital et tout. Il sort de l'hôpital appuyé sur une canne, boitant tous azimuts et il se balade dans Londres sans savoir qui il est. En fait c'est un duc, mais il s'en souvient plus. Alors en prenant le bus il rencontre cette fille sympa, cette fille sincère. Le bon Dieu de vent lui a arraché son chapeau et lui il le rattrape ; et ensuite ils montent dans le bus, à l'étage supérieur et ils s'assoient et se mettent à parler de Charles Dickens. C'est leur auteur favori à tous les deux et tout. Alec il a sur lui un exemplaire d'*Oliver Twist* et elle aussi. J'en aurais vomi. Bon, ils tombent aussitôt amoureux pour la raison que tous les deux raffolent de Charles Dickens et tout, et lui il aide

run her publishing business. She's a publisher, the girl. Only, she's not doing so hot, because her brother's a drunkard and he spends all their dough. He's a very bitter guy, the brother, because he was a doctor in the was and now he can't operate any more because his nerves are shot, so he boozes all the time, but he's pretty witty and all. Anyway, old Alec writes a book, and this girl publishes it, and they both make a hatful of dough on it. They're all set to get married when this other girl, old Marcia, shows up. Marcia was Alec's fiancée before he lost his memory, and she recognizes him when he's in this store autographing books. She tells old Alec he's really a duke and all, but he doesn't believe her and doesn't want to go with her to visit his mother and all. His mother's blind as a bat. But the other girl, the homey one, makes him go. She's very noble and all. So he goes. But he still doesn't get his memory back, even when his great Dane jumps all over him and his mother sticks her fingers all over his face and brings him this teddy bear he used to slobber around with when he was a kid. But then, one day, some kids are playing cricket on the lawn and he gets smacked in the head with a cricket ball. Then right away he gets his goddam memory back and he goes in and kisses his mother on the forehead and all. Then he starts being a regular duke again, and he forgets all about the homey babe that has the publishing business. I'd tell you the rest of the story, but I might puke if I did. It isn't that I'd *spoil* it for you or anything. There isn't anything to *spoil*, for Chrissake. Anyway, it ends up with Alec and the homey babe getting married, and the brother that's a drunkard gets his nerves back and operates on Alec's mother so she can see again, and then the drunken brother and old Marcia go for each other. It ends up with everybody at this long dinner table laughing their asses off because the great Dane comes in with a bunch of puppies. Everybody thought

la fille à faire marcher sa maison d'éditions. Parce que la fille publie des livres. Seulement ça marche pas très bien bicause son frère boit comme un trou ce qui les met dans la dèche. Le frère est du genre très amer vu qu'il était médecin pendant la guerre et que maintenant il peut plus opérer à cause de ses nerfs démolis, aussi il pinte sans arrêt mais il est assez spirituel et tout. Bref. Le gars Alec écrit un livre et la fille le publie et tous les deux ils ramassent du flouze à la pelle. Ils sont sur le point de se marier quand cette autre fille, Marcia, entre en scène. Marcia était la fiancée d'Alec avant qu'il perde la mémoire et elle le reconnaît quand il est dans la boutique en train de donner des autographes. Elle dit à Alec qu'en vrai il est duc mais il la croit pas et il veut pas aller avec elle voir sa mère ni rien. Sa mère est aveugle comme une taupe. Mais l'autre fille, la fille sympa, elle le pousse à y aller. Elle est très généreuse et tout. Alors il y va. Pourtant la mémoire lui revient pas, même quand son danois saute autour de lui et que sa mère passe ses doigts sur son visage et lui apporte son ours en peluche qu'il traînait partout avec lui quand il était petit. Et puis un jour y a des mômes qui jouent au cricket sur la pelouse et il reçoit une balle de cricket sur la tête. Alors immédiatement la mémoire lui revient. Il entre dans la maison et il embrasse sa mère sur le front et tout. Il est de nouveau un vrai duc et il oublie la môme sympa qui a une maison d'éditions. Je vous dirais bien le reste de l'histoire mais j'ai peur de vomir. C'est pas que je craigne de vous la *gâcher* ou quoi. Putain, y a rien à *gâcher*. En tout cas, à la fin, Alec et la fille sympa se marient et le frère qui est ivrogne reprend le contrôle de ses nerfs et il opère la mère d'Alec qui recouvre la vue et pan, le frère alcoolique et la môme Marcia découvrent qu'ils s'aiment. Ça se termine quand ils sont tous assis autour d'une grande table de salle à manger à se boyauter parce que le danois entre avec un tas de chiots. Tout le monde croyait

it was a male, I suppose, or some goddam thing. All I can say is, don't see it if you don't want to puke all over yourself.

The part that got me was, there was a lady sitting next to me that cried all through the goddam picture. The phonier it got, the more she cried. You'd have thought she did it because she was kindhearted as hell, but I was sitting right next to her, and she wasn't. She had this little kid with her that was bored as hell and had to go to the bathroom, but she wouldn't take him. She kept telling him to sit still and behave himself. She was about as kindhearted as a goddam wolf. You take somebody that cries their goddam eyes out over phony stuff in the movies, and nine times out of ten they're mean bastards at heart. I'm not kidding.

After the movie was over, I started walking down to the Wicker Bar, where I was supposed to meet old Carl Luce, and while I walked I sort of thought about war and all. Those war movies always do that to me. I don't think I could stand it if I had to go to war. I really couldn't. It wouldn't be too bad if they'd just take you out and shoot you or something, but you have to stay in the *Army* so goddam long. That's the whole trouble. My brother D.B. was in the Army for four goddam years. He was in the war, too – he landed on D-Day and all – but I really think he hated the Army worse than the war. I was practically a child at the time, but I remember when he used to come home on furlough and all, all he did was lie on his bed, practically. He hardly ever even came in the living room. Later, when he went overseas and was in the war and all, he didn't get wounded or anything and he didn't have to shoot anybody. All he had to do was drive some cowboy general around all day in a command car. He once told Allie and I that if he'd had to shoot anybody, he wouldn't've known which direction to shoot in. He said the Army was practically as full of bastards as the Nazis were.

que c'était un mâle, je suppose, et ce serait ça qui les fait rire. En conclusion ce que je peux dire, c'est n'allez pas voir ce film si vous voulez pas vous vomir dessus.

Ce qui m'a tué, c'est qu'il y avait une dame assise à côté de moi qu'a pleuré tout le temps. Plus c'était bidon et plus elle pleurait. On aurait pu penser que ça voulait dire qu'elle avait le cœur tendre mais j'étais juste à côté d'elle et j'ai bien vu que c'était pas le cas. Elle avait avec elle ce petit gosse qui s'ennuyait à mourir et qui demandait à faire pipi mais il était pas question qu'elle l'emmène, elle arrêtait pas de lui chuchoter de se tenir tranquille. Pas plus de cœur qu'un loup affamé. Les gens qui pleurent à s'en fondre les yeux en regardant un film à la guimauve, neuf fois sur dix ils ont pas de cœur. Sans rire.

Quand le film a été fini je me suis rendu au Wicker Bar où j'étais censé rencontrer Carl Luce, et tout en marchant j'ai pensé à la guerre. Ces films de guerre ça me fait toujours cet effet-là. Si je devais aller à la guerre je crois pas que je pourrais le supporter. Sans blague. Si c'était seulement qu'on vous emmène et qu'on vous tire dessus ça irait encore, mais faut rester tellement longtemps dans l'armée. C'est ça l'ennui. Mon frère D.B. il y a passé quatre ans. Il a fait aussi la guerre – il a débarqué au jour-J et tout – mais je crois qu'il détestait encore plus l'armée que la guerre. À l'époque j'étais pratiquement encore un môme mais je me souviens quand il venait à la maison en permission et tout, il faisait pratiquement que rester sur son plumard. On le voyait presque jamais dans la salle de séjour. Plus tard, quand il est allé en Europe et qu'il a fait la guerre et tout il a jamais été blessé ni rien et il a jamais eu à tirer sur quelqu'un. Tout ce qu'on lui demandait c'était de trimbaler toute la journée un général à la cow-boy dans une voiture d'état-major. Une fois il nous a dit, à Allie et à moi, que s'il avait dû tirer sur quelqu'un il aurait pas su de quel côté tirer. Il disait qu'il y avait dans l'armée autant de salauds que chez les nazis.

I remember Allie once asked him wasn't it sort of good that he was in the war because he was a writer and it gave him a lot to write about and all. He made Allie go get his baseball mitt and then he asked him who was the best war poet, Rupert Brooke or Emily Dickinson. Allie said Emily Dickinson. I don't know too much about it myself, because I don't read much poetry, but I *do* know it'd drive me crazy if I had to be in the Army and be with a bunch of guys like Ackley and Stradlater and old Maurice all the time, marching with them and all. I was in the Boy Scouts once, for about a week, and I couldn't even stand looking at the back of the guy's neck in front of me. They kept telling you to look at the back of the guy's neck in front of you. I swear if there's ever another war, they better just take me out and stick me in front of a firing squad. I wouldn't object. What gets me about D.B., though, he hated the war so much, and yet he got me to read this book *A Farewell to Arms* last summer. He said it was so terrific. That's what I can't understand. It had this guy in it named Lieutenant Henry that was supposed to be a nice guy and all. I don't see how D.B. could hate the Army and war and all so much and still like a phony like that. I mean, for instance, I don't see how he could like a phony book like that and still like that one by Ring Lardner, or that other one he's so crazy about, *The Great Gatsby*. D.B. got sore when I said that, and said I was too young and all to appreciate it, but I don't think so. I told him I liked Ring Lardner and *The Great Gatsby* and all. I did, too. I was crazy about *The Great Gatsby*. Old Gatsby. Old sport. That killed me. Anyway, I'm sort of glad they've got the atomic bomb invented. If there's ever another war, I'm going to sit right the hell on top of it. I'll volunteer for it, I swear to God I will.

Je me souviens qu'une fois Allie a voulu savoir si c'était tout de même pas trop mal qu'il aille à la guerre puisqu'il était écrivain et que ça lui donnait des choses à écrire et tout. Il a envoyé Allie chercher son gant de base-ball et puis il lui a demandé qui était le meilleur poète de guerre, Rupert Brooke ou Emily Dickinson. Allie a dit Emily Dickinson. Je m'y connais pas beaucoup vu que je lis pas souvent de poésie mais je *sais* que ça m'aurait rendu fou s'il avait fallu que j'aille à l'armée et être tout le temps avec ces types comme Ackley et Stradlater et le gars Maurice. En colonne avec eux et tout. Une fois j'ai été dans les Boy Scouts, pendant à peu près une semaine, et je pouvais même pas supporter de regarder la nuque du gars qui marchait devant moi. On arrêtait pas de vous dire de regarder la nuque du gars qui marchait devant vous. Je le jure, s'il y a jamais une autre guerre ils feront mieux de me sortir tout de suite des rangs pour me coller en face du peloton d'exécution. J'aurai pas d'objections. Mais D.B., ce qui m'étonne c'est qu'il détestait tellement la guerre et pourtant qu'il m'a fait lire ce bouquin, *L'Adieu aux armes*, l'été dernier. Il m'a dit que c'était du tonnerre. Ça m'étonne vachement. Dedans il y avait ce type, le lieutenant Henry, qu'était soi-disant un type sympa et tout. Je vois pas comment D.B. pouvait tellement détester l'armée et la guerre et tout et quand même trouver sensas' un livre aussi bidon. Je veux dire, par exemple, je vois pas comment il peut aimer un livre aussi bidon et aimer aussi celui de Ring Lardner, ou l'autre qu'il adore, *Gatsby le Magnifique*. D.B. s'est fâché quand j'ai dit ça, et il a dit que j'étais trop jeune et tout pour apprécier, mais je crois pas. Je lui ai dit que j'aimais Ring Lardner et *Gatsby le Magnifique* et tout. C'est vrai. J'ai adoré *Gatsby le Magnifique*. Ce vieux Gatsby. Un pote. Ça m'a tué. En tout cas je serais plutôt content qu'ils aient inventé la bombe atomique. S'il y a une autre guerre j'irai m'asseoir juste dessus. Je serai volontaire pour ça. Je vous jure. Vous verrez.

19

In case you don't live in New York, the Wicker Bar is in this sort of swanky hotel, the Seton Hotel. I used to go there quite a lot, but I don't any more. I gradually cut it out. It's one of those places that are supposed to be very sophisticated and all, and the phonies are coming in the window. They used to have these two French babes, Tina and Janine, come out and play the piano and sing about three times every night. One of them played the piano – strictly lousy – and the other one sang, and most of the songs were either pretty dirty or in French. The one that sang, old Janine, was always whispering into the goddam microphone before she sang. She'd say, "And now we like to geeve you our impression of Vooly Voo Fransay. Eet ees the story of a leetle Fransh girl who comes to a beeg ceety, just like New York, and falls een love wees a leetle boy from Brookleen. We hope you like eet." Then, when she was all done whispering and being cute as hell, she'd sing some dopey song, half in English and half in French, and drive all the phonies in the place mad with joy. If you sat around there long enough and heard all the phonies applauding and all, you got to hate everybody in the world, I swear you did. The bartender was a louse, too. He was a big snob. He didn't talk to you at all hardly unless you were a big shot or a celebrity or something. If you *were*

Chapitre 19

Au cas où vous connaîtriez pas New York, le Wicker Bar il est dans cette sorte d'hôtel grand luxe, le Seton. Pendant un moment j'y allais souvent, mais plus maintenant. Peu à peu j'ai cessé d'y aller. C'est un de ces endroits réputés très sophistiqués et tout, et on y voit parader tous les types à la flan. Y avait deux Françaises, Tina et Janine, qui venaient jouer du piano et chanter trois fois par soirée. L'une jouait du piano – d'une façon positivement dégueulasse – et l'autre chantait, et les paroles de ses chansons c'était des cochonneries ou bien c'était en français. Celle qui chantait, la môme Janine, elle commençait toujours par chuchoter des trucs dans le foutu micro. Elle disait « Et maintenant nous aimerions vous dire une love story à la française. C'est l'histoire d'une petite Française qui arrive dans une grande ville comme New York et qui tombe in love with un petit gars de Brooklyn. J'espère que vous aimerez very much ». Et alors quand elle avait fini de chuchoter et d'être drôlement futée elle se mettait à bramer un truc idiot, moitié en anglais moitié en français et ça rendait fous de joie tous les corniauds de l'endroit. Si on restait assis là un moment à écouter ces crêpes applaudir et tout, on en arrivait très vite à détester le monde entier, je vous jure. Le barman aussi il était infect. Un vrai snob. Il vous adressait pratiquement pas la parole sauf si vous étiez une huile ou une célébrité. Si vous étiez une

a big shot or a celebrity or something, then he was even more nauseating. He'd go up to you and say, with this big charming smile, like he was a helluva swell guy if you knew him, "Well! How's Connecticut?" or "How's Florida?" It was a terrible place, I'm not kidding. I cut out going there entirely, gradually.

It was pretty early when I got there. I sat down at the bar – it was pretty crowded – and had a couple of Scotch and sodas before old Luce even showed up. I stood up when I ordered them so they could see how tall I was and all and not think I was a goddam minor. Then I watched the phonies for a while. Some guy next to me was snowing hell out of the babe he was with. He kept telling her she had aristocratic hands. That killed me. The other end of the bar was full of flits. They weren't too flitty-looking – I mean they didn't have their hair too long or anything – but you could tell they were flits anyway. Finally old Luce showed up.

Old Luce. What a guy. He was supposed to be my Student Adviser when I was at Whooton. The only thing he ever did, though, was give these sex talks and all, late at night when there was a bunch of guys in his room. He knew quite a bit about sex, especially perverts and all. He was always telling us about a lot of creepy guys that go around having affairs with sheep, and guys that go around with girls' pants sewed in the lining of their hats and all. And flits and Lesbians. Old Luce knew who every flit and Lesbian in the United States was. All you had to do was mention somebody – *any*body – and old Luce'd tell you if he was a flit or not. Sometimes it was hard to

huile ou une célébrité ou quelque chose comme ça alors il vous donnait encore plus la nausée. Il s'approchait de vous et il disait avec son grand sourire charmeur, comme s'il était un gars extra même si ça se voyait pas tellement « Eh bien, comment ça va dans le Connecticut ? » ou « Comment ça va en Floride ? » Ce bar était un endroit épouvantable. Sans blague. J'avais fini par plus y aller.

Quand je suis arrivé, il était pas tard. Je me suis assis au comptoir – y avait la grande foule – et j'ai commandé deux scotch-and-soda, avant même que le gars Luce soit là. Je me suis levé pour passer la commande afin qu'ils voient comme j'étais grand et me demandent pas si j'avais l'âge légal. Et puis j'ai regardé un moment tous les frimeurs. À côté de moi y en avait un qui faisait du gringue à la fille qui l'accompagnait. Il arrêtait pas de lui dire qu'elle avait des mains aristocratiques. Ça m'a tué. À l'autre bout du bar c'était plein de pédés qu'avaient pas trop l'air de pédés – je veux dire qu'étaient pas trop à manières ni rien – mais on voyait tout de même bien que c'étaient des pédés. Finalement le gars Luce s'est amené.

Le gars Luce. Quel drôle de zèbre. Quand j'étais à Whooton on me l'avait attribué comme Conseiller d'Études. Le seul truc qu'il ait jamais fait ça a été ses petits cours sur le sexe tard le soir dans sa chambre pleine de types. Sur le sexe il en connaissait un rayon, spécialement sur les pervers et tout. Fallait toujours qu'il nous parle de ces mecs inquiétants qui ont des liaisons avec les moutons et de ceux qui se baladent avec des petites culottes de filles cousues dans la doublure de leur chapeau et tout. Et des pédés et des lesbiennes. Le gars Luce il connaissait tous les pédés et toutes les lesbiennes des États-Unis. Vous aviez juste à mentionner quelqu'un – n'importe qui – et aussitôt il vous disait si c'était un pédé. Quelquefois on avait peine à le

believe, the people he said were flits and Lesbians and all, movie actors and like that. Some of the ones he said were flits were even married, for God's sake. You'd keep saying to him, "You mean Joe Blow's a flit? Joe *Blow*? That big, tough guy that plays gangsters and cowboys all the time?" Old Luce'd say, "Certainly." He was always saying "Certainly." He said it didn't matter if a guy was married or not. He said half the married guys in the world were flits and didn't even know it. He said you could turn into one practically overnight, if you had all the traits and all. He used to scare the hell out of us. I kept waiting to turn into a flit or something. The funny thing about old Luce, I used to think he was sort of flitty himself, in a way. He was always saying, "Try this for size," and then he'd goose the hell out of you while you were going down the corridor. And whenever he went to the can, he always left the goddam door open and *talked* to you while you were brushing your teeth or something. That stuff's sort of flitty. It really is. I've known quite a few real flits, at schools and all, and they're always doing stuff like that, and that's why I always had my doubts about old Luce. He was a pretty intelligent guy, though. He really was.

He never said hello or anything when he met you. The first thing he said when he sat down was that he could only stay a couple of minutes. He said he had a date. Then he ordered a dry Martini. He told the bartender to make it very dry, and no olive.

"Hey, I got a flit for you," I told him. "At the end of the bar. Don't look now. I been saving him for ya."

"Very funny," he said. "Same old Caulfield. When are you going to grow up?"

I bored him a lot. I really did. He amused me, though. He was one of those guys that sort of amuse me a lot.

croire. Ces gens qu'il prétendait être homosexuels et tout, des acteurs de cinéma et tout. Parmi ceux qu'il mentionnait, bon Dieu y en avait même qui étaient mariés. On cessait pas de lui demander, « Tu veux dire que Joe Blow est un pédé ? Joe *Blow* ? Ce grand dur qui joue les gangsters et les cow-boys ? » Et le gars Luce disait « Certainement ». « Certainement », c'était un mot qu'il répétait tout le temps. Il disait que ça changeait rien qu'un type soit marié ou pas. Il disait que la moitié des gars dans le monde sont des pédés qui s'ignorent. Qu'on pouvait pratiquement le devenir en une nuit si on avait ça dans le tempérament. Il nous foutait drôlement la frousse. Je m'attendais à tout instant à être changé en pédé ou quoi. Le plus curieux, c'est que ce gars, j'avais l'impression qu'il était lui-même un peu pédé, en un sens. Il disait tout le temps « Tiens attrape ça, vieux » en vous pinçant les fesses quand on passait dans le couloir. Et chaque fois qu'il allait aux chiottes il laissait toujours la porte ouverte et vous tenait des discours impossibles pendant que vous vous brossiez les dents. Ce genre de truc c'est plutôt pédé. Sans blague. J'ai connu quelques vrais homos au collège et tout, et ils sont toujours à faire des trucs comme ça, et voilà pourquoi avec le gars Luce j'ai toujours eu des soupçons. Ça empêche pas qu'il soit intelligent. C'est vrai.

Quand on le voyait il disait jamais bonjour ni rien. La première chose qu'il a dite en s'asseyant c'est qu'il pouvait rester seulement deux minutes. Il a prétendu qu'il avait un rancard. Puis il a commandé un martini sec. Il a dit au barman « super sec et pas d'olives ».

« Hey, j'ai un pédé pour toi » j'ai dit. À l'autre bout du bar. Attends, regarde pas. Je l'ai mis de côté pour toi. »

Il a dit « Très drôle. Toujours le même, Caulfield. Quand vas-tu cesser d'être un môme ? »

"How's your sex life?" I asked him. He hated you to ask him stuff like that.

"Relax," he said. "Just sit back and relax, for Chrissake."

"I'm relaxed," I said. "How's Columbia? Ya like it?"

"Certainly I like it. If I didn't like it I wouldn't have gone there," he said. He could be pretty boring himself sometimes.

"What're you majoring in?" I asked him. "Perverts?" I was only horsing around.

"What're you trying to be – funny?"

"No. I'm only kidding," I said. "Listen, hey, Luce. You're one of these intellectual guys. I need your advice. I'm in a terrific –"

He let out this big groan on me. "*Lis*ten, Caulfield. If you want to sit here and have a quiet, peaceful drink and a *quiet*, peaceful conver –"

"All right, all right," I said. "Relax." You could tell he didn't feel like discussing anything serious with me. That's the trouble with these intellectual guys. They never want to discuss anything serious unless *they* feel like it. So all I did was, I started discussing topics in general with him. "No kidding, how's your sex life?" I asked him. "You still going around with that same babe you used to at Whooton? The one with the terrific –"

"Good God, no," he said.

"How come? What happened to her?"

"I haven't the *faintest* idea. For all I know, since you ask, she's probably the Whore of New Hampshire by this time."

Mes plaisanteries ça l'emmerdait, c'est sûr. Mais lui il m'amusait. C'était un de ces types qui m'amusent pas mal.

J'ai demandé « Comment ça va, ta vie sexuelle ? » Il détestait qu'on lui demande des choses de ce genre.

Il a dit « Relaxe-toi. Prends un siège et relaxe-toi, sacré bordel ».

J'ai dit « Je suis très relaxe. Comment c'est, Columbia ? Tu aimes ? »

Il a dit « Certainement. Si je n'aimais pas je n'y serais pas allé ». Par moments il était casse-burettes.

J'ai demandé « Et c'est quoi ton sujet principal ? Les pervers ? » Je faisais seulement un peu l'idiot.

« Tu te crois marrant ? ».

J'ai dit « Bon, je plaisantais ». « Écoute, hey Luce. Tu es un type intellectuel. J'ai besoin de tes conseils. Je suis dans un terrible… »

Il a gémi. « *Écoute*, Caulfield. Si tu voulais bien t'asseoir et qu'on boive un verre tranquillement, en ayant une tranquille petite convers'… »

J'ai dit « D'accord, d'accord. T'énerve pas ». Je voyais qu'il s'en ressentait pas du tout pour une discussion sérieuse. C'est l'ennui avec ces intellos. Ils veulent jamais rien discuter de sérieux à moins que ce soit *eux* qui l'aient décidé. Aussi, tout ce que j'ai fait c'est choisir un sujet plutôt général. J'ai demandé « Sans blague, comment ça va ta vie sexuelle ? Tu sors toujours avec la même fille, celle que tu avais déjà quand on était à Whooton ? Celle au fantastique…

— Bon Dieu, non.

— Et pourquoi ? Qu'est-ce qui lui est arrivé ?

— Je n'en ai pas la moindre idée. Autant que je sache, et puisque tu demandes, elle est probablement devenue la Putain du New Hampshire.

"That isn't nice. If she was decent enough to let you get sexy with her all the time, you at least shouldn't talk about her that way."

"Oh, God!" old Luce said. "Is this going to be a typical Caulfield conversation? I want to know right now."

"No," I said, "but it isn't nice anyway. If she was decent and nice enough to let you –"

"*Must* we pursue this horrible trend of thought?"

I didn't say anything. I was sort of afraid he'd get up and leave on me if I didn't shut up. So all I did was, I ordered another drink. I felt like getting stinking drunk.

"Who're you going around with now?" I asked him. "You feel like telling me?"

"Nobody you know."

"Yeah, but who? I might know her."

"Girl lives in the Village. Sculptress. If you must know."

"Yeah? No kidding? How old is she?"

"I've never *asked* her, for God's sake."

"Well, around how old?"

"I should imagine she's in her late thirties," old Luce said.

"In her late *thirties*? Yeah? You like that?" I asked him. "You like 'em that old?" The reason I was asking was because he really knew quite a bit about sex and all. He was one of the few guys I knew that did. He lost his virginity when he was only fourteen, in Nantucket. He really did.

"I like a mature person, if that's what you mean. Certainly."

"You do? Why? No kidding, they better for sex and all?"

— C'est pas gentil. Si elle était assez chouette pour te laisser la tripoter tout le temps, au moins tu devrais pas parler d'elle en ces termes.

— Bon Dieu, a dit le gars Luce, ça va donc être une conversation typiquement à la Caulfield ? J'aimerais bien le savoir dès maintenant.

J'ai dit « Ben, non. Mais quand même c'est pas gentil. Si elle était assez chouette pour te laisser…

— Est-ce qu'on doit vraiment poursuivre sur un sujet aussi scabreux ? »

J'ai rien répondu. J'avais un peu peur, si je la fermais pas, qu'il se lève et me quitte. Aussi tout ce que j'ai fait, c'est de commander un autre whisky. J'avais envie de me saouler à mort.

« Avec qui tu sors maintenant ? Tu peux me le dire ?

— Personne que tu connaisses.

— Dis-moi qui. Je la connais peut-être.

— Une fille qui vit dans le Village. Elle est sculpteur. Si tu veux savoir.

— Ouais ? Sans rire ? Elle a quel âge ?

— Bon Dieu, je lui ai jamais demandé.

— Enfin, à peu près quel âge ?

— Pas loin des quarante piges, j'imagine » a dit Luce.

J'ai dit « Quarante ? Ouais ? T'aimes ça ? Tu les aimes aussi vieilles que ça ? » Si je posais la question, c'est pour la raison qu'il était plutôt bien informé sur le sexe. Un des rares types à l'être aussi bien parmi ceux que je fréquente. Il avait perdu son pucelage à quatorze ans. Sans rire.

« J'aime les femmes mûres, si c'est ce que tu veux dire. Certainement.

— Ah bon ? Pourquoi ? C'est mieux avec les vieilles ou quoi ?

"Listen. Let's get one thing straight. I refuse to answer any typical Caulfield questions tonight. When in *hell* are you going to grow up?"

I didn't say anything for a while. I let it drop for a while. Then old Luce ordered another Martini and told the bartender to make it a lot dryer.

"Listen. How long you been going around with her, this sculpture babe?" I asked him. I was really interested. "Did you know her when you were at Whooton?"

"Hardly. She just arrived in this country a few months ago."

"She did? Where's she from?"

"She happens to be from Shanghai."

"No kidding! She Chin*ese*, for Chrissake?"

"Obviously."

"No kidding! Do you like that? Her being Chinese?"

"Obviously."

"Why? I'd be interested to know – I really would."

"I simply happen to find Eastern philosophy more satisfactory than Western. Since you *ask*."

"You do? Wuddaya mean 'philosophy'? Ya mean sex and all? You mean it's better in China? That what you mean?"

"Not necessarily in *China*, for God's sake. The *East* I said. Must we go on with this inane conversation?"

"Listen, I'm serious," I said. "No kidding. Why's it better in the East?"

"It's too involved to go into, for God's sake," old Luce said. "They simply happen to regard sex as both a physical and a spiritual experience. If you think I'm –"

— Écoute. Soyons clairs. Ce soir je refuse de répondre à un interrogatoire typiquement Caulfield. Quand vas-tu cesser d'être un gamin, bordel ? »

Pendant un moment j'ai plus rien dit. Pendant un moment j'ai laissé tomber. Puis le gars Luce a commandé un autre martini et il a dit au barman qu'il le voulait encore plus sec.

J'ai demandé « Écoute, ça fait combien de temps que tu es avec elle ? Cette fille, qui est sculpteur ? » Ça m'intéressait vachement. « Tu la connaissais déjà quand tu étais à Whooton ?

— Sûrement pas. Elle vient d'arriver dans ce pays. Il y a quelques mois.

— Vrai ? Elle vient d'où ?

— Elle vient de Shanghai.

— Sans blague ! Une Chinoise, bordel ?

— Certainement.

— Sans blague ! Tu aimes ça ? Qu'elle soit chinoise ?

— Certainement.

— Pourquoi ? J'aimerais bien que tu me dises.

— Il se trouve simplement que la philosophie orientale me paraît plus satisfaisante que celle de l'Occident. Puisque tu demandes.

— Ah oui ? Qu'est-ce que tu veux dire par "philosophie" ? Tu veux dire le sexe et tout ? Tu veux dire que c'est mieux en Chine ? C'est ce que tu veux dire ?

— Pas nécessairement en Chine, bon Dieu. En Orient. Allons-nous continuer longtemps cette conversation idiote ? »

J'ai dit « Écoute, soyons sérieux. Sans rire, pourquoi est-ce mieux en Orient ?

— C'est trop compliqué pour en parler comme ça, a dit le gars Luce. Simplement là-bas on considère le sexe comme une expérience à la fois physique et spirituelle. Si tu crois que je suis…

"So do I! So do I regard it as a wuddayacallit – a physical and spiritual experience and all. I really do. But it depends on who the hell I'm doing it with. If I'm doing it with somebody I don't even –"

"Not so *loud*, for God's sake, Caulfield. If you can't manage to keep your voice down, let's drop the whole –"

"All right, but listen," I said. I was getting excited and I *was* talking a little too loud. Sometimes I talk a little loud when I get excited. "This is what I mean, though," I said. "I know it's supposed to be physical and spiritual, and artistic and all. But what I mean is, you can't do it with *everybody* – every girl you neck with and all – and make it come out that way. Can you?"

"Let's drop it," old Luce said. "Do you mind?"

"All right, but listen. Take you and this Chinese babe. What's so good about you two?"

"*Drop* it, I said."

I was getting a little too personal. I realize that. But that was one of the annoying things about Luce. When we were at Whooton, he'd make you describe the most personal stuff that happened to *you*, but if you started asking *him* questions about *him*self, he got sore. These intellectual guys don't like to have an intellectual conversation with you unless they're running the whole thing. They always want you to shut up when *they* shut up, and go back to your room when they go back to *their* room. When I was at Whooton old Luce used to hate it – you really could tell he did – when after he was finished giving this sex talk to a bunch of us in his room we stuck around and chewed the fat by ourselves for a while. I mean the other guys and myself. In somebody else's room. Old Luce hated that. He always wanted everybody to go back to their own room and shut up when he was finished being the big shot. The thing

— Mais moi aussi ! Moi aussi je trouve que c'est une ce-que-tu-dis – une expérience à la fois physique et spirituelle et tout. Bien sûr. Mais ça dépend avec qui je le fais. Si c'est avec quelqu'un pour qui j'ai…

— Caulfield, pas si fort, bon Dieu. Si tu ne peux pas baisser la voix, laissons tomber. »

J'ai dit « Okay, mais écoute ». Je m'excitais, et c'est vrai que je parlais un peu trop fort. Quelquefois je parle un peu fort quand je m'excite. « Ce que je veux dire, c'est que je sais que ça doit être physique et spirituel et artistique et tout. Mais ce que je veux dire, c'est que ça peut pas l'être avec n'importe qui, n'importe quelle fille avec qui on flirte. T'es d'accord ? »

Le gars Luce a dit « Laisse tomber. Tu veux ?

— Okay, mais attends, écoute. Disons, toi et cette Chinoise. Pourquoi c'est si bien, vous deux ?

— Laisse tomber, je t'ai dit. »

Ça devenait un peu trop personnel mes questions, je m'en rendais compte. C'est un des emmerdements, avec Luce. Quand on était à Whooton, il vous faisait raconter les choses les plus personnelles qui vous arrivaient, à *vous*, mais *lui*, si vous lui posiez des questions du même genre il était pas content. Ces mecs intellectuels, ils aiment pas avoir avec vous une conversation intellectuelle à moins que vous les laissiez diriger l'opération. Toujours ils veulent que vous la fermiez quand *ils* la ferment, et que vous rentriez dans votre chambre quand ils rentrent dans la leur. Quand j'étais à Whooton, ça le rendait fou le gars Luce si à la fin d'un de ses cours sur le sexe on quittait sa chambre pour aller continuer la discussion entre nous – je veux dire les copains et moi. Dans la chambre de quelqu'un d'autre. Oui, ça le rendait fou. Il voulait que chacun regagne sa piaule et se taise quand il avait fini d'être le grand leader. Il avait trop

he was afraid of, he was afraid somebody'd say something smarter than *he* had. He really amused me.

"Maybe I'll go to China. My sex life is lousy," I said.

"Naturally. Your mind is immature."

"It is. It really is. I know it," I said. "You know what the trouble with me is? I can never get really sexy – I mean *really* sexy – with a girl I don't like a lot. I mean I have to *like* her a lot. If I don't, I sort of lose my goddam desire for her and all. Boy, it really screws up my sex life something awful. My sex life stinks."

"Naturally it does, for God's sake. I told you the last time I saw you what you need."

"You mean to go to a psychoanalyst and all?" I said. That's what he'd told me I ought to do. His father was a psychoanalyst and all.

"It's up to you, for God's sake. It's none of my goddam business what you do with your life."

I didn't say anything for a while. I was thinking.

"Supposing I went to your father and had him psychoanalyze me and all," I said. "What would he do to me? I mean what would he do to me?"

"He wouldn't do a goddam thing to you. He'd simply talk to you, and you'd talk to him, for God's sake. For one thing, he'd help you to recognize the patterns of your mind."

"That what?"

"The patterns of your mind. Your mind runs in – Listen. I'm not giving an elementary course in psychoanalysis. If you're interested, call him up and make an

la trouille qu'il y en ait un qui dise quelque chose de plus intelligent que ce qu'il avait dit, lui. Moi ça m'amusait.

J'ai dit « Peut-être que j'irai en Chine. Ma vie sexuelle est branquignole.

— Rien d'étonnant. Ton esprit manque de maturité. »

J'ai dit « C'est bien vrai, je le sais. Tu veux que je te dise mon problème ? Je peux pas arriver à être intéressé sexuellement – je veux dire *vraiment* intéressé – par une fille qui me plaît pas tout à fait. Je veux dire qu'il faut qu'elle me plaise totalement. Sinon, mon foutu désir d'elle, il fout le camp. Ouah, ça déglingue complètement ma vie sexuelle. Ma vie sexuelle est pourrie.

— Certainement. Bon Dieu, la dernière fois que je t'ai vu je t'ai dit de quoi tu avais besoin.

— Tu veux dire d'aller voir un psychanalyste et tout ? » C'est ce qu'il m'avait dit que je devrais faire. Son père était psychanalyste et tout.

« À toi de décider, bon Dieu. Ça me regarde pas comment tu mènes ta vie. »

Je suis resté un petit moment sans lui parler. Je réfléchissais.

Et puis j'ai dit « En supposant que j'aille voir ton père et que je lui demande de me psychanalyser et tout, qu'est-ce qu'il me ferait ? Je veux dire qu'est-ce qu'il me ferait exactement ?

— Bon Dieu il ne te ferait rien. Simplement il te parlerait et tu lui parlerais. En premier lieu il t'aiderait à reconnaître les types de réactions inhérentes à ta forme d'esprit.

— Les quoi ?

— Les réactions. Ton esprit fonctionne suivant… Écoute, je ne vais pas te donner un cours élémentaire de psychanalyse. Si tu es intéressé appelle-le et prends

appointment. If you're not, don't. I couldn't care less, frankly."

I put my hand on his shoulder. Boy, he amused me. "You're a real friendly bastard," I told him. "You know that?"

He was looking at his wrist watch. "I have to tear," he said, and stood up. "Nice seeing you." He got the bartender and told him to bring him his check.

"Hey," I said, just before he beat it. "Did your father ever psychoanalyze you?"

"Me? Why do you ask?"

"No reason. Did he, though? Has he?"

"Not exactly. He's helped me to ad*just* myself to a certain extent, but an extensive analysis hasn't been necessary. Why do you ask?"

"No reason. I was just wondering."

"Well. Take it easy," he said. He was leaving his tip and all and he was starting to go.

"Have just one more drink," I told him. "Please. I'm lonesome as hell. No kidding."

He said he couldn't do it, though. He said he was late now, and then he left.

Old Luce. He was strictly a pain in the ass, but he certainly had a good vocabulary. He had the largest vocabulary of any boy at Whooton when I was there. They gave us a test.

rendez-vous. Si tu ne l'es pas, abstiens-toi. Franchement, moi je m'en moque. »

J'ai mis la main sur son épaule. Ouah, il m'amusait. J'ai dit « T'es un vrai salaud sympa. Tu savais ? »

Il a regardé sa montre. Il a dit « Faut que je me tire » et il s'est levé. « Bien content de t'avoir vu. » Il a appelé le barman pour savoir ce qu'il lui devait.

« Hey », j'ai dit juste avant qu'il se barre, « est-ce que ton père t'a jamais psychanalysé ?

— Moi ? Pourquoi tu demandes ?

— Comme ça. Alors ?

— Pas exactement. Il m'a aidé à trouver un certain équilibre ; une analyse complète n'a pas été nécessaire. Pourquoi tu demandes ?

— Comme ça. Je me posais la question.

— Salut. Bonne continuation. » Il laissait un pourboire et il allait filer.

J'ai dit « Prenons encore un verre. Je t'en prie. Je me sens très seul. Sans blague ».

Il a dit qu'il pouvait pas. Il a dit qu'il était tard, et alors il est parti.

Le gars Luce. C'était un vrai emmerdeur, mais il avait certainement un excellent vocabulaire. Parmi tous les types de Whooton, c'est lui qui avait le vocabulaire le plus étendu. On nous avait fait passer un test.

20

I kept sitting there getting drunk and waiting for old Tina and Janine to come out and do their stuff, but they weren't there. A flitty-looking guy with wavy hair came out and played the piano, and then this new babe, Valencia, came out and sang. She wasn't any good, but she was better than old Tina and Janine, and at least she sang good songs. The piano was right next to the bar where I was sitting and all, and old Valencia was standing practically right next to me. I sort of gave her the old eye, but she pretended she didn't even see me. I probably wouldn't have done it, but I was getting drunk as hell. When she was finished, she beat it out of the room so fast I didn't even get a chance to invite her to join me for a drink, so I called the headwaiter over. I told him to ask old Valencia if she'd care to join me for a drink. He said he would, but he probably didn't even give her my message. People never give your message to anybody.

Boy, I sat at that goddam bar till around one o'clock or so, getting drunk as a bastard. I could hardly see straight. The one thing I did, though, I was careful as hell not to get boisterous or anything. I didn't want anybody to notice me or anything or ask how old I was. But, boy, I could hardly see straight. When I was *really* drunk, I started that stupid business

Chapitre 20

Je suis resté assis à m'humecter les amygdales. J'attendais que Tina et Janine viennent faire leur numéro mais elles étaient pas là. Un type à l'allure de pédé avec des cheveux ondulés s'est mis à jouer du piano, et puis Valencia, une nouvelle minette, a fait son tour de chant. Elle était pas douée mais tout de même moins mauvaise que Tina et Janine et elle chantait de bonnes chansons. Le piano était juste auprès du comptoir où je me trouvais. Alors Valencia était pratiquement à côté de moi et tout. Je lui ai fait un peu de l'œil mais ça a pas eu l'air de l'intéresser. Je l'aurais sans doute pas fait si j'avais pas été plein comme une huître. Quand elle a eu terminé, elle s'est barrée si vite que j'ai même pas eu le temps de l'inviter à s'asseoir avec moi pour prendre un verre. Alors j'ai appelé le garçon. Je lui ai dit de demander à Valencia si elle voudrait venir boire quelque chose. Il a dit qu'il ferait la commission mais c'est probable qu'il m'a baratiné. Vos commissions, les gens les font jamais.

Ouah, je suis resté assis à cette saleté de comptoir jusqu'à environ une heure du mat', et j'étais de plus en plus saoul. Je pouvais à peine y voir clair. Tout de même j'ai fait rudement gaffe de pas chahuter ni rien. Je tenais pas à ce qu'on me remarque et qu'on me demande mon âge. Mais... Ouah, je pouvais à peine voir clair. Quand j'ai été *vraiment* schlass j'ai recommencé à me raconter cette histoire idiote

with the bullet in my guts again. I was the only guy at the bar with a bullet in their guts. I kept putting my hand under my jacket, on my stomach and all, to keep the blood from dripping all over the place. I didn't want anybody to know I was even wounded. I was con*ceal*ing the fact that I was a wounded sonuvabitch. Finally what I felt like, I felt like giving old Jane a buzz and see if she was home yet. So I paid my check and all. Then I left the bar and went out where the telephones were. I kept keeping my hand under my jacket to keep the blood from dripping. Boy, was I drunk.

But when I got inside this phone booth, I wasn't much in the mood any more to give old Jane a buzz. I was too drunk, I guess. So what I did, I gave old Sally Hayes a buzz.

I had to dial about twenty numbers before I got the right one. Boy, was I blind.

"Hello," I said when somebody answered the goddam phone. I sort of yelled it, I was so drunk.

"Who is this?" this very cold lady's voice said.

"This is me. Holden Caulfield. Lemme speaka Sally, please."

"Sally's *asleep*. This is Sally's grandmother. Why are you calling at this hour, Holden? Do you know what time it is?"

"Yeah. Wanna talka Sally. Very important. Put her on.

"Sally's *asleep*, young man. Call her tomorrow. Good night."

"Wake 'er up! Wake 'er up, hey. Attaboy."

Then there was a different voice. "Holden, this is me." It was old Sally. "What's the big idea?"

de la balle dans le ventre. J'étais le seul type du bar qui avait une balle dans le ventre. J'arrêtais pas de me passer la main sous la veste, sur mon estomac et tout, pour empêcher le sang de pisser tous azimuts. Je voulais que personne sache que j'étais blessé. Je cachais soigneusement mon état de fils de pute au ventre troué. Finalement, ce que j'ai eu envie de faire, j'ai eu envie de donner un coup de fil à la môme Jane pour voir si elle était rentrée chez elle. Alors j'ai payé ma note et tout, et puis j'ai quitté le bar et je suis allé là où sont les téléphones. Toujours la main sous ma veste pour empêcher le sang de dégouliner. Ouah, j'étais rond.

Mais quand je me suis retrouvé à l'intérieur de la cabine, et que j'ai voulu appeler Jane, eh bien j'avais plus la forme. J'étais trop saoul, j'imagine. Aussi ce que j'ai fait, j'ai appelé Sally Hayes.

C'est seulement après vingt faux numéros que j'ai eu le bon. Ouah, j'étais complètement défoncé.

Quand quelqu'un a répondu, j'ai braillé « Allô ». Je braillais parce que j'étais tellement saoul.

La voix d'une dame, une voix très froide a demandé « Qui est-ce ? »

— C'est moi. Holden Caulfield. Voudrais parler à Sally siou plaît.

— Sally dort. Je suis la grand-mère de Sally. Pourquoi appelez-vous aussi tard, Holden ? Vous savez quelle heure il est ?

— Ouais. Veux parler à Sally. Trrrès important. Passez-la-moi.

— Sally dort, jeune homme. Rappelez-la demain. Bonne nuit.

— Hey ! Faut la réveiller. Hey ! »

Alors une autre voix. « Holden, c'est moi. » C'était Sally. « Qu'est-ce qui te prend ?

"Sally? That you?"

"Yes – stop screaming. Are you drunk?"

"Yeah. Listen. Listen, hey. I'll come over Christmas Eve. Okay? Trimma goddam tree for ya. Okay? Okay, hey, Sally?"

"Yes. You're drunk. Go to bed now. Where are you? Who's with you?"

"Sally? I'll come over and trimma tree for ya, okay? Okay, hey?"

"*Yes*. Go to bed now. Where are you? Who's with you?"

"Nobody. Me, myself and I." Boy was I drunk! I was even still holding onto my guts. "They got me. Rocky's mob got me. You know that? Sally, you know that?"

"I can't hear you. Go to bed now. I have to go. Call me tomorrow."

"Hey, Sally! You want me trimma tree for ya? Ya want me to? *Huh*?"

"*Yes*. Good night. Go home and go to bed."

She hung up on me.

"G'night. G'night, Sally baby. Sally sweetheart darling," I said. Can you imagine how drunk I was? I hung up too, then. I figured she probably just came home from a date. I pictured her out with the Lunts and all somewhere, and that Andover jerk. All of them swimming around in a goddam pot of tea and saying sophisticated stuff to each other and being charming and phony. I wished to God I hadn't even phoned her. When I'm drunk, I'm a madman.

I stayed in the damn phone booth for quite a while. I kept holding onto the phone, sort of, so I wouldn't pass out. I wasn't feeling too marvelous, to tell you the truth. Finally,

— Sally ? C'est toi ?

— Oui, arrête de crier. Tu as bu ?

— Ouais. Écoute. Écoute, hey. Je viendrai la veille de Noël. Okay ? Décorer pour toi ce foutu sapin. Okay ? Hey, Sally, okay ?

— Oui. Tu es ivre. Va au lit maintenant. Où es-tu ? Avec qui es-tu ?

— Je viendrai décorer l'arbre pour toi. D'accord ? Hey, d'accord ?

— *Oui.* Va au lit maintenant. Où es-tu ? Avec qui ?

— Personne. Moi, moi-même et encore moi. » C'est fou ce que j'étais ivre. Je continuais à me tenir les entrailles. « Ils m'ont eu. La bande à Rocky. Ils m'ont eu. Tu savais ? Sally, tu savais ça ?

— Je t'entends mal. Va au lit maintenant. Il faut que je m'en aille. Rappelle-moi demain.

— Hey, Sally ? Tu veux bien que je décore l'arbre pour toi ? Tu veux bien, hey ?

— *Oui.* Bonne nuit. Rentre à la maison. Va te coucher. »

Elle a raccroché.

J'ai dit « Bou-nuit, bou-nuit p'tite Sally. Sally-en-sucre adorée ». Vous voyez à quel point j'étais ivre. Et moi aussi j'ai raccroché. Je pensais qu'elle rentrait juste chez elle après un rancard. Je me la suis imaginée quelque part avec les Lunt ou quoi, et ce taré qui est à Andover. Tous nageant tranquilles dans un foutu pot de thé et se disant des choses sophistiquées, et tous absolument charmants et totalement connards. Je regrettais vachement de lui avoir téléphoné. Quand j'ai bu je suis dingue.

J'ai encore traîné un moment dans la foutue cabine téléphonique. Je m'agrippais au téléphone pour pas m'évanouir. À dire vrai, j'avais pas la grande forme. Finalement,

though, I came out and went in the men's room, staggering around like a moron, and filled one of the washbowls with cold water. Then I dunked my head in it, right up to the ears. I didn't even bother to dry it or anything. I just let the sonuvabitch drip. Then I walked over to this radiator by the window and sat down on it. It was nice and warm. It felt good because I was shivering like a bastard. It's a funny thing, I always shiver like hell when I'm drunk.

I didn't have anything else to do, so I kept sitting on the radiator and counting these little white squares on the floor. I was getting soaked. About a gallon of water was dripping down my neck, getting all over my collar and tie and all, but I didn't give a damn. I was too drunk to give a damn. Then, Pretty soon, the guy that played the piano for old Valencia, this very wavy-haired, flitty-looking guy, came in to comb his golden locks. We sort of struck up a conversation while he was combing it, except that he wasn't too goddam friendly.

"Hey. You gonna see that Valencia babe when you go back in the bar?" I asked him.

"It's highly probable," he said. Witty bastard. All I ever meet is witty bastards.

"Listen. Give her my compliments. Ask her if that goddam waiter gave her my message, willya?"

"Why don't you go home, Mac? How old are you, anyway?"

"Eighty-six. Listen. Give her my compliments. Okay?"

"Why don't you go home, Mac?"

"Not me. Boy, you can play that goddam piano," I told him. I was just flattering him. He played the piano stinking, if you want to know the truth. "You oughta go on the radio,"

je suis quand même sorti de la cabine et je me suis réfugié dans les toilettes des hommes, en me mélangeant les cannes, et j'ai rempli d'eau froide un des lavabos. Puis j'ai plongé la tête dedans jusqu'aux oreilles. J'ai même pas pris la peine de la sécher ni rien. J'ai laissé l'eau dégouliner sur ma tronche. Puis je suis allé m'asseoir sur le radiateur près de la fenêtre. C'était chaud, c'était bon. Ça m'a fait du bien parce que je frissonnais comme un perdu. C'est bizarre, je frissonne vachement quand je suis ivre.

J'avais rien d'autre à faire aussi je suis resté assis sur le radiateur et j'ai compté les petits carrés blancs, par terre. J'étais trempé. Des litres d'eau me coulaient dans le cou, sur mon col et ma cravate et tout, mais je m'en foutais pas mal. J'étais trop ivre pour pas m'en foutre. Bientôt le type qui jouait du piano pour accompagner Valencia, ce mec très ondulé, genre pédé, est venu peigner ses boucles dorées. Pendant qu'il se coiffait on a échangé quelques mots, sauf que lui il était pas tellement aimable.

Je lui ai demandé « Hey, tu verras la môme Valencia quand tu vas retourner au bar ? »

Il a dit « C'est hautement probable ». Spirituel, le salaud. Faut toujours que je rencontre des salauds pleins d'esprit.

« Écoute. Fais-lui mes compliments. Demande-lui si le garçon lui a passé mon message, veux-tu ?

— Pourquoi que tu rentres pas chez toi, vieux ? Au fait, quel âge tu as ?

— Quatre-vingt-six ans. Écoute. Fais-lui mes compliments. Okay ?

— Pourquoi que tu rentres pas chez toi, vieux ?

— Arrête. » Et puis j'ai dit « Ouah, tu joues vachement bien du piano ». C'était pour le flatter. Si vous voulez savoir, il jouait comme un pied. « Tu devrais être à la radio, un type

I said. "Handsome chap like you. All those goddam golden locks. Ya need a manager?"

"Go home, Mac, like a good guy. Go home and hit the sack."

"No home to go to. No kidding – you need a manager?"

He didn't answer me. He just went out. He was all through combing his hair and patting it and all, so he left. Like Stradlater. All these handsome guys are the same. When they're done combing their goddam hair, they beat it on you.

When I finally got down off the radiator and went out to the hat-check room, I was crying and all. I don't know why, but I was. I guess it was because I was feeling so damn depressed and lonesome. Then, when I went out to the checkroom, I couldn't find my goddam check. The hat-check girl was very nice about it, though. She gave me my coat anyway. And my "Little Shirley Beans" record – I still had it with me and all. I gave her a buck for being so nice, but she wouldn't take it. She kept telling me to go home and go to bed. I sort of tried to make a date with her for when she got through working, but she wouldn't do it. She said she was old enough to be my mother and all. I showed her my goddam gray hair and told her I was forty-two – I was only horsing around, naturally. She was nice, though. I showed her my goddam red hunting hat, and she liked it. She made me put it on before I went out, because my hair was still pretty wet. She was all right.

I didn't feel too drunk any more when I went outside, but it was getting very cold out again, and my teeth started chattering like hell. I couldn't make them stop. I walked over to Madison Avenue and started to wait around for a bus because I didn't have hardly any money left and I had to start

comme toi, avec l'allure que t'as. Toutes ces boucles d'or. T'as pas besoin d'un manager ?

— Rentre chez toi, vieux, comme un bon petit gars. Va à la maison et fourre-toi au pieu.

— Pas de maison où aller. Sans rire – t'as pas besoin d'un manager ? »

Il a rien répondu. Il est parti. Il avait fini de se peigner, de se tapoter les cheveux et tout, alors il est parti. Comme Stradlater. Ces beaux types, ils sont tous pareils. Quand ils ont fini de se peigner ils vous plaquent.

Finalement, lorsque je suis descendu de mon radiateur pour aller au vestiaire je chialais et tout, je sais pas pourquoi mais je chialais. Je suppose que ça voulait dire que je me sentais tellement seul et paumé. Et puis une fois au vestiaire je pouvais plus trouver mon foutu ticket. Mais la fille a été bien gentille, elle m'a donné mon manteau. Et mon disque de *Little Shirley Beans* que j'avais toujours et tout. J'ai voulu lui fourguer un dollar pour sa peine mais elle l'a pas pris. Elle arrêtait pas de me dire de rentrer chez moi et de me mettre au lit. J'ai un peu essayé de lui refiler un rancard pour quand elle aurait terminé son boulot mais elle a pas voulu. Elle disait qu'elle avait l'âge d'être ma mère et tout. Je lui ai montré mes cheveux blancs et j'ai dit que j'avais quarante-deux ans. Bien sûr je racontais des conneries, mais quand même elle était gentille. Je lui ai montré aussi ma casquette de chasse et ça lui a plu. Elle me l'a fait mettre sur la tête avant que je sorte parce que mes cheveux étaient encore pas mal mouillés. C'était une fille bien.

Une fois dehors je me sentais plus tellement ivre mais il faisait de nouveau très froid et mes dents se sont mises à claquer terrible. Je pouvais pas les empêcher. J'ai remonté Madison Avenue et j'ai attendu à l'arrêt du bus parce que j'avais presque plus d'argent donc fallait que je commence

economizing on cabs and all. But I didn't feel like getting on a damn bus. And besides, I didn't even know where I was supposed to go. So what I did, I started walking over to the park. I figured I'd go by that little lake and see what the hell the ducks were doing, see if they were around or not. I still didn't know if they were around or not. It wasn't far over to the park, and I didn't have anyplace else special to go to – I didn't even know where I was going to *sleep* yet – so I went. I wasn't tired or anything. I just felt blue as hell.

Then something terrible happened just as I got in the park. I dropped old Phoebe's record. It broke into about fifty pieces. It was in a big envelope and all, but it broke anyway. I damn near cried, it made me feel so terrible, but all I did was, I took the pieces out of the envelope and put them in my coat pocket. They weren't any good for anything, but I didn't feel like just throwing them away. Then I went in the park. Boy, was it dark.

I've lived in New York all my life, and I know Central Park like the back of my hand, because I used to rollerskate there all the time and ride my bike when I was a kid, but I had the most terrific trouble finding that lagoon that night. I *knew* right where it was – it was right near Central Park South and all – but I still couldn't find it. I must've been drunker than I thought. I kept walking and walking, and it kept getting darker and darker and spookier and spookier. I didn't see one person the whole time I was in the park. I'm just as glad. I probably would've jumped about a mile if I had. Then, finally, I found it. What it was, it was partly frozen and partly not frozen. But I didn't see any ducks around. I walked all around the whole damn lake – I damn near fell *in* once, in fact – but I didn't see a single duck. I thought

à économiser sur les taxis et tout. Mais j'étais pas d'humeur à prendre le bus. D'ailleurs je savais même pas dans quelle direction je voulais me propulser. Alors je me suis dirigé vers le parc. Je pensais aller près du petit lac, pour voir ce que fabriquaient les canards, s'ils étaient encore là ou pas. J'ignorais toujours s'ils étaient là ou pas. Jusqu'au parc ça faisait pas très loin, et j'avais aucun endroit particulier où aller. Je savais même pas où dormir – donc j'ai marché. J'étais pas fatigué ni rien. Simplement, j'avais le cafard.

Et puis juste comme j'entrais dans le parc il m'est arrivé quelque chose d'horrible. J'ai laissé tomber le disque de Phoebé. Il s'est cassé en cinquante morceaux. Il était dans une grande pochette et tout mais il s'est quand même cassé. J'ai bien failli me remettre à pleurer tellement c'était un sale coup. J'ai seulement sorti les morceaux du carton et je les ai fourrés dans la poche de mon manteau. Ils étaient plus bons à rien mais je pouvais pas me décider à les jeter. J'ai continué à avancer. Dans la nuit noire.

J'ai passé toute ma vie à New York et je connais Central Park comme ma poche parce que j'y allais tout le temps faire du patin à roulettes quand j'étais môme et puis du vélo mais cette nuit-là j'ai eu un mal fou à trouver le lac. Je *savais* où il était – près de Central Park South et tout – mais j'arrivais pas à le trouver. Je devais être plus saoul que je pensais. J'ai marché marché et il faisait de plus en plus noir et c'était de plus en plus hallucinant. Tout le temps que j'ai été dans le parc j'ai pas vu un seul être humain. Et je m'en plains pas. Si j'avais rencontré quelqu'un j'aurais probablement bondi à plus d'un mile en arrière. Bon, quand même, le lac, je l'ai trouvé. Ce qu'y avait c'est qu'il était en partie gelé et en partie pas gelé. Mais j'ai pas vu les canards. J'ai fait tout le tour du foutu lac – à un moment j'ai même bien manqué tomber dedans – mais j'ai pas vu un seul canard. J'ai pensé

may be if there *were* any around, they might be asleep or something near the edge of the water, near the grass and all. That's how I nearly fell in. But I couldn't find any.

Finally I sat down on this bench, where it wasn't so goddam dark. Boy, I was still shivering like a bastard, and the back of my hair, even though I had my hunting hat on, was sort of full of little hunks of ice. That worried me. I thought probably I'd get pneumonia and die. I started picturing millions of jerks coming to my funeral and all. My grandfather from Detroit, that keeps calling out the numbers of the streets when you ride on a goddam bus with him, and my aunts – I have about fifty aunts – and all my lousy cousins. What a mob'd be there. They all came when Allie died, the whole goddam stupid bunch of them. I have this one stupid aunt with halitosis that kept saying how *peace*ful he looked lying there, D.B. told me. I wasn't there. I was still in the hospital. I had to go to the hospital and all after I hurt my hand. Anyway, I kept worrying that I was getting pneumonia, with all those hunks of ice in my hair, and that I was going to die. I felt sorry as hell for my mother and father. Especially my mother, because she still isn't over my brother Allie yet. I kept picturing her not knowing what to do with all my suits and athletic equipment and all. The only good thing, I knew she wouldn't let old Phoebe come to my goddam funeral because she was only a little kid. That was the only good part. Then I thought about the whole bunch of them sticking me in a goddam cemetery and all, with my name on this tombstone and all. Surrounded by dead guys. Boy, when you're dead, they really fix you up. I hope to hell when I *do* die somebody has sense enough to just dump me in the river or something.

que peut-être, s'il y en avait, ils dormaient dans l'herbe et tout, au bord de l'eau. C'est comme ça que je suis presque tombé dedans. Mais les canards, je les ai pas trouvés.

Finalement, je me suis assis sur un banc, là où c'était pas trop sombre. Ouah, je tremblais toujours comme un dingue et mes cheveux sur ma nuque étaient pleins de petits glaçons, et ça malgré ma casquette. Je me faisais du souci, je pensais que j'allais probablement attraper une pneumonie et claquer. Je me suis mis à me représenter les millions de pedzouilles qui viendraient à mon enterrement. Mon grand-père de Detroit qui lit tout haut les numéros des rues quand on prend le bus ensemble, et mes tantes – j'en ai dans les cinquante – et ma ribambelle de cornichons de cousins. Ça ferait une foule. Quand Allie est mort ils sont tous venus, toute la troupe à la con. J'ai cette idiote de tante, celle qui a mauvaise haleine, elle arrêtait pas de dire qu'Allie, il avait l'air si *paisible* étendu là, c'est D.B. qui me l'a raconté. Moi j'y étais pas. J'étais encore à l'hôpital. On m'avait mis à l'hôpital et tout, vu que je m'étais abîmé la main. Bon. Je me suis dit que j'allais sûrement avoir une pneumonie, avec ces glaçons dans les cheveux, et que je mourrais. Et ça m'embêtait vachement pour ma mère et mon père. Spécialement pour ma mère parce qu'elle est encore pas remise, à cause de mon frère Allie. Je l'imaginais qui saurait pas quoi faire de mes habits et de mon équipement sportif. La seule chose bien c'est que j'étais sûr qu'elle laisserait pas la môme Phoebé venir à mon enterrement parce qu'elle est encore trop petite. C'était la seule chose bien. Et puis j'ai pensé à toute la bande qui me foutrait au cimetière et tout, avec mon nom sur la tombe et tout. Au milieu de ces foutus trépassés. Ouah, quand on est mort, on y met les formes pour vous installer. J'espère que lorsque je mourrai quelqu'un aura le bon sens de me jeter dans une rivière.

Anything except sticking me in a goddam cemetery. People coming and putting a bunch of flowers on your stomach on Sunday, and all that crap. Who wants flowers when you're dead? Nobody.

When the weather's nice, my parents go out quite frequently and stick a bunch of flowers on old Allie's grave. I went with them a couple of times, but I cut it out. In the first place, I certainly don't enjoy seeing him in that crazy cemetery. Surrounded by dead guys and tombstones and all. It wasn't too bad when the sun was out, but twice – *twice* – we were there when it started to rain. It was awful. It rained on his lousy tombstone, and it rained on the grass on his stomach. It rained all over the place. All the visitors that were visiting the cemetery started running like hell over to their cars. That's what nearly drove me crazy. All the visitors could get in their cars and turn on their radios and all and then go someplace nice for dinner – everybody except Allie. I couldn't stand it. I know it's only his body and all that's in the cemetery, and his soul's in Heaven and all that crap, but I couldn't stand it anyway. I just wish he wasn't there. You didn't know him. If you'd known him, you'd know what I mean. It's not too bad when the sun's out, but the sun only comes out when it feels like coming out.

After a while, just to get my mind off getting pneumonia and all, I took out my dough and tried to count it in the lousy light from the street lamp. All I had was three singles and five quarters and a nickel left – boy, I spent a fortune since I left Pencey. Then what I did, I went down near the lagoon and I sort of skipped the quarters and the nickel across it, where it wasn't frozen. I don't know why I did it, but I did it. I guess I thought it'd take my mind off getting pneumonia and dying. It didn't, though.

N'importe quoi plutôt que le cimetière. Avec des gens qui viennent le dimanche vous poser un bouquet de fleurs sur le ventre et toutes ces conneries. Est-ce qu'on a besoin de fleurs quand on est mort ?

Souvent, lorsqu'il fait beau, mes parents vont mettre des fleurs sur la tombe d'Allie. Je les ai accompagnés deux ou trois fois et puis j'ai arrêté. D'abord ça me plaît pas du tout de le voir dans ce putain de cimetière. Entouré par des types qui sont morts et sous des dalles de pierre et tout. Quand il y a du soleil ça peut encore aller, mais deux fois, oui *deux fois* on y était quand il s'est mis à pleuvoir. C'était horrible. Il pleuvait sur la saloperie de tombe d'Allie et il pleuvait sur l'herbe sur son ventre. Il pleuvait tous azimuts. Les gens en visite au cimetière se sont mis à courir à toute pompe vers leurs voitures. Je me sentais devenir dingue. Ces gens, ils avaient qu'à monter dans les voitures et mettre la radio et tout et puis s'en aller dîner dans un endroit agréable – tous, excepté Allie. Et ça je pouvais pas l'admettre. Je sais bien que c'est seulement son corps qu'est au cimetière et son âme est au Ciel et tout, le grand bla-bla, mais quand même je pouvais pas l'admettre. Je voudrais tellement pas qu'il soit là. Vous l'avez pas connu. Si vous l'aviez connu vous comprendriez. Passe encore quand y a du soleil mais le soleil il vient quand ça lui chante.

Au bout d'un moment, pour m'ôter de la tête l'idée d'attraper une pneumonie et tout, j'ai sorti mon fric et j'ai essayé de le compter dans la lumière pourrie d'un lampadaire. Il me restait que trois dollars et de la petite monnaie. Ouah. J'avais dépensé une fortune depuis mon départ de Pencey. Alors ce que j'ai fait, je suis allé près du lac, et j'ai lancé les pièces dedans, à l'endroit où c'était pas gelé. Je sais pas pourquoi j'ai fait ça mais je l'ai fait. J'imagine que je cherchais à m'ôter de la cervelle cette idée d'attraper une pneumonie et de mourir. Mais ça n'a pas réussi.

I started thinking how old Phoebe would feel if I got pneumonia and died. It was a childish way to think, but I couldn't stop myself. She'd feel pretty bad if something like that happened. She likes me a lot. I mean she's quite fond of me. She really is. Anyway, I couldn't get that off my mind, so finally what I figured I'd do, I figured I'd better sneak home and see her, in case I died and all. I had my door key with me and all, and I figured what I'd do, I'd sneak in the apartment, very quiet and all, and just sort of chew the fat with her for a while. The only thing that worried me was our front door. It creaks like a bastard. It's a pretty old apartment house, and the superintendent's a lazy bastard, and everything creaks and squeaks. I was afraid my parents might hear me sneaking in. But I decided I'd try it anyhow.

So I got the hell out of the park, and went home. I walked all the way. It wasn't too far, and I wasn't tired or even drunk any more. It was just very cold and nobody around anywhere.

Je me suis mis à me demander ce que dirait la môme Phoebé si je mourais d'une pneumonie. C'était se tracasser bêtement mais je pouvais pas m'en empêcher. Ce serait moche pour elle si ça m'arrivait. Elle m'aime bien. Je peux dire qu'elle m'aime beaucoup. Vraiment. Bon, ça me trottait par la tête aussi j'ai fini par décider que je ferais mieux d'aller la voir à la maison en douce et je me suis dit que je me glisserais dans l'appartement sans bruit ni rien et qu'on aurait une petite convers' – elle et moi. Y avait bien la porte d'entrée qui m'embêtait. Cette saloperie de porte elle grince tellement. C'est un vieil immeuble et le gérant est flemmard, alors tout craque et grince. J'avais peur que mes parents m'entendent. Mais j'ai décidé de quand même tenter le coup.

Donc je suis ressorti du parc, et j'ai pris en direction de la maison. Je me suis tapé tout le chemin à pied. C'était pas tellement loin. J'étais pas fatigué. Je me sentais même plus ivre. Y avait juste qu'il faisait froid et qu'on voyait pas un chat.

21

The best break I had in years, when I got home the regular night elevator boy, Pete, wasn't on the car. Some new guy I'd never seen was on the car, so I figured that if I didn't bump smack into my parents and all I'd be able to say hello to old Phoebe and then beat it and nobody'd even know I'd been around. It was really a terrific break. What made it even better, the new elevator boy was sort of on the stupid side. I told him, in this very casual voice, to take me up to the Dicksteins'. The Dicksteins were these people that had the other apartment on our floor. I'd already taken off my hunting hat, so as not to look suspicious or anything. I went in the elevator like I was in a terrific hurry.

He had the elevator doors all shut and all, and was all set to take me up, and then he turned around and said, "They ain't in. They're at a party on the fourteenth floor."

"That's all right," I said. "I'm supposed to wait for them. I'm their nephew."

He gave me this sort of stupid, suspicious look, "You better wait in the lobby, fella," he said.

"I'd like to – I really would," I said. "But I have a bad leg. I have to hold it in a certain position. I think I'd better sit down in the chair outside their door."

Chapitre 21

Ça a été mon coup de pot du siècle. Quand je suis arrivé à la maison, Pete, le liftier du service de nuit, était pas là. C'était un nouveau. Alors je me suis dit qu'à moins de me cogner en plein dans mes parents ou quoi, je pourrais dire un petit bonjour à Phoebé et me barrer après sans que personne sache que j'étais venu. C'était un coup de pot du tonnerre. Ce qui arrangeait encore la situation c'est que le garçon d'ascenseur était plutôt à classer dans les cloches. Je lui ai dit d'un air très détaché que j'allais chez les Dickstein. Les Dickstein, ce sont les gens qui ont l'autre appartement au même étage. Puis j'ai ôté ma casquette pour pas faire mauvais genre et je suis entré dans l'ascenseur comme si j'étais terriblement pressé.

Il avait fermé les portes et il était prêt à mettre le truc en marche quand il s'est tourné vers moi et il a dit « Y sont pas là. Y sont à une soirée au quatorzième étage ».

J'ai dit « Aucune importance. C'est entendu que je les attendrai. Je suis leur neveu. »

Il m'a jeté un coup d'œil soupçonneux. « Tu ferais mieux de les attendre dans le hall, mon gars. »

J'ai dit « Je voudrais bien. Sincèrement. Mais j'ai une jambe esquintée. Faut que je la maintienne dans une certaine position. Je crois qu'il est préférable que j'aille m'asseoir sur la banquette du palier ».

He didn't know what the hell I was talking about, so all he said was "Oh" and took me up. Not bad, boy. It's funny. All you have to do is say something nobody understands and they'll do practically anything you want them to.

I got off at our floor – limping like a bastard – and started walking over toward the Dicksteins' side. Then, when I heard the elevator doors shut, I turned around and went over to our side. I was doing all right. I didn't even feel drunk anymore. Then I took out my door key and opened our door, quiet as hell. Then, very, very carefully and all, I went inside and closed the door. I really should've been a crook.

It was dark as hell in the foyer, naturally, and naturally I couldn't turn on any lights. I had to be careful not to bump into anything and make a racket. I certainly knew I was home, though. Our foyer has a funny smell that doesn't smell like anyplace else. I don't know what the hell it is. It isn't cauliflower and it isn't perfume – I don't know what the hell it is – but you always know you're home. I started to take off my coat and hang it up in the foyer closet, but that closet's full of hangers that rattle like madmen when you open the door, so I left it on. Then I started walking very, very slowly back toward old Phoebe's room. I knew the maid wouldn't hear me because she had only one eardrum. She had this brother that stuck a straw down her ear when she was a kid, she once told me. She was pretty deaf and all. But my *par*ents, especially my mother, she has ears like a goddam bloodhound. So I took it very, very easy when I went past their door. I even held my breath, for God's sake. You can hit my father over the head with a chair and he won't wake up, but my mother, all you have to do to my mother is cough somewhere in Siberia and

Il suivait pas ce que je racontais. Il a seulement dit « Oh », et on est montés. Bien joué, ouah. C'est marrant, suffit de s'arranger pour que quelqu'un pige rien à ce qu'on lui dit et on obtient pratiquement tout ce qu'on veut.

Je suis sorti à notre étage – en boitant comme un malheureux – et je me suis dirigé du côté des Dickstein. Quand j'ai entendu la porte de l'ascenseur se refermer j'ai fait demi-tour et je suis allé de notre côté. Tout se passait bien. J'étais dégivré. J'ai pris ma clef et j'ai ouvert. Doucement. Doucement. Puis encore plus doucement et tout je suis rentré et j'ai refermé la porte. Décidément, j'aurais dû être cambrioleur.

Bien sûr, dans le vestibule j'y voyais que dalle et je pouvais pas allumer. Il fallait que je prenne des précautions pour pas me cogner et faire du barouf. Mais en tout cas je pouvais dire sans hésiter que j'étais à la maison. On sent tout de suite une drôle d'odeur qu'on trouve nulle part ailleurs. Je sais pas ce que c'est. C'est pas du chou-fleur, c'est pas du parfum. Difficile de préciser mais on peut tout de suite dire qu'on est à la maison. J'ai voulu ôter mon manteau pour le mettre dans la penderie mais finalement je l'ai gardé parce que la penderie est pleine de cintres qui font un vrai tintamarre quand on ouvre la porte. Puis j'ai avancé doucement, doucement, en direction de la chambre de Phoebé. Je savais que la bonne m'entendrait pas bicause elle a qu'un seul tympan. Quand elle était gosse elle m'a dit, un jour son frère lui a enfoncé une paille dans l'oreille. Alors elle est pas mal sourde et tout. Mes parents, eux, ils ont les oreilles comme celles d'un chien limier. Ma mère, c'est-à-dire. Donc j'ai fait très attention en passant devant leur porte. Bon Dieu, j'ai même retenu mon souffle. Mon père on lui casserait une chaise sur le crâne sans qu'il se réveille mais ma mère il suffit qu'un de nous se mette à tousser quelque part en Sibérie et

she'll hear you. She's nervous as hell. Half the time she's up all night smoking cigarettes.

Finally, after about an hour, I got to old Phoebe's room. She wasn't there, though. I forgot about that. I forgot she always sleeps in D.B.'s room when he's away in Hollywood or some place. She likes it because it's the biggest room in the house. Also because it has this big old madman desk in it that D.B. bought off some lady alcoholic in Philadelphia, and this big, gigantic bed that's about ten miles wide and ten miles long. I don't know where he bought that bed. Anyway, old Phoebe likes to sleep in D.B.'s room when he's away, and he lets her. You ought to see her doing her homework or something at that crazy desk. It's almost as big as the bed. You can hardly see her when she's doing her homework. That's the kind of stuff she likes, though. She doesn't like her own room because it's too little, she says. She says she likes to spread out. That kills me. What's old Phoebe got to spread out? Nothing.

Anyway, I went into D.B.'s room quiet as hell, and turned on the lamp on the desk. Old Phoebe didn't even wake up. When the light was on and all, I sort of looked at her for a while. She was laying there asleep, with her face sort of on the side of the pillow. She had her mouth way open. It's funny. You take adults, they look lousy when they're asleep and they have their mouths way open, but kids don't. Kids look all right. They can even have spit all over the pillow and they still look all right.

I went around the room, very quiet and all, looking at stuff for a while. I felt swell, for a change. I didn't even feel like I was getting pneumonia or anything any more. I just felt good, for a change. Old Phoebe's clothes were on this chair right next to the bed. She's very neat, for

elle entend. Elle est drôlement nerveuse. Ça lui arrive d'être debout toute la nuit à griller des cigarettes.

Finalement, au bout d'une heure ou presque, je suis arrivé dans la chambre de Phoebé. Et elle y était pas. J'avais oublié. Oui j'avais oublié qu'elle dort toujours dans la chambre de D.B. quand il est à Hollywood ou ailleurs. Elle aime, parce que c'est la plus grande chambre de la maison. Et aussi parce qu'il y a un grand vieux bureau dingue que D.B. a acheté à une dame de Philadelphie, une alcoolique, et puis un grand lit, un lit gigantesque, dix miles de long sur dix de large. Ce lit, je sais pas d'où il l'a ramené. En tout cas, la môme Phoebé elle aime dormir dans la chambre de D.B. quand il est pas là et lui il veut bien. Ça vaut le coup d'œil lorsqu'elle s'installe pour faire ses devoirs à ce bureau extravagant, presque aussi grand que le lit. Quand elle y est assise on la voit à peine. Mais c'est le genre de machin qu'elle aime. Sa chambre, elle dit qu'elle lui plaît pas bicause elle est trop petite. Elle dit qu'elle aime s'étaler. Ça me tue. La môme Phoebé, qu'est-ce qu'elle a à étaler ? Rien.

Bon. J'ai filé tout en douceur jusqu'à la chambre de D.B. et j'ai allumé la lampe qui est sur le bureau. La môme Phoebé, elle s'est même pas réveillée. Je l'ai regardée un bout de temps, elle était endormie avec la figure sur le bord de l'oreiller et la bouche ouverte. C'est bizarre. Prenez les adultes, ils ont l'air tarés quand ils dorment la bouche ouverte, mais pas les gosses. Les gosses ils sont quand même chouettes. Ils peuvent avoir en plus bavé sur leur oreiller et ils sont quand même chouettes.

J'ai fait le tour de la chambre, sans bruit, en inspectant un peu les lieux. Pour changer, je me sentais en forme. J'avais plus du tout l'impression que j'allais avoir une pneumonie ni rien. Je me sentais juste en bonne forme, pour changer. Les vêtements de Phoebé étaient sur une chaise, près du lit. Pour

a child. I mean she doesn't just throw her stuff around, like some kids. She's no slob. She had the jacket to this tan suit my mother bought her in Canada hung up on the back of the chair. Then her blouse and stuff were on the seat. Her shoes and socks were on the floor, right underneath the chair, right next to each other. I never saw the shoes before. They were new. They were these dark brown loafers, sort of like this pair I have, and they went swell with that suit my mother bought her in Canada. My mother dresses her nice. She really does. My mother has terrific taste in some things. She's no good at buying ice skates or anything like that, but clothes, she's perfect. I mean Phoebe always has some dress on that can kill you. You take most little kids, even if their parents are wealthy and all, they usually have some terrible dress on. I wish you could see old Phoebe in that suit my mother bought her in Canada. I'm not kidding.

I sat down on old D.B.'s desk and looked at the stuff on it. It was mostly Phoebe's stuff, from school and all. Mostly books. The one on top was called *Arithmetic Is Fun!* I sort of opened the first page and took a look at it. This is what old Phoebe had on it:

Phoebe Weatherfield Caulfield
4B-1

That killed me. Her middle name is Josephine, for God's sake, not Weatherfield. She doesn't like it, though. Every time I see her she's got a new middle name for herself.

The book underneath the arithmetic was a geography, and the book under the geography was a speller. She's very good in spelling. She's very good in all her subjects, but she's best in spelling. Then, under the speller, there were

une gamine elle est très ordonnée. Elle jette pas ses affaires n'importe où comme certains mômes. Elle bousille rien. La veste du costume brun que ma mère lui a rapporté du Canada était suspendue au dossier de la chaise. Son chemisier et le reste étaient sur le siège. Ses chaussures et ses chaussettes sur le plancher, bien alignées. Les chaussures, je les avais jamais vues. C'était des chaussures basses, marron, genre sport, un peu comme les miennes, et qui allaient bougrement bien avec le costume que ma mère lui avait acheté au Canada. Ma mère s'y connaît pour l'habiller. Sans blague. Ma mère a un goût du tonnerre pour certaines choses. Elle vaut rien pour acheter des patins à glace ou des trucs comme ça mais pour les vêtements, elle est extra. Je veux dire que Phoebé a toujours des robes à vous époustoufler. Prenez la plupart des gosses, même si leurs parents sont à l'aise, c'est dément les trucs qu'on leur met sur le dos. Phoebé, je voudrais que vous la voyiez dans le costume que ma mère lui a acheté au Canada. Je vous jure.

Je me suis assis au bureau du père D.B. et j'ai jeté un coup d'œil à ce qu'il y avait dessus. C'était principalement les affaires de Phoebé, ses affaires d'école. Surtout des livres. Le premier de la pile c'était *L'Arithmétique sans larmes*. Je l'ai ouvert à la première page et voilà ce qu'il y avait :

Phoebé Weatherfield Caulfield
7 B-I

Ça m'a tué. Son deuxième prénom c'est Joséphine, bon Dieu, pas Weatherfield. Mais Joséphine, elle aime pas. Chaque fois que je la vois, elle s'est trouvé un nouveau prénom. Le livre en dessous de l'arithmétique c'était une géographie et le livre encore en dessous un manuel d'orthographe. Elle est très bonne en orthographe. Elle est très bonne en tout mais elle est encore meilleure en orthographe. Et puis, sous le manuel, il y

a bunch of notebooks. She has about five thousand notebooks. You never saw a kid with so many notebooks. I opened the one on top and looked at the first page. It had on it:

Bernice meet me at recess
I have something very very important to tell you.

That was all there was on that page. The next one had on it:

Why has south eastern Alaska so many caning factories?
Because theres so much salmon
Why has it valuable forests?
because it has the right climate.
What has our government done to make
life easier for the alaskan eskimos?
look it up for tomorrow!!!

Phoebe Weatherfield Caulfield
Phoebe Weatherfield Caulfield
Phoebe Weatherfield Caulfield
Phoebe W. Caulfield
Phoebe Weatherfield Caulfield, Esq.
Please pass to Shirley!!!!
Shirley you said you were sagitarius
but your only taurus bring your skates when you come over to my house

I sat there on D.B.'s desk and read the whole notebook. It didn't take me long, and I can read that kind of stuff, some kid's notebook, Phoebe's or anybody's, all day and all night long. Kids' notebooks kill me. Then I lit another cigarette – it was my last one. I must've smoked about

avait un tas de carnets. Des carnets, elle en a dans les cinq mille. On a jamais vu une môme avec autant de carnets. J'ai ouvert celui du dessus et j'ai regardé la première page. C'était écrit :

Bernice, on se voit à la récréation,
j'ai quelque chose de très important à te dire.

Sur cette page-là, c'était tout. Sur la suivante il y avait :

Pourquoi trouve-t-on tellement de fabriques de conserves dans le sud-est de l'Alaska ?
Parce qu'il y a tellement de saumons.
Pourquoi y a-t-il de riches forêts ?
À cause du climat.
Que fait notre gouvernement pour rendre la vie plus facile aux esquimaux de l'Alaska ?
À chercher pour demain !!!

Phoebé Weatherfield Caulfield
Phoebé Weatherfield Caulfield
Phoebé Weatherfield Caulfield
Phoebé W. Caulfield
P. W. Caulfield
Faire passer à Shirley !!!
Shirley, tu as dit que tu étais sagittaire mais t'es que taureau apporte tes patins quand tu viens à la maison.

Je me suis assis au bureau de D.B. et j'ai lu le carnet tout entier. Ça m'a pas pris beaucoup de temps. Et je pourrais passer mes jours et mes nuits à lire ce genre de trucs, le carnet d'un môme, le carnet de Phoebé ou de n'importe quel môme. Les carnets de môme, ça me tue. Puis j'ai allumé encore une cigarette – c'était ma dernière. Je devais bien en avoir fumé

three cartons that day. Then, finally, I woke her up. I mean I couldn't sit there on that desk for the rest of my life, and besides, I was afraid my parents might barge in on me all of a sudden and I wanted to at least say hello to her before they did. So I woke her up.

She wakes up very easily. I mean you don't have to yell at her or anything. All you have to do, practically, is sit down on the bed and say, "Wake up, Phoeb," and bingo, she's awake.

"*Holden*!" she said right away. She put her arms around my neck and all. She's very affectionate. I mean she's quite affectionate, for a child. Sometimes she's even *too* affectionate. I sort of gave her a kiss, and she said, "Whenja get *home?*" She was glad as hell to see me. You could tell.

"Not so loud. Just now. How are ya anyway?"

"I'm fine. Did you get my letter? I wrote you a five-page –"

"Yeah – not so loud. Thanks."

She wrote me this letter. I didn't get a chance to answer it, though. It was all about this play she was in in school. She told me not to make any dates or anything for Friday so that I could come see it.

"How's the play?" I asked her. "What'd you say the name of it was?"

"'A Christmas Pageant for Americans.' It stinks, but I'm Benedict Arnold. I have practically the biggest part," she said. Boy, was she wide-awake. She gets very excited when she tells you that stuff. "It starts out when I'm dying. This ghost comes in on Christmas Eve and asks me if I'm ashamed and everything. You know. For betraying my country and everything. Are you coming to it?" She was sitting way the hell up in the bed and all. "That's what I wrote you about. Are you?"

ce jour-là trois cartouches de dix paquets. Finalement j'ai réveillé Phoebé, j'allais pas rester assis à ce bureau jusqu'à la fin de mes jours. D'autant que j'avais peur que les parents me tombent dessus et avant je voulais au moins dire bonsoir à Phoebé. Aussi je l'ai réveillée.

Elle se réveille très facilement. Y a pas à crier ni rien. Pratiquement suffit de s'asseoir au bord de son lit, de dire « Réveille-toi, Phoebé » et toc, elle se réveille.

Elle a dit tout de suite « Holden ! » En jetant ses bras autour de mon cou. Elle est très affectueuse. Je veux dire, pour une gamine elle est très affectueuse. Parfois elle est même trop affectueuse. Je l'ai embrassée et elle a dit « Quand tu es arrivé ? » Elle était drôlement contente de me voir. C'est sûr.

« Pas si fort. J'arrive à l'instant. Comment tu vas ?

— Très bien. Tu as eu ma lettre ? Cinq pages je t'ai écrit.

— Ouais. Pas si fort. Merci. »

Elle m'avait écrit une lettre. J'avais pas pu lui répondre encore. C'était au sujet de cette pièce de théâtre où elle avait un rôle, à l'école. Elle me disait de pas prendre de rancards ni rien pour le vendredi parce qu'il fallait que je vienne la voir. J'ai demandé « Comment ça marche, la pièce ? Tu m'as dit que c'était quoi, le titre ?

— *A Christmas Pageant for Americans*. C'est moche, mais je suis Benedict Arnold. J'ai pratiquement le plus grand rôle. » Ouah, pour être réveillée elle l'était à présent. Elle s'excite beaucoup quand elle raconte des trucs. « Ça commence quand je suis en train de mourir. La veille de Noël y a un fantôme qui arrive et qui me demande si j'ai pas honte et tout ça. Tu sais. D'avoir trahi mon pays et tout ça. Tu viendras ? » Elle était assise toute droite dans son lit. « C'est ce que je t'ai mis dans ma lettre. Tu viens ?

"Sure I'm coming. Certainly I'm coming."

"Daddy can't come. He has to fly to California," she said. Boy, was she wide-awake. It only takes her about two seconds to get wide-awake. She was sitting – sort of kneeling – way up in bed, and she was holding my goddam hand. "Listen. Mother said you'd be home *Wednes*day," she said. "She said *Wednes*day."

"I got out early. Not so loud. You'll wake everybody up."

"What time is it? They won't be home till very late, Mother said. They went to a party in Norwalk, Connecticut," old Phoebe said. "Guess what I did this afternoon! What movie I saw. Guess!"

"I don't know – Listen. Didn't they say what time they'd –"

"*The Doctor*," old Phoebe said. "It's a special movie they had at the Lister Foundation. Just this one day they had it – today was the only day. It was all about this doctor in Kentucky and everything that sticks a blanket over this child's face that's a cripple and can't walk. Then they send him to jail and everything. It was excellent."

"Listen a second. Didn't they say what time they'd –"

"He feels sorry for it, the doctor. That's why he sticks this blanket over her face and everything and makes her suffocate. Then they make him go to jail for life imprisonment, but this child that he stuck the blanket over its head comes to visit him all the time and thanks him for what he did. He was a mercy killer. Only, he knows he deserves to go to jail because a doctor isn't supposed to take things away from God. This girl in my class's mother took us. Alice Holmborg. She's my best friend. She's the only girl in the whole –"

— Bien sûr que je viens. Certainement que je viens. »

Elle a dit « Papa peut pas venir. Faut qu'il aille en Californie. Il prend l'avion ». Ouah, je vous le dis, sûr qu'elle était bien réveillée – pour se réveiller ça lui prend deux secondes. Elle était assise – ou plutôt comme agenouillée dans son lit et elle me tenait la main. « Écoute, maman a dit que tu arrivais *mercredi*. Oui, elle a dit *mercredi*.

— Je suis sorti un peu en avance. Pas si fort. Tu vas réveiller tout le monde.

— Quelle heure il est ? Ils vont rentrer très tard, maman a dit. Ils sont allés à une soirée à Norwalk, Connecticut. Devine ce que j'ai fait cet après-midi ? Le film que j'ai vu ? Devine ?

— Je sais pas. Écoute. Ils ont pas dit à quelle heure ils…

— *Le Docteur* » a dit la môme Phoebé. « C'est un film spécial qu'ils passaient à la Fondation Lister. Ils le passaient uniquement aujourd'hui. Aujourd'hui c'était le seul jour. Ça parlait de ce médecin, au Kentucky et tout ça, celui qui a collé une couverture sur la figure d'une petite fille qu'est infirme et peut pas marcher. Alors ils l'ont mis en prison. C'était formidable.

— Écoute-moi une minute. Ils ont pas dit à quelle heure ils…

— Le docteur il a pitié. C'est pourquoi il lui fourre une couverture sur la figure et il l'étouffe. Alors on l'envoie en prison pour la vie mais cette petite fille qu'a eu la couverture sur la tête elle vient tout le temps lui rendre visite et le remercier pour ce qu'il a fait. C'était par charité. Mais il sait bien qu'il mérite d'aller en prison parce qu'un médecin a pas le droit de toucher à l'œuvre de Dieu. C'est la mère de cette fille de ma classe, Alice Holmborg, qui nous a emmenées. Alice est ma meilleure amie. La seule fille dans toute… »

"Wait a second, *will*ya?" I said. "I'm asking you a question. Did they say what time they'd be back, or didn't they?"

"No, but not till very late. Daddy took the car and everything so they wouldn't have to worry about trains. We have a radio in it now! Except that Mother said nobody can play it when the car's in traffic."

I began to relax, sort of. I mean I finally quit *worry*ing about whether they'd cath me home or not. I figured the hell with it. If they did, they did.

You should've seen old Phoebe. She had on these blue pajamas with red elephants on the collars. Elephants knock her out.

"So it was a good picture, huh?" I said.

Swell, except Alice had a cold, and her mother kept asking her all the time if she felt grippy. Right in the middle of the *pic*ture. Always in the middle of something important, her mother'd lean all over me and everything and ask Alice if she felt grippy. It got on my nerves."

Then I told her about the record. "Listen, I bought you a record," I told her. "Only I broke it on the way home." I took the pieces out of my coat pocket and showed her. "I was plastered," I said.

"Gimme the pieces," she said. "I'm saving them." she took them right out of my hand and then she put them in the drawer of the night table. She kills me.

"D.B. coming home for Christmas?" I asked her.

"He may and he may not, Mother said. It all depends. He may have to stay in Hollywood and write a picture about Annapolis."

"Annapolis, for God's sake!"

"It's a love story and everything. Guess who's going to be in it! what movie star. Guess!"

J'ai dit « Attends une seconde, veux-tu ? Je t'ai posé une question. Ils ont pas dit à quelle heure ils rentraient ?

— Non, mais ils ont dit très tard. Papa a pris la voiture pour qu'ils aient pas à se casser la tête avec les trains. Maintenant il y a une radio dedans. Sauf que Maman a dit que faut pas la faire marcher quand on circule. »

Je commençais à me détendre. C'est-à-dire j'en arrivais à m'en foutre qu'ils rentrent et me trouvent là. Je me suis dit merde, tant pis. S'ils me trouvent, ben ils me trouveront.

Phoebé, j'aurais voulu que vous la voyiez. Elle avait son pyjama bleu avec sur le col des éléphants rouges. Les éléphants, ça lui allait vachement bien.

J'ai dit « Donc c'était un bon film, hein ?

— Super. Sauf qu'Alice avait un rhume et sa mère arrêtait pas de lui demander si elle se sentait fiévreuse. En plein milieu du film. Toujours à un moment très important sa mère se penchait au-dessus de moi et demandait à Alice si elle se sentait pas fiévreuse. Ça me tapait sur les nerfs. »

Alors je lui ai dit, pour le disque. J'ai dit « Écoute, je t'avais acheté un disque. Seulement je l'ai cassé en route ». J'ai sorti les morceaux de la poche de mon manteau et je les ai montrés. J'ai dit « J'étais bourré ».

Elle a dit « Donne-les-moi ». Elle a pris les morceaux du disque et elle les a mis dans le tiroir de la table de nuit. Elle me tue.

J'ai demandé « Il vient, D.B., pour Noël ?

— Maman a dit peut-être, ou peut-être pas. Ça dépend. Il sera peut-être obligé de rester à Hollywood et d'écrire un film sur Annapolis.

— Annapolis. Bon Dieu !

— C'est une histoire d'amour. Devine qui va être dedans. Quel acteur. Devine. »

"I'm not interested. An*nap*olis, for God's sake. What's D.B. know about An*nap*olis, for God's sake? What's that got to do with the kind of stories he writes?" I said. Boy, that stuff drives me crazy. That goddam Hollywood. "What'd you do to your arm?" I asked her. I noticed she had this big hunk of adhesive tape on her elbow. The reason I noticed it, her pajamas didn't have any sleeves.

"This boy, Curtis Weintraub, that's in my class, pushed me while I was going down the stairs in the park," she said. "Wanna see?" She started taking the crazy adhesive tape off her arm.

"Leave it alone. Why'd he push you down the stairs?"

I don't know. I think he hates me," old Phoebe said. "This other girl and me, Selma Atterbury, put ink and stuff all over his windbreaker."

"That isn't nice. What are you – a child, for God's sake?"

"No, but every time I'm in the park, he follows me everywhere. He's always following me. He gets on my nerves."

"He probably likes you. That's no reason to put ink all –"

"I don't want him to like me," said. Then she started looking at me funny. "Holden," she said, "how come you're not home *Wednes*day?"

"What?"

Boy, you have to watch her every minute. If you don't think she's smart, you're mad.

"How come you're not home *Wednesday*?" she asked me. "You didn't get kicked out or anything, did you?"

"I told you. They let us out early. They let the whole –"

"You did get kicked out! You did!" old Phoebe said. Then she hit me on the leg with her fist. She gets very fisty when she feels like it. "You *did!* Oh, *Hol*den!" She had her hand on her mouth and all. She gets very emotional, I swear to God.

J'ai dit « Ça m'intéresse pas. Annapolis. Bordel. Qu'est-ce qu'il sait d'Annapolis, D.B., bordel ? Quel rapport avec le genre d'histoires qu'il écrit ? » Ouah. Son ciné ça me rend dingue. Ce foutu Hollywood. J'ai demandé « Qu'est-ce que tu t'es fait au bras ? » J'avais remarqué qu'elle avait un grand morceau de sparadrap. J'avais remarqué pour la raison que son pyjama a des manches courtes.

Elle a dit « C'est un garçon de ma classe qui m'a poussée, Curtis Weintraub, dans le parc, quand je descendais les marches. Tu veux voir ? » Elle commençait déjà à décoller la saleté de sparadrap.

« Laisse. Pourquoi il t'a poussée en bas des marches ?

— Je sais pas. Je crois qu'il me déteste » a dit la môme Phoebé. « Cette autre fille et moi, Selma Atterbury, on a mis de l'encre et des saletés partout sur son anorak.

— C'est pas gentil. Qu'est-ce que tu es ? Encore un bébé ?

— Non, mais tout le temps dans le parc il me *suit*. Partout. Tout le temps. Il me suit. Ça m'agace.

— Sans doute qu'il t'aime bien. C'est pas une raison pour mettre de l'encre sur… »

Elle a dit « Je veux pas qu'il m'aime bien ». Puis elle a dit « Holden, pourquoi c'est pas *mercredi* que t'es rentré ?

— Quoi ? »

Avec la gamine, il faut toujours prendre garde. Ouah. Si vous trouvez pas qu'elle est futée c'est que vous êtes pas normal.

Elle a répété « Pourquoi c'est pas *mercredi* que t'es rentré ? Hey, t'aurais pas été renvoyé ?

— Je t'ai dit. Ils nous ont libérés plus tôt. Ils ont…

— T'as été renvoyé. C'est bien ça ! » a crié Phoebé. Puis elle m'a frappé la jambe d'un coup de poing. Quand elle veut, elle s'y connaît pour serrer les poings. « T'es renvoyé. Oh, Holden ! » Elle avait sa main sur sa bouche et tout. Y a des moments où elle se met dans tous ses états. Je vous jure.

“Who said I got kicked out? Nobody said I –”

”You *did*. You *did*,” she said. Then she smacked me again with her fist. If you don’t think that hurts, you’re crazy. “Daddy’ll *kill* you!” she said. Then she flopped on her stomach on the bed and put the goddam pillow over her head. She does that quite frequently. She’s true madman sometimes.

’Cut it out, now,” I said. ’Nobody’s gonna kill me. Nobody’s gonna even – C’*mon*, Phoeb, take that goddam thing off your head. Nobody’s gonna kill me.”

She wouldn’t take it off, though. You can’t make her do something if she doesn’t want to. All she kept saying was, “Daddy’s gonna kill you.” You could hardly understand her with that goddam pillow over her head.

“Nobody’s gonna kill me. Use your head. In the first place, I’m going away. What I may do, I may get a job on a ranch or something for a while. I know this guy whose grandfather’s got a ranch in colorado. I may get a job out there,” I said. “I’ll keep in touch with you and all when I’m gone, if I go. C’mon. Take that off your head. C’mon, hey, Phoeb. Please. Please, willya?”

She wouldn’t take it off, though. I tried pulling it off, but she’s strong as hell. You get tired fighting with her. Boy, if she wants to keep a pillow over her head, she *keeps* it. “Phoebe, *please*. C’mon outa there,” I kept saying. “C’mon, hey… Hey, Weatherfield. C’mon out.”

She wouldn’t come out, though. You can’t even reason with her sometimes. Finally, I got up and went out in the living room and got some cigarettes out of the box on the table and stuck some in my pocket. I was all out.

« Qui a dit que j'étais renvoyé ? Personne a dit que…

— T'es renvoyé. T'es renvoyé. » Et elle m'a encore frappé avec son poing. Et faudrait pas croire que c'était particulièrement doux. Elle a dit « Papa va te *tuer* ». Et puis elle s'est laissée retomber et elle s'est fourré l'oreiller sur la figure. Elle fait ça très souvent. Parfois elle est vraiment barjot.

J'ai dit « Arrête, veux-tu. Personne va me tuer. Personne va même… Allons, Phoeb', montre ta bouille. Personne va me tuer ».

Mais elle gardait l'oreiller sur sa figure. Quand elle s'obstine on peut rien en tirer. Tout ce qu'elle faisait, c'était répéter « Papa va te *tuer* ». Et à cause de l'oreiller on la comprenait à peine.

J'ai dit « Personne va me tuer. Réfléchis un peu. Et d'abord, je m'en vais. Après, on verra bien. Je pourrais chercher un job dans un ranch ou quoi. Pour quelque temps. Je connais un type dont le grand-père a un ranch au Colorado. Peut-être que là-bas y aura un job pour moi ». J'ai dit « Je te donnerai de mes nouvelles et tout quand je serai parti si je pars. Allons. Enlève ça. Hey, Phoebé. Allons. S'il te plaît. » Mais elle gardait l'oreiller sur sa figure. J'ai tiré, mais elle est drôlement costaud. On se fatigue à lutter avec elle. Ouah, si elle veut garder l'oreiller sur sa figure qu'elle le *garde*. « Phoebé, je t'en prie. Allons. Montre-toi. » J'arrêtais pas de lui dire « Allons. Hey. Hey, Weatherfield. Montre-toi. »

Elle voulait pas. Parfois y a pas moyen de la raisonner. Finalement je me suis levé. Je suis allé dans la salle de séjour et j'ai pris quelques cigarettes dans la boîte sur la table. J'étais rétamé.

22

When I came back, she had the pillow off her head all right – I knew she would – but she still wouldn't look at me, even though she was laying on her back and all. When I came around the side of the bed and sat down again, she turned her crazy face the other way. She was ostracizing the hell out of me. Just like the fencing team at Pencey when I left all the goddam foils on the subway.

"How's old Hazel Weatherfield?" I said. "You write any new stories about her? I got that one you sent me right in my suitcase. It's down at the station. It's very good."

"Daddy'll *kill* you."

Boy, she really gets something on her mind when she gets something on her mind.

"No, he won't. The worst he'll do, he'll give me hell again, and then he'll send me to that goddam military school. That's all he'll do to me. And in the *first* place, I won't even be around. I'll be away. I'll be – I'll probably be in Colorado on this ranch."

"Don't make me laugh. You can't even ride a horse."

"Who can't? Sure I can. Certainly I can. They can teach you in about two minutes," i said. "Stop picking at that." She was picking at that adhesive tape on her arm. "Who gave you that haircut?" I asked her. I just noticed what a stupid haircut somebody gave her. It was way too short.

Chapitre 22

Quand je suis revenu elle avait sorti la tête de l'oreiller, comme je m'y attendais, elle était couchée sur le dos mais quand même elle voulait toujours pas me regarder. J'ai longé le lit et je me suis à nouveau assis au bord, elle a tourné de l'autre côté sa petite bouille en colère. Elle me faisait la gueule. Juste comme l'équipe d'escrime à Pencey, quand j'avais laissé les foutus fleurets dans le métro.

J'ai demandé « Comment va la chère Hazel Weatherfield ? As-tu écrit d'autres histoires sur elle ? Celle que tu m'as envoyée est dans ma valise qui est restée à la gare. C'est très bien.

— Papa va te *tuer*. »

Ouah, quand elle a quelque chose dans la tête elle a pour de bon quelque chose dans la tête.

« Non. Pas vrai. Le pire qu'il me fera, il m'engueulera, et puis il m'enverra dans cette foutue école militaire. C'est le pire qu'il me fera. Et *d'abord* je serai même pas ici. Je serai parti. Je serai… je serai probablement au Colorado, dans ce ranch.

— Me fais pas rire. Tu sais même pas monter à cheval.

— Quoi ? Tu parles. On vous apprend ça en deux minutes. Arrête de tripoter ce machin. » Elle tiraillait sur le sparadrap de son bras. J'ai demandé « Qui est-ce qui t'a coupé les cheveux comme ça ? »

"None of your business," she said. She can be very snotty sometimes. She can be quite snotty. "I suppose you failed in every single subject again," she said – very snotty. It was sort of funny, too, in a way. She sounds like a goddam schoolteacher sometimes, and she's only a little child.

"No, I didn't," I said. "I passed English." Then, just for the hell of it, I gave her a pinch on the behind. It was sticking way out in the breeze, the way she was laying on her side. She has hardly any behind. I didn't do it hard, but she tried to hit my hand anyway, but she missed.

Then all of a sudden, she said, "Oh, why did you *do* it?" She meant why did I get the ax again. It made me sort of sad, the way she said it.

"Oh, God, Phoebe, don't ask me. I'm sick of everybody asking me that," I said. "A million reasons why. It was one of the worst schools I ever went to. It was full of phonies. And mean guys. You never saw so many mean guys in your life. For instance, if you were having a bull session in somebody's room, and somebody wanted to come in, nobody'd let them in if they were some dopey, pimply guy. Everybody was always *lock*ing their door when somebody wanted to come in. And they had this goddam secret fraternity that I was too yellow not to join. There was this one pimply, boring guy, Robert Ackley, that wanted to get in. He kept trying to join, and they wouldn't let him. Just because he was boring and pimply. I don't even feel like talking about it. It was a stinking school. Take my word."

Old Phoebe didn't say anything, but she was listening. I could tell by the back of her neck that she was listening. She always listens when you tell her something. And the funny part if she knows, half the time, what the hell you're talking about. She really does.

Je venais juste de remarquer qu'elle avait une coupe de cheveux très moche. C'était beaucoup trop court.

Elle a dit « Ça te regarde pas ». Quelquefois elle prend un air pimbêche. Elle peut être tout à fait pimbêche. « Je suppose que tu as encore loupé dans toutes les matières » elle a dit, très pimbêche. Quelquefois elle parle comme une saleté de prof et elle est seulement une petite fille.

J'ai dit « Non. J'ai pas loupé en Lettres ». Et puis, pour rire, je lui ai pincé le derrière. À la façon dont elle était couchée sur le côté, son derrière ressortait. C'était un tout petit derrière. J'ai pas pincé dur, quand même elle a voulu me donner une tape sur la main. Manqué.

Et puis subitement elle a dit « Mais pourquoi t'as fait ça ? » Elle voulait dire pourquoi tu t'es encore fait renvoyer. Et le ton qu'elle avait, c'était pas gai.

J'ai dit « Oh non, Phoebé, demande pas. J'en ai marre de toujours t'entendre demander la même chose. Y a un million de raisons. C'était un des pires collèges où je suis jamais allé. Plein de frimeurs. Et de sales types. Dans toute ta vie t'as jamais vu autant de sales types. Par exemple, si on discutait un coup dans une des piaules et que quelqu'un voulait entrer, personne aurait laissé entrer un type un peu charlot et boutonneux. Tout le monde lui fermait la porte au nez. Et il y avait cette foutue société secrète et j'étais trop trouillard pour pas m'y mettre. Un gars plutôt rasoir et boutonneux voulait s'y mettre aussi. Robert Ackley il s'appelait, il a essayé et il a jamais pu. Juste parce qu'il était rasoir et boutonneux. J'ai même pas envie de parler de ça. C'était une école puante. Crois-moi sur parole. »

La môme Phoebé, elle bronchait pas mais elle écoutait. Je le voyais rien qu'à regarder sa nuque. Lorsqu'on lui dit quelque chose elle écoute toujours. Et le plus drôle c'est que la moitié du temps elle sait de quoi ça retourne. Sans rire.

I kept talking about old Pencey. I sort of felt like it.

"Even the couple of *nice* teachers on the faculty, they were phonies, too," I said. "There was this one old guy, Mr. Spencer. His wife was always giving you hot chocolate and all that stuff, and they were really pretty nice. But you should've seen him when the headmaster, old Thurmer, came in the history class and sat down in the back of the room. He was always coming in and sitting down in the back of the room for about a half an hour. He was supposed to be incognito or something. After a while, he'd be sitting back there and then he'd start interrupting what old Spencer was saying to crack a lot of corny jokes. Old Spencer'd practically kill himself chuckling and smiling and all, like as if Thurmer was a goddam prince or something."

"Don't swear so much."

'It would've made you puke, I swear it would," I said. "Then, on Veterans' Day. They have this day, Veterans' Day, that all the jerks that graduated from Pencey around 1776 come back and walk all over the place, with their wives and children and everybody. You should've seen this one old guy that was about fifty. What he did was, he came in our room and knocked on the door and asked us if we'd mind if he used the bathroom. The bathroom was at the end of the corridor – I don't know why the hell he asked *us*. You know what he said? He said he wanted to see if his initials were still in one of the can doors. What he did, he carved his goddam stupid sad old initials in one of the can doors about ninety years ago, and he wanted to see if they were still there. So my roommate and I walked him down to the bathroom and all, and we had to stand there while he looked for his initials in all the can doors. He kept talking to us the

J'ai continué à parler de Pencey. J'avais comme une envie d'en parler.

J'ai dit « Même les deux ou trois profs sympa, c'était quand même des tarés. Y avait ce vieux type, Mr Spencer, sa femme arrêtait pas de nous offrir des tasses de chocolat et tous les deux ils étaient vraiment pas désagréables. Mais si tu l'avais vu, lui, quand le père Thurmer, le directeur, rappliquait en cours d'histoire et s'asseyait au fond de la classe. Parce que Thurmer il venait tout le temps passer une demi-heure au fond de la classe. Il était supposé venir incognito. Au bout d'un moment il se renversait sur sa chaise et se mettait à interrompre le père Spencer pour lancer des plaisanteries à la con. Et le père Spencer était là qui se tuait à sourire et à glousser et tout, comme si ce corniaud de Thurmer était un foutu prince en visite.

— Dis pas de gros mots.

— T'en aurais dégueulé, je te jure. Et puis la Journée des Anciens. Ils avaient ça, cette journée quand tous les tarés qui ont fait leurs études à Pencey vers les 1776 reviennent au collège et se baladent partout avec leurs femmes et leurs enfants. Si t'avais vu ce vieux type qu'avait dans les cinquante piges. Ce qu'il a fait, il est venu frapper à la porte de notre piaule et il a demandé si ça nous ennuyait qu'il aille aux lavabos. Les lavabos c'était au bout du couloir. Je vois pas pourquoi c'est à *nous* qu'il a demandé. Et tu sais ce qu'il a dit ? Il a dit qu'il voulait vérifier si ses initiales étaient encore sur une des portes des chiottes. Ce qu'il avait fait, y a dans les quatre-vingt-dix ans, il avait gravé ses vieilles connasses de saletés d'initiales sur une des portes des chiottes et il voulait vérifier si elles y étaient encore. Donc, mon copain de chambre et moi, on est allés avec lui aux lavabos, et on est restés là à attendre pendant qu'il cherchait ses initiales sur toutes les portes des chiottes. Et il a pas arrêté un instant de

whole time, telling us how when he was at Pencey they were the happiest days of his life, and giving us a lot of advice for the future and all. Boy, did he depress me! I don't mean he was a bad guy – he wasn't. But you don't have to be a bad guy to depress somebody – you can be a *good* guy and do it. All you have to do to depress somebody is give them a lot of phony advice while you're looking for your initials in some can door – that's all you have to do. I don't know. Maybe it wouldn't have been so bad if he hadn't been all out of breath. He was all out of breath from just climbing up the stairs, and the whole time he was looking for his initials he kept breathing hard, with his nostrils all funny and sad, while he kept telling Stradlater and I get all we could out of Pencey. God, Phoebe! I can't explain. I just didn't like anything that was *hap*pening at Pencey. I can't explain."

Old Phoebe said something then, but I couldn't hear her. She had the side of her mouth right smack on the pillow, and I couldn't hear her.

"What?" I said. "Take your mouth away. I can't hear you with your mouth that way."

"You don't like *any*thing that's happening."

It made me even more depressed when she said that.

"Yes I do. Yes I do. *Sure* I do. Don't say that. Why the hell do you say that?"

"because you don't. You don't like any schools. You don't like a million things. You *don't.*"

"I do! That's where you're wrong – that's exactly where you're wrong! Why the hell do you have to say that?" I said. Boy, was she depressing me.

"Because you don't," she said. "Name one thing."

"One thing? One thing I like?" I said. 'Okey."

nous parler, nous racontant que ses années à Pencey c'étaient les plus heureuses de sa vie, et nous donnant un tas de conseils, pour notre avenir et tout. Ouah, il m'a flanqué un de ces cafards ! Je veux pas dire que c'était un mauvais type – sûrement pas. Mais y a pas que les mauvais types qui vous fichent le cafard. Même un *bon* type peut le faire. Pour ça y suffit qu'il donne un tas de conseils bidons tout en cherchant ses initiales sur la porte des chiottes – ça suffit. Je sais pas. Peut-être que ça aurait été moins pénible s'il avait pas été tout essoufflé. Il était tout essoufflé rien que d'avoir monté les escaliers et pendant qu'il en finissait pas de chercher ses initiales il respirait avec un bruit terrible et ses narines étaient bizarres et tristes tandis qu'il continuait à nous dire, à Stradlater et à moi, de bien profiter de Pencey. Bon Dieu, Phoebé ! Je peux pas expliquer. C'est juste que j'aimais rien de tout ce qui se passait à Pencey. Je peux pas expliquer. »

La môme Phoebé a dit quelque chose, mais j'ai pas compris. Elle avait le coin de sa bouche contre l'oreiller et j'ai pas compris.

J'ai dit « Quoi ? Sors ta bouche de là. Je comprends pas quand t'ouvres pas bien la bouche.

— Tu aimes jamais rien de ce qui se passe. »

Qu'elle dise ça, j'en ai eu le cafard encore plus.

« Mais si. Mais si. Dis pas ça. Pourquoi tu dis ça, bon Dieu ?

— Parce que c'est vrai. T'aimes aucune école. T'aimes pas un million de choses. T'aimes *rien*.

— Mais si. C'est là où tu te trompes. C'est là où tu te trompes totalement. » J'ai dit « Pourquoi faut-il que tu dises ça, bon Dieu ». Ouah. J'étais tout démoli.

Elle a dit « Parce que c'est vrai. Nomme une seule chose ».

J'ai dit « Une chose ? Une chose que j'aime ? Okay ».

The trouble was, I couldn't concentrate too hot. Sometimes it's hard to concentrate.

'One thing I like a lot you mean?" I asked her.

She didn't answer me, though. She was in a cockeyed position way the hell over the other side of the bed. She was about a thousand miles away. "C'mon, answer me," I said. "One thing I like a lot, or one thing I just like?"

"You like a lot."

"All right," I said. But the trouble was, I couldn't concentrate. About all I could think of were those two nuns that went around collecting dough in those beat-up old straw baskets. Especially the one with the glasses with those iron rims. And this boy I knew at Elkton Hills. These was this one boy at Elkton Hills, named James Castle, that wouldn't take back something he said about this very conceited boy, Phil Stabile. James Castle called him a very conceited guy, and one of Stabile's lousy friends went and squealed on him to Stabile. So Stabile, with about six other dirty bastards, went down to James Castle's room and went in and locked the goddam door and tried to make him take back what he said, but he wouldn't do it. So they started in on him. I won't even tell you what they did to him – it's too repulsive – but he *still* wouldn't take it back, old James Castle. And you should've seen him. He was a skinny littlle weak-looking guy, with wrists about as big as pencils. Finally, what he did, instead of talking back what he said, he jumped out the window. I was in the *shower* and all, and even *I* could hear him land outside. But I just thought something fell out the window, a radio or a desk or something, not a *boy* or anything. Then I heard everybody running through the corridor and down the stairs, so I put on my bathrobe

L'ennui c'est que je pouvais pas me concentrer vraiment. Par moments c'est dur de se concentrer.

J'ai demandé « Une chose que j'aime beaucoup, tu veux dire ? »

Mais elle a pas répondu. Elle était couchée tout de travers, là-bas à l'autre bout du lit. Elle était bien à cinq cents miles. J'ai dit « Allons, réponds. Une chose que j'aime beaucoup ou simplement une chose que j'aime ?

— Que t'aimes beaucoup. »

J'ai dit « D'accord ». Mais l'ennui, c'est que j'arrivais pas à me concentrer. Tout ce qui me venait à l'idée c'était ces deux bonnes sœurs qui faisaient la quête avec leur vieux panier abîmé. Spécialement celle avec les lunettes à monture métallique. Et puis le garçon que j'avais connu à Elkton Hills. Il y avait un garçon, à Elkton Hills, il se nommait James Castle, qui voulait pas retirer quelque chose qu'il avait dit sur cet autre gars, très prétentieux, Phil Stabile. James Castle avait dit qu'il était crâneur, et un des salopards d'amis de Stabile est allé lui rapporter ça. Alors Stabile, avec six autres salopards, est entré dans la piaule de James Castle et ils ont fermé la porte à clef et essayé de lui faire retirer ce qu'il avait dit mais il a pas voulu. Et ils se sont mis au boulot. Je vous dirai pas ce qu'ils lui ont fait, c'est trop répugnant – mais James Castle a toujours pas voulu retirer ce qu'il avait dit. Et pourtant, si vous l'aviez vu. C'était un petit type maigre et l'air pas costaud, avec des poignets de la grosseur d'un crayon. Finalement, ce qu'il a fait, lui, plutôt que retirer ce qu'il avait dit, il a sauté par la fenêtre. J'étais sous la douche et tout, et même moi je l'ai entendu atterrir dehors. Mais j'ai cru que quelque chose était tombé par la fenêtre. Un poste de radio ou un bureau ou quoi, pas un *gars* ni rien. Puis j'ai entendu tout le monde qui courait dans le couloir et les escaliers, alors j'ai enfilé mon peignoir

and I ran downstairs too, and there was old James Castle laying right on the stone steps and all. He was dead, and his teeth, and blood, were all over the place, and nobody would even go near him. He had on this turtleneck sweater I'd lent him. All they did with the guys that were in the room with him was expel them. They didn't even go to jail.

That was about all I could think of, though. Those two nuns I saw at breakfast and this boy James Castle I knew at Elkton Hills. The funny part is, I hardly even know James Castle, if you want to know the truth. He was one of these very quiet guys. He was in my math class, but he was way over on the other side of the room, and he hardly ever got up to recite or go to the blackboard or anything. Some guys in school hardly ever get up to recite or go to the blackboard. I think the only time I ever even had a conversation with him was that time he asked me if he could borrow this turtleneck sweater I had. I damn near dropped dead when he asked me, I was so surprised and all. I remember I was brushing my teeth, in the can, when he asked me. He said his cousin was coming up to take him for a drive and all. I didn't even know he knew I *had* a turtleneck sweater. All I knew about him was that his name was always right ahead of me at roll call. Cabel, R., Cabel, W., Castle, Caulfield – I can still remember it. If you want to know the truth, I almost didn't *lend* him my *sweater*. Just because I didn't know him too well.

"What?" I said to old Phoebe. She said something to me, but I didn't hear her.

"You can't even think of one thing."

"Yes, I can. Yes, I can."

"Well, do it, then."

de bains et je suis descendu moi aussi à toute vitesse et il y avait James Castle étendu sur les marches de pierre et tout. Il était mort, avec ses dents et son sang projetés tous azimuts et personne voulait s'approcher de lui. Il portait mon pull à col roulé que je lui avais prêté. Et les types qui étaient avec lui dans la chambre, ils ont simplement été renvoyés. Ils sont même pas allés en prison.

C'était à peu près tout ce qui me venait à l'idée. Les deux bonnes sœurs que j'avais vues en prenant mon petit déjeuner et ce gars, James Castle, que j'ai connu à Elkton Hills. Même pas vraiment connu, si vous voulez savoir, c'est ça le plus bizarre. C'était un type très tranquille. On suivait le même cours de maths, mais il était loin, à l'autre bout de la classe, et il se levait pas souvent pour réciter une leçon ou aller au tableau ni rien. En cours y a des gars qui se lèvent presque jamais pour réciter ou aller au tableau. Je crois bien que la seule fois où il m'a adressé la parole c'est lorsqu'il m'a demandé s'il pouvait m'emprunter mon pull à col roulé. J'en revenais pas qu'il me demande ça, c'était si surprenant et tout. Je me souviens que j'étais en train de me brosser les dents aux lavabos. Il m'a dit que son cousin venait le chercher pour l'emmener faire un tour en voiture. Je pensais même pas qu'il savait que j'avais un pull à col roulé. Moi, tout ce que je savais de lui, c'était que son nom se trouvait juste avant le mien, sur le cahier d'appel. Cabel R., Cabel W., Castle, Caulfield – je m'en souviens. Et en fait, je lui ai presque dit non, pour le pull. Juste parce que ce James Castle, je le connaissais pas bien.

« Quoi ? » Y avait la môme Phoebé qui me parlait, mais j'avais pas fait attention.

« Tu peux même pas trouver une seule chose.

— Mais si. Mais si.

— Alors, vas-y. »

"I like Allie," I said. "And I like doing what I'm doing right now. Sitting here with you, and talking, and thinking about stuff, and –"

"Allie's *dead* – You always say that! If somebody's dead and everything, and in *Heaven*, then it isn't really – "

"I know he's dead! Don't you think I know that? I can still like him, though, can't I? Just because somebody's dead, you don't just stop liking them, for God's sake – especially if they were about a thousand times nicer than the people you know that're *alive* and all."

Old Phoebe didn't say anything. When she can't think of anything to say, she doesn't say a goddam word.

"Anyway, I like it now," I said. "I mean right now. Sitting here with you and just chewing the fat and horsing –"

"That isn't anything *real*ly!"

"It is so something *real*ly! Certainly it is! Why the hell isn't it? People never think anything is anything *really*. I'm getting goddam sick of it."

"Stop swearing. All right, name something else. Name something you'd like to *be*. Like a scientist. Or a *law*yer or something."

"I couldn't be a scientist. I'm no good in science."

"Well, a lawyer – like Daddy and all."

"Lawyers are all right, I guess – but it doesn't appeal to me," I said. "I mean they're all right if they go around saving innocent guys' lives all the time, and like that, but you don't *do* that kind of stuff if you're a lawyer. All you do is make a lot of dough and play golf and play bridge and buy cars and drink Martinis and look like a hot-shot. And besides. Even if

J'ai dit « J'aime Allie. Et j'aime faire ce qu'on fait en ce moment. Être assis là avec toi à bavarder et réfléchir à des trucs et…

— Allie est *mort*. Tu dis toujours ça ! Si quelqu'un est mort et *au Ciel*, alors c'est pas vraiment…

— Je le sais qu'il est mort. Et comment que je le sais. Mais je peux quand même l'aimer, non ? Juste parce que les morts sont morts on s'arrête pas comme ça de les aimer, bon Dieu – spécialement quand ils étaient mille fois plus gentils que ceux qu'on connaît qui sont *vivants* et tout. »

La môme Phoebé, elle a rien dit. Quand elle trouve rien à répondre elle dit rien. Pas un mot.

Moi j'ai dit « Et puis j'aime maintenant. Je veux dire, en ce moment. Être assis près de toi et faire la convers' et raconter des…

— C'est pas *vraiment* quelque chose.

— C'est absolument *vraiment* quelque chose. Pas le moindre doute. Pourquoi ça le serait pas, bordel ? Les gens veulent jamais admettre que quelque chose est vraiment quelque chose. Ça commence à me faire chier.

— Dis pas de gros mots. Bon, d'accord. Trouve encore une chose. Ben, ce que tu voudrais être plus tard. Par exemple, ingénieur. Ou conseiller juridique.

— Je pourrais pas être ingénieur. Je suis pas assez fort en sciences.

— Alors, conseiller juridique – comme papa.

— Les juristes sont des gens bien, je suppose, mais ça me tente pas. Je veux dire, ce seraient des gens très bien s'ils s'occupaient tout le temps de sauver la vie de pauvres types innocents et qu'ils aiment ça, mais c'est pas ça qu'on fait quand on est juriste. Tout ce qu'on fait c'est ramasser du flouze et jouer au golf et au bridge et acheter des bagnoles et boire des martinis et être un personnage. D'ailleurs, même

you *did* go around saving guys' lives and all, how would you know if you did it because you really *wanted* to save guys' lives, or because you did it because what you *real*ly wanted to do was be a terrific lawyer, with everybody slapping you on the back and congratulating you in court when the goddam trial was over, the reporters and everybody, the way it is in the dirty movies? How would you know you weren't being a phony? the trouble is, you *wouldn't*."

I'm not too sure old Phoebe knew what the hell I was talking about. I mean she's only a little child and all. But she was listening, at least. If somebody at least listens, it's not too bad.

"Daddy's going to kill you. He's going to *kill* you," she said.

I wasn't listening, though. I was thinking about something else – something crazy. "You know what I'd like to be?" I said. "You know what I'd like to be? I mean if I had my goddam choice?"

"what? stop *swear*ing."

"You know that song 'If a body catch a body comin' through the rye'? I'd like –"

"It's 'If a body *meet* a body coming through the rye'!" old Phoebe said. "It's a poem. By Robert *Burns*."

"I *know* it's a poem by Robert Burns."

She was right, though. It *is* "If a body meet a body coming through the rye." I didn't know it then, though.

"I thought it was 'If a body catch a body,' " I said. "Anyway, I keep picturing all these little kids playing some game in this big field of rye and all. Thousands of little kids, and nobody's around – nobody big, I mean – except me. And I'm standing on the edge of some crazy cliff. what I have to do, I have to catch everybody if they start to go over the cliff – I mean if they're running and they don't look where they're going I have to come out from somewhere and *catch* them.

s'ils s'occupaient tout le temps de sauver la vie des types innocents et tout, comment on pourrait savoir s'ils le font parce qu'ils *veulent* vraiment le faire ou parce que ce qu'ils veulent *vraiment* faire c'est être un avocat super, que tout le monde félicite en lui tapant dans le dos au tribunal quand le jugement est rendu, avec les reporters et tout, comme on voit dans les saletés de films. Comment ils peuvent dire que c'est pas de la frime ? Le problème c'est qu'ils peuvent pas. »

Je suis pas très sûr que Phoebé comprenait de quoi je parlais, après tout c'est qu'une petite fille. Mais au moins elle écoutait. Si au moins quelqu'un écoute c'est déjà pas mal.

Elle a dit « Papa va te tuer. Il va te *tuer*. »

Je faisais pas attention. Je pensais à quelque chose. Quelque chose de dingue. J'ai dit « Tu sais ce que je voudrais être ? Tu sais ce que je voudrais être si on me laissait choisir, bordel ?

— Quoi ? Dis pas de gros mots.

— Tu connais la chanson “Si un cœur attrape un cœur qui vient à travers les seigles ?” Je voudrais…

— C'est “Si un corps rencontre un corps qui vient à travers les seigles”. C'est un poème. De Robert Burns.

— Je le sais bien que c'est un poème de Robert Burns. » Remarquez, elle avait raison, c'est “Si un corps rencontre un corps qui vient à travers les seigles”. Depuis, j'ai vérifié.

Là j'ai dit « Je croyais que c'était “Si un cœur attrape un cœur”. Bon. Je me représente tous ces petits mômes qui jouent à je ne sais quoi dans le grand champ de seigle et tout. Des milliers de petits mômes et personne avec eux – je veux dire pas de grandes personnes – rien que moi. Et moi je suis planté au bord d'une saleté de falaise. Ce que j'ai à faire c'est attraper les mômes s'ils approchent trop près du bord. Je veux dire s'ils courent sans regarder où ils vont, moi je rapplique et je les *attrape*. C'est ce que

That's all I'd do all day. I'd just be the catcher in the rye and all. I know it's crazy, but that's the only thing I'd really like to be. I know it's crazy."

Old Phoebe didn't say anything for a long time. Then, when she said something, all she said was, "Daddy's going to kill you."

"I don't give a damn if he does," I said. I got up from the bed then, because what I wanted to do, I wanted to phone up this guy that was my English teacher at Elkton Hills, Mr. Antolini. He lived in New York now. He quit Elkton Hills. He took this job teaching English at N.Y.U. "I have to make a phone call," I told Phoebe. "I'll be right back. Don't go to sleep." I didn't want her to go to sleep while I was in the living room. I knew she wouldn't, but I said it anyway, just to make sure.

While I was walking toward the door, old Phoebe said, "Holden!" and I turned around.

She was sitting way up in bed. She looked so pretty. "I'm taking belching lessons from this girl, Phyllis Margulies," she said. "Listen.'

I listened, and I heard *some*thing, but it wasn't much. "Good," I said. Then I went out in the living room and called up this teacher I had, Mr. Antolini.

je ferais toute la journée. Je serais juste l'attrape-cœurs et tout. D'accord, c'est dingue, mais c'est vraiment ce que je voudrais être. Seulement ça. D'accord, c'est dingue. »

La môme Phoebé, pendant longtemps elle a rien dit. Puis quand elle a dit quelque chose elle a dit « Papa va te tuer ».

J'ai dit « S'il le fait, je m'en fous pas mal ». Je me suis levé du lit parce que je voulais téléphoner à ce type qui avait été mon prof de lettres, à Elkton Hills. Mr Antolini. Maintenant il vivait à New York. Il avait quitté Elkton Hills et il enseignait à New York University. J'ai dit à Phoebé « Faut que je téléphone. Je reviens tout de suite. T'endors pas ». Je voulais pas qu'elle s'endorme pendant que j'étais dans la salle de séjour. Je savais bien qu'elle allait pas s'endormir mais j'ai dit quand même « t'endors pas ». Pour être plus sûr.

Comme je me dirigeais vers la porte, la môme Phoebé a dit « Holden ! » et je me suis retourné.

Elle était assise dans son lit. Tellement mignonne et tout. Elle a dit « Cette fille, Phyllis Margulies, elle me donne des leçons de rot. Écoute ».

J'ai écouté, et j'ai entendu quelque chose mais pas grand-chose. J'ai dit « Bravo ». Puis je suis allé dans la salle de séjour et j'ai bigophoné à ce prof que j'avais eu, Mr Antolini.

23

I made it very snappy on the phone because I was afraid my parents would barge in on me right in the middle of it. They didn't, though. Mr. Antolini was very nice. He said I could come right over if I wanted to. I think I probably woke he and his wife up, because it took them a helluva long time to answer the phone. The first thing he asked me was if anything was wrong, and I said no. I said I'd flunked out of Pencey, though. I thought I might as well tell him. He said "Good God," when I said that. He had a good sense of humor and all. He told me to come right over if I felt like it.

He was about the best teacher I ever had, Mr. Antolini. He was a pretty young guy, not much older than my brother D.B., and you could kid around with him without losing your respect for him. He was the one that finally picked up that boy that jumped out the window I told you about, James Castle. Old Mr. Antolini felt his pulse and all, and then he took off his coat and put it over James Castle and carried him all the way over to the infirmary. He didn't even give a damn if his coat got all bloody.

When I got back to D.B's room, old Phoebe'd turned the radio on. This dance music was coming out. She'd turned it on low, though, so the maid wouldn't hear it. You

Chapitre 23

Au téléphone j'ai pas traîné, j'avais peur que mes parents me tombent dessus au milieu de mon discours. Ça s'est pas produit, remarquez. Mr Antolini a été très aimable. Il a dit que je pouvais venir immédiatement. Je crois bien que je les ai réveillés, lui et sa femme, parce qu'avant de décrocher ils m'ont fait attendre des heures. La première chose qu'il m'a demandée ça a été si j'avais des ennuis et j'ai dit non. J'ai tout de même dit qu'on m'avait foutu à la porte de Pencey. J'avais pensé que je ferais aussi bien de lui dire. Et quand je l'ai dit il a lancé « Oh Seigneur ». Il avait le sens de l'humour et tout. Il m'a dit que si je voulais, je pouvais venir immédiatement.

Mr Antolini, ça doit être le meilleur professeur que j'aie jamais eu. Il était assez jeune, pas beaucoup plus vieux que mon frère D.B. et on pouvait blaguer avec lui tout en continuant à le respecter. C'est lui qui finalement a ramassé ce gars dont je vous ai parlé, qui avait sauté par la fenêtre, James Castle. Le petit père Antolini a tâté son pouls et tout, et puis il a ôté son pardessus et en a enveloppé James Castle et il l'a porté à l'infirmerie. Même que son manteau soit plein de sang il s'en foutait.

Quand je suis retourné dans la chambre de D.B., Phoebé avait mis la radio. Il en sortait une musique de danse. Elle l'avait mise très bas, pour que la bonne entende pas. Si

should've seen her. She was sitting smack in the middle of the bed, outside the covers, with her legs folded like one of those yogi guys. She was listening to the music. She kills me.

"C'mon," I said. "You feel like dancing?" I taught her how to dance and all when she was a tiny little kid. She's a very good dancer. I mean I just taught her a few things. She learned it mostly by herself. You can't teach somebody how to *really* dance.

"You have shoes on," she said.

"I'll take 'em off. C'mon.

She practically jumped off the bed, and then she waited while I took my shoes off, and then I danced with her for a while. She's really damn good. I don't like people that dance with little kids, because most of the time it looks terrible. I mean if you're out at a restaurant somewhere and you see some old guy take his little kid out on the dance floor. Usually they keep yanking the kid's dress up in the back by mistake, and the kid can't dance worth a damn *any*way, and it looks terrible, but I don't do it out in public with Phoebe or anything. We just horse around in the house. It's different with her anyway, because she can *dance.* She can follow anything you do. I mean if you hold her in close as hell so that it doesn't matter that your legs are so much longer. She stays right with you. You can cross over, or do some corny dips, or even jitterbug a little, and she stays right with you. You can even *tan*go, for God's sake.

We danced about four numbers. In between numbers she's funny as hell. She stays right in position. She won't even talk or anything. You both have to stay right in position and wait for the orchestra to start playing again. That kills me. You're not supposed to laugh or anything, either.

vous l'aviez vue... Assise en plein milieu du lit, en dehors des couvertures, les jambes croisées, comme un yogi. Elle écoutait la musique. Elle me tue.

J'ai dit « Allons. Tu veux danser ? » Je lui ai appris à danser quand elle était toute petite. Elle danse très bien. Moi je lui ai juste appris deux ou trois choses. Le reste, elle l'a découvert toute seule. On peut pas *vraiment* apprendre à danser à quelqu'un.

Elle a dit « T'as tes chaussures.

— Je les enlève. Viens. »

Elle a pour ainsi dire sauté du lit. Et puis elle a attendu que j'ôte mes chaussures et on a dansé un moment. Elle est vachement douée. J'aime pas les gens qui dansent avec des petits gosses. La plupart du temps c'est horrible. Je parle de quand on est au restaurant, quelque part, et qu'on voit un vieux type qui s'amène sur la piste de danse avec sa petite gamine. Généralement il arrête pas de tirailler dans le dos la robe de la gosse sans faire exprès et de toute manière la gosse sait pas mieux danser qu'un pingouin et c'est horrible, mais moi je danse pas avec Phoebé en public ni rien. On s'amuse à ça seulement quand on est à la maison. D'ailleurs avec elle c'est pas pareil bicause elle sait danser. Elle peut suivre n'importe quoi qu'on lui fait faire. Je veux dire si on la tient très serrée pour que ça gêne pas qu'on ait des jambes tellement plus longues. Tout le temps elle suit. Vous pouvez traverser ou faire toutes sortes de fantaisies, ou bien même un peu de boogie-woogie et elle suit. Vous pouvez même danser le tango, bordel.

On s'est offert quatre danses. Entre chacune elle est drôlement marrante. Elle reste en position. Elle dit pas un mot ni rien. Il faut rester tous les deux en position et attendre que la musique reprenne. Ça me tue. Et il est pas question de rire ou quoi.

Anyway, we danced about four Numbers, and then I turned off the radio. Old Phoebe jumped back in bed and got under the covers. "I'm improving, aren't I?" she asked me.

"And how," I said. I sat down next to her on the bed again. I was sort of out of breath. I was smoking so damn much, I had hardly any wind. She wasn't even out of breath.

"Feel my forehead," she said all of a sudden.

"why?"

"*Feel* it. Just feel it once."

I felt it. I didn't feel anything, though.

"Does it feel very feverish?" she said.

"No. Is it supposed to?"

"Yes – I'm making it. Feel it again."

I felt it again, and I still didn't feel anything, but I said, "I think it's starting to, now." I didn't want her to get a goddam inferiority complex.

She nodded. "I can make it go up to over the thermoneter."

"Ther*mom*eter. Who said so?"

"Alice Holmborg showed me how. You cross your legs and hold your breath and think of something very, very hot. A radiator or something. Then your whole forehead gets so hot you can burn somebody's hand."

That killed me. I pulled my hand away from her forehead, like I was in terrific danger. "Thanks for *tell*ing me," I said.

"Oh, I wouldn't've burned *your* hand. I'd've stopped before it got too – *Shhh!*" Then, quick as hell, she sat way the hell up in bed.

She scared hell out of me when she did that. "What's the matter?" I said.

"The front door!" she said in this loud whisper. "It's them!"

I quick jumped up and ran over and turned off the light over the desk. Then I jammed out my cigarette on my shoe and

Bon. Après ça j'ai arrêté la radio. La môme Phoebé a regagné son plumard et s'est fourrée sous les couvertures. Elle m'a demandé « Est-ce que j'ai fait des progrès ?

— Et comment », j'ai dit. Je me suis assis sur le lit auprès d'elle. J'étais pas mal essoufflé. Je fumais tellement, j'avais plus de souffle. Mais Phoebé était toute fraîche.

Subitement elle a dit « Touche mon front.

— Pourquoi ?

— Touche-le. Juste une fois. »

J'ai touché. J'ai rien senti.

Elle a dit « Il est pas plutôt chaud ?

— Non. Il devrait l'être ?

— Oui. Je fais monter la fièvre. Touche encore. »

J'ai encore touché, je ne sentais toujours rien ; mais j'ai dit « Je crois que ça commence ». Je voulais pas lui donner une saleté de complexe d'infériorité.

Elle a hoché la tête. « On peut faire monter la fièvre même au-dessus du thermonètre.

— Ther*mom*ètre. Qui t'a dit ça ?

— Alice Homberg m'a montré. On croise les jambes, on retient sa respiration et on pense à quelque chose de très très chaud. Un radiateur par exemple. Et alors le front devient si brûlant qu'il peut brûler la main qui le touche. »

Ça m'a tué. J'ai retiré ma main comme si je courais un danger terrible. J'ai dit « Merci de me prévenir.

— Oh, j'aurais pas brûlé *ta* main. Je me serais arrêtée avant que ça devienne trop… *chuttt !* » En un éclair elle s'était assise toute droite dans son lit.

Elle m'a drôlement foutu les jetons. J'ai dit « Qu'est-ce qui se passe ?

— La porte d'entrée ! Les voilà ! »

J'ai bondi, je me suis précipité pour éteindre la lumière sur le bureau. J'ai écrasé ma cigarette sur mon soulier et je

put it in my pocket. Then I fanned hell out of the air, to get the smoke out – I shouldn't even have been smoking, for God's sake. Then I grabbed my shoes and got in the closet and shut the door. Boy, my heart was beating like a bastard.

I heard my mother come in the room.

"Phoebe?" she said. "Now, stop that. I saw the light, young lady."

"Hello!" I heard old Phoebe say. "I couldn't sleep. Did you have a good time?"

"Marvelous," my mother said, but you could tell she didn't mean it. She doesn't enjoy herself much when she goes out. "why are you awake, may I ask? Were you warm enough?"

"I was warm enough, I just couldn't sleep."

"Phoebe, have you been smoking a cigarette in here? Tell me the truth, please, young lady."

"What?" old Phoebe said.

"You heard me."

"I just lit one for one second. i just took *one puff*. Then I threw it out the window."

"*why*, may I ask?"

"I couldn't sleep."

"I don't like that, Phoebe. I don't like that at all," my mother said. "Do you want another blanket?"

"No, thanks, G'night!" old Phoebe said. She was trying to get rid of her, you could tell.

"How was the movie?" my mother said.

"Excellent. Except Alice's mother. She kept leaning over and asking her if she felt grippy during the whole entire movie. We took a taxi home."

"Let me feel your forehead."

"I didn't catch anything. She didn't have anything. It was just her mother."

"Well. Go to sleep now. How was your dinner?"

l'ai fourrée dans ma poche. J'ai agité l'air de la main pour dissiper la fumée – bon Dieu, j'aurais vraiment pas dû fumer. Puis j'ai attrapé mes godasses, j'ai plongé dans la penderie et j'ai fermé la porte. Ouah, mon cœur battait à toute biture.

J'ai entendu ma mère entrer dans la chambre. Elle a dit « Phoebé ? Allons, arrête ça. J'ai vu la lumière, mademoiselle. »

J'ai entendu Phoebé qui disait « Bonsoir ! J'arrivais pas à dormir. C'était bien ? »

Maman a dit « Superbe ». Mais j'ai tout de suite su que c'était pas vrai. Ça l'amuse pas de sortir. « Pourquoi ne dors-tu pas je te prie ? As-tu assez chaud ?

— J'ai assez chaud. C'est juste que j'arrivais pas à dormir.

— Phoebé, as-tu fumé une cigarette dans ta chambre. Dites-moi la vérité s'il vous plaît, mademoiselle.

— Quoi ? » a dit Phoebé.

« Tu m'as entendue.

— J'en ai juste allumé une, juste pour une seconde. J'en ai juste tiré une bouffée. Et puis je l'ai jetée par la fenêtre.

— *Pourquoi ?* Peut-on savoir ?

— J'arrivais pas à dormir.

— Je n'aime pas ça, Phoebé. Je n'aime pas du tout ça » a dit ma mère. « Veux-tu une autre couverture ?

— Non, merci. B'nuit, m'man. » C'était clair que Phoebé essayait de la larguer.

Mais ma mère a dit « Et ce film ?

« Super. À part la mère d'Alice. Elle a pas arrêté pendant tout le film de se pencher pour demander à Alice si elle se sentait pas grippée. On est rentrées en taxi.

— Laisse-moi toucher ton front.

— J'ai rien attrapé. Alice, elle avait rien. C'était seulement sa mère.

— Suffit. Dors, maintenant. Et ton dîner, il était bon ?

"Lousy," Phoebe said.

"You heard what your father said about using that word. What was lousy about it? You had a lovely lamb chop. I walked all over Lexington Avenue just to –"

"The lamb chop was all right, but Charlene always *breathes* on me whenever she puts something down. She breathes all over the food and everything. She *breathes* on everything."

"Well. Go to sleep. Give Mother a kiss. Did you say your prayers?"

"I said them in the bathroom. G'night!"

"Good night. Go right to sleep now. I have a splitting headache," my mother said. She gets headaches quite frequently. She really does.

"Take a few aspirins," old Phoebe said. "Holden'll be home on Wednesday, won't he?"

"So far as I know. Get under there, now. Way down."

I heard my mother go out and close the door. I waited a couple of minutes. Then I came out of the closet. I bumped smack into old Phoebe when I did it, because it was so dark and she was out of bed and coming to tell me. "I hurt you?" I said. You had to whisper now, because they were both home. "I gotta get a move on," I said. I found the edge of the bed in the dark and sat down on it and started putting on my shoes. I was pretty nervous. I admit it.

"Don't go *now*," Phoebe whispered. "Wait'll they're asleep!"

"No. Now. Now's the best time," I said. "She'll be in the bathroom and Daddy'll turn on the news or something. Now's the best time." I could hardly tie my shoelaces, I was so damn nervous. Not that they would've

— Pourri.

— Tu sais que ton père en a assez de t'entendre dire ce mot. Qu'est-ce qui était pourri ? Tu avais une côtelette d'agneau premier choix. J'ai fait à pied tout Lexington Avenue rien que pour…

— La côtelette ça allait. Mais Charlène, faut toujours qu'elle m'envoie son haleine, chaque fois qu'elle pose quelque chose sur la table. Elle envoie son haleine sur mon assiette. Elle l'envoie sur tout ce qui se trouve là.

— Eh bien, dors à présent. Donne un baiser à maman. As-tu dit tes prières ?

— Je les ai dites dans la salle de bains. B'nuit.

— Bonne nuit. Dépêche-toi de dormir. J'ai un mal de tête affreux. » Ma mère a très souvent mal à la tête. C'est sûr.

Phoebé a dit « Prends de l'aspirine ». Et puis « Holden revient mercredi, n'est-ce pas ?

— Autant que je sache. Maintenant rentre là-dessous. Enfonce-toi. »

J'ai entendu la porte se refermer. J'ai attendu quelques minutes. Puis je suis sorti de la penderie. J'y voyais rien. Je me suis cogné en plein dans Phoebé qui s'était levée pour venir me chercher. J'ai chuchoté « Je t'ai pas fait mal ? » Maintenant que les parents étaient là valait mieux parler tout bas. J'ai dit « Faut que je dégage ». J'ai trouvé à tâtons le bord du plumard et je m'y suis assis pour mettre mes chaussures. Je dois avouer que je me sentais mal à l'aise.

Phoebé a dit « T'en va pas maintenant. Attends qu'ils dorment ».

J'ai dit « Non. Maintenant. C'est le meilleur moment. Elle sera dans la salle de bains et papa mettra les Informations. Maintenant, c'est le moment ». Je pouvais à peine lacer mes souliers tellement mes mains tremblaient. Bien sûr s'ils

killed me or anything if they'd caught me home, but it would've been very unpleasant and all. "Where the hell are ya?" I said to old Phoebe. It was so dark I couldn't see her.

"Here." She was standing right next to me. I didn't even see her.

"I got my damn bags at the station," I said. "Listen. You got any dough, Phoeb? I'm practically broke."

"Just my Christmas dough. For presents and all. I haven't done any shopping at *all* yet."

"Oh." I didn't want to take her Christmas dough.

"You want some?" she said.

"I don't want to take your Christmas dough."

"I can lend you *some*," she said. Then I heard her over at D.B.'s desk, opening a million drawers and feeling around with her hand. It was pitch-black, it was so dark in the room. "If you go away, you won't see me in the play," she said. Her voice sounded funny when she said it.

"Yes, I will. I won't go way before that. You think I wanna miss the play?" I said. "What I'll do, I'll probably stay at Mr. Antolini's house till maybe Tuesday night. Then I'll come home. If I get a chance, I'll phone ya."

"Here," old Phoebe said. She was trying to give me the dough, but she couldn't find my hand.

"Where?"

She put the dough in my hand.

"Hey, I don't need all this," I said. "Just give me two bucks, is all. No kidding – Here." I tried to give it back to her, but she wouldn't take it.

"You can take it all. You can pay me back. Bring it to the play."

"How much is it, for God's sake?"

m'avaient découvert ils m'auraient pas *tué* ni rien, mais ça aurait été plutôt désagréable. « Bon Dieu, où tu es ? » Je pouvais pas voir Phoebé tellement il faisait noir.

« Ici. » Elle était tout près de moi mais je la voyais pas. J'ai dit « Mes valises sont à la gare. Écoute, aurais-tu un peu de fric, Phoebé ? Je suis pratiquement à sec.

— J'ai que mes sous de Noël. Pour les cadeaux. J'ai encore *rien* acheté.

— Oh. » Non, j'allais pas lui prendre son fric de Noël.

« T'en veux ?

— Je vais pas te prendre ton fric de Noël. »

Elle a dit « Je peux t'en prêter un peu ». Puis je l'ai entendue qui ouvrait le million de tiroirs du bureau de D.B. et qui cherchait avec la main. Il faisait tellement sombre, noir comme dans un four. « Si tu t'en vas, tu me verras pas dans la pièce. » Elle avait une drôle de voix pour me dire ça.

« Je te verrai. Je partirai pas avant. Tu te figures que je vais manquer ta pièce ? Ce que je vais faire, je vais rester chez Mr Antolini. Jusqu'à mardi soir, sans doute. Et puis je rentrerai à la maison. Si je peux je te téléphone. »

Elle a dit « Tiens ». Elle essayait de me donner le fric mais elle trouvait pas ma main.

« Où ? »

Elle m'a mis l'argent dans la main.

« Hey, j'ai pas besoin de tout ça. Passe-moi deux dollars, ça suffira. Sans rire. » J'ai cherché à lui redonner ses sous mais elle a pas voulu.

« Prends tout. Tu me les rendras plus tard. Rapporte-les en venant voir la pièce.

— Bon Dieu, y a combien ?

"Eight dollars and eighty-five cents. Sixty-five cents. I spent some."

"Then, all of a sudden, I started to cry. I couldn't help it. I did it so nobody could hear me, but I did it. It scared hell out of old Phoebe when I started doing it, and she came over and tried to make me stop, but once you get started, you can't just stop on a goddam *dime.* I was still sitting on the edge of the bed when I did it, and she put her old arm around my neck, and I put my arm around her, too, but I still couldn't stop for a long time. I thought I was going to choke to death or something. Boy, I scared hell out of poor old Phoebe. The damn window was open and everything, and I could feel her shivering and all, because all she had on was her pajamas. I tried to make her get back in bed, but she wouldn't go. Finally I stopped. But it certainly took me a long, long time. Then I finished buttoning my coat and all. I told her I'd keep in touch with her. She told me I could sleep with her if I wanted to, but I said no, that I'd better beat it, that Mr. Antolini was waiting for me and all. Then I took my hunting hat out of my coat pocket and gave it to her. She likes those kind of crazy hats. She didn't want to take it, but I made her. I'll bet she slept with it on. She really likes those kind of hats. Then I told her again I'd give her a buzz if I got a chance, and then I left.

It was a helluva lot easier getting out of the house than it was getting in, for some reason. For one thing, I didn't give much of a damn any more if they caught me. I really didn't. I figured if they caught me, they caught me. I almost wished they did, in a way.

— Huit dollars quatre-vingt-cinq cents. Non, soixante-cinq cents. J'en ai dépensé un peu. »

Alors, brusquement, je me suis mis à chialer. Je pouvais pas m'en empêcher. Je me suis arrangé pour que personne m'entende mais j'ai chialé. La pauvre Phoebé, ça lui a foutu un coup et elle est venue près de moi et elle voulait que j'arrête mais quand on a commencé pas moyen de s'arrêter pile. J'étais toujours assis au bord du lit et elle a mis son bras autour de mon cou, et j'ai mis aussi mon bras autour d'elle mais je pouvais toujours pas m'arrêter. J'ai même eu l'impression que j'allais claquer à force de suffoquer. Ouah, la pauvre Phoebé, je lui ai foutu les jetons. La fenêtre était ouverte et tout, et je la sentais qui frissonnait parce qu'elle avait rien d'autre sur elle que son pyjama.

J'ai essayé de l'obliger à se remettre au lit, mais elle voulait pas. Finalement j'ai cessé de pleurer mais ça m'a pris très très longtemps. Alors j'ai fini de boutonner mon manteau et tout. Je lui ai dit que je lui donnerais des nouvelles. Elle m'a dit que si je voulais je pouvais dormir avec elle mais j'ai dit non, qu'y valait mieux que je me taille, que Mr Antolini m'attendait et tout. Alors j'ai sorti ma casquette de la poche de mon manteau et je la lui ai donnée. Elle aime bien ces coiffures à la gomme. Elle voulait pas la prendre mais je l'ai forcée. Je parie qu'elle a dormi avec. Elle aime vraiment ces drôles de trucs. Puis je lui ai répété que je lui refilerais un coup de bigo si je pouvais, et alors je suis parti.

Ça a été vachement plus facile de sortir de la maison que ça avait été d'y entrer. D'abord, je m'en foutais un peu de me faire pincer. Vraiment. Je me disais que si on m'entendait on m'entendrait voilà tout. En un sens j'avais presque envie qu'on m'entende.

I walked all the way downstairs, instead of taking the elevator. I went down the back stairs. I nearly broke my neck on about ten million garbage pails, but I got out all right. The elevator boy didn't even see me. He probably *still* thinks I'm up at the Dicksteins.'

J'ai pas pris l'ascenseur, je suis descendu à pied. Par l'escalier de service. J'ai bien failli me rompre le cou sur dix millions de poubelles mais je m'en suis sorti. Le garçon d'ascenseur m'a même pas vu. Probable qu'il me croit encore chez les Dickstein.

24

Mr. and Mrs. Antolini had this very swanky apartment over on Sutton Place, with two steps that you go down to get in the living room, and a bar and all. I'd been there quite a few times, because after I left Elkton Hills Mr. Antolini came up to our house for dinner quite frequently to find out how I was getting along. He wasn't married then. Then when he got married, I used to play tennis with he and Mrs. Antolini quite frequently, out at the West Side Tennis Club, in Forest Hills, Long Island. Mrs. Antolini belonged there. She was lousy with dough. She was about sixty years older than Mr. Antolini, but they seemed to get along quite well. For one thing, they were both very intellectual, especially Mr. Antolini, except that he was more witty than intellectual when you were with him, sort of like D.B. Mrs. Antolini was mostly serious. She had asthma pretty bad. They both read all D.B.'s stories – Mrs. Antolini, too – and when D.B. went to Hollywood, Mr. Antolini phoned him up and told him not to go. He went anyway, though. Mr. Antolini said that anybody that could write like D.B. had no business going out to Hollywood. That's exactly what I said, practically.

I would have walked down to their house, because I didn't want to spend any of Phoebe's Christmas dough that I didn't have to, but I felt funny when I got outside. Sort of dizzy.

Chapitre 24

Mr et Mrs Antolini avaient cet appartement grand luxe, à Sutton Place, avec deux marches à descendre pour entrer dans la salle de séjour et un bar et tout. J'y étais allé déjà plusieurs fois. Après mon départ d'Elkton Hills, Mr Antolini était souvent venu dîner chez nous. Il voulait voir ce que je devenais. Il était pas encore marié. Puis, après son mariage, j'ai souvent joué avec lui et Mrs Antolini, au West Side Tennis Club, à Forest Hills, Long Island. Mrs Antolini s'y trouvait chez elle. Mrs Antolini était pourrie de fric. Elle avait dans les soixante ans de plus que Mr Antolini mais ils paraissaient bien s'entendre. D'abord ils étaient l'un et l'autre très intellectuels, spécialement Mr Antolini, sauf qu'il était plus spirituel qu'intellectuel quand on discutait, un peu comme D.B. Mrs Antolini parlait toujours sérieusement. Elle avait de l'asthme. Ils lisaient tous les deux les nouvelles de D.B. – Oui, Mrs Antolini aussi – et quand D.B. est parti pour Hollywood Mr Antolini lui a téléphoné pour lui dire qu'il avait tort. D.B. est quand même parti. Pourtant Mrs Antolini lui avait dit que lorsqu'on écrivait comme lui qu'est-ce qu'on en avait à foutre d'Hollywood. C'est exactement ce que je disais. Pratiquement.

Je serais bien allé chez eux à pied pour pas commencer à dépenser le fric de Phoebé, ses sous de Noël, mais quand j'ai été dehors je me suis senti tout drôle. Comme étourdi.

So I took a cab. I didn't want to, but I did. I had a helluva time even *find*ing a cab.

Old Mr. Antolini answered the door when I rang the bell – after the elevator boy *fin*ally let me up, the bastard. He had on his bathrobe and slippers, and he had a highball in one hand. He was a pretty sophisticated guy, and he was a pretty heavy drinker. "Holden, m'boy!" he said. "My God, he's grown another twenty inches. Fine to see you."

"How are you, Mr. Antolini? How's Mrs. Antolini?"

"We're both just dandy. Let's have that coat." He took my coat off me and hung it up. "I expected to see a day-old infant in your arms. Nowhere to turn. Snowflakes in your eyelashes." He's a very witty guy sometimes. He turned around and yelled out to the kitchen. "Lillian! How's the coffee coming?" Lillian was Mrs. Antolini's first name.

"It's all ready," she yelled back. "Is that Holden? Hello, Holden!"

"Hello, Mrs. Antolini!"

You were always yelling when you were there. That's because the both of them were never in the same room at the same time. It was sort of funny.

"Sit down, Holden," Mr. Antolini said. You could tell he was a little oiled up. The room looked like they'd just had a party. Glasses were all over the place, and dishes with peanuts in them. "Excuse the appearance of the place," he said. "We've been entertaining some Buffalo friends of Mrs. Antolini's… Some buffaloes, as a matter of fact."

I laughed, and Mrs. Antolini yelled something in to me from the kitchen, but I couldn't hear her. "What'd she say?" I asked Mr. Antolini.

"She said not to look at her when she comes in. She just arose from the sack. Have a cigarette. Are you smoking now?"

Alors j'ai pris un taxi. Je voulais pas mais j'en ai pris un. J'ai d'ailleurs eu un mal de chien à le trouver.

Quand j'ai sonné à la porte c'est Mr Antolini qui a ouvert – après que le salaud de liftier se soit décidé à me laisser monter. Il était en robe de chambre et pantoufles et il avait un verre de whisky à la main. C'était un type plutôt sophistiqué et aussi il buvait pas mal. Il a dit « Holden, mon gars. Bon Dieu, il a encore grandi de vingt pouces. Bien content de te voir.

— Comment allez-vous, Mr Antolini ? Comment va Mrs Antolini ?

— On est tous les deux en pleine forme. Donne-moi ce vêtement. » Il a pris mon manteau et il l'a accroché à une patère. « Je m'attendais à te voir arriver tenant dans les bras un enfant nouveau-né. Nulle part où aller. Des flocons de neige sur les cils. » Quelquefois il a beaucoup d'humour. Il s'est retourné et il a hurlé en direction de la cuisine « Lillian, où en est le café ? » Lillian, c'est le prénom de Mrs Antolini.

Elle a répondu en hurlant à son tour « Il est prêt. Est-ce Holden ? Salut, Holden !

— Bonsoir, Mrs Antolini. »

Chez eux fallait toujours crier. Parce qu'ils se trouvaient jamais tous les deux en même temps dans la même pièce. C'était plutôt rigolo.

« Assieds-toi, Holden » a dit Mr Antolini. Il paraissait un brin éméché. À voir la pièce on se disait qu'ils venaient de recevoir des invités. Y avait des verres tous azimuts, des coupelles avec des cacahuètes. « Excuse-nous pour l'état des lieux. Nous avons eu des amis de Mrs Antolini. »

J'ai entendu, venant de la cuisine, la voix de Mrs Antolini mais j'ai pas compris. J'ai demandé « Qu'est-ce qu'elle a dit ?

— Elle a dit, quand elle va entrer, de ne pas la regarder. Elle sort de son pieu. Prends une cigarette. Tu fumes, en ce moment ? »

"Thanks," I said. I took a cigarette from this box he offered me. "Just once in a while. I'm a moderate smoker."

"I'll bet you are," he said. He gave me a light from this big lighter off the table. "So. You and Pencey are no longer one," he said. He always said things that way. Sometimes it amused me a lot and sometimes it didn't. He sort of did it a little bit *too* much. I don't mean he wasn't witty or anything – he was – but sometimes it gets on your nerves when somebody's *al*ways saying things like "So you and Pencey are no longer one." D.B. does it too much sometimes, too.

"What was the trouble?" Mr. Antolini asked me. "How'd you do in English? I'll show you the door in short order if you flunked English, you little ace composition writer."

"Oh, I passed English all right. It was mostly literature, though. I only wrote about two compositions the whole term," I said. "I flunked Oral Expression, though. They had this course you had to take, Oral Expression. *That* I flunked."

"Why?"

"Oh, I don't know." I didn't feel much like going into it. I was still feeling sort of dizzy or something, and I had a helluva headache all of a sudden. I really did. But you could tell he was interested, so I told him a little bit about it. "It's this course where each boy in class has to get up in class and make a speech. You know. Spontaneous and all. And if the boy digresses at all, you're supposed to yell 'Digression!' at him as fast as you can. It just about drove me crazy. I got an *F* in it."

"Why?"

"Oh, I don't know. That digression business got on my nerves. I don't know. The trouble with me is, I *like* it when somebody digresses. It's more *in*teresting and all."

"You don't care to have somebody stick to the point when he tells you something?"

J'ai dit « Oui, merci » en prenant une cigarette dans le paquet qu'il me tendait. « De temps en temps. Je suis un fumeur modéré.

— Non, sans blague. » Il m'a donné du feu avec le gros briquet qu'il a pris sur la table. « Alors, toi et Pencey, ça n'est plus le grand amour ? » Il s'exprimait toujours comme ça. Quelquefois ça m'amusait et d'autres fois non. Il en faisait un peu trop. Je veux pas dire qu'il montrait pas de l'humour et tout, mais ça finit par être agaçant quelqu'un qui dit tout le temps des choses comme « Toi et Pencey, ça n'est plus le grand amour ». D.B. aussi, souvent il en fait un peu trop.

« Qu'est-ce qui n'allait pas ? » m'a demandé Mr Antolini. « Comment ça a marché en Lettres ? Je te montre la porte illico si tu me dis que toi, l'as de la dissert', tu as foiré en Lettres.

— Oh, en Lettres ça s'est très bien passé. Quoique c'était plutôt de l'Histoire de la Littérature. Et de tout le trimestre j'ai fait que deux dissertations. Mais j'ai échoué en Expression Orale. Y a ce cours qu'on est obligé de suivre, un cours d'Expression Orale. Et là j'ai échoué.

— Pourquoi ?

— Oh, je sais pas. » Je voulais pas trop me lancer dans les détails. Je me sentais encore pas mal étourdi et subitos' j'avais vachement mal à la tête. Je vous jure. Mais on voyait qu'il était intéressé, aussi je lui en ai dit un peu plus. « C'était ce cours où chaque élève doit se lever en pleine classe et faire un laïus. Et si le gars s'écarte du sujet on est censé gueuler immédiatement "Digression !" Ça me rendait dingue. J'ai eu un F.

— Pourquoi ?

— Oh, je sais pas. Cette histoire de digression, ça me tapait sur les nerfs. L'ennui, c'est que moi j'aime bien quand on s'écarte du sujet. C'est plus intéressant et tout.

— Tu n'as pas envie, quand quelqu'un te raconte quelque chose, qu'il s'en tienne aux faits qu'il relate ?

"Oh, sure! I like somebody to stick to the point and all. But I don't like them to stick *too* much to the point. I don't know. I guess I don't like it when somebody sticks to the point *all* the time. The boys that got the best marks in Oral Expression were the ones that stuck to the point all the time – I admit it. But there was this one boy, Richard Kinsella. He didn't stick to the point too much, and they were always yelling 'Digression!' at him. It was terrible, because in the first place, he was a very nervous guy – I mean he was a very nervous guy – and his lips were always shaking whenever it was his time to make a speech, and you could hardly hear him if you were sitting way in the back of the room. When his lips sort of quit shaking a little bit, though, I liked his speeches better than anybody else's. He practically flunked the course, though, too. He got a *D* plus because they kept yelling 'Digression!' at him all the time. For instance, he made this speech about this farm his father bought in Vermont. They kept yelling 'Digression!' at him the whole time he was making it, and this teacher, Mr. Vinson, gave him an *F* on it because he hadn't told what kind of animals and vegetables and stuff grew on the farm and all. What he did was, Richard Kinsella, he'd *start* telling you all about that stuff – then all of a sudden he'd start telling you about this letter his mother got from his uncle, and how his uncle got polio and all when he was forty-two years old, and how he wouldn't let anybody come to see him in the hospital because he didn't want anybody to see him with a brace on. It didn't have much to do with the farm – I admit it – but it was *nice*. It's nice when somebody tells you about their uncle. Especially when they start out telling you about their father's farm and then all of a sudden get more interested in their uncle. I mean it's dirty to keep yelling 'Digression!' at him when he's all nice and excited.... I don't know. It's hard to explain."
I didn't feel too much like trying, either. For one thing, I had this terrific headache all of a sudden. I wished to God old Mrs. Antolini would come in with the coffee. That's something

— Oh sûr. J'aime qu'on s'en tienne aux faits. Mais j'aime pas qu'on s'en tienne *trop* aux faits. Je sais pas. Je suppose que j'aime pas quand quelqu'un s'en tient *tout le temps* aux faits. Mais y avait ce gars, Richard Kinsella. Il s'en tenait pas trop aux faits et les autres étaient toujours à brailler "Digression !" C'était horrible parce que d'abord il était très nerveux – et ses lèvres tremblaient chaque fois que c'était à lui de faire un laïus et du fond de la classe on l'entendait à peine. Mais quand ses lèvres s'arrêtaient de trembler un peu, ses laïus je les aimais mieux que ceux de n'importe quel autre gars. Il a pour ainsi dire échoué, remarquez. Il a eu qu'un D-plus parce qu'on lui criait tout le temps "Digression". Par exemple il a parlé d'une ferme que son père avait achetée dans le Vermont. Les types ont braillé "Digression" tout le temps qu'il a parlé et le prof, Mr Vinson, lui a collé une sale note parce qu'il avait pas dit ce qu'y avait à la ferme comme animaux et légumes et tout. Ce qu'il faisait, Richard Kinsella, il commençait à vous parler de ça et puis tout d'un coup il se mettait à vous raconter que sa mère avait reçu une lettre de son oncle et que cet oncle avait eu la polio et tout à l'âge de quarante-deux ans, et qu'il laissait personne lui rendre visite à l'hôpital parce qu'il voulait pas se montrer avec une prothèse. Je reconnais que ça n'avait pas grand-chose à voir avec la ferme – mais c'était chouette. C'est chouette quand quelqu'un vous parle de son oncle. Spécialement quand il commence à vous parler de la ferme de son père et tout d'un coup il est plus intéressé par son oncle. Et c'est dégoûtant de pas arrêter de gueuler "Digression" quand il est sympa et tout excité. Je sais pas. C'est dur à expliquer. » Et puis j'avais pas trop envie d'essayer. Tout d'un coup j'avais cet horrible mal de tête. J'en pouvais plus d'attendre que Mrs Antolini apporte le café. C'est un truc qui m'exaspère drôlement.

that annoys hell out of me – I mean if somebody *says* the coffee's all ready and it isn't.

"Holden... One short, faintly stuffy, pedagogical question. Don't you think there's a time and place for everything? Don't you think if someone starts out to tell you about his father's farm, he should stick to his guns, *then* get around to telling you about his uncle's brace? *Or*, if his uncle's brace is such a provocative subject, shouldn't he have selected it in the first place as his subject – not the farm?"

I didn't feel much like thinking and answering and all. I had a headache and I felt lousy. I even had sort of a stomach-ache, if you want to know the truth.

"Yes – I don't know. I guess he should. I mean I guess he should've picked his uncle as a subject, instead of the farm, if that interested him most. But what I mean is, lots of time you don't *know* what interests you most till you start talking about something that *doesn't* interest you most. I mean you can't help it sometimes. What I think is, you're supposed to leave somebody alone if he's at least being interesting and he's getting all excited about something. I like it when somebody gets excited about something. It's nice. You just didn't know this teacher, Mr. Vinson. He could drive you crazy sometimes, him and the goddam class. I mean he'd keep telling you to *uni*fy and *simp*lify all the time. Some things you just can't *do* that to. I mean you can't hardly ever simplify and unify something just because somebody *wants* you to. You didn't know this guy, Mr. Vinson. I mean he was very intelligent and all, but you could tell he didn't have too much brains."

"Coffee, gentlemen, *fin*ally," Mrs. Antolini said. She came in carrying this tray with coffee and cakes and stuff on it. "Holden, don't you even peek at me. I'm a mess."

Je veux dire quand quelqu'un *dit* que le café est prêt et qu'il l'est pas.

— Holden… Une brève question pédagogique un peu ringarde. Tu ne crois pas qu'il y a un temps pour tout ? Et un lieu ? Tu ne crois pas que si quelqu'un se met à te parler de la ferme de son père il devrait aller jusqu'au bout et *après* seulement te parler de la prothèse de son oncle ? Ou bien, si la prothèse de son oncle est un thème aussi intéressant, n'aurait-il pas dû le choisir comme sujet, et pas la ferme ? »

J'étais pas en grande forme pour réfléchir et lui répondre et tout. J'avais mal à la tête et je me sentais misérable. Si vous voulez savoir, j'avais même comme des crampes d'estomac.

« Oui. Je sais pas. Oui, je suppose. Je veux dire, je suppose qu'il aurait dû choisir son oncle comme sujet plutôt que la ferme si ça l'intéressait davantage. Mais ce que je veux dire aussi, c'est qu'il y a tellement de fois où on *sait* pas ce qui est le plus intéressant avant de se mettre à parler d'un truc qui *n'est pas* le plus intéressant. Je veux dire qu'on peut rien y faire. Mais je pense qu'il faut laisser un gars tranquille quand au moins il est intéressant, et puis tout emballé par quelque chose. J'aime bien lorsque quelqu'un est emballé par quelque chose. C'est chouette. Vous l'avez pas connu vous, ce prof, Mr Vinson. Lui et son foutu cours. Par moments y avait de quoi devenir maboule. Il arrêtait pas de dire d'unifier et puis de simplifier. Tout le temps. Y a des choses, c'est pas possible. Je veux dire, c'est pas possible de simplifier et unifier juste parce quelqu'un le décide. Vous avez pas connu ce prof, Mr Vinson. Il était très intelligent et tout mais ça se voyait qu'il avait rien dans la tête.

— Messieurs, le café. » Mrs Antolini entrait portant un plateau avec dessus du café et des gâteaux et des trucs. « Holden, ne t'avise pas de me regarder. Je suis affreuse. »

"Hello, Mrs. Antolini," I said. I started to get up and all, but Mr. Antolini got hold of my jacket and pulled me back down. Old Mrs. Antolini's hair was full of those iron curler jobs, and she didn't have any lipstick or anything on. She didn't look too gorgeous. She looked pretty old and all.

"I'll leave this right here. Just dive in, you two," she said. She put the tray down on the cigarette table, pushing all these glasses out of the way. "How's your mother, Holden?"

"She's fine, thanks. I haven't seen her too recently, but the last I –"

"Darling, if Holden needs anything, everything's in the linen closet. The top shelf. I'm going to bed. I'm exhausted," Mrs. Antolini said. She looked it, too. "Can you boys make up the couch by yourselves?"

"We'll take care of everything. You run along to bed," Mr. Antolini said. He gave Mrs. Antolini a kiss and she said good-by to me and went in the bedroom. They were always kissing each other a lot in public.

I had part of a cup of coffee and about half of some cake that was about as hard as a rock. All old Mr. Antolini had was another highball, though. He makes them very strong, too, you could tell. He may get to be an alcoholic if he doesn't watch his step.

"I had lunch with your dad a couple of weeks ago," he said all of a sudden. "Did you know that?"

"No, I didn't."

"You're aware, of course, that he's terribly concerned about you."

"I know it. I know he is," I said.

"Apparently before he phoned me he'd just had a long, rather harrowing letter from your latest headmaster, to the effect that you were making absolutely no effort at all. Cutting

J'ai dit « Bonsoir Mrs Antolini ». Je me levais et tout mais Mr Antolini a saisi le bas de ma veste et a tiré pour me faire rasseoir. Mrs Antolini avait plein la tête de bigoudis en métal. Elle était pas super. Elle avait l'air vachement vieille et tout.

« Je vous laisse ça là. Servez-vous. » Elle a posé le plateau sur la table aux cigarettes, en repoussant les verres. « Comment va votre mère, Holden ?

— Bien. Merci. Je l'ai pas vue très récemment mais la dernière…

— Chéri, si Holden a besoin de quelque chose, tout est dans l'armoire à linge. Sur le dernier rayonnage. Moi je vais me coucher. Je suis épuisée » a dit Mrs Antolini, et elle avait vraiment l'air de l'être. « Vous deux, les hommes, serez-vous capables de mettre des draps sur le divan ?

— Nous nous occuperons de tout. File vite au lit » a dit Mr Antolini. Ils se sont embrassés, elle m'a dit bonsoir et elle est partie vers la chambre. Ils arrêtaient pas de s'embrasser en public.

J'ai bu une gorgée de café et mangé la moitié d'un cake qui était dur comme du caillou. Tout ce que Mr Antolini a pris, c'est un autre whisky. Et avec très peu d'eau. S'il fait pas plus attention il deviendra alcoolique.

Brusquement, il a dit « J'ai déjeuné avec ton père il y a quinze jours. Tu savais ?

— Non.

— Tu te rends compte, bien sûr, qu'il s'inquiète beaucoup à ton sujet. »

J'ai dit « Je sais, je sais.

— Apparemment avant de me téléphoner, il avait reçu une longue lettre navrante de ton ex-directeur, qui se plaignait que tu ne faisais absolument aucun effort. Tu séchais

classes. Coming unprepared to all your classes. In general, being an all-around –"

"I didn't cut any classes. You weren't allowed to cut any. There were a couple of them I didn't attend once in a while, like that Oral Expression I told you about, but I didn't cut any."

I didn't feel at all like discussing it. The coffee made my stomach feel a little better, but I still had this awful headache.

Mr. Antolini lit another cigarette. He smoked like a fiend. Then he said, "Frankly, I don't know what the hell to say to you, Holden."

"I know. I'm very hard to talk to. I realize that."

"I have a feeling that you're riding for some kind of a terrible, terrible fall. But I don't honestly know what kind… Are you listening to me?"

"Yes."

You could tell he was trying to concentrate and all.

"It may be the kind where, at the age of thirty, you sit in some bar hating everybody who comes in looking as if he might have played football in college. Then again, you may pick up just enough education to hate people who say, 'It's a secret between he and I.' Or you may end up in some business office, throwing paper clips at the nearest stenographer. I just don't know. But do you know what I'm driving at, at all?"

les cours. Ou tu venais aux cours sans avoir rien préparé. Le comportement général d'un…

— Je séchais pas les cours. C'était interdit. Y en avait deux ou trois que je manquais une fois par-ci par-là, comme cette Expression Orale dont je vous ai parlé, mais je les séchais pas vraiment. »

Ce genre de discussion, ça me disait rien. Le café calmait les crampes d'estomac mais j'avais toujours un mal de tête épouvantable.

Mr Antolini a allumé une autre cigarette. C'était un fumeur enragé. Puis il a soupiré « Finalement, je ne sais pas quoi te dire, Holden.

— Je reconnais que c'est pas facile de trouver quelque chose à me dire.

— J'ai l'impression que tu cours à un échec effroyable. Mais quel genre d'échec, je ne le sais pas encore. Honnêtement… Dis, tu m'écoutes ?

— Oui. »

On voyait qu'il s'efforçait de se concentrer et tout.

« Quel genre d'échec ? Comment tu t'en rendras compte ? et quand ? Eh bien, ce sera peut-être un jour – tu auras dans les trente ans – où, assis dans un bar, tu te mettras soudain à détester le type qui vient d'entrer simplement parce qu'il aura l'air d'avoir été autrefois sélectionné pour jouer dans l'équipe de football de son université. Ou bien le jour où tu t'apercevras que de toutes tes études tu n'as retiré que juste ce qu'il faut pour pouvoir détester les gens qui disent "je m'en souviens" et pas "je m'en rappelle". Ou bien encore tu te retrouveras dans un bureau minable et tu découvriras que pour passer le temps tu en es à bombarder de trombones la dactylo de l'autre côté de la table. Ou n'importe quoi de ce genre. Je ne peux pas dire. Mais tu comprends où je veux en venir ? »

"Yes. Sure," I said. I did, too. "But you're wrong about that hating business. I mean about hating football players and all. You really are. I don't hate too many guys. What I may do, I may hate them for a *little* while, like this guy Stradlater I knew at Pencey, and this other boy, Robert Ackley. I hated *them* once in a while – I admit it – but it doesn't last too long, is what I mean. After a while, if I didn't see them, if they didn't come in the room, or if I didn't see them in the dining room for a couple of meals, I sort of missed them. I mean I sort of missed them."

Mr. Antolini didn't say anything for a while. He got up and got another hunk of ice and put it in his drink, then he sat down again. You could tell he was thinking. I kept wishing, though, that he'd continue the conversation in the morning, instead of now, but he was hot. People are mostly hot to have a discussion when you're not.

"All right. Listen to me a minute now.... I may not word this as memorably as I'd like to, but I'll write you a letter about it in a day or two. Then you can get it all straight. But listen now, anyway." He started concentrating again. Then he said, "This fall I think you're riding for – it's a special kind of fall, a horrible kind. The man falling isn't permitted to feel or hear himself hit bottom. He just keeps falling and falling. The whole arrangement's designed for men who, at some time or other in their lives, were looking for something their own environment couldn't supply them with. Or they thought their own environment couldn't supply them with. So they gave up looking. They gave it up before they ever really even got started. You follow me?"

"Yes, sir."

J'ai dit « Oui. Sûr ». Et c'était vrai. « Mais pour ce qui est de détester, vous vous trompez. Je veux dire, détester les joueurs de foot et tout. Vraiment. Je déteste pas trop de gens. Ce qui peut m'arriver, c'est de les détester *un petit moment*, comme ce type, Stradlater, que j'ai connu à Pencey, et l'autre, Robert Ackley. Parfois, je les détestais, mais ça durait pas, c'est ce que je veux dire. Au bout d'un certain temps, si je les voyais pas, s'ils venaient plus dans ma piaule ou si j'étais plus avec eux au réfectoire deux ou trois repas de suite, ils me manquaient en quelque sorte. C'est ce que je veux dire, ils me manquaient. »

Mr Antolini est resté silencieux. Il s'est levé, il a pris un autre cube de glace et l'a mis dans son verre, puis il est revenu s'asseoir. On voyait qu'il réfléchissait. Tout de même, j'aurais bien voulu qu'il arrête la conversation, quitte à la reprendre le lendemain, mais il était lancé. C'est presque toujours quand vous êtes pas en forme pour discuter que les autres arrêtent pas.

« Bon. Écoute-moi une minute. Je ne vais sans doute pas trouver maintenant les paroles mémorables que je voudrais te dire mais dans un jour ou deux je t'écrirai une lettre. Tu pourras alors débrouiller tout ça. En tout cas, pour l'instant écoute. » Il s'est encore concentré. Puis il a dit « Cet échec vers lequel tu cours, c'est un genre d'échec particulier – et horrible. L'homme qui tombe, rien ne lui permet de sentir qu'il touche le fond. Il tombe et il ne cesse pas de tomber. C'est ce qui arrive aux hommes qui, à un moment ou à un autre durant leur vie, étaient à la recherche de quelque chose que leur environnement ne pouvait leur procurer. Du moins voilà ce qu'ils pensaient. Alors ils ont abandonné leurs recherches. Avant même d'avoir vraiment commencé. Tu me suis ?

— Oui monsieur.

"Sure?"

"Yes."

He got up and poured some more booze in his glass. Then he sat down again. He didn't say anything for quite a long time.

"I don't want to scare you," he said, "but I can very clearly see you dying nobly, one way or another, for some highly unworthy cause." He gave me a funny look. "If I write something down for you, will you read it carefully? And keep it?"

"Yes. Sure," I said. I did, too. I still have the paper he gave me.

He went over to this desk on the other side of the room, and without sitting down wrote something on a piece of paper. Then he came back and sat down with the paper in his hand. "Oddly enough, this wasn't written by a practicing poet. It was written by a psychoanalyst named Wilhelm Stekel. Here's what he – Are you still with me?"

"Yes, sure I am."

"Here's what he said: 'The mark of the immature man is that he wants to die nobly for a cause, while the mark of the mature man is that he wants to live humbly for one.' "

He leaned over and handed it to me. I read it right when he gave it to me, and then I thanked him and all and put it in my pocket. It was nice of him to go to all that trouble. It really was. The thing was, though, I didn't feel much like concentrating. Boy, I felt so damn *tired* all of a sudden.

You could tell he wasn't tired at all, though. He was pretty oiled up, for one thing. "I think that one of these days," he said, "you're going to have to find out where you want to go. And then you've got to start going there. But immediately. You can't afford to lose a minute. Not you."

I nodded, because he was looking right at me and all, but I wasn't too sure what he was talking about.

— Sûr ?

— Oui. »

Il s'est levé et il a versé un peu plus de tord-boyaux dans son verre. Puis il est revenu s'asseoir. Pendant longtemps il a rien dit.

Et puis « Je ne voudrais pas t'effrayer. Mais je te vois très clairement mourant noblement, d'une manière ou d'une autre, pour une cause hautement méprisable. » Il m'a jeté un coup d'œil bizarre. « Si je note pour toi quelques lignes, les liras-tu attentivement ? Et les conserveras-tu ?

— Oui. Bien sûr » j'ai dit. Et je l'ai fait. J'ai toujours le bout de papier qu'il m'a donné.

Il est allé jusqu'à son bureau au fond de la pièce et sans même s'asseoir il a écrit sur une feuille de papier. Puis il est revenu, a repris son siège, le papier à la main. « Curieusement, ceci n'a pas été écrit par un poète, mais par un psychanalyste nommé Wilhelm Stekel. Voilà ce qu'il... Tu m'écoutes ?

— Oui. Bien sûr.

— Voilà ce qu'il a dit : L'homme qui manque de maturité veut mourir noblement pour une cause. L'homme qui a atteint la maturité veut vivre humblement pour une cause. »

Il s'est penché et m'a tendu le papier. Je l'ai lu aussitôt et puis j'ai dit merci et tout et je l'ai mis dans ma poche. Mr Antolini, il était vraiment sympa de se donner tout ce mal. Sans blague. Quand même, j'avais de la peine à le suivre. Ouah, je me sentais tout d'un coup terriblement fatigué.

Mais lui, on voyait bien qu'il était pas du tout fatigué. Et puis il était pas mal éméché. Il a dit « Je pense qu'un de ces jours il va falloir que tu découvres où tu veux aller. Et alors, tu devras prendre cette direction. Immédiatement. Tu ne peux pas te permettre de perdre une minute. Pas toi. »

J'ai fait oui de la tête parce qu'il me regardait droit dans les yeux et tout, mais j'étais pas trop sûr de ce qu'il voulait dire.

I was *pretty* sure I knew, but I wasn't too positive at the time. I was too damn tired.

"And I hate to tell you," he said, "but I think that once you have a fair idea where you want to go, your first move will be to apply yourself in school. You'll have to. You're a student – whether the idea appeals to you or not. You're in love with knowledge. And I think you'll find, once you get past all the Mr. Vineses and their Oral Comp –"

"Mr. Vinsons," I said. He meant all the Mr. Vinsons, not all the Mr. Vineses. I shouldn't have interrupted him, though.

"All right – the Mr. Vinsons. Once you get past all the Mr. Vinsons, you're going to start getting closer and closer – that is, if you *want* to, and if you look for it and wait for it – to the kind of information that will be very, very dear to your heart. Among other things, you'll find that you're not the first person who was ever confused and frightened and even sickened by human behavior. You're by no means alone on that score, you'll be excited and *stimulated* to know. Many, many men have been just as troubled morally and spiritually as you are right now. Happily, some of them kept records of their troubles. You'll learn from them – if you want to. Just as someday, if you have something to offer, someone will learn something from you. It's a beautiful reciprocal arrangement. And it isn't education. It's history. It's poetry." He stopped and took a big drink out of his highball. Then he started again. Boy, he was really hot. I was glad I didn't try to stop him or anything. "I'm not trying to tell you," he said, "that only educated and scholarly men are able to contribute something valuable to the world. It's not so. But I do say that educated and scholarly men, if they're brilliant and creative to begin with – which, unfortunately, is rarely the case – tend to leave infinitely more valuable

J'étais *à moitié* sûr, mais je l'aurais pas affirmé trop positivement. J'étais tellement vanné.

« Et j'ai le regret de te dire – il a dit – que lorsque tu auras une idée claire de là où tu veux aller, ton premier soin sera, je pense, de t'appliquer en classe. Il faudra bien. Tu es un étudiant – que l'idée te plaise ou non – tu aspires à la connaissance. Et je sais que tu découvriras, une fois dépassés tous les Mr Vines et leur Expression Orale… »

J'ai dit « Mr Vinson ». Il voulait dire tous les Mr Vinson, pas tous les Mr Vines. Mais j'aurais pas dû l'interrompre.

« D'accord. Les Mr Vinson. Une fois dépassés tous les Mr Vinson, tu vas commencer à te rapprocher de plus en plus – c'est-à-dire si tu le *veux*, si tu le cherches et l'attends – du genre de savoir qui sera très très cher à ton cœur. Entre autres choses, tu découvriras que tu n'es pas le premier à être perturbé et même dégoûté par le comportement de l'être humain. À cet égard, tu n'es pas le seul, et de le savoir cela t'excitera, te *stimulera*. Bien des hommes ont été tout aussi troublés moralement et spirituellement que tu l'es en ce moment. Par chance, quelques-uns ont écrit le récit de leurs troubles. Si tu le veux, tu apprendras beaucoup en les lisant. De même que d'autres, un jour, si tu as quelque chose à offrir, d'autres apprendront en te lisant. C'est un merveilleux arrangement réciproque. Et ce n'est pas de l'éducation. C'est de l'histoire. C'est de la poésie. » Il s'est tu un instant, il a bu une grosse gorgée de whisky. Puis il s'est remis à parler. Ouah, il était vraiment lancé. J'étais content d'avoir pas essayé de l'arrêter ni rien. « Je ne cherche pas à te faire croire – il a dit – que seuls les gens instruits, les érudits, apportent au monde une contribution valable. C'est faux. Mais ce que je dis c'est que les gens instruits, les érudits, s'ils sont aussi brillants et créatifs – ce qui malheureusement n'est pas souvent le cas – ont tendance à laisser des témoignages beaucoup plus

records behind them than men do who are *merely* brilliant and creative. They tend to express themselves more clearly, and they usually have a passion for following their thoughts through to the end. And – most important – nine times out of ten they have more humility than the unscholarly thinker. Do you follow me at all?"

"Yes, sir."

He didn't say anything again for quite a while. I don't know if you've ever done it, but it's sort of hard to sit around waiting for somebody to say something when they're thinking and all. It really is. I kept trying not to yawn. It wasn't that I was bored or anything – I wasn't – but I was so damn sleepy all of a sudden.

"Something else an academic education will do for you. If you go along with it any considerable distance, it'll begin to give you an idea what size mind you have. What it'll fit and, maybe, what it won't. After a while, you'll have an idea what kind of thoughts your particular size mind should be wearing. For one thing, it may save you an extraordinary amount of time trying on ideas that don't suit you, aren't becoming to you. You'll begin to know your true measurements and dress your mind accordingly."

Then, all of a sudden, I yawned. What a *rude bastard*, but I couldn't help it!

Mr. Antolini just laughed, though. "C'mon," he said, and got up. "We'll fix up the couch for you."

I followed him and he went over to this closet and tried to take down some sheets and blankets and stuff that was on the top shelf, but he couldn't do it with this highball glass in his hand. So he drank it and then put the glass down on the floor and *then* he took the stuff down. I helped him bring it over to the couch. We both made the bed together. He wasn't too hot at it. He didn't tuck anything in very tight. I didn't care, though. I could've slept standing up I was so tired.

intéressants que ceux qui sont *simplement* brillants et créatifs. Ils s'expriment plus clairement et en général ils cherchent passionnément à développer leur pensée jusqu'au bout. Et – plus important encore – neuf fois sur dix, ils ont plus d'humilité que le penseur peu instruit. Tu me suis ?

— Oui, monsieur. »

Pendant un moment il a plus rien dit. Je sais pas si ça vous est déjà arrivé, mais c'est plutôt dur d'être assis là à attendre que quelqu'un dise quelque chose pendant qu'il est en train de réfléchir et tout. Je vous jure. Je luttais pour pas bâiller. C'est pas que je le trouvais barbant – oh non – mais tout d'un coup j'avais tellement sommeil.

« Encore une chose que les études universitaires t'apporteront. Si tu les poursuis assez longtemps, ça commencera à te donner une idée de la forme de ton esprit. Ce qui lui convient et – peut-être – ce qui ne lui convient pas. Au bout d'un moment tu auras une idée du genre de pensées le plus accordé à ta forme d'esprit. Ça t'évitera de perdre un temps fou à essayer des façons de penser qui ne te vont pas, qui ne sont pas pour toi. Tu commenceras à bien connaître tes vraies mesures et à diriger ton esprit en conséquence. »

Et alors, tout d'un coup, j'ai bâillé. C'était franchement grossier mais j'ai pas pu m'en empêcher. Mr Antolini a ri, c'est tout. Il a dit « Viens » et il s'est levé. « On va te préparer le divan. »

Je l'ai suivi et il est allé vers le placard et il a essayé de prendre des draps et des couvertures qui étaient sur l'étagère du haut ; mais avec son verre de whisky à la main il y est pas arrivé. Aussi il l'a vidé et l'a posé sur le plancher, et après il a descendu la literie. Je l'ai aidé à la porter jusqu'au divan. On a fait le lit ensemble. Il s'y connaissait pas trop. Il bordait pas assez serré. Mais ça m'était bien égal. J'étais si fatigué que j'aurais pu dormir debout.

"How're all your women?"

"They're okay." I was being a lousy conversationalist, but I didn't feel like it.

"How's Sally?" He knew old Sally Hayes. I introduced him once.

"She's all right. I had a date with her this afternoon." Boy, it seemed like twenty years ago! "We don't have too much in common any more."

"Helluva pretty girl. What about that other girl? The one you told me about, in Maine?"

"Oh – Jane Gallagher. She's all right. I'm probably gonna give her a buzz tomorrow."

We were all done making up the couch then. "It's all yours," Mr. Antolini said. "I don't know what the hell you're going to do with those legs of yours."

"That's all right. I'm used to short beds," I said. "Thanks a lot, sir. You and Mrs. Antolini really saved my life tonight."

"You know where the bathroom is. If there's anything you want, just holler. I'll be in the kitchen for a while – will the light bother you?"

"No – heck, no. Thanks a lot."

"All right. Good night, handsome."

"G'night, sir. Thanks a lot."

He went out in the kitchen and I went in the bathroom and got undressed and all. I couldn't brush my teeth because I didn't have a toothbrush with me. I didn't have any pajamas either and Mr. Antolini forgot to lend me some. So I just went back in the living room and turned off this little lamp next to the couch, and then I got in bed with just my shorts on. It was way too short for me, the couch, but I really could've slept standing up without batting an eyelash. I laid awake for just a couple of seconds thinking about all that stuff Mr. Antolini'd

« Comment vont toutes tes femmes ?

— Ça va. » Pour la convers', y avait rien à me tirer, j'avais vraiment pas envie de parler.

« Et Sally ? » Il connaissait Sally Hayes. Une fois, je la lui avais présentée.

« Ça va. J'avais rendez-vous avec elle cet après-midi. » Ouah, ça semblait vieux de vingt ans. « On a plus grand-chose en commun.

— Une drôlement jolie fille. Et l'autre ? Dont tu m'avais parlé ? Dans le Maine ?

— Oh. Jane Gallagher. Ça va. Je lui passerai sans doute un coup de fil demain. »

Mon lit était fait. « Tu peux t'installer » a dit Mr Antolini. « Mais je me demande où tu vas bien pouvoir fourrer tes jambes. »

J'ai dit « Ça ira. Je suis habitué aux lits trop courts. Merci beaucoup, monsieur. Vous et Mrs Antolini, vous m'avez vraiment sauvé la vie, ce soir.

— Tu sais où est la salle de bains ? Si tu as besoin de quelque chose, hurle. Je reste un moment dans la cuisine – est-ce que la lumière te gêne ?

— Non. Oh non. Merci encore.

— De rien. Bonne nuit mon beau.

— B'nuit, m'sieur. Merci encore. »

Il est entré dans la cuisine et moi je suis allé à la salle de bains et je me suis déshabillé et tout. Je pouvais pas me laver les dents parce que j'avais pas de brosse à dents. J'avais pas non plus de pyjama et Mr Antolini avait oublié de m'en prêter un. Aussi je suis revenu dans la salle de séjour et j'ai éteint la petite lampe près du divan et je me suis mis au lit en slip. Le divan était beaucoup trop court pour ma taille mais j'aurais pu dormir debout sans problème. Je suis resté éveillé deux secondes à penser à tout ce que Mr Antolini

told me. About finding out the size of your mind and all. He was really a pretty smart guy. But I couldn't keep my goddam eyes open, and I fell asleep.

Then something happened. I don't even like to *talk* about it.

I woke up all of a sudden. I don't know what time it was or anything, but I woke up. I felt something on my head, some guy's hand. Boy, it really scared hell out of me. What it was, it was Mr. Antolini's hand. What he was doing was, he was sitting on the floor right next to the couch, in the dark and all, and he was sort of petting me or patting me on the goddam head. Boy, I'll bet I jumped about a thousand feet.

"What the hellya doing?" I said.

"Nothing! I'm simply sitting here, admiring –"

"What're ya doing, anyway?" I said over again. I didn't know *what* the hell to say – I mean I was embarrassed as hell.

"How 'bout keeping your voice down? I'm simply sitting here –"

"I have to go, anyway," I said – boy, was I nervous! I started putting on my damn pants in the dark. I could hardly get them on I was so damn nervous. I know more damn perverts, at schools and all, than anybody you ever met, and they're always being perverty when *I'm* around.

"You have to go *where?*" Mr. Antolini said. He was trying to act very goddam casual and cool and all, but he wasn't any too goddam cool. Take my word.

"I left my bags and all at the station. I think maybe I'd better go down and get them. I have all my stuff in them."

"They'll be there in the morning. Now, go back to bed. I'm going to bed myself. What's the matter with you?"

m'avait dit. Qu'on devait trouver la forme de son esprit et tout. C'était vraiment un type intelligent. Mais j'étais trop crevé, je me suis endormi.

Et alors quelque chose encore est arrivé. J'ai même pas envie d'en parler.

Je me suis réveillé brusquement. Je savais pas quelle heure il était ni rien mais j'étais réveillé. Je sentais un truc sur ma tête. Une main. La main d'un type. Ouah, ça m'a foutu une de ses frousses… Ce que c'était, c'était la main de Mr Antolini. Ce qu'il faisait, il était assis sur le parquet, juste à côté du divan, dans le noir et tout, et il me tripotait ou tapotait la tête. Ouah, je parierais que j'ai bondi à mille pieds d'altitude.

J'ai demandé « Bon Dieu, qu'est-ce que vous faites ?

— Rien. J'étais simplement assis là, admirant… »

J'ai dit encore « Mais qu'est-ce que vous faites ? » Je savais vraiment pas quoi dire. J'étais vachement embarrassé.

« Tu pourrais baisser la voix ? J'étais simplement assis là… »

J'ai dit « De toute façon, faut que je m'en aille. » Ouah, j'avais les nerfs dans un état ! J'ai voulu enfiler mon pantalon. Dans le noir. Mais je m'embrouillais, à cause des nerfs. Je rencontre plus de foutus pervers dans les collèges et tout que n'importe qui de vos connaissances et ils se mettent toujours à leurs trucs de pervers quand *moi* je suis là.

« Il faut que tu ailles *où ?* » a dit Mr Antolini. Il s'efforçait de se montrer très désinvolte et calme et tout, mais calme il l'était pas tellement. Croyez-moi.

« J'ai laissé mes bagages à la gare. Je pense que je ferais peut-être mieux d'aller les chercher. Y a toutes mes affaires dedans.

— Ils seront encore là demain matin. Allons, recouche-toi. Je vais au lit moi aussi. Qu'est-ce qui t'arrive ? »

"Nothing's the matter, it's just that all my money and stuff's in one of my bags. I'll be right back. I'll get a cab and be right back," I said. Boy, I was falling all over myself in the dark. "The thing is, it isn't mine, the money. It's my mother's, and I –"

"Don't be ridiculous, Holden. Get back in that bed. I'm going to bed myself. The money will be there safe and sound in the morn –"

"No, no kidding. I gotta get going. I really do." I was damn near all dressed already, except that I couldn't find my tie. I couldn't remember where I'd put my tie. I put on my jacket and all without it. Old Mr. Antolini was sitting now in the big chair a little ways away from me, watching me. It was dark and all and I couldn't see him so hot, but I knew he was watching me, all right. He was still boozing, too. I could see his trusty highball glass in his hand.

"You're a very, very strange boy."

"I know it," I said. I didn't even look around much for my tie. So I went without it. "Good-by, sir," I said. "Thanks a lot. No kidding."

He kept walking right behind me when I went to the front door, and when I rang the elevator bell he stayed in the damn doorway. All he said was that business about my being a "very, very strange boy" again. Strange, my ass. Then he waited in the doorway and all till the goddam elevator came. I never waited so long for an elevator in my whole goddam life. I swear.

I didn't know what the hell to talk about while I was waiting for the elevator, and he kept standing there, so I said, "I'm gonna start reading some good books. I really am." I mean you had to say *some*thing. It was very embarrassing.

"You grab your bags and scoot right on back here again. I'll leave the door unlatched."

J'ai dit « Rien. C'est juste que j'ai tout mon argent dans une des valises. Je reviens tout de suite. Je prends un taxi et je reviens ». Ouah. Dans le noir je me mélangeais les guibolles. « C'est pas à moi, l'argent. C'est à ma mère et je…

— Holden, ne sois pas ridicule. Recouche-toi. Je vais au lit moi aussi. L'argent sera encore là demain matin.

— Non, je vous assure, faut que j'y aille. Faut vraiment. » J'étais pratiquement tout habillé sauf que je trouvais pas ma cravate. Je me rappelais pas où je l'avais mise. J'ai enfilé quand même ma veste et tout. Mr Antolini était maintenant assis dans le fauteuil, un peu en retrait, m'observant. Il faisait noir et tout et je le voyais pas très bien mais je savais qu'il m'observait. Il était encore en train de s'imbiber. Il avait son verre à la main, son compagnon fidèle.

« Tu es un garçon très très bizarre. »

J'ai dit « Je sais ». J'ai pas beaucoup cherché ma cravate. Pour finir je suis parti sans. J'ai dit « Au revoir, monsieur. Merci beaucoup. Sans blague ».

Il m'a suivi lorsque je me suis dirigé vers le palier, et quand j'ai appelé l'ascenseur il est resté planté sur le seuil de sa porte. Tout ce qu'il a fait, il a répété ce machin, que j'étais un garçon très très bizarre. Bizarre, mon cul. Puis il a attendu sur le seuil jusqu'à l'arrivée du foutu ascenseur.

Dans toute ma putain de vie j'ai jamais attendu un ascenseur aussi longtemps. Je vous jure.

Je savais pas de quoi parler en attendant l'ascenseur et lui il restait planté là, alors j'ai dit « Je vais me mettre à lire de bons livres ». Il fallait bien dire *quelque chose*. C'était très embarrassant.

« Tu récupères tes bagages et tu reviens ici dare-dare. Je ne mets pas le verrou. »

"Thanks a lot," I said. "G'by!" The elevator was finally there. I got in and went down. Boy, I was shaking like a madman. I was sweating, too. When something perverty like that happens, I start sweating like a bastard. That kind of stuff's happened to me about twenty times since I was a kid. I can't stand it.

J'ai dit « Merci beaucoup ». J'ai dit « Au revoir ». L'ascenseur était enfin là. Je suis entré dedans et il est descendu. Ouah, je tremblais comme un dingue. Et aussi je transpirais. Chaque fois qu'il m'arrive comme ça quelque chose de pervers je fonds en eau. Et ce genre d'emmerde m'est arrivé au moins vingt fois depuis que je suis môme. Je peux pas m'y faire.

25

When I got outside, it was just getting light out. It was pretty cold, too, but it felt good because I was sweating so much.

I didn't know where the hell to go. I didn't want to go to another hotel and spend all Phoebe's dough. So finally all I did was I walked over to Lexington and took the subway down to Grand Central. My bags were there and all, and I figured I'd sleep in that crazy waiting room where all the benches are. So that's what I did. It wasn't too bad for a while because there weren't many people around and I could stick my feet up. But I don't feel much like discussing it. It wasn't too nice. Don't ever try it. I mean it. It'll depress you.

I only slept till around nine o'clock because a million people started coming in the waiting room and I had to take my feet down. I can't sleep so hot if I have to keep my feet on the floor. So I sat up. I still had that headache. It was even worse. And I think I was more depressed than I ever was in my whole life.

I didn't want to, but I started thinking about old Mr. Antolini and I wondered what he'd tell Mrs. Antolini when she saw I hadn't slept there or anything. That part didn't worry me too much, though, because I knew Mr. Antolini

Chapitre 25

Quand je suis sorti de l'immeuble, le jour se levait. Il faisait plutôt froid mais ça m'a paru bon parce que je transpirais tellement.

Je savais vraiment pas où aller. Je voulais pas d'un hôtel pour pas dépenser le fric de Phoebé. Aussi finalement, ce que j'ai fait, j'ai marché jusqu'à Lexington et là j'ai pris le métro pour Grand Central. Mes valises étaient là-bas et tout et je me disais que j'allais dormir dans cette connerie de salle d'attente où y a des bancs. C'est ce que j'ai fait. D'abord c'était pas trop mal parce qu'y avait pas beaucoup de monde et je pouvais mettre mes pieds sur un banc. Mais j'aime mieux pas parler de ça. C'était plutôt moche. Je vous conseille pas d'essayer. Sans blague. Ça vous flanquerait le cafard.

J'ai dormi seulement jusque vers les neuf heures parce qu'après un million de personnes se sont amenées dans la salle d'attente donc il a fallu que je remette les pieds par terre. Pas facile de dormir avec les pieds par terre. Alors je me suis redressé. J'avais toujours mal à la tête. C'était même pire. Et je crois bien que j'étais plus déprimé que je l'avais encore jamais été.

Je voulais pas, mais malgré moi je me suis mis à penser au petit père Antolini et je me suis demandé ce qu'il dirait à Mrs Antolini quand elle découvrirait que j'avais pas dormi là. Ça me tracassait pas trop parce que je savais que Mr Antolini

was very smart and that he could make up something to tell her. He could tell her I'd gone home or something. That part didn't worry me much. But what *did* worry me was the part about how I'd woke up and found him patting me on the head and all. I mean I wondered if just maybe I was wrong about thinking he was making a flitty pass at me. I wondered if maybe he just liked to pat guys on the head when they're asleep. I mean how can you tell about that stuff for sure? You can't. I even started wondering if maybe I should've got my bags and gone back to his house, the way I'd said I would. I mean I started thinking that even if he was a flit he certainly'd been very nice to me. I thought how he hadn't minded it when I'd called him up so late, and how he'd told me to come right over if I felt like it. And how he went to all that trouble giving me that advice about finding out the size of your mind and all, and how he was the only guy that'd even gone *near* that boy James Castle I told you about when he was dead. I thought about all that stuff. And the more I thought about it, the more depressed I got. I mean I started thinking maybe I *should've* gone back to his house. Maybe he *was* only patting my head just for the hell of it. The more I thought about it, though, the more depressed and screwed up about it I got. What made it even worse, my eyes were sore as hell. They felt all sore and burny from not getting too much sleep.

Besides that, I was getting sort of a cold, and I didn't even have a goddam handkerchief with me. I had some in my suitcase, but I didn't feel like taking it out of that strong box and opening it up right in public and all.

There was this magazine that somebody'd left on the bench next to me, so I started reading it, thinking it'd make me stop thinking about Mr. Antolini and a million other things for at least a little while. But this damn article I started reading

était très malin et qu'il trouverait bien une explication. Il pourrait lui dire que j'étais rentré à la maison. Bref, ça me tracassait pas trop. Mais ce qui me tracassait c'était ce truc de m'être réveillé quand il était en train de me tapoter la tête et tout. Je veux dire, je me posais la question de savoir si j'avais pas eu tort de croire qu'il me faisait des avances de pédé. Je me disais que peut-être c'était seulement qu'il aimait bien tapoter la tête des gars quand ils dorment. Ces choses-là, comment savoir ? On est jamais sûr. J'en étais à me demander si j'aurais pas dû reprendre mes bagages et retourner chez lui, comme j'avais dit.

Je commençais à réfléchir que même s'il était pédé il avait été drôlement chouette. Je me répétais qu'il avait pas râlé que je l'appelle si tard et qu'il m'avait dit de venir tout de suite chez lui, et qu'il avait pris la peine de me donner des conseils pour trouver la forme de mon esprit et tout, et qu'il était le seul type à seulement s'être approché du gars dont je vous ai parlé, James Castle, qui était mort. Je pensais à tout ça, et plus j'y pensais plus j'étais déprimé. Et j'en arrivais à me dire que peut-être j'aurais dû retourner chez lui. Peut-être qu'il me tapotait le crâne juste comme ça. Mais plus j'y pensais plus je me sentais cafardeux et paumé. Et puis, ce qui arrangeait pas les choses, j'avais vachement mal aux yeux. Ils me brûlaient et me piquaient, mes yeux, parce que je manquais de sommeil. Et aussi, je venais d'attraper une espèce de rhume et j'avais pas de mouchoir. J'en avais un dans ma valise mais je tenais pas à la sortir de la consigne et à l'ouvrir en public et tout.

Quelqu'un avait laissé un magazine sur le banc à côté de moi, alors je me suis mis à le lire en me disant que ça m'empêcherait, au moins un petit bout de temps, de me poser des questions sur Mr Antolini et sur un million d'autres trucs. Mais ce foutu article que je me suis mis à lire m'a presque

made me feel almost worse. It was all about hormones. It described how you should look, your face and eyes and all, if your hormones were in good shape, and I didn't look that way at all. I looked exactly like the guy in the article with lousy hormones. So I started getting worried about my hormones. Then I read this other article about how you can tell if you have cancer or not. It said if you had any sores in your mouth that didn't heal pretty quickly, it was a sign that you probably had cancer. I'd had this sore on the inside of my lip for about *two weeks*. So figured I was getting cancer. That magazine was some little cheerer upper. I finally quit reading it and went outside for a walk. I figured I'd be dead in a couple of months because I had cancer. I really did. I was even positive I would be. It certainly didn't make me feel too gorgeous.

It sort of looked like it was going to rain, but I went for this walk anyway. For one thing, I figured I ought to get some breakfast. I wasn't at all hungry, but I figured I ought to at least eat something. I mean at least get something with some vitamins in it. So I started walking way over east, where the pretty cheap restaurants are, because I didn't want to spend a lot of dough.

While I was walking, I passed these two guys that were unloading this big Christmas tree off a truck. One guy kept saying to the other guy, "Hold the sonuvabitch *up!* Hold it *up*, for Chrissake!" It certainly was a gorgeous way to talk about a Christmas tree. It was sort of funny, though, in an awful way, and I started to sort of laugh. It was about the *worst* thing I could've done, because the minute I started to laugh I thought I was going to vomit. I really did. I even started to, but it went away. I don't know why. I mean I hadn't eaten anything unsanitary

fait me sentir encore plus mal. Ça parlait des hormones. Ça décrivait comment on devait être, la figure, les yeux et tout, si on allait bien question hormones. J'étais pas du tout comme ça. J'étais exactement comme le type dans l'article qu'avait des hormones dégueu. Alors je me suis rongé les sangs pour mes hormones. Et puis j'ai lu cet autre article sur la façon de voir si on a un cancer. Il disait que si on avait dans la bouche des écorchures qui mettaient du temps à guérir c'était probable qu'on avait un cancer. Ça faisait presque *deux semaines* que j'en avais une à l'intérieur de la lèvre. Aussi je me suis dit qu'il me venait un cancer. Ce magazine, rien de tel pour vous remonter le moral. Finalement, j'ai arrêté de lire et je suis allé me balader un peu. J'estimais qu'ayant un cancer je serais mort dans les deux ou trois mois. J'en étais positivement sûr. Ça n'avait vraiment rien pour me réjouir.

La pluie menaçait mais je suis quand même allé faire un tour. D'abord je trouvais que ce serait pas mal de prendre le petit déjeuner. J'avais pas faim mais je me disais qu'il fallait que je mange quelque chose. Que j'avale au moins quelques vitamines. Alors je me suis dirigé vers le quartier des troquets pas chers parce que je voulais pas dépenser beaucoup de fric.

Sur mon chemin je suis passé près de deux types qui déchargeaient d'un camion un énorme arbre de Noël. Un des deux arrêtait pas de dire à l'autre « Redresse-le ce putain de bordel de merde de machin. Redresse-le, sacré nom ». C'était vraiment une façon super de parler d'un arbre de Noël. Et en même temps c'était marrant, tristement marrant, disons, et je me suis mis à rire. J'ai eu grand tort parce qu'à l'instant même j'ai bien cru que j'allais vomir. Sans blague. J'ai même commencé à vomir, et puis ça s'est arrangé. Je sais pas ce qui m'a pris. Je veux dire que j'avais rien mangé de pas sain

or like that and usually I have quite a strong stomach. Anyway, I got over it, and I figured I'd feel better if I had something to eat. So I went in this very cheap-looking restaurant and had doughnuts and coffee. Only, I didn't eat the doughnuts. I couldn't swallow them too well. The thing is, if you get very depressed about something, it's hard as hell to swallow. The waiter was very nice, though. He took them back without charging me. I just drank the coffee. Then I left and started walking over toward Fifth Avenue.

It was Monday and all, and pretty near Christmas, and all the stores were open. So it wasn't too bad walking on Fifth Avenue. It was fairly Christmasy. All those scraggy-looking Santa Clauses were standing on corners ringing those bells, and the Salvation Army girls, the ones that don't wear any lipstick or anything, were ringing bells too. I sort of kept looking around for those two nuns I'd met at breakfast the day before, but I didn't see them. I knew I wouldn't, because they'd told me they'd come to New York to be schoolteachers, but I kept looking for them anyway. Anyway, it was pretty Christmasy all of a sudden. A million little kids were downtown with their mothers, getting on and off buses and coming in and out of stores. I wished old Phoebe was around. She's not little enough any more to go stark staring mad in the toy department, but she enjoys horsing around and looking at the people. The Christmas before last I took her down town shopping with me. We had a helluva time. I think it was in Bloomingdale's. We went in the shoe department and we pretended she – old – Phoebe – wanted to get a pair of those very high storm shoes, the kind that have about a million holes to lace up. We had the poor salesman guy going crazy. Old Phoebe tried on about twenty pairs, and each time the poor guy had to lace one shoe

et d'habitude j'ai l'estomac solide. Bon ça s'est arrangé et je me suis figuré que ça irait mieux si je mangeais un peu. Aussi je suis entré dans un troquet qui avait l'air bon marché et j'ai commandé du café et deux beignets. Mais j'ai pas mangé les beignets. Ça n'aurait pas passé. Ce qu'il y a, lorsque quelque chose vous tracasse, on peut plus rien avaler. Le garçon a été très sympa. Il a remporté les beignets sans me les faire payer. J'ai seulement bu mon café. Puis je suis reparti et j'ai parcouru la Cinquième Avenue.

C'était lundi et bientôt Noël, et tous les magasins étaient ouverts. Le bon moment pour se balader sur la Cinquième Avenue. Ça faisait très Noël. Tous ces Santa-Claus rabougris agitaient leurs clochettes à chaque coin de rue et les filles de l'Armée du Salut, celles qu'ont pas de rouge à lèvres ni rien, agitaient aussi des clochettes. J'essayais vaguement de repérer dans la foule les deux religieuses que j'avais rencontrées la veille mais je les ai pas vues. J'aurais dû me douter que je les verrais pas puisqu'elles m'avaient dit qu'elles venaient à New York pour être profs mais je les cherchais un peu quand même. En tout cas, subitement, ça faisait Noël. Un million de petits moutards avec leurs mères avaient envahi les rues, montant dans les bus ou en descendant, entrant dans les magasins ou en ressortant. J'aurais bien voulu voir Phoebé. Elle est trop grande à présent pour que le rayon des jouets l'excite beaucoup mais elle aime flâner dans les rues et regarder les gens. Pas à Noël dernier mais celui d'avant je l'ai emmenée avec moi faire des achats. On s'est vachement bien amusés. Je crois que c'était à Bloomingdale. On est allés au rayon des godasses et on a prétendu que Phoebé voulait une paire de ces bottines avec un million de trous où passent des lacets. Le malheureux vendeur, on l'a rendu fou. La môme Phoebé a essayé à peu près vingt paires et chaque fois le pauvre type devait lui lacer une des chaussures

all the way up. It was a dirty trick, but it killed old Phoebe. We finally bought a pair of moccasins and charged them. The salesman was very nice about it. I think he knew we were horsing around, because old Phoebe always starts giggling.

Anyway, I kept walking and walking up Fifth Avenue, without any tie on or anything. Then all of a sudden, something very spooky started happening. Every time I came to the end of a block and stepped off the goddam curb. I had this feeling that I'd never get to the other side of the street. I thought I'd just go down, down, down, and nobody'd ever see me again. Boy, did it scare me. You can't imagine. I started sweating like a bastard – my whole shirt and underwear and everything. Then I started doing something else. Every time I'd get to the end of a block I'd make believe I was talking to my brother Allie. I'd say to him, "Allie, don't let me disappear. Allie, don't let me disappear. Allie, don't let me disappear. Allie, don't let me disappear. Please, Allie." And then when I'd reach the other side of the street without disappearing, I'd *thank* him. Then it would start all over again as soon as I got to the next corner. But I kept going and all. I was sort of afraid to stop, I think – I don't remember, to tell you the truth. I know I didn't stop till I was way up in the Sixties, past the zoo and all. Then I sat down on this bench. I could hardly get my breath, and I was still sweating like a bastard. I sat there, I guess, for about an hour. Finally, what I decided I'd do, I decided I'd go away. I decided I'd never go home again and I'd never go away to another school again. I decided I'd just see old Phoebe and sort of say good-by to her and all, and give her back her Christmas dough, and then I'd start hitchhiking my way out west. What I'd do, I figured, I'd go down to the Holland Tunnel and burn

jusqu'en haut. C'était un sale tour mais Phoebé ça la tuait. Pour finir, on a acheté des mocassins qu'on a fait porter sur le compte des parents. Le vendeur a été très sympa. Je pense qu'il voyait bien qu'on se payait du bon temps parce que Phoebé peut jamais s'empêcher de rigoler.

Bon. J'ai marché, j'ai marché dans la Cinquième Avenue, sans cravate ni rien. Et puis tout d'un coup il m'est arrivé quelque chose de vachement effrayant. Chaque fois que j'arrivais à une rue transversale et que je descendais de la saleté de trottoir, j'avais l'impression que j'atteindrais jamais l'autre côté de la rue. Je sentais que j'allais m'enfoncer dans le sol, m'enfoncer encore et encore et que personne me reverrait jamais. Ouah, ce que j'avais les foies. Vous imaginez. Je me suis mis à transpirer comme un dingue, j'ai trempé mon tricot de corps et ma chemise. Ensuite j'ai fait quelque chose d'autre. Chaque fois que j'arrivais à une nouvelle rue, je me mettais à parler à mon frère Allie. Je lui disais « Allie, me laisse pas disparaître. Allie, me laisse pas. S'il te plaît, Allie ». Et quand j'avais atteint le trottoir opposé sans disparaître je lui disais merci, à Allie. Et ça recommençait au coin de rue suivant. Mais je continuais mon chemin et tout. Je crois que j'avais peur de m'arrêter – à dire vrai je me souviens pas bien. Je sais que je me suis pas arrêté avant d'être vers la Soixantième Rue, passé le zoo et tout. Là je me suis assis sur un banc. J'avais peine à reprendre mon souffle et je transpirais toujours comme un dingue. Je suis resté assis là, une heure environ j'imagine. Finalement, ce que j'ai décidé, c'est de m'en aller. J'ai décidé de jamais rentrer à la maison, de jamais plus être en pension dans un autre collège. J'ai décidé que simplement je reverrais la môme Phoebé pour lui dire au revoir et tout et lui rendre son fric de Noël, et puis je partirais vers l'Ouest. En stop. Ce que je ferais, je descendrais à Holland Tunnel et là j'arrêterais

a ride, and then I'd bum another one, and another one, and another one, and in a few days I'd be somewhere out West where it was very pretty and sunny and where nobody'd know me and I'd get a job. I figured I could get a job at a filling station somewhere, putting gas and oil in people's cars. I didn't care what kind of a job it was, though. Just so people didn't know me and I didn't know anybody. I thought what I'd do was, I'd pretend I was one of those deaf-mutes. That way I wouldn't have to have any goddam stupid useless conversations with anybody. If anybody wanted to tell me something, they'd have to write it on a piece of paper and shove it over to me. They'd get bored as hell doing that after a while, and then I'd be through with having conversations for the rest of my life. Everybody'd think I was just a poor deaf-mute bastard and they'd leave me alone. They'd let me put gas and oil in their stupid cars, and they'd pay me a salary and all for it, and I'd build me a little cabin somewhere with the dough I made and live there for the rest of my life. I'd build it right near the woods, but not right *in* them, because I'd want it to be sunny as hell all the time. I'd cook all my own food, and later on, if I wanted to get married or something, I'd meet this beautiful girl that was also a deaf-mute and we'd get married. She'd come and live in my cabin with me, and if she wanted to say anything to me, she'd have to write it on a goddam piece of paper, like everybody else. If we had any children, we'd hide them somewhere. We could buy them a lot of books and teach them how to read and write by ourselves.

I got excited as hell thinking about it. I really did. I knew the part about pretending I was a deaf-mute was crazy, but I liked thinking about it anyway. But I really decided to go out West and all. All I wanted to do first was say good-by to old Phoebe. So all of a sudden, I ran like a madman across the street – I damn near got killed doing it, if you want to know the truth – and

une voiture, puis une autre et une autre et encore une autre, et dans quelques jours je serais dans l'Ouest, là où c'est si joli, où y a plein de soleil et où personne me connaîtrait et je me dégoterais du boulot. Je suppose que je pourrais bosser quelque part dans une station-service, je mettrais de l'essence et de l'huile dans les voitures. Mais n'importe quel travail conviendrait. Suffit que les gens me connaissent pas et que je connaisse personne. Je me disais que le mieux ce serait de me faire passer pour un sourd-muet. Et comme ça terminé d'avoir à parler avec les gens. Tout le monde penserait que je suis un pauvre couillon de sourd-muet et on me laisserait tranquille. Je serais censé mettre de l'essence et de l'huile dans ces bagnoles à la con et pour ça on me paierait un salaire et tout et avec le fric je me construirais quelque part une petite cabane et je passerais là le reste de ma vie. Je la construirais près des bois mais pas *dans* les bois parce que je veux qu'elle soit tout le temps en plein soleil. Je me ferais moi-même à manger et plus tard, si je voulais me marier, je rencontrerais cette fille merveilleuse qui serait aussi sourde-muette et je l'épouserais. Et elle viendrait vivre dans ma cabane et quand elle voudrait me dire quelque chose il faudrait qu'elle l'écrive sur un bout de papier comme tout le monde. Si on avait des enfants on les cacherait quelque part. On leur achèterait un tas de livres et on leur apprendrait nous-mêmes à lire et à écrire.

En pensant à ça je me suis vachement excité. Vachement. Je savais que mon histoire de sourd-muet c'était débile mais je prenais plaisir à me la raconter. Et pour ce qui était de partir vers l'Ouest et tout, j'étais vraiment décidé. Ce que je voulais c'était d'abord dire au revoir à Phoebé. Alors, subitement, j'ai traversé la rue en courant comme un fou – et pour rien vous cacher j'ai manqué me faire écraser – et

went in this stationary store and bought a pad and pencil. I figured I'd write her a note telling her where to meet me so I could say good-by to her and give her back her Christmas dough, and then I'd take the note up to her school and get somebody in the principal's office to give it to her. But I just put the pad and pencil in my pocket and started walking fast as hell up to her school – I was too excited to write the note right in the stationery store. I walked fast because I wanted her to get the note before she went home for lunch, and I didn't have any too much time.

I knew where her school was, naturally, because I went there myself when I was a kid. When I got there, it felt funny. I wasn't sure I'd remember what it was like inside, but I did. It was exactly the same as it was when I went there. They had that same big yard inside, that was always sort of dark, with those cages around the light bulbs so they wouldn't break if they got hit with a ball. They had those same white circles painted all over the floor, for games and stuff. And those same old basketball rings without any nets – just the backboards and the rings.

Nobody was around at all, probably because it wasn't recess period, and it wasn't lunchtime yet. All I saw was one little kid, a colored kid, on his way to the bathroom. He had one of those wooden passes sticking out of his hip pocket, the same way we used to have, to show he had permission and all to go to the bathroom.

I was still sweating, but not so bad any more. I went over to the stairs and sat down on the first step and took out the pad and pencil I'd bought. The stairs had the same smell they used to have when I went there. Like somebody'd just taken a leak

je suis entré à la papeterie et j'ai acheté un bloc-notes et un crayon. J'avais combiné d'écrire sur-le-champ un message pour Phoebé en lui expliquant où venir me rejoindre pour que je lui dise au revoir et lui rende son fric de Noël. J'irais à son école remettre le message à quelqu'un dans le bureau de la directrice en demandant qu'on le donne à Phoebé. Mais j'ai seulement enfoncé le bloc-notes et le crayon dans ma poche et je suis parti à toute bringue en direction de l'école. J'étais trop surexcité pour écrire mon mot dans la papeterie. Je marchais vite parce que je voulais le lui faire passer avant qu'elle rentre à la maison pour déjeuner et ça me laissait pas beaucoup de temps.

Bien sûr, je savais où était son école bicause c'est là que j'allais quand j'étais môme. Ça m'a paru drôle de m'y retrouver. Je m'étais demandé si je me souviendrais comment c'était à l'intérieur, eh bien oui je me souvenais. Ça n'avait pas du tout changé. Y avait toujours cette grande cour plutôt sombre avec les cages autour des ampoules électriques pour qu'elles soient pas cassées par un ballon. Y avait toujours les mêmes cercles blancs peints sur le sol pour les sports et tout. Et les mêmes vieux paniers de basket, juste un cercle, sans filet – rien que les panneaux et les cercles.

Je voyais personne, probablement parce que c'était pas la récréation et pas encore l'heure du déjeuner. Tout ce que j'ai vu c'est un mioche, un petit Noir, qui allait aux cabinets : sortant à moitié de la poche de son pantalon y avait un de ces laissez-passer en bois, le même que nous on avait, pour montrer qu'il était autorisé à aller aux cabinets et tout.

Je transpirais encore mais plus autant. Je me suis assis sur la première marche de l'escalier et j'ai pris le bloc-notes et le crayon que j'avais achetés. L'escalier, je lui trouvais la même odeur qu'il avait déjà quand moi j'allais à cette école. Comme si quelqu'un venait juste de pisser dessus.

on them. School stairs always smell like that. Anyway, I sat there and wrote this note:

Dear Phoebe,

I can't wait around till Wednesday any more so I will probably hitch hike out west this afternoon. Meet me at the Museum of art near the door at quarter past 12 if you can and I will give you your Christmas dough back. I didn't spend much.

Love,
Holden

Her school was practically right near the museum, and she had to pass it on her way home for lunch anyway, so I knew she could meet me all right.

Then I started walking up the stairs to the principal's office so I could give the note to somebody that would bring it to her in her classroom. I folded it about ten times so nobody'd open it. You can't trust anybody in a goddam school. But I knew they'd give it to her if I was her brother and all.

While I was walking up the stairs, though, all of a sudden I thought I was going to puke again. Only, I didn't. I sat down for a second, and then I felt better. But while I was sitting down, I saw something that drove me crazy. Somebody'd written "Fuck you" on the wall. It drove me damn near crazy. I thought how Phoebe and all the other little kids would see it, and how they'd wonder what the hell it meant, and then finally some dirty kid would tell them – all cockeyed, naturally – what it meant, and how they'd all *think* about it and maybe even *worry* about it for a couple of days. I kept wanting to kill whoever'd written it. I figured it was some perverty bum that'd sneaked in the school late at night to take a leak or something and then wrote it on the wall. I kept picturing myself catching him at it, and how I'd smash his head on the stone steps till he was good and goddam dead and

Les escaliers des écoles ont toujours cette odeur-là. Bon. Je me suis assis et j'ai écrit :

Chère Phoebé,

Je peux plus attendre jusqu'à mercredi. Je vais probablement partir en stop cet après-midi. Viens me rejoindre si tu peux au Musée d'Art, à midi un quart près de la porte. Je te rendrai ton fric de Noël. J'en ai pas beaucoup dépensé.

Je t'embrasse.
Holden

Son école était pratiquement à côté du musée et elle devait passer par là pour rentrer déjeuner à la maison donc ça lui serait facile de venir.

Ensuite j'ai monté les marches jusqu'au bureau de la directrice afin de remettre le message à quelqu'un qui le porterait à Phoebé. J'ai bien dû plier le papier en dix pour qu'on lise pas. Dans une école on peut avoir confiance en personne. Mais je savais qu'on le donnerait à Phoebé si je disais que j'étais son frère et tout.

En montant l'escalier, subitement, j'ai cru que j'allais encore vomir. Mais ça a passé. Je me suis assis une seconde. Aussitôt je me suis senti mieux. Mais pendant que j'étais assis j'ai vu quelque chose qui m'a rendu cinglé. Quelqu'un avait écrit "je t'enc..." sur le mur. Ça m'a presque rendu cinglé. Je me suis dit que Phoebé et les autres petits mômes allaient voir ça et qu'ils se demanderaient ce que ça signifiait et alors un gosse taré leur dirait – et bien sûr tout de travers – et pendant deux ou trois jours ils y *penseraient* et même peut-être se tracasseraient. J'aurais bien tué celui qui avait écrit ça. Je supposais que c'était un clochard pervers qui se glissait dans l'école tard le soir pour pisser et puis écrire ça sur le mur. Je me voyais le prendre sur le fait et lui écraser la tête contre les marches de pierre jusqu'à ce qu'il soit mort et

bloody. But I knew, too, I wouldn't have the guts to do it. I knew that. That made me even more depressed. I hardly even had the guts to rub it off the wall with my *hand*, if you want to know the truth. I was afraid some teacher would catch me rubbing it off and would think *I'd* written it. But I rubbed it out anyway, finally. Then I went on up to the principal's office.

The principal didn't seem to be around, but some old lady around a hundred years old was sitting at a typewriter. I told her I was Phoebe Caulfield's brother, in 4B-1, and I asked her to please give Phoebe the note. I said it was very important because my mother was sick and wouldn't have lunch ready for Phoebe and that she'd have to meet me and have lunch in a drugstore. She was very nice about it, the old lady. She took the note off me and called some other lady, from the next office, and the other lady went to give it to Phoebe. Then the old lady that was around a hundred years old and I shot the breeze for a while. She was pretty nice, and I told her how I'd gone there to school, too, and my brothers. She asked me where I went to school now, and I told her Pencey, and she said Pencey was a very good school. Even if I'd wanted to, I wouldn't have had the strength to straighten her out. Besides, if she thought Pencey was a very good school, let her think it. You hate to tell *new* stuff to somebody around a hundred years old. They don't like to hear it. Then, after a while, I left. It was funny. She yelled "Good luck!" at me the same way old Spencer did when I left Pencey. God, how I hate it when somebody yells "Good luck!" at me when I'm leaving somewhere. It's depressing.

I went down by a different staircase, and I saw another "Fuck you" on the wall. I tried to rub it off with my hand again, but this one was *scratched* on, with a knife or something. It wouldn't come off. It's hopeless, anyway. If you had

en sang. Mais en même temps, je savais que j'aurais pas le cran de le faire. Je le savais. Au vrai, j'avais à peine le cran d'effacer le mot avec la main. Je me disais qu'un prof allait me surprendre à le frotter et penserait que c'était *moi* qui l'avais écrit. Mais finalement je l'ai tout de même effacé. Puis je suis monté au bureau de la directrice.

La directrice était pas là, mais une vieille dame dans les cent ans était assise devant une machine à écrire. Je lui ai dit que j'étais le frère de Phoebé Caulfield, de 7B-1 et je lui ai demandé s'il vous plaît de donner le message à Phoebé. J'ai dit que c'était très important parce que ma mère était malade et qu'elle avait rien préparé pour le déjeuner alors il fallait que ma sœur me rejoigne et je la ferais déjeuner dans un drugstore. La vieille dame, elle a été très sympa. Elle a pris mon billet et elle a appelé une autre dame du bureau voisin qui est allée le porter à Phoebé. Puis la vieille dame dans les cent ans et moi on a parlé un peu. Elle était bien aimable et je lui ai raconté que j'avais été moi aussi dans cette école et mes frères tout pareil. Elle m'a demandé où j'étais maintenant et j'ai dit à Pencey, et elle a dit que Pencey était un très bon collège. Même si j'avais voulu j'aurais pas eu le courage de lui dire le contraire. D'ailleurs si elle trouvait que Pencey était un très bon collège fallait pas la décevoir. C'est pas génial de dire des choses nouvelles à des centenaires. Ils apprécient pas. Au bout d'un petit moment je suis parti. C'est bizarre, elle m'a hurlé « Bonne chance ! » tout juste comme le père Spencer l'avait fait lorsque j'ai quitté Pencey. Bon Dieu, comme je déteste quand quelqu'un me hurle « Bonne chance ! » quand je vais quelque part. Ça me fout le cafard.

Je suis descendu par un autre escalier, et j'ai vu un autre "Je t'enc…" sur le mur. Celui-là aussi j'ai essayé de l'effacer avec ma main mais il était gravé au couteau ou avec autre chose. Ça partait pas. De toute façon, c'est sans espoir. Même si on

a million years to do it in, you couldn't rub out even *half* the "Fuck you" signs in the world. It's impossible.

I looked at the clock in the recess yard, and it was only twenty to twelve, so I had quite a lot of time to kill before I met old Phoebe. But I just walked over to the museum anyway. There wasn't anyplace else to go. I thought maybe I might stop in a phone booth and give old Jane Gallagher a buzz before I started bumming my way west, but I wasn't in the mood. For one thing, I wasn't even sure she was home for vacation yet. So I just went over to the museum, and hung around.

While I was waiting around for Phoebe in the museum, right inside the doors and all, these two little kids came up to me and asked me if I knew where the mummies were. The one little kid, the one that asked me, had his pants open. I told him about it. So he buttoned them up right where he was standing talking to me – he didn't even bother to go behind a post or anything. He killed me. I would've laughed, but I was afraid I'd feel like vomiting again, so I didn't. "Where're the mummies, fella?" the kid said again. "Ya know?"

I horsed around with the two of them a little bit. "The mummies? What're they?" I asked the one kid.

"You know. The *mum*mies – them dead guys. That get buried in them toons and all."

Toons. That killed me. He meant tombs.

"How come you two guys aren't in school?" I said.

"No school t'day," the kid that did all the talking said. He was lying, sure as I'm alive, the little bastard. I didn't have anything to do, though, till old Phoebe showed up, so I helped them find the place where the mummies were.

avait un million d'années pour le faire on pourrait encore pas effacer la moitié des "je t'enc..." du monde entier. Impossible.

J'ai regardé la pendule dans la cour de récréation, il était seulement midi moins vingt, donc j'avais du temps à tuer avant de voir arriver Phoebé. Mais j'ai quand même pris tout de suite la direction du musée. Je voyais pas d'autre endroit où aller. J'ai eu envie de m'arrêter à une cabine téléphonique et de donner un coup de fil à la môme Jane Gallagher avant de foutre le camp vers l'Ouest, mais j'avais pas le moral. D'abord j'étais même pas certain qu'elle soit déjà en vacances. Aussi je me suis rendu tout droit au musée et là j'ai traînassé.

Pendant que j'attendais Phoebé dans le musée, juste à côté de la porte et tout, deux petits gosses sont venus me demander si je savais où étaient les momies. L'un des deux, celui qui posait la question, avait oublié de fermer sa braguette. Je le lui ai dit. Et il s'est boutonné sans bouger de l'endroit où il était – il a même pas pris la peine d'aller derrière un pilier ni rien. Ça m'a tué. J'aurais ri si j'avais pas eu peur que ça me donne encore envie de vomir aussi je me suis retenu. Le gamin, il a encore demandé « Où qu'elles sont, les momies ? Vous savez ? »

J'ai un petit peu fait l'idiot. « Les momies ? Qu'est-ce que c'est ?

— Ben quoi. Des momies. Des types morts – et qu'on a enterrés dans leurs tombereaux et tout. »

Tombereaux. Ça m'a tué.

Moi j'ai dit « Pourquoi vous êtes pas à l'école tous les deux ?

— Jourd'hui pas d'école » a dit le gosse qui menait la convers'. Il mentait, aussi sûr que je suis en vie, le petit cochon. Mais puisque j'avais rien à faire jusqu'à l'arrivée de Phoebé je les ai aidés à chercher l'endroit où sont les momies.

Boy, I used to know exactly where they were, but I hadn't been in that museum in years.

"You two guys so interested in mummies?" I said.

"Yeah."

"Can't your friend talk?" I said.

"He ain't my friend. He's my brudda."

"Can't he talk?" I looked at the one that wasn't doing any talking. "Can't you talk at all?" I asked him.

"Yeah," he said. "I don't feel like it."

Finally we found the place where the mummies were, and we went in.

"You know how the Egyptians buried their dead?" I asked the one kid.

"Naa."

"Well, you should. It's very interesting. They wrapped their faces up in these cloths that were treated with some secret chemical. That way they could be buried in their tombs for thousands of years and their faces wouldn't rot or anything. Nobody knows how to do it except the Egyptians. Even modern science."

To get to where the mummies were, you had to go down this very narrow sort of hall with stones on the side that they'd taken right out of this Pharaoh's tomb and all. It was pretty spooky, and you could tell the two hot-shots I was with weren't enjoying it too much. They stuck close as hell to me, and the one that didn't talk at all practically was holding onto my sleeve. "Let's go," he said to his brother. "I seen 'em awreddy. C'mon, hey." He turned around and beat it.

"He's got a yella streak a mile wide," the other one said. "So long!" He beat it too.

I was the only one left in the tomb then. I sort of liked it, in a way. It was so nice and peaceful. Then, all of a sudden, you'd never guess what I saw on the wall.

Ouah, autrefois je connaissais exactement l'endroit mais y avait des années que j'étais pas venu au musée.

J'ai dit « Vous deux, les gars, ça vous intéresse les momies ?

— Ouais.

— Ton copain, il parle pas ?

— C'est pas mon copain. C'est mon frangin.

— Il parle pas ? » Je me suis tourné vers celui qu'avait pas ouvert la bouche. J'ai demandé « Tu sais pas parler ?

— Ouais », il a dit. « Mais j'ai pas envie. »

Finalement on a trouvé l'endroit où étaient les momies et on est entrés.

J'ai encore demandé au gamin « Tu sais comment les Égyptiens enterraient leurs morts ?

— Nan.

— Eh bien, tu devrais. C'est très intéressant. Ils leur enveloppaient la figure dans ces étoffes traitées avec des produits chimiques secrets. Comme ça ils pouvaient rester enfermés dans leurs tombes des milliers d'années et leurs visages pourrissaient pas ni rien. Personne sait comment le faire. Même pas la science moderne. »

Pour arriver là où étaient les momies il fallait suivre une sorte de couloir très étroit avec des pierres sur le côté qui venaient des tombeaux des pharaons et tout. C'était plutôt impressionnant et les durs de durs que j'accompagnais ça leur plaisait pas tellement. Ils me lâchaient pas d'un poil et celui qui pratiquement avait pas ouvert la bouche se cramponnait à ma manche. Il a dit à son frère « On se taille. J'les ai vues déjà. Hé viens ». Il a fait le demi-tour et il s'est barré.

« C'est un foutu dégonflé » a dit l'autre. « Salut ! » Lui aussi s'est barré.

Alors je suis resté tout seul dans la tombe. D'un sens j'aimais assez. C'était plutôt sympa et puis paisible. Mais tout d'un coup j'ai vu sur le mur – vous ne devineriez pas – j'ai

Another "Fuck you." It was written with a red crayon or something, right under the glass part of the wall, under the stones.

That's the whole trouble. You can't ever find a place that's nice and peaceful, because there isn't any. You may *think* there is, but once you get there, when you're not looking, somebody'll sneak up and write "Fuck you" right under your nose. Try it sometime. I think, even, if I ever die, and they stick me in a cemetery, and I have a tombstone and all, it'll say "Holden Caulfield" on it, and then what year I was born and what year I died, and then right under that it'll say "Fuck you." I'm positive, in fact.

After I came out of the place where the mummies were, I had to go to the bathroom. I sort of had diarrhea, if you want to know the truth. I didn't mind the diarrhea part too much, but something else happened. When I was coming out of the can, right before I got to the door, I sort of passed out. I was lucky, though. I mean I could've killed myself when I hit the floor, but all I did was sort of land on my side. It was a funny thing, though. I felt better after I passed out. I really did. My arm sort of hurt, from where I fell, but I didn't fell so damn dizzy any more.

It was about ten after twelve or so then, and so I went back and stood by the door and waited for old Phoebe. I thought how it might be the last time I'd ever see her again. Any of my relatives, I mean. I figured I'd probably see them again, but not for years. I might come home when I was about thirty-five, I figured, in case somebody got sick and wanted to see me before they died, but that would be the only reason I'd leave my cabin and come back. I even started picturing how it would be when I came back. I knew my mother'd get nervous as hell and start to cry and beg

vu un autre “Je t’enc…”. Écrit à la craie rouge, juste au-dessous de la partie vitrée du mur, au-dessous des pierres.

C’est ça le problème. Vous pouvez jamais trouver un endroit qui soit sympa et paisible, parce qu’y en a pas. Ça peut vous arriver de croire qu’y en a un mais une fois que vous y êtes, pendant que vous regardez pas, quelqu’un s’amène en douce et écrit “Je t’enc…” juste sous votre nez. Essayez pour voir. Je pense que même si je meurs un jour, et qu’on me colle dans un cimetière et que j’ai une tombe et tout, y aura “Holden Caulfield” écrit dessus, avec l’année où je suis né et celle où je suis mort et puis juste en dessous y aura “Je t’enc…”. J’en suis positivement certain.

Une fois ressorti de l’endroit où sont les momies j’ai dû aller aux toilettes. Si vous voulez savoir, j’avais comme la diarrhée. Bon, c’était pas trop méchant mais il m’est arrivé quelque chose d’autre. En sortant des chiottes, juste avant de franchir la porte, j’ai tourné de l’œil en quelque sorte. J’ai eu de la chance, j’aurais pu m’assommer par terre mais j’ai atterri sur le côté sans trop de mal. Et le plus curieux c’est qu’après m’être évanoui je me suis senti mieux. J’avais le bras tout meurtri de ma chute mais je me sentais plus si étourdi.

Il était à peu près midi dix aussi je suis retourné me mettre en faction à la porte pour y attendre la môme Phoebé. Je me disais que je la voyais peut-être pour la dernière fois. Pour la dernière fois quelqu’un de ma famille. Je pensais bien la revoir un jour mais pas avant des années. Je reviendrais peut-être à la maison quand j’aurais dans les trente cinq ans, au cas où quelqu’un soit malade et veuille me revoir avant de mourir, mais ça serait la seule raison qui me ferait quitter ma cabane. J’ai même essayé de me représenter comment ça se passerait quand je reviendrais. Je savais que ma mère serait dans tous ses états et se mettrait à pleurer et à me supplier

me to stay home and not go back to my cabin, but I'd go anyway. I'd be casual as hell. I'd make her calm down, and then I'd go over to the other side of the living room and take out this cigarette case and light a cigarette, cool as all hell. I'd ask them all to visit me sometime if they wanted to, but I wouldn't insist or anything. What I'd do, I'd let old Phoebe come out and visit me in the summertime and on Christmas vacation and Easter vacation. And I'd let D.B. come out and visit me for a while if he wanted a nice, quiet place for his writing, but he couldn't write any movies in my cabin, only stories and books. I'd have this rule that nobody could do anything phony when they visited me. If anybody tried to do anything phony, they couldn't stay.

All of a sudden I looked at the clock in the checkroom and it was twenty-five of one. I began to get scared that maybe that old lady in the school had told that other lady not to give old Phoebe my message. I began to get scared that maybe she'd told her to burn it or something. It really scared hell out of me. I really wanted to see old Phoebe before I hit the road. I mean I had her Christmas dough and all.

Finally, I saw her. I saw her through the glass part of the door. The reason I saw her, she had my crazy hunting hat on – you could see that hat about ten miles away.

I went out the doors and started down these stone stairs to meet her. The thing I couldn't understand, she had this big suitcase with her. She was just coming across Fifth Avenue, and she was dragging this goddam big suitcase with her. She could hardly drag it. When I got up closer, I saw it was my old suitcase, the one I used to use when I was at Whooton. I couldn't figure out what the hell she was doing with it. "Hi," she said when she got up close. She was all out of breath from that crazy suitcase.

de pas retourner dans ma cabane, de rester à la maison mais je repartirais quand même. Je serais très flegmatique, je la calmerais, et puis j'irais à l'autre bout de la salle de séjour et je sortirais une cigarette de la boîte et l'allumerais. Froidement. Je suggérerais qu'on me rende visite mais j'insisterais pas ni rien. Ce que je ferais, je laisserais la môme Phoebé venir en vacances d'été et aux congés de Noël et de Pâques. Et je laisserais aussi D.B. venir passer un moment s'il voulait un coin tranquille et sympa pour écrire, mais il aurait pas le droit d'écrire des films dans ma cabane, seulement des nouvelles et des livres. Y aurait une règle, personne ne pourrait rien faire de bidon pendant son séjour dans ma cabane. Si quelqu'un essayait de faire quelque chose de bidon faudrait qu'il se tire.

J'ai jeté un coup d'œil à la pendule du vestiaire et il était une heure moins vingt-cinq. Je commençais à me demander si la vieille dame de l'école avait pas dit à l'autre de pas remettre mon message à Phoebé. Je commençais à me demander si elle lui avait pas dit de le brûler ou quoi. Ça me foutait les jetons. Je voulais vraiment revoir la môme Phoebé avant de prendre la route. J'avais son fric de Noël et tout.

Enfin je l'ai vue. Je l'ai vue à travers la partie en verre de la porte. Je l'ai reconnue tout de suite parce qu'elle avait ma dingue de casquette sur la tête – on l'aurait repérée à plus de dix miles.

J'ai franchi la porte et j'ai descendu les marches pour aller à sa rencontre. Ce que j'arrivais pas à comprendre c'est pourquoi elle portait une grosse valise. Elle pouvait à peine la traîner. Quand j'ai été plus près, j'ai vu que c'était ma vieille valise, celle que je prenais lorsque j'allais à Whooton. J'arrivais pas à comprendre ce qu'elle faisait avec ça. Quand elle m'a rejoint elle a dit « Salut ». Elle était tout essoufflée d'avoir porté cette dingue de valise.

"I thought maybe you weren't coming," I said. "What the hell's in that bag? I don't need anything. I'm just going the way I am. I'm not even taking the bags I got at the station. What the hellya *got* in there?"

She put the suitcase down. "My clothes," she said. "I'm going with you. Can I? Okay?"

"What?" I said. I almost fell over when she said that. I swear to God I did. I got sort of dizzy and I thought I was going to pass out or something again.

"I took them down the back elevator so Charlene wouldn't see me. It isn't heavy. All I have in it is two dresses and my moccasins and my underwear and socks and some other things. Feel it. It isn't heavy. Feel it once... Can't I go with you? Holden? Can't I? *Please.*"

"No. Shut up."

I thought I was going to pass out cold. I mean I didn't mean to tell her to shut up and all, but I thought I was going to pass out again.

"Why can't I? *Please*, Holden! I won't do anything – I'll just go with you, that's all! I won't even take my clothes with me if you don't want me to – I'll just take my –"

"You can't take anything. Because you're not going. I'm going alone. So shut up."

"*Please*, Holden. *Please* let me go. I'll be very, very, very – You won't even –"

"You're not *going*. Now, shut up! Gimme that bag," I said. I took the bag off her. I was almost all set to hit her. I thought I was going to smack her for a second. I really did.

She started to cry.

"I thought you were supposed to be in a play at school and all. I thought you were supposed to be Benedict Arnold in that play and all," I said. I said it very nasty. "Wuddaya want to do? Not be in the play, for God's sake?"

J'ai dit « Je commençais à croire que t'allais pas venir. Qu'est-ce qu'il y a là-dedans, bon Dieu ?

Elle a posé la valise. Elle a dit « Mes habits. Je vais avec toi. Je peux ? D'accord ?

— Quoi ? » j'ai dit. Et je suis presque tombé raide en le disant. Je vous jure. Je me suis à nouveau senti tout étourdi et j'ai cru que j'allais encore m'évanouir.

« J'ai pris l'ascenseur de service pour que Charlène me voie pas. C'est pas lourd. J'ai juste deux robes et mes mocassins et mes dessous et mes chaussettes et puis quelques autres petites choses. Tiens, soulève. C'est pas lourd. Soulève. Je peux venir avec toi ? Holden ? Je peux ? S'il te plaît ?

— Non. Et ferme-la. »

J'ai cru vraiment que j'allais tomber raide. Pourtant j'avais pas l'intention de lui dire de la fermer ou quoi, mais je me sentais comme si j'allais encore tourner de l'œil.

« Pourquoi pas, Holden ? Je ferai rien. Je viendrai juste avec toi, c'est tout. Je prendrai même pas mes habits si tu veux pas que je les prenne. Je prendrai seulement…

— Tu prends rien. Parce que tu viens pas. Je m'en vais tout seul. Alors boucle-la.

— *S'il te plaît*, Holden. *S'il te plaît*, emmène-moi. Je serai très très très… T'auras même pas à…

— Tu viens pas. Alors, suffit. Donne-moi cette valise. » Je la lui ai prise des mains. J'avais presque envie de la battre. Pendant une ou deux secondes j'ai cru que j'allais lui taper dessus. Sincèrement. Elle s'est mise à pleurer.

« Je croyais que tu devais jouer dans une pièce à l'école et tout. Je croyais que tu étais Benedict Arnold dans cette pièce et tout », j'ai dit. Et j'ai dit ça très méchamment. « Qu'est-ce que tu cherches ? À pas être dans la pièce ? »

That made her cry even harder. I was glad. All of a sudden I wanted her to cry till her eyes practically dropped out. I almost hated her. I think I hated her most because she wouldn't be in that play any more if she went away with me.

"Come on," I said. I started up the steps to the museum again. I figured what I'd do was, I'd check the crazy suitcase she'd brought in the checkroom, and then she could get it again at three o'clock, after school. I knew she couldn't take it back to school with her. "Come on, now," I said.

She didn't go up the steps with me, though. She wouldn't come with me. I went up anyway, though, and brought the bag in the checkroom and checked it, and then I came down again. She was still standing there on the sidewalk, but she turned her back on me when I came up to her. She can do that. She can turn her back on you when she feels like it. "I'm not going away anywhere. I changed my mind. So stop crying and shut up," I said. The funny part was, she wasn't even crying when I said that. I said it anyway, though. "C'mon, now. I'll walk you back to school. C'mon, now. You'll be late."

She wouldn't answer me or anything. I sort of tried to get hold of her old hand, but she wouldn't let me. She kept turning around on me.

"Didja have your lunch? Ya had your lunch yet?" I asked her.

She wouldn't answer me. All she did was, she took of my red hunting hat – the one I gave her – and practically chucked it right in my face. Then she turned her back on me again. It nearly killed me, but I didn't say anything. I just picked it up and stuck it in my coat pocket.

"Come on, hey. I'll walk you back to school," I said.

"I'm not *going* back to school."

Elle a pleuré encore plus fort. J'étais content. Subitement je voulais qu'elle pleure à s'en fondre les yeux. Je la détestais presque. Je crois que je la détestais surtout parce que si elle venait avec moi elle jouerait pas dans la pièce.

J'ai dit « Allons-y ». J'ai remonté les marches du musée. Je pensais que le mieux c'était de déposer la foutue valise au vestiaire et Phoebé pourrait la reprendre à trois heures, après l'école. Parce qu'il était pas question qu'elle emporte la valoche à l'école. J'ai dit « Bon, allons-y ».

Mais elle a pas monté les marches. Elle voulait pas venir avec moi. Je suis quand même rentré dans le musée et j'ai mis la valise au vestiaire et puis je suis ressorti. Elle était toujours là sur le trottoir, mais quand je l'ai rejointe elle m'a tourné le dos. Elle fait ça quelquefois. Quand l'envie la prend elle vous tourne le dos.

J'ai dit « De toute façon je pars pas. J'ai changé d'avis. Alors arrête de pleurer et tais-toi ». Le plus drôle c'est qu'elle pleurait même pas lorsque je lui ai dit ça. En tout cas je le lui ai dit. Et puis « Viens maintenant. Je te reconduis à l'école. Allez, viens. Tu vas être en retard ».

Elle répondait pas ni rien. J'ai essayé de lui prendre la main mais elle a pas voulu. Elle continuait à me tourner le dos.

J'ai demandé « T'as déjeuné ? T'as mangé quelque chose ? »

Elle voulait pas répondre. Tout ce qu'elle a fait, elle a attrapé la casquette qu'elle avait sur la tête – la mienne, que je lui avais donnée – et elle me l'a pratiquement jetée à la figure. Puis elle m'a encore tourné le dos. Ça m'a tué ou presque, mais j'ai rien dit. J'ai juste ramassé la casquette et je l'ai fourrée dans la poche de mon manteau.

J'ai dit « Hey, viens. Je te raccompagne à l'école.

— Je retourne pas à l'école. »

I didn't know what to say when she said that. I just stood there for a couple of minutes.

"You *have* to go back to school. You want to be in that play, don't you? You want to be Benedict Arnold, don't you?"

"No."

"Sure you do. Certainly you do. C'mon, now, let's go," I said. "In the first place, I'm not going away anywhere, I told you. I'm going home. I'm going home as soon as you go back to school. First I'm gonna go down to the station and get my bags, and then I'm gonna go straight –"

"I said I'm not *go*ing back to school. You can do what *you* want to do, but I'm not going back to school," she said. "So shut up." It was the first time she ever told me to shut up. It sounded terrible. God, it sounded terrible. It sounded worse than swearing. She still wouldn't look at me either, and every time I sort of put my hand on her shoulder or something, she wouldn't let me.

"Listen, do you want to go for a walk?" I asked her. "Do you want to take a walk down to the zoo? If I let you not go back to school this afternoon and go for a walk, will you cut out this crazy stuff?"

She wouldn't answer me, so I said it over again. "If I let you skip school this afternoon and go for a little walk, will you cut out the crazy stuff? Will you go back to school tomorrow like a good girl?"

"I may and I may not," she said. Then she ran right the hell across the street, without even looking to see if any cars were coming. She's a madman sometimes.

I didn't follow her, though. I knew she'd follow *me*, so I started walking downtown toward the zoo, on the park side of the street, and she started walking downtown on the *other* goddam side of the street. She wouldn't look over at me at all,

Quand elle m'a lancé ça, j'ai pas su quoi répondre. Je suis resté là sans savoir quoi répondre pendant une ou deux minutes.

« Mais il *faut* que tu retournes à l'école. Tu veux jouer la pièce, non ? Tu veux être Benedict Arnold, non ?

— Non, justement.

— Mais si, bien sûr » j'ai dit. « Certainement que tu veux. Bon. Allons-y. D'abord, écoute, je pars pas. Je rentre à la maison. Dès que tu seras à l'école, je rentre à la maison. Je vais à la gare, je récupère mes bagages et puis je rentre tout droit à… »

Elle a répété « Je retourne pas à l'école. Tu peux faire tout ce que tu veux mais moi je retourne pas à l'école. Alors ferme-la ». C'était bien la première fois qu'elle me disait ça, « ferme-la ». C'était terrible à entendre. C'était terrible, bon Dieu, c'était pire que des gros mots. Et elle voulait toujours pas me regarder et chaque fois que j'essayais de mettre ma main sur son épaule elle s'écartait.

J'ai demandé « Écoute. Veux-tu qu'on fasse un tour ? Veux-tu qu'on aille au zoo ? Si je te laisse manquer l'école cet après-midi et qu'on parte se balader, tu arrêtes cette comédie ? »

Elle répondait toujours pas, alors j'ai recommencé. « Si je te laisse manquer l'école cet après-midi et qu'on se balade tu arrêtes ta comédie ? Tu retournes à l'école demain comme une bonne fille ?

— Peut-être. Ou peut-être pas » elle a dit. Et subitement elle a traversé la rue en courant, sans même prendre garde aux voitures. Parfois elle est barjot.

J'ai pas galopé derrière elle. Je savais bien qu'elle me suivrait aussi je me suis dirigé vers le zoo, sur le trottoir côté parc et elle a pris la même direction sur le trottoir opposé. Elle avait pas l'air de se soucier de moi mais elle me sur-

but I could tell she was probably watching me out of the corner of her crazy eye to see where I was going and all. Anyway, we kept walking that way all the way to the zoo. The only thing that bothered me was when a double-decker bus came along because then I couldn't see across the street and I couldn't see where the hell she was. But when we got to the zoo, I yelled over to her, "Phoebe! I'm going in the zoo! C'mon, now!" She wouldn't look at me, but I could tell she heard me, and when I started down the steps to the zoo I turned around and saw she was crossing the street and following me and all.

There weren't too many people in the zoo because it was sort of a lousy day, but there were a few around the sea lions' swimming pool and all. I started to go by it, but old Phoebe stopped and made out she was watching the sea lions getting fed – a guy was throwing fish at them – so I went back. I figured it was a good chance to catch up with her and all. I went up and sort of stood behind her and sort of put my hands on her shoulders, but she bent her knees and slid out from me – she can certainly be very snotty when she wants to. She kept standing there while the sea lions were getting fed and I stood right behind her. I didn't put my hands on her shoulders again or anything because if I had she *really* would've beat it on me. Kids are funny. You have to watch what you're doing.

She wouldn't walk right next to me when we left the sea lions, but she didn't walk too far away. She sort of walked on one side of the sidewalk and I walked on the other side. It wasn't too gorgeous, but it was better than having her walk about a mile away from me, like before. We went up and watched the bears, on that little hill, for a while, but there wasn't much to watch. Only one of the bears was out, the polar bear. The other one, the brown one, was in his goddam cave and wouldn't come out. All you could see was his rear end. There was a little kid standing next to me, with

veillait probablement du coin de l'œil pour voir où j'allais et tout. Bon, on a continué comme ça jusqu'au zoo. Le seul moment où j'ai été ennuyé, c'est quand est passé un bus à impériale parce que je pouvais plus voir l'autre côté de la rue où elle était. Mais quand je suis arrivé au zoo j'ai gueulé « Phoebé, j'entre au zoo. Viens, maintenant ! » Elle a pas levé les yeux mais je savais qu'elle m'avait entendu et quand j'ai descendu les marches du zoo je me suis retourné et je l'ai vue qui traversait la rue et me suivait et tout.

Y avait guère de monde au zoo parce que c'était un jour plutôt moche mais y en avait tout de même un peu près du bassin des otaries. Comme je continuais ma route, Phoebé s'est arrêtée et elle a fait semblant de regarder le repas des otaries – un type leur jetait des poissons – aussi je suis revenu sur mes pas. J'ai pensé que c'était une bonne occasion de la rejoindre, je me suis arrêté derrière elle et j'ai mis mes mains sur ses épaules mais elle a plié les genoux et s'est dégagée – je vous l'ai dit qu'elle peut être une vraie chipie quand ça la prend. Elle est restée plantée là tout le temps que le type nourrissait les otaries et moi je suis resté juste derrière elle. J'ai pas remis mes mains sur ses épaules parce que si je l'avais fait elle aurait pris sa revanche. C'est marrant, les mômes. Avec eux, faut drôlement faire gaffe.

Quand on en a eu fini avec les otaries, elle a pas marché à côté de moi mais tout de même pas très loin. Elle était d'un côté du trottoir et moi de l'autre. C'était pas encore gagné mais ça valait mieux que de la voir filer au diable comme avant. On est montés sur la petite colline pour voir les ours. Mais y avait pas grand-chose à voir. Un seul, l'ours polaire, était dehors. L'autre, l'ours brun, voulait pas se décaniller de sa foutue grotte. On voyait que son arrière-train. À côté de moi y avait un petit mioche

a cowboy hat on practically over his ears, and he kept telling his father, "Make him come out, Daddy. Make him come *out.*" I looked at old Phoebe, but she wouldn't laugh. You know kids when they're sore at you. They won't laugh or anything.

After we left the bears, we left the zoo and crossed over this little street in the park, and then we went through one of those little tunnels that always smell from somebody's taking a leak. It was on the way to the carrousel. Old Phoebe still wouldn't talk to me or anything, but she was sort of walking next to me now. I took a hold of the belt at the back of her coat, just for the hell of it, but she wouldn't let me. She said, "Keep your hands to yourself, if you don't mind." She was still sore at me. But not as sore as she was before. Anyway, we kept getting closer and closer to the carrousel and you could start to hear that nutty music it always plays. It was playing "Oh, Marie!" It played that same song about fifty years ago when *I* was a little kid. That's one nice thing about carrousels, they always play the same songs.

"I thought the carrousel was *closed* in the wintertime," old Phoebe said. It was the first time she practically said anything. She probably forgot she was supposed to be sore at me.

"Maybe because it's around Christmas," I said.

She didn't say anything when I said that. She probably remembered she was supposed to be sore at me.

"Do you want to go for a ride on it?" I said. I knew she probably did. When she was a tiny little kid, and Allie and D.B. and I used to go to the park with her, she was mad about the carrousel. You couldn't get her off the goddam thing.

"I'm too big," she said. I thought she wasn't going to answer me, but she did.

"No, you're not. Go on. I'll wait for ya. Go on," I said. We were right there then. There were a few kids riding on it, mostly very little kids, and a few parents were

avec un chapeau de cow-boy enfoncé jusqu'aux oreilles et il arrêtait pas de dire à son père « Fais-le sortir, papa. Fais-le sortir ». J'ai jeté un coup d'œil à la môme Phoebé mais elle a pas ri. Les mômes, quand ils vous en veulent, vous savez ce que c'est. Rien ne les fera rire.

Après avoir quitté les ours on est sortis du zoo et on a traversé l'allée du parc et alors on a emprunté un de ces petits tunnels qui sentent toujours la pisse. On se dirigeait vers le manège. Phoebé me parlait toujours pas mais maintenant elle marchait près de moi. J'ai attrapé la martingale de son manteau, juste pour blaguer, mais elle s'est pas laissé faire. Elle a dit « Pas touche, s'il te plaît ». Elle m'en voulait encore. Mais plus autant que tout à l'heure. Bon, on s'approchait du manège et on commençait à entendre cet air idiot qu'il joue toujours, *Oh, Marie* ». Il jouait déjà ça il y a au moins cinquante ans, quand j'étais môme. Les manèges, c'est ce qui est chouette, ils jouent toujours la même chose.

« Je croyais que le manège marchait pas pendant l'hiver » a dit Phoebé. Elle rouvrait la bouche pratiquement pour la première fois. Elle avait l'air d'oublier qu'elle était fâchée contre moi.

J'ai dit « Ça doit être parce que c'est bientôt Noël ».

Elle a pas répondu. Elle a dû brusquement se souvenir qu'elle était fâchée.

J'ai demandé « Tu veux faire un tour de manège ? » Je savais que sûrement elle en avait envie. Quand elle était toute petite et qu'on l'emmenait au parc, Allie et D.B. et moi, elle raffolait du manège. On pouvait pas l'en faire descendre.

J'avais cru qu'elle me répondrait pas. Mais elle a dit « Je suis trop grande.

— Sûrement pas. Vas-y. Je t'attends. Allez, va. » On était arrivés au manège. Y avait quelques gamins grimpés dessus, des petits mômes pour la plupart et quelques parents qui

waiting around outside, sitting on the benches and all. What I did was, I went up to the window where they sell the tickets and bought old Phoebe a ticket. Then I gave it to her. She was standing right next to me. "Here," I said. "Wait a second – take the rest of your dough, too." I started giving her the rest of the dough she'd lent me.

"You keep it. Keep it for me," she said. Then she said right afterward – "Please."

That's depressing, when somebody says "please" to you. I mean if it's Phoebe or somebody. That depressed the hell out of me. But I put the dough back in my pocket.

"Aren't you gonna ride, too?" she asked me. She was looking at me sort of funny. You could tell she wasn't *too* sore at me any more.

"Maybe I will the next time. I'll watch ya," I said. "Got your ticket?"

"Yes."

"Go ahead, then – I'll be on this bench right over here. I'll watch ya." I went over and sat down on this bench, and she went and got on the carrousel. She walked all around it. I mean she walked once all the way around it. Then she sat down on this big, brown, beat-up-looking old horse. Then the carrousel started, and I watched her go around and around. There were only about five or six other kids on the ride, and the song the carrousel was playing was "Smoke Gets in Your Eyes." It was playing it very jazzy and funny. All the kids kept trying to grab for the gold ring, and so was old Phoebe, and I was sort of afraid she'd fall off the goddam horse, but I didn't say anything or do anything. The thing with kids is, if they want to grab for the gold ring, you have to let them do it, and not say anything. If they fall off, they fall off, but it's bad if you say anything to them.

attendaient autour, assis sur les bancs et tout. Ce que j'ai fait, je suis allé au guichet où on vend les billets et j'en ai acheté un pour Phoebé. Et puis je le lui ai donné. Elle était là, tout près de moi. « Tiens » j'ai dit. Et puis « Attends une seconde, prends aussi le reste de ton fric ». J'ai voulu lui refiler le reste du fric qu'elle m'avait prêté. Elle a dit « Garde-le. Garde-le-moi ». Et tout de suite après « … Je t'en prie ».

Quand quelqu'un vous dit « Je t'en prie » ça vous flanque le cafard. Je veux dire, si c'est Phoebé ou quoi. Ça m'a flanqué le cafard. Mais j'ai remis l'argent dans ma poche.

« Et toi, tu montes pas ? » Elle me regardait avec un drôle d'air. On voyait bien qu'elle était plus *trop* fâchée.

« Peut-être au prochain tour », j'ai dit. « Je vais te regarder tourner. Tu as ton billet ?

— Oui.

— Alors vas-y. Je reste là sur le banc. Je te regarde. » Je suis allé m'asseoir sur le banc et elle est montée sur le manège. Elle en a fait le tour. Je veux dire qu'elle a marché le long du bord et fait le tour complet. Puis elle s'est assise sur un gros vieux cheval brun qui paraissait plutôt fourbu. Le manège s'est mis en marche et j'ai regardé Phoebé tourner, tourner. Y avait seulement cinq ou six autres gosses et la musique c'était l'air de *Smoke gets in your eyes*, joué très biscornu, très jazz. Tous les gosses s'efforçaient d'attraper l'anneau doré, Phoebé comme les autres, et j'avais un peu la trouille qu'elle tombe de son cheval, mais j'ai rien dit. Avec les mômes c'est comme ça. S'ils veulent attraper l'anneau il faut les laisser faire sans rien dire. S'ils tombent ils tombent mais c'est pas bon de les tanner.

When the ride was over she got off her horse and came over to me. "You ride once, too, this time," she said.

"No, I'll just watch ya. I think I'll just watch," I said. I gave her some more of her dough. "Here. Get some more tickets."

She took the dough off me. "I'm not mad at you any more," she said.

"I know. Hurry up – the thing's gonna start again."

Then all of a sudden she gave me a kiss. Then she held her hand out, and said, "It's raining. It's starting to rain."

"I know."

Then what she did – it damn near killed me – she reached in my coat pocket and took out my red hunting hat and put it on my head.

"Don't *you* want it?" I said.

"You can wear it a while."

"Okay. Hurry up, though, now. You're gonna miss your ride. You won't get your own horse or anything."

She kept hanging around, though.

"Did you mean it what you said? You really aren't going away anywhere? Are you really going home afterwards?" she asked me.

"Yeah." I said. I meant it, too. I wasn't lying to her. I really did go home afterwards. "Hurry *up*, now," I said. "The thing's starting."

She ran and bought her ticket and got back on the goddam carrousel just in time. Then she walked all the way around it till she got her own horse back. Then she got on it. She waved to me and I waved back.

Boy, it began to rain like a bastard. In *buckets*, I swear to God. All the parents and mothers and everybody went over and stood right under the roof of the carrousel, so they wouldn't get soaked to the skin or anything, but I stuck

Quand le manège s'est arrêté, elle est descendue de son cheval et elle est venue me retrouver. Elle a dit « Cette fois tu montes aussi.

— Non, je te regarde. Je crois que j'aime autant te regarder. Je lui ai donné encore un peu de son argent. Tiens. Achète des billets. »

Elle a pris l'argent. Elle a dit « Je suis plus en colère contre toi.

— Je sais. Grouille-toi. Ça va repartir. »

Tout d'un coup, elle m'a embrassé. Puis elle a allongé la main et elle a dit « Il pleut. Il commence à pleuvoir.

— Je sais. »

Alors ce qu'elle a fait – ça m'a tué ou presque – elle a fouillé dans la poche de mon manteau, elle en a sorti ma casquette et elle me l'a mise sur la tête.

J'ai dit « T'en veux plus ?

— Tu peux l'avoir un petit moment.

— Okay. Maintenant grouille. Ça va démarrer sans toi. Ton cheval sera pris. »

Mais elle se pressait pas. Elle a demandé « C'est bien vrai ce que tu as dit ? Que tu vas pas t'en aller. Que tu vas rentrer à la maison, après ?

— Ouais », j'ai dit. Et c'était vrai. Je lui ai pas menti. Après, je suis rentré à la maison. « Et maintenant grouille-toi » j'ai dit. « Ça démarre. »

Elle a couru acheter son billet et elle est revenue juste à temps sur le foutu manège. Puis elle a fait tout le tour pour retrouver son cheval. Elle est montée. Elle a agité la main vers moi. Et j'ai agité la main.

Ouah. Ça s'est mis à pleuvoir. À seaux. Je vous jure. Les parents, les mères, tout le monde est allé s'abriter sous le toit du manège pour pas être trempé jusqu'aux os mais moi je

around on the bench for quite a while. I got pretty soaking wet, especially my neck and my pants. My hunting hat really gave me quite a lot of protection, in a way, but I got soaked anyway. I didn't care, though. I felt so damn happy all of a sudden, the way old Phoebe kept going around and around. I was damn near bawling, I felt so damn happy, if you want to know the truth. I don't know why. It was just that she looked so damn *nice*, the way she kept going around and around, in her blue coat and all. God, I wish you could've been there.

suis resté un moment sur le banc. J'étais vachement mouillé, spécialement dans le cou et puis mon pantalon. Ma casquette c'était pas mal comme protection, mais quand même j'étais traversé. Je m'en foutais. Subitement, je me sentais si formidablement heureux, à regarder la môme Phoebé qui arrêtait pas de tourner. J'ai cru que j'allais chialer tellement j'étais heureux, si vous voulez savoir. Pourquoi, moi je sais pas. C'était juste qu'elle était tellement mignonne et tout, à tourner sur le manège, dans son manteau bleu et tout. Bon Dieu j'aurais vraiment aimé que vous soyez là.

26

That's all I'm going to tell about. I could probably tell you what I did after I went home, and how I got sick and all, and what school I'm supposed to go to next fall, after I get out of here, but I don't feel like it. I really don't. That stuff doesn't interest me too much right now.

A lot of people, especially this one psychoanalyst guy they have here, keeps asking me if I'm going to apply myself when I go back to school next September. It's such a stupid question, in my opinion. I mean how do you know what you're going to do till you *do* it? The answer is, you don't. I *think* I am, but how do I know? I swear it's a stupid question.

D.B. isn't as bad as the rest of them, but he keeps asking me a lot of questions, too. He drove over last Saturday with this English babe that's in this new picture he's writing. She was pretty affected, but very good-looking. Anyway, one time when she went to the ladies' room way the hell down in the other wing, D.B. asked me what I thought about all this stuff I just finished telling you about. I didn't know what the hell to say. If you want to know the truth, I don't *know* what I think about it. I'm sorry I told so many people about it. About all I know is,

Chapitre 26

Je vous en dirai pas plus. Sans doute je pourrais vous raconter ce que j'ai fait une fois rentré à la maison et comment je suis tombé malade et tout, et à quel collège je suis censé aller l'automne prochain, quand je serai sorti d'ici mais j'ai pas envie. Sincèrement. Tout ça m'intéresse pas trop pour l'instant.

Y a un tas de gens, comme ce type, le psychanalyste qu'ils ont ici, ils arrêtent pas de me demander si je vais m'appliquer en classe quand j'y retournerai en septembre. À mon avis c'est une question idiote. Je veux dire, comment peut-on savoir ce qu'on va faire jusqu'à l'instant où on le fait ? La réponse est qu'on peut pas. Je vous jure, c'est une question idiote.

D.B., lui, est moins chiant que les autres mais il me pose aussi des questions. Samedi dernier, il est venu avec une Anglaise qui joue dans le film qu'il est en train d'écrire. Elle était plutôt maniérée mais elle avait une sacrée allure. Bon, à un moment elle est allée aux toilettes ; celles des dames c'est là-bas au diable et D.B. en a profité pour me demander ce que je pensais de tous ces trucs que je viens de vous raconter. Je savais vraiment pas quoi dire. La vérité, c'est que je *ne sais pas* quoi en penser. Je regrette d'en avoir tellement parlé. Les gens dont j'ai parlé, ça fait comme

I sort of *miss* everybody I told about. Even old Stradlater and Ackley, for instance. I think I even miss that goddam Maurice. It's funny. Don't ever tell anybody anything. If you do, you start missing everybody.

s'ils me manquaient à présent, c'est tout ce que je sais. Même le gars Stradlater par exemple, et Ackley. Et même, je crois bien, ce foutu Maurice. C'est drôle. Faut jamais rien raconter à personne. Si on le fait, tout le monde se met à vous manquer.

Composition et mise en pages
Nord Compo à Villeneuve-d'Ascq

Imprimé en Espagne par
Liberdúplex
à Sant Llorenç d'Hortons (Barcelone)
en octobre 2021

N° d'édition : 63181/10 – N° d'impression : 95411